EVERYONE BRAVE IS FORGIVEN

每一种勇敢都会被原谅

[英]克里斯·克里夫 著

丁家明 译

广西科学技术出版社

著作权合同登记号：桂图登字：20-2016-057 号

图书在版编目（CIP）数据

每一种勇敢都会被原谅 /（英）克里斯·克利夫（Chris Cleave）著；丁家明译.—南宁：广西科学技术出版社，2017.10（2020.3重印）
ISBN 978-7-5551-0809-2

Ⅰ. ①每… Ⅱ.①克…②丁… Ⅲ.①长篇小说–英国–现代 Ⅳ.①I561.45

中国版本图书馆CIP数据核字（2017）第170747号

MEI YI ZHONG YONGGAN DOU HUI BEI YUANLIANG
每一种勇敢都会被原谅

［英］克里斯·克利夫 著　　丁家明 译

策划编辑：蒋　伟　付迎亚
责任编辑：蒋　伟
书籍设计：角　力
版权编辑：尹维娜
责任印制：高定军
责任校对：张思雯

出 版 人：卢培钊
出版发行：广西科学技术出版社
社　　址：广西南宁市东葛路66号
邮政编码：530023
电　　话：010-58263266-804（北京）
0771-5845660（南宁）
传　　真：0771-5878485（南宁）
网　　址：http://www.ygxm.cn
在线阅读：http://www.ygxm.cn

经　　销：全国各地新华书店
印　　刷：唐山富达印务有限公司
邮政编码：301505
地　　址：唐山市芦台经济开发区农业总公司三社区
开　　本：880mm × 1240mm　1/32
字　　数：323千字
印　　张：12
版　　次：2017年10月第1版
印　　次：2020年3月第2次印刷
书　　号：ISBN 978-7-5551-0809-2
定　　价：45.00元

目录

004 PART I 留存

164 PART II 消磨

308 PART III 修复

378 后记

PART I 留存

宣战的时间是11时15分。玛丽·诺斯报名参战的时间是正午。那时电报还没来，她就在吃午餐时签了名，以免母亲反对。课还没上完，她就走了。玛丽从蒙特刷西[①]滑雪下山，把装备扔在坡底，在洛桑发电报到战争部。十九个小时之后，她在缭绕的蒸汽中到达维多利亚车站[②]，身上还穿着高山毛衣。火车在鸣笛。那么，这就是伦敦了，一座热爱一切开端的城市。

她径直前往战争部。部里的人给她发了一幅地图，上面的墨水散发着咸味。她迅速穿过市镇，匆匆前往分配地点，不想错过战争的每一分钟。她很是紧张。玛丽在特拉法尔加广场[③]上奔跑着，刚向着出租车扬手，眼前的群鸽便纷纷飞起，翅膀扇动的噼啪声就像拍打着红葡萄酒酒杯的一千把刀，祈求着片刻安宁。这场可怕而美妙的战争随时都会打响，却不能在她缺席的情况下获得胜利。

战争，不就是头盔和运兵车里士兵的士气吗？如果没有亿万次闲谈汇聚成士兵的勇气，促使他们向前迈进，那士气又该如何形成呢？战争的真正核心是闲话家常，而玛丽在这方面可是专家。今早的天气和她的心情很配，没有云层，也没有记忆中与之对应的东西。在伦敦的清澈天空下，一万名年轻女子依照白厅[④]的命令，从大理石古城心脏的某个房子里出发，奔赴新岗位。玛丽欣然加入这股志愿者的洪流。

战争部没有给出岗位的详细说明，这是个好兆头。他们将她任命为联络员或是总参谋部的一名专员。需要口才的工作都分给了家

---

① 瑞士洛桑的一个区，意为“被选中的山”。——译者注（下文若无特殊说明，皆为译者注）

② 位于伦敦威斯敏斯特，是伦敦地铁及英国国家铁路局的车站，伦敦首要的交通枢纽及最繁忙的车站之一，亦被誉为伦敦最具代表性的车站。

③ 英国伦敦的著名广场，坐落在伦敦市中心，东面是伦敦城，北接伦敦的闹市索霍区，南邻白厅大街，西南不远是王宫，优越的地理位置和美丽的广场建筑，使它成为伦敦的名胜之一。特拉法尔加广场是为纪念著名的特拉法尔加港海战而修建的，广场中央耸立着英国海军名将纳尔逊的纪念碑和铜像。

④ 英国伦敦市内的一条街。这条街及其附近有英国国防部、外交部、内政部、海军部等政府机关，因此人们用白厅作为英国行政部门的代称。——编者注

世显赫的女孩子。甚至有传言说，他们需要间谍，这个岗位是最具吸引力的，因为能体验再世为人的感觉。

玛丽拦下一辆出租车，给司机看了看地图。他伸长双臂，手中拿着地图，斜视着图上潦草的红色叉叉，那就是玛丽要报到的地方。玛丽觉得他慢得让人受不了。

“是这座大厦吗？在霍利街的？”

“对，”玛丽说，“尽快吧。”

“那是霍利街学校，对吗？”

“不是吧，我要去参战呢。”

“哦。可我觉得那个地方只能是学校啊。街上的其他建筑都是民房。”

玛丽正要张嘴反驳，却没有作声，只是整理着手套。当然，那幢建筑不可能是皇家骑兵卫队总部旁边闪亮的塔楼，更不可能挂着“疯狂密谋部”的牌匾。她要去报到的地方必然是很没意思的。

“好吧，”她说，“也许我要成为一名女教师了。”

司机点点头。“有道理，伦敦半数的男教师应该都上战场去了。”

“那我们就一起祈祷教鞭比敌人的坦克更厉害吧。”

司机驾车前往霍利街，匆忙的程度恰好与送一个普通女教师上班一致。玛丽小心翼翼地露出普通女孩的表情——对她来说，乘计程车应该是她不太习惯的奢侈享受，而女教师这份工作应该会让她十分兴奋。她装作真心享受此刻的样子，心里却想着，牧场里的奶牛和肥鹅必定也是这副模样。

到了学校，她发现自己被人监视。为了与身份相称，她给出租车司机的小费是平常的四分之一。毕竟这是她的第一道考验。她用普通女孩前去参加面试的步伐，扭扭捏捏地走着，仿佛空气讨厌被分割，仿佛她每迈出一步，地面就会痛得尖叫起来。

她找到女校长的办公室，走进去做了自我介绍。瓦因小姐点点头，却没有抬头看她。瓦因穿着鸟毛和羊毛织成的毛衣，戴着眼镜，眼镜链像极了浴缸塞上的链子。

“诺斯……”玛丽又郑重其事地说出这个姓氏。

“好了好了，我不是聋子。你带茶隼班吧。先从记名单开始，你要想办法记住他们的名字。”

“好的。”玛丽说。

“你之前教过书吗？”

“没有。”玛丽说，“但我觉得应该有许多事情要干。”

女校长冬日冰湖般的语气把她镇住了：“你的想象可不在教学大纲里。”

“抱歉。我从来没教过书。”

“很好。你要强硬些。不能让他们放肆，还有，孩子们刚开始学写字，不要低估这件事的重要性。手要这样，心也要这样。”

玛丽觉得，这个“女校长”有点小题大做。打听出这个女人的后台之后，也许得向她的上级打打小报告。虽然这个女人刻意掩饰，但她对细节的掌控能力令人吃惊。这里是笔筒和锡罐，装着削好的铅笔和图钉。这里是一小沓赞美诗集，每一本都用不同的封皮包好。这就好像如果从新学年的第一周就要求孩子这样做，他们就真能做出来一样。

女校长抬起头。“你在傻笑什么啊？”

“对不起。”玛丽说，无法保持眼神交流，令她感到稍微有点不安。

“茶隼班，”女校长说，“沿着走廊左边第三间教室便是。”

玛丽走进教室时，三十一个小孩正静静地坐在掀盖式书桌旁。他们用猫头鹰般的眼睛看着玛丽，不时转过头去。孩子们看起来大概八到十岁，几乎所有人都是近视眼，要调整一下目光才能找到焦距。

“大家早上好，我叫玛丽·诺斯。”

“早上好，诺斯小姐。”

孩子们用稚嫩的声音一起喊道，语气恰如其分地落在尊重与嘲弄之间，玛丽的腹中一阵翻滚。这一切都太真实了。

午饭前她上了数学课，午饭后又上了写作课。玛丽希望，这层帷幕能悄悄地飘走，希望这次试讲能让她正式入伍。下课铃响了，一天的课已经上完，她跑到离学校最近的邮局，愤慨而迅速地发了一封电报给战争部，问他们是不是搞错了。

当然没有搞错。纵然护卫队与护卫对象在雾中失散，纵然炮尾与不相配的炮管同船运送，纵然情人被乱点鸳鸯，无法心心相印——即使出了这些大乱子，伦敦城门前将充斥着声声责骂，却从未有人敢肯定地说上一句，其实这宏大的古都并不善于让其人民知道，他们的战争到底应从何处开始。

1939 年 9 月

当玛丽得知，做女老师的第一个任务就是把班里同学疏散到郊外时，她几乎哭了出来。发现伦敦市政府已经运走动物园里的动物时，她更是怒不可遏。如果真要疏散的话，首都应该更重视孩子而非金刚鹦鹉和麝香牛才对。

她掏出小镜子照照自己，看看唇膏是否涂匀，然后举起手来。

“有事吗，诺斯小姐？”

“先把动物运走难道一点也不觉得可耻吗？”

空荡荡的伦敦动物园外，孩子们排好了队，正等待疏散。她的声音很大，所有人都能听到。孩子们羞羞答答地欢呼了一声。女校长冷冷地白了玛丽一眼，这让玛丽开始怀疑自己的判断了。可是，把野兽放在生存线的首位难道不是一个错误吗？让方舟载满不能说话的家畜而不是能说会跳的孩子，这不又是诺亚那个老鬼的奇葩选择吗？[①] 人类中最优秀的血统就是这样淹没在洪水之中的。正因如此，像含、闪和雅弗这样天生的暴力分子才会为了玛丽看来最无谓的原因开战。

女校长只是叹了一口气。原来，延误疏散的原因很简单：人们不需要把绒猴的名字写在行李标签贴上，陪它爬上火车的二等车厢，然后在科茨沃尔德[②] 给它安排一个合适的寄宿家庭。低等灵长类动物只需要一辆卡车和足够的食物，而高等人类，有着诸如亨利和莎拉等名字的人类，他们的需求可就多了，勤奋的官僚主义体系不仅要考虑和满足这些需求，还要用印刷工刚印出来的表格去记录它们。

“我懂了，”玛丽说，“谢谢。”

理当如此。她真不该如十八岁那般天真。让义愤像烧穿烤炉手套的煤炭一样熔化了自己的判断力。正是因为刚才提及的原因，伦敦城里才会留下那么多孩子，而动物园的动物却都被运走了，只有三百份卖半便士一份的花生和一卷卷报纸被遗弃在小卖部中，无人问津。

她举起手，随即又放下了。

“怎么了？”瓦因小姐说，“还有别的事吗？”

“抱歉，”玛丽说，“没事了。”

“那就好。”

女校长的目光暂时从孩子们身上移开，落在玛丽身上，目光中包含着怜悯和施舍。

“记住，现在你站在我们这边。大人这边。”

玛丽感到骨头恨得咔嗒作响。“谢谢你，瓦因小姐。”

就在那时，学校中唯一一个黑人小孩从队伍中溜掉了，爬上了上锁的动物园大门。女校长转过身来。

---

① 这里引用了《圣经·创世记》中诺亚方舟的故事，一艘根据上帝的指示而建造的大船，其依原说记载为方形船只，其建造的目的是为了让诺亚与他的家人，以及世界上的各种陆上生物能够躲避一场上帝因故而造的大洪水灾难。含、闪和雅弗都是诺亚的儿子。

② 英格兰中南部的一片区域，这片区域从地理位置上来说涵盖了英国六个郡。

“扎克瑞·李！马上给我回来！”

“不然怎样？你要把我送到郊外吗？”

整个学校的孩子都惊呆了。桀骜不驯的十岁黑人男孩敬了个礼，他把“伦敦动物园（LONDON ZOO）”的最后两个O当成鞍马的把手向上攀爬，那瘦削的褐色小腿像剪刀一般在大门上移动，然后迅速消失在众人眼前。

瓦因小姐向玛丽转过身来。“把那小黑子带回来，快去。”

— — — — — — — — — — — — — — — — — — —

那是她在战争中的第一个营救任务。古铜肌肤、心情轻快的玛丽·诺斯走在仍被精心打理过的道路上，搜索着荒废的动物园。独处让她感觉好了点。她偷偷抽了一根烟，揉了揉自信洋溢的眉间，不管面对怎样的困难，挫折感都不会在这里展现。所有的负面情绪都能被驱散，犹如掸下袖子上的灰尘，犹如将任性的蜜蜂赶到窗外。

她已经检查过长颈鹿围场和虎穴。这时，她听见一声咳嗽，便推开没有闩上的大门，踮着脚尖走进猩舍。她踢开稻草前进着，尿液与麝香的混合气味从地上升起，令她心跳加速。她相信，管理员在把动物运上卡车时漏掉一整头大猩猩实在不易办到。

“出来吧，扎克瑞·李，我知道你在里面。”

从猩舍中透过污渍斑斑的玻璃往外看的感觉很是诡异。“快出来吧，小亲亲扎克瑞，你会害苦我们的。”

又一声咳嗽，稻草之下传来沙沙声。然后，一个美国口音轻轻响起：“我不会出去的。”

“那好，”玛丽说，“我们俩就在这待到战争结束吧，谁也不会知道被战争逼急了的我们能表现出什么才能。”

她把红外套的玫瑰色衬里朝下铺在稻草上，在孩子身旁坐了下来。一直保持闷闷不乐的样子实在太难了。人们可以谈论他们喜欢战争的哪一点，但这场战争让她逃掉了下午连上两节的法语课，出走蒙特刷西，也许怪事还会陆续涌来。她又点了一根烟，向一束阳光吐出烟圈。

“我能抽一根吗？”那小小的声音说。

“问得漂亮，”玛丽说，“当然不行，你还不到 11 岁呢。”

集合点的方向传来白锡哨子的声音，有可能是重型轰炸机正在伦敦上空聚集，也有可能是孩子们被大略分成势均力敌的两队，开始踢足球。

扎克瑞从稻草中探出头来。看见他的褐色皮肤和栗色眼睛，玛丽还是很吃惊。他笑了，粉红的舌头吐了吐，这让玛丽松了一口气。玛丽本以为，他的舌头即便不是褐色，也会是与粉色截然不同的颜色，正如褐色皮肤与白色皮肤那样反差甚大，也许是蓝色，就像小蜥蜴那样。即使玛丽发现他的血是黑色的，他的粪便是象牙白色的，也不会感到惊讶。不算上说唱团海报的话，他是玛丽第一个近距离观察的黑人，玛丽控制着自己，尽量不去傻乎乎地盯着他。

稻草粘在他的头发上。“老师，”他说，“为什么他们把动物都带走了？”

“原因各不相同，”玛丽数着手指，“把河马带走是因为它们看起来吓人，其实是胆小鬼；把狼带走是因为大家不能完全确定它们站在谁的一边；把狮子带走是因为要把它们空降到柏林动物园，去挑战希特勒先生的大型猫科动物。”

“所以动物也在参加战斗咯？”

“当然啦，只有我们的话岂不是很傻？”

男孩的表情说明，之前他从未考虑过这件事。

“七加七是多少？”玛丽趁机问道。

小男孩摆出孩子那副故作认真的模样，开始埋头计算，直到用手指数不过来了，才勉强放弃。玛丽忍住笑容，同时也抑制着那个令人喜悦的疑惑：也许把早餐与社会活动之间的垃圾时间拿来教书并非一个最差的选择。这周以来，她已经不是第一次这么想了。

— — — — — — — — — — — — — — — — — — — —

星期二早上，点了名，正要分发瓶装牛奶时，玛丽在褐色的行李标签上写了班上三十一个孩子的名字，然后把相应的标签拴在每个人的外套纽扣孔上。当然了，她刚转过身来，孩子们就把标签交换了。他们毕竟是人哪，尽管个头不大。

她坚持按照交换的标签来称呼孩子们——叫伊莲的男孩，叫彼得的女孩，她也照喊不误，还一副一本正经的样子。看见他们那么容易就笑了，她深感欣慰。原来，大人与小孩的唯一区别，就是孩子们会花两倍力气防止自己陷入悲伤状态。

“是十二吗？”扎克瑞说。

“什么是十二？”

“七加七。”他提醒玛丽，那恼怒的语气就像大人问了个问题，却没有人肯花心思回答一样。

玛丽点点头表示歉意。“十二已经很接近啦。”

白锡哨子又吹响了。猩舍上空，海鸥满怀希望地盘旋着。喂饲时间的记忆一直存在于它们的脑中。玛丽感到有点心疼。整个世界的课程表如今都在蓝天下扑动翅膀，在风中游移不定。

“十三吗？”

玛丽笑了。“你要让我教你吗？你是个很聪明的十岁男孩，但你的数学落后太多啦。我不太相信有人肯花时间教你。”

她蹲在稻草上，牵起了孩子的手——它不比白人的手要暖，这让玛丽很是惊讶——然后向他展示七之后的计算方法。“你现在明白了吗？七加七等于十四。不停地加下去就可以啦。”

“哦。”

当魔法兵不血刃地被理智征服的时候，男孩子们都会露出这种既惊奇又失望的表情。

“扎克瑞，现在你知道了七加七是十四，那三个七加起来呢？”

他细细检查了伸直的手指，抬头看着玛丽。

“要多久？”他说。

“什么要多久？”

“他们要把我们赶走多久？”

“直到伦敦安全以后。应该不会很久的。”

“我害怕到乡村去。我想让爸爸也来。”

“家长都不能去噢，他们的工作对于战争来说很重要。”

“你相信这样的说法吗？”

玛丽轻快地摇摇头。“当然不相信了。即便是年景好的时候，大部分人的工作都是毫无意义的，你不觉得吗？保险清算师、专家教授什么的，他们背背打油诗，往袜子里塞点东西也许会更有用一些。”

“我爸爸在兰心剧院的黑人说唱团演唱，这个有用吗？”

“能提高士气，肯定有用啊，如果大家不需要说唱员的话，他们早就被疏散了。还是搭乘福音火车[①]疏散的，你说对不对？”

男孩没有笑。“村里的人不会想要我去那里的。”

“为什么呢？”

孩子们独有的、蠢得不可救药的痛苦表情。

“哦，我懂了。嗯，他们肯定会很好奇吧。起初也许会有人跑来戳你打你，可是当他们明白这样没法把你干掉的时候，就不会再对付你啦。大家都是讲道理的。”

男孩似乎陷入了沉思。

“总之，”玛丽说，“无论我们要去哪儿，我们都会一起去。我答应你，我不会离开你的。”

“他们会讨厌我的。”

“胡说，是说唱团艺人入侵了波兰吗？是黑人剧团占领了苏台德区[②]吗？”

他耐心地看了玛丽一眼。

---

① 《福音火车》(Gospel Train) 是基督教赞美诗的其中一首，有多种版本。

② 苏台德区（Sudetenland）是一个只在特定历史时期存在的地名，特指第一次与第二次世界大战期间，捷克斯洛伐克境内邻近德国讲德语居民所居住的地区。

“懂了吗？”玛丽接着说，“与德国人相比，村里人会更喜欢你。”

“我还是不想去。”

“可是很好玩啊！你看不出来吗？这是个游戏，规则很简单，就是‘让你去哪儿你就去哪儿’。大家都在玩呢。所有人哦。”

玛丽惊讶地发现，自己一点也不在乎被派到边远地区。其实，这是一个巨大的俄罗斯转盘，应该这样看待。孩子们可以尝尝鲜，呼吸一下乡间的空气，至于她……嗯……乡野之地难道不是一个又一个的希斯克利夫庄园吗？大概跟《呼啸山庄》里的庄园一样没人管吧！

我们来想象一下，她想，这场战争会把我们所有人都吓一跳。我们假设火车会把我们带到荒野，远离所有端庄得体的人所在的街道。在那里，随便找个人都不会知道母亲的事情，也不会在父亲的选区里投票。

她想象着自己身处乡村的情景：她所在的地方是一个美丽的村庄，里面都是生机勃勃的年轻人，不过战争的到来让他们产生了新的生活方式。这就像转动万花筒，只是用留声机和舞蹈转动而已。如果闺蜜希尔达也去呢？但凡碰到稍微有点意思的男人，她就一定会坠入爱河。

玛丽捏了捏黑人小孩的手，他也笑了。玛丽很高兴，明快的心情成了接话棒。“来吧。”她说，“我们也回去和大家一起玩吧。”

两人从稻草堆中站起来，玛丽给小男孩拍掉身上的灰尘。他是个瘦骨嶙峋、眼睛滚圆的家伙，直视他的眼睛让人有种被 X 光彻底看透的感觉，一头黑发乱蓬蓬的，透着倔强。玛丽笑着摇摇头。

“怎么了？”

“扎克瑞·李，说实话，我真搞不懂我们为什么要花时间让你撤离。你看起来就像已经被炸弹炸过一样。”

他满面怒容。“哼，你抽烟的时候还这样呢。”

他模仿玛丽抽烟的样子很像贝蒂·戴维斯，仿佛燃烧的“黑猫”牌香烟产生了巨大的升力。香烟抵抗着自身这股上升的力量，让手腕优雅地伸直了，只是扬起了拇指和食指，犹如无聊透顶的圣人在做赐福祷告。

“是啊，就是这样！”玛丽说，“你一定要给我看看你是怎么抽烟的。”

扎克瑞使出魔法师变硬币的手法，想象中的香烟在手中打了个转，烟头在手掌下方冒着烟气。他的眼珠偷偷地左右转动，他深吸了一口，然后转过脸来，嘴角上露出一点缝隙，向着稻草喷出烟气。这口气吐得很快，快得几乎看不清，快得就像麻雀在树枝上拉屎一样。

“我的老天，”玛丽说，“你抽烟的样子就像全世界都不准你抽一样。”

“我抽烟的样子像个大男人。”孩子一脸不屑地说。

“好吧，除了读写算外我也没法教你什么了。”

玛丽挽着他的手臂，两人并肩而行。男孩问狮子会在白天还是夜晚空降到柏林，玛丽就说她估计是夜晚，因为狮子都是夜晚出没的，可是现在在开战呢，谁知道呢？

两人穿过出口处的十字转门。玛丽让孩子先走，因为她已经搞错了转门上单向棘轮的方向，要是孩子又跑了，那就好玩了。如果两人的角色换过来，玛丽一定会觉得机会难得，难以拒绝。

他们发现，学校里的孩子在草地上排成了三列。玛丽一直挽着扎克瑞的手臂，直到女校长瞪了她一眼，玛丽才调整姿势，让这看起来更像是押送。

“我待会再来处理你，扎克瑞，”瓦因小姐说，“等着面壁思过吧，我一有地方就要把你关起来。”

扎克瑞尽管怒气冲冲还是笑了笑。玛丽赶紧把他推进队伍，来到玛丽教的班里。她把朴素懂事的费伊·乔治从队伍里拉出来，让她和刚抓回来的“逃犯”排成一列，还叮嘱她紧紧抓住扎克瑞的手。费伊先是从外套口袋掏出一双手套戴上，然后就按玛丽的吩咐紧握着扎克瑞的手。扎克瑞一言不发地接受了她的举动，直勾勾地看着前面。

女校长向玛丽走去。闻到她身上的烟味，校长皱了皱鼻子，然后看了看天空，仿佛空中有一个中队的轰炸机在盘旋，而玛丽却没有察觉到似的。瓦因小姐抓住扎克瑞的肩膀，摇了摇，那模样有点心不在焉，却不失疼爱，似乎在问：“噢，我们该拿你怎么办呢？”

她说：“你们年轻人真不知道世上的艰难。”

玛丽估摸着，自己就是她口中的“年轻人”，当然，她也可能是在说那个孩子；瓦因小姐还是抬头看着天空，所以也有可能她是指纳粹空军的年轻飞行员，或是无忧无虑的小天使。

玛丽咬紧牙关，不让自己笑出来。玛丽喜欢这个瓦因小姐，这女人倒不完全是由毒蛇与裙撑组成的，但她已小心谨慎到了无趣的地步，似乎再无法信任生活。

“对不起，瓦因小姐。”

“诺斯小姐，你在乡间呆得多吗？”

“嗯……周末时我们会到父亲的选区去。”

这句话正是她不想说出口的话。

瓦因小姐放开了扎克瑞。“我们可以借一步说话吗，诺斯小姐？”

“请吧。”玛丽说。

两人走开了几步。

“玛丽，你为什么想到要来学校当女教师呢？”

因自尊心作祟，她可不能说，自己志愿参战时没有指定要报哪个岗位，更不能说她只是报了个名，然后就假定某种看不见的力量会一如既往地做出对她有利的决定。

“我以为我会擅长教书。”她说。

“抱歉。只是你这种家世的人一般都不会考虑从事这个职业。”

“噢，我不那么看。如果有人偏要挑剔我这类背景的人，他们应该说，你们根本不需考虑从事任何职业。”

“亲爱的，那你为什么要工作呢？”

“我想，与赋闲在家相比，出去工作会没那么累人。”

“就没有其他更吸引你的战时岗位了吗？”

“你对我没多大信心嘛，瓦因小姐。”

“你不可能干得来，你还不懂吗？学校的其他老师都觉得你令他们头晕目眩——或者说沮丧气馁吧。你太自以为是了。你会和孩子们做朋友，他们可不需要这样的朋友。”

“我就是喜欢小孩子而已。”

女校长看了她一眼，毫不掩饰目光中的怜悯之情。“你无法与三十一个小孩子当朋友。他们的需求比你想象中要多得多。”

“我自认明白他们的需求。”

“你在这个岗位上待了四天，就认为自己搞懂了。这个错误很常见，出现在每周不差两英镑十七先令的年轻女人身上，更是难以纠正。”

玛丽顿感愠怒，好不容易才抑制住自己，没有反驳。

“玛丽，这个星期以来，所有麻烦事儿都来自你的班级，有人发脾气，有人出小事故，还有人逃掉了。孩子们都觉得在你面前可以为所欲为。”

“可是我知道他们的感受，瓦因小姐。跟他们的父母道别之后，谁知道要多久才能再见？他们的情绪这么差，我以为一点点特许——”

“会害死他们。我不知道接下来的几个星期或几个月会发生什么，但可以肯定，如果出现袭击事件，接到通知的那一刻就要立即找到所有的孩子，马上带他们去隐蔽处。他们可不能到处乱跑，找不到人。”

“对不起，我会改进的。”

“恐怕我无法冒这个风险。”

“您说什么？”

“玛丽，正午时分，我们就要步行前往玛里利本火车站，一点钟上火车。上面没有告诉我目的地在哪，也许是牛津郡或者是中部地区。”

“那……”

“嗯，恐怕不能带上你了。”

“可是……瓦因小姐！”

女校长抓住她的手臂。“我很喜欢你，玛丽，喜欢到需要告诉你这样一个事实：你不适合当一个好老师，去找一个更能发挥你众多天赋的岗位吧。”

“那我的班级……”

“我亲自来带。哎哟，别一副可怜兮兮的样子。我还是教过几年书的。”

他们的名字，玛丽想，*我已经记住了他们所有人的名字*。

她站了一会儿，集中精神——用母亲教她的方法——凝固脸上的表情。“好的。”

“你是你们家族的骄傲。”

“您过奖了。”玛丽说。客套一番总是应该的。

正午来得太快。她在教职工安放行李的手推车上拿出自己的行李箱，然后看着学校里的所有孩子沿着外环路排成三列，准备疏散。茶隼班排在最后边：她的三十一名小孩戴着用棕色行李箱标签做成的名牌。伊妮德·布拉特、埃德娜·格洛弗和玛格丽特·埃克尔斯顿三人组成最前面一排，他们总是待在一起，总是低声耳语。想不到，四天之后，就连她们的闲聊都如此令人激动，玛丽一直不知道是该让她们安静，还是请求加入讨论。

第二排是玛格丽特·兰巴因、奥德丽·舍佩尔德和内莉·古尔德：奥德丽拿着用海报颜料涂过的毒气面具盒；内莉拿着那个叫“粉粉”的小玩偶；玛格丽特会说一点法语。

玛丽被大队抛在身后。荒废的动物园旁，地上的青草平静下来，一动不动。乔治·伍德尔、杰克·泰勒和格雷厄姆·布朗甩着手臂，像行军一样踏步前进；约翰·坎伯兰、哈利·罗杰斯和卡尔·理查德森在后面一排学大猩猩瞎哼哼，嘲笑着前面的三个孩子；亨丽埃特·维斯比、伊莲·纽兰德和贝蕊·沃尔多夫这三个班花手牵着手大摇大摆地前行，向那群吵闹的男孩皱着眉头；然后是艾琳·罗宾斯、诺玛·里夫和罗斯·蒙铁尔，她们一脸担忧、脸色苍白。

下一排是帕特丽夏·福西特、玛格丽特·泰勒和琼·奈特，她们的母亲相互熟识，女儿和外孙女似乎也会延续这段关系，前提是男人们的战争不会干涉她们一边吃海绵蛋糕一边喝茶的社交生活。帕特里克·约瑟夫、哥顿·艾伯特和詹姆斯·怀特咯咯咯咯地笑着，瞧了瞧身后的皮特·卡特、皮特·霍尔和约翰·克拉克，玛丽知道，这三个孩子必定要搞出一些恶作剧来，可能是装作晕倒或者往别人身上涂墨水之类的。

后面那排是善良的瑞塔·格莱尼斯特搀扶着满脸泪水的詹姆斯·罗弗里。走在队伍最后面的是费伊·乔治和扎克瑞。黑人男孩做出吐烟圈、扔烟头的动作，向她道别。他转过身去，唱着歌和其他小孩一起离开，向着那个连名字都没有的地方出发。玛丽目送他离去，这是她有生以来第一次自食其言。

玛丽在位于皮姆利科的父母家中吃晚饭，闺蜜希尔达坐在她对面，玛丽的母亲亲自从厨房里端来托盘，给她盛了一些冷烘肉卷。玛丽的父亲去议会了，家中也没有客人到访，诺斯夫人就让家里的仆人都放了假，只留下了厨师。

“所以说，你什么时候疏散到外地去啊？”诺斯夫人说，“我还以为你已经走了呢。”

“哎哟，”玛丽说，“我马上就要跟上了。他们要让一个好老师帮忙照看掉队的人。”

“很好，我们都不觉得你会成为好老师，是吧，希尔达？”

希尔达抬起头来。她正把烘肉卷切成三份，把其中一份放到旁边，因为她正在减肥。当月的《银屏》杂志推荐大家塑造“三分之二曲线”。安·谢礼丹就是因为身材好才在《一世之雄》① 中担任女主角的。

“诺斯夫人，对不起，你说什么？”

“我们都不觉得玛丽会成为好老师，是吧，亲爱的？”

希尔达一脸无辜地看了玛丽一眼。“她也不怎么在意自己被派到这个岗位。”

希尔达心里明白，自己接受指派时是多么不情不愿，所以不到一个星期就辞职了。玛丽挤出笑容，自认恰如其分地表达了自己的谦虚。“有女人去教书，男人们就能去参军了。”

“我把你留着，海军的将军就自由啦。”

“希尔达！再这么说话，我就把你的头割下来挂在大门上，以儆效尤。”

“抱歉，诺斯夫人，可是玛丽这样的尤物总不是为了教书这种无聊的事情而生的吧？”

希尔达知道，诺斯夫人已经开始怀疑玛丽在耍她。她就是这样的，把诱饵放进最精致的陷阱里，随时会拉起来，却摆出一副心思只放在烤肉卷上的样子。

“她能坚持下去，我真的很惊讶，”希尔达说，“我连减肥都坚持不了。”

希尔达用刀叉把每一颗红花菜豆都切掉了三分之一，又勤奋地把切掉的那部分菜豆码在多出来的烤肉卷旁：深思熟虑得令人难以

---

① 1938 年迈克尔·柯蒂斯执导的美国黑帮片。

忍受。

玛丽不耐烦了。“为什么你要把东西都切成这个样子？”

希尔达一脸的诚恳。“是分得不均匀吗？”

“吃两颗丢一颗就好啦，真是的，你是在减肥，不是在解剖。”

希尔达一下蔫儿了。“我没你那么聪明。”

玛丽愤怒地盯了她一眼，希尔达的黑眼珠闪啊闪的。

“每个人的天赋都不一样，”诺斯夫人说，“你的天赋就是忠诚和善良。”

“可是，我觉得当一个老师真的很勇敢，你不觉得吗？我们其他人只会在客厅和沙龙里走来走去。”

诺斯夫人拍了拍她的手。“我们也在服务那些活在优雅之中的人。”

“可这并非在为战争作贡献。”希尔达说，“真正的贡献。”

“也许我该为我的女儿自豪。这个夏天我们才担心她会变成社会主义者呢。”

最后，三人都笑了。这说的都是什么话啊。

— — — — — — — — — — — — — — — — — — —

晚饭后，在奶油色水泥砌成的六层建筑露台上，玛丽气得发抖，希尔达也笑得没那么灿烂了。两人的白色长裙在皮姆利科的日落中燃成了火焰。

“你真是黄蜂尾后针啊，”玛丽点燃了一根烟，“现在倒好，我得一直装作没有被解雇了。都是因为乔弗里·圣约翰吗？”

“为什么你会认为与乔弗里·圣约翰有关呢？”

“呃，我承认我曾轻轻地……”

“说啊，轻轻地干吗？”

“轻轻地亲了他一口。”

“在哪儿？”

“在‘夏洛蒂女王’的舞会中。”

“他……”

“整晚都在当你的侍从。很好。”

“有意思。”

“是吧？”玛丽说，“因为你显然还很生气。”

“看起来是那样。”

玛丽俯身靠在栏杆上，忧郁地瞄了伦敦城一眼。“那是因为你还没有释怀。”

“我是个十分传统的人。”希尔达说，“乐观地看，现在你有一份全职的教书工作了。”

“你就像玩弄一台廉价的自动钢琴一样耍我妈妈。”

“你一定要去把这份工作要回来，至少也该装装样子。不管怎样都好，下次圣米迦勒节舞会你都不能去。”

“你这鬼头，舞会举行的时间是课后呀。”

“你不是要到乡下去吗？就连你妈妈也知道这里无人可教。”

玛丽暗自思忖这件事。“我会给你答复的。”

“到了最后，我会原谅你的，这是当然，也许还会让你参加我和乔弗里·圣约翰的婚礼。你来当伴娘吧。”

两人相互依偎，凝视着夜幕降临下的城市。

“是怎么样的？”一阵沉默后，希尔达终于开口。

玛丽叹了一口气。“可怕的是我很喜欢。”

“是我先看见他的。”希尔达说。

“哎哟，我不是在说亲吻乔弗里的事啦。我是说我喜欢教书。”

“你又在打什么鬼主意？”

“才没有呢！我带着三十一个孩子，都是些聪明得不得了的家伙，现在他们走了，我觉得很没意思。”

灯火管制下的城市仿佛同夜空颠倒了位置，再无万千华灯，与晚星相互映照。

“你为什么不喜欢那个吻？”过了一会儿，希尔达问，“乔弗里的吻有什么不好啊？”

1939年10月

正式宣战时，汤姆·肖决定不去管它。无论怎样看，战争都持续不了多久。双方的好斗分子会在激战将至时撤退，正如僵持不下的孩子们会在围观群众的叫嚣中溜掉一样。

处于二十三岁的年纪，悲伤于他来说是一件难事。问题是他注意到，目前的情况让人忧郁。他看到，如果城西剧院晚间不开门，剧场的演员会妆也不卸就跑出来。于是，人们到索霍区[①]玩耍时，会看到《哈姆雷特》中的罗森克兰茨坐在酒吧一角，晒着午后的阳光大杯喝酒。他还看到，每当人们用固定长度的锁链把马匹拴在公共用地上，草地中总会出现完美的圆形蹄印。不论马的性情是活泼还是平和，是狂野还是温驯，蹄印呈现出的几何图形都十分完美。

教育部的同事都去参军了，他的上司被提拔到战争部协调疏散工作。汤姆似乎是伦敦城内唯一被认为可以错过这场“大游行”的人，所以上头派他管理一个区的学校。要不是他明察秋毫，发现这些学校空无一人，也许他会庆祝这次晋升。

黎明时分，他出去转了一圈。议会山顶峰的黑莓正当结果之时，果粒饱满，散发着最佳年份才有的清甜。要是在往年的十月，孩子们早就跑来这片树丛摘果子了。汤姆摘下帽子，往里面装满果实。

他俯视着这片从睡梦中苏醒的土地。这是他位于肯特郡城镇和白垩矿场的新辖区。他的“封地”北界是一条铁路，沿途蒸汽袅袅，今天的第一批撤离人员正搭乘火车往西进发；“封地”南界是摄政运河，沿岸熙熙攘攘，一艘艘驳船正忙着从码头装载货物。在这两条界线之内，除非得到他的命令，否则没有一个孩子能学习写字，没有一个老师会收到用红蜡封好的工资信封，没有一支粉笔会从白

① 索霍区位于伦敦威斯敏斯特区中心地带。

垩纪地层中出土、磨成棒状并用于黑板书写。他往左右看了看，确认四下无人之后，便飞扬跋扈地举起手来。

“小家伙们，开始学习吧！我命令你们！”

由于嘴巴里塞满了黑莓，命令的威势大打折扣。他放下手臂，思量着今天该干点什么。说实话，留在此地的学龄儿童都没什么意思——瘸的、天生畸形的、乡下来的不愿挪窝的。当然，还有黑人孩子。他们当中只有一些人已经撤离，但又陆续回来了。撤离运动是一场选美，一群群小家伙在教堂前排着队，而乡下人只愿意选金发碧眼的。

留给汤姆的只有二十所被束之高阁的学校和一些要么太难教，要么太傻没法教的小孩。为了让自己高兴一点，他开始把黑莓扔到手肘上，让其反弹进嘴巴里。他一点也不擅长玩这个小把戏，连扔了六次都没有成功，但他很确定他的技术会随时间提高。在衡量各国战力时，竟未把此类才能考虑在内，真是太愚蠢了。

他抬起头来。在辖区以外，伦敦杂乱无章地延伸着，向东是恶臭的沼泽，向西是白色的大理石墙。泰晤士河沿线的士兵正在检查几艘小型齐柏林飞艇①。它们能执行多项保护任务，但到底属于哪个部队还搞不清楚。防空气球的一端在变幻的微风中冷漠地左右摆动，一如北方人弃而不用的指南针一样紧张。

汤姆抱着装满黑莓的帽子下山，回到了贴满招募令的闹市。陌生行人与他对视，迫不及待地点点头，以表达最近才出现的团结精神。以前贴着肥皂广告的大型广告牌上写着：**你的勇气、你的欢乐、你的决心**。

现在是早上八点，上班还太早，他便回到了阁楼。他住在位于威尔士亲王路一幢一室两厅的排屋里。依照他室友阿利斯泰尔·希思的说法，阁楼已经“皈依”了，正如基督教徒改变信仰，去信奉

---

① 硬式飞艇的一种，以德国人费迪南·冯·齐柏林的名字命名。齐柏林是20世纪初期硬式飞艇发展的开拓者。——编者注

摩门教一样。但这件事似乎是刀子架在脖子上迫不得已才会去做的，并且随时会恢复原状。这里冬天时而漏雨，时而干燥；夏天却酷热难当，即便跑到屋内一角的小厨房，把头伸进打开的水龙头下，也清凉不了多少。

汤姆看见阿利斯泰尔穿着睡衣坐在地板上，嘴里叼着烟斗，手里忙着把烂报纸塞进一只姜黄色的猫的身体里。标本的头和肩已经完成，空洞的眼窝里，新闻纸凸了出来。

“天哪，”汤姆说，“这是尤利乌斯·恺撒吗？”

阿利斯泰尔头也不抬。“真惨啊，标本剥制员没弄完就把它送回来了。罐里有茶，想喝就喝吧。”

“为什么没弄完？”

“也许它真没救了。”

“应该说它贪得无厌吧。还记得它出去浪了一晚之后回来的样子吗？”

阿利斯泰尔叼着烟斗的嘴往边上撇了撇。“我真怀念这‘老家伙’。早上来的第一份包裹，女房东刚刚把它拿上来。猫皮用鞣酸处理过，叠得整整齐齐，用褐色纸皮包裹着。模样跟平时不太一样。”

“是扁了一点。”

“我在用报纸将它塞好，很快就会满血复活了。”

汤姆把装满黑莓的帽子往前一送。“我打算弄果酱，要尝一颗不？”

阿利斯泰尔吃了一颗。“我的老天，别弄什么果酱了，拿来泡酒吧。”

汤姆把黑莓倒进平底锅里，有几颗掉在地上。他蹲下来收拾，然后往锅里加了一杯水。

“恺撒的包裹里有便条吗？”

“有一封道歉信。店家关了，很抱歉等等，我们现将所有材料归还。我真不知道战争结束之前还会有多少人去找标本剥制师做标本。”

“一早取消订单不就好了。”汤姆说。

汤姆开火烧锅，转过身来看阿利斯泰尔缝上猫的肚子。阿利斯泰尔对此很在行，他熟练地绣上一列整齐的缝线，猫毛一拨就能遮住。汤姆一直羡慕阿利斯泰尔强壮灵巧的双手。这双手能修好留声机，能在钢琴上弹出美妙旋律，能做各种事情，在汤姆看来，这些事就像用丘伯钥[①]开耶鲁锁[②]那般困难，可他做这些事情时似乎一点也不费力，仿佛这双手能自己发挥作用。阿利斯泰尔令汤姆黯然失色，但汤姆估计他并未注意到这点。金发碧眼、身强体壮的阿利斯泰尔有着“不以物悲”的天赋，面对战争和穿了大洞的水管都能一笑置之，仿佛这些事情早在他的预料之内。他很吸引眼球，不是因为能够引以为傲的英俊面庞，而是他能用殷勤的目光与他人对视。汤姆曾经注意过，女生总会朝他多看一眼，但他身上的确拥有吸引别人再看一眼的东西。

阿利斯泰尔熄灭烟斗。“我今晚不回家了，要带利曦·西德尔到乡间玩。”

“哦？是哪一幅画？”

“‘快亲我，我游不动了’那个。”

“《奥菲莉娅》[③]？”汤姆无声地模仿着她的眼神和虔诚的双手。

“我们给它弄了个包装盒，要用便衣货车把它带到威尔士去。”

“就目前的情况看，我不知道还有便衣货车这种东西。是车身

---

① 1778年，罗伯特·巴伦（Robert Barron）发明了双作用杠杆锁。1817年，朴次茅斯皇家造船厂发生盗窃案，促使英国政府进行了一场锁具竞赛，100英镑奖金最后颁给了杰瑞米·丘伯（Jeremiah Chubb），他用自己的杠杆锁改进了巴伦的设计。他内置了一个再锁定装置：探测锁，如果有人撬锁，探测锁会出现故障，只有正确的钥匙才能打开它。

② 1843年耶鲁父子莱纳斯·耶鲁（Linus Yale Jr.）和老莱纳斯·耶鲁（Linus Yale Sr.）发明了耶鲁锁，这种锁就是现代圆筒弹子锁的始祖，锁内有弹片，插入钥匙后锁脚会与钥匙的锯齿完全对齐，钥匙才能转动。

③ 莎士比亚剧作《哈姆雷特》中的角色，王子哈姆雷特的“准妻子”。她的形象常常出现在浪漫或经典风格的艺术作品中。——编者注

上印着大字**‘无价艺术之宝’**的政府货车队吗？”

“别说了，”阿利斯泰尔说，“这趟物流运送任务中的浪漫都被你说没了。”

“如果真是秘密任务，那为什么还告诉我呢？”

“有何不可？你不会告诉希特勒吧。”

“除非德军把我用来发密报的无线电发射机还回来。”

“糟糕透顶，”阿利斯泰尔说，“我花了五个月时间修复《奥菲莉娅》的画框——只是画框哦——现在却要用盒子把它包好，埋在某个旧矿井里，天知道要埋多久。”

汤姆把大玻璃瓶中的糖都倒进平底锅中，连大块的也倒了出来。

“我不介意，”阿利斯泰尔说，“只是，一想到要把它留在黑不溜秋的地方，我就难过。我就会忍不住想：要是战争输了该怎么办？”

汤姆搅拌着锅里的东西，让糖渗进黑莓里。“不会真的打起来的。”

“要是我们所有人都被杀光了，没人记得《奥菲莉娅》，难道它就一直被埋山下，不见天日吗？”

“还有恺撒呢。人们可以根据它来重塑我们的审美哲学。即便报纸塞得太多也能恢复。”

阿利斯泰尔对猫仔细打量了一番。“是吗？这只老猫对自己的体重一直很在意，现在是它最瘦的时候了。”

“爪的部分做得很漂亮，你应该去当个博物馆管理员之类。”

“你该到泰特美术馆[①]去。灯全部运走了，整个画廊空无一人，画作都藏起来了。”

“是啊，签个名，说这就是现代主义吧。去你的，今晚我要和人吃饭呢。结婚是逃不掉的，你该马上准备伴郎演说才对。”

---

① 1897年首次对外开放，当时官方的名称是国立英国艺术美术馆。之后，该馆以其创始人亨利·泰特的名字命名，从而被称为现在大家所熟知的泰特美术馆。

阿利斯泰尔拿起还没塞好的猫放到耳边，假装听它在小声嘀咕什么。“恺撒命令你把事情和盘托出，一点也不许隐瞒。”

“好吧，她叫玛丽·诺斯——”

“我的乖乖，汤姆·肖，你真的脸红了？”

“那是因为果酱，因为锅的热气。”

阿利斯泰尔把纸塞进猫的下半身。“恺撒推测，她应该很漂亮，比你聪明，还不会做饭咯？”

“恺撒知道我喜欢的类型。”

“你一定要原谅我啊，我可不想现在就写伴郎演说稿，把羽毛笔写烂。汤米[①]，这女孩会将你的罗曼史就地终结：她会开始喜欢你，然后毫不情愿地断定，你既不富有也不擅长跳舞。于是你只能惆怅地看着她转身离去。”

汤姆加大炖锅的火力。“这次不一样，我已经和玛丽谈过一次了，我们有共同之处。”

“例如呢？”

“例如我们对待孩子的态度。”

“你们已经谈到这个了？我好像还没告诉过你孩子是怎么生下来的。”

“不是生孩子，是教孩子。”

“你和她聊天时不是三句不离工作吧？”

“要是你真想知道的话，是她来找我谈的。我一句话也插不上。”

“大意是什么？”

“必须改变现有的教育方式。老师必须与学生站在同一阵线，而不应只是个管纪律的。”

阿利斯泰尔打了个哈欠。“恺撒宣布玛丽让它很头疼。”

“恺撒说这话之前不知道玛丽有多诱人。”

“那她为什么会对你感兴趣？我就奇怪了，你是怎么出现在她

---

① 汤姆的昵称。——编者注

眼前的？”

“她来到办公室，问我要一份工作。很显然战争部派她去教书了，我们就在霍利街学校给她找了个岗位。可是她屡教不改，被踢出来了。她想去教别的班。”

“你应该没有别的班让她教了吧？”

“我也是这么说的，可她坚持要这样。我说：‘对不起，但我们已经把两条腿一个头的生物都疏散了。’然后她就说：‘恐怕这还不够好。’她双手叉腰，脸红得叫人想入非非。我就问她，她想我怎么办，她就说：‘你要请我吃顿饭。’”

阿利斯泰尔盯着他。

“怎么了？”汤姆说。

“从何说起呢？从我的感觉判断，你有三个问题。第一个是职业操守，第二个是相貌太丑。”

汤姆举起两只手指。“第三个呢？”

“你的果酱要溢出来啦，兄弟。”

“妈的！”

平底锅沸腾了，滚烫的“熔岩”喷得到处都是，触之即死。汤姆迈上前去，一只手拿着锅盖当盾牌，另一只手尽量伸出，用手中的汤匙来熄火。果酱不再沸腾，却还在嘶嘶作响，愤愤不平。到了后来，热泡中的空气逸出，只是偶尔发出充满恶意的噼啪声。

“你觉得火熄得及时吗？”

汤姆往锅里戳了戳。“没事的，我向你保证。它要么甜得像果酱，要么糊得像焦糖。”

“你我都认识这样一个女孩。”

汤姆没有理他。“遇见玛丽之后，我第一次觉得这场战争也不是那么糟糕透顶。”

“哎哟，汤米，大人们是把你留在幼儿园里了，但这并不代表你能在墙纸上乱涂乱画。”

“拜托。这不是小孩玩过家家。我要带她去玛莎逛逛。”

汤姆想让这句话听上去历遍红尘，但说出来时却有点底气不足。也许阿利斯泰尔说得有道理。*而且，她才只有十八岁呢*。汤姆忍不住想。最糟糕的是，汤姆之所以知道她的年龄，完全是因为他径直闯进人事部办公室，从文件夹中抽出了她的档案。

“抱歉，”阿利斯泰尔说，“我不是想泼你冷水，只是羡慕你能与美女共进晚餐而已。”

“不，你说得很对，现在回想起来，我不太确定她是什么意思。也许只是想和我谈工作上的事情罢了。”

阿利斯泰尔扬扬眉毛，又转过身去做标本了。

“怎么了？”汤姆说。

“没什么。”

“到底什么事儿？”

阿利斯泰尔用牙咬断一截棉花，又开始穿针引线。“只有你才会去担心‘晚餐’是什么意思。”

“是啊，可是在这个语境下，晚餐到底意味着什么？她在暗示什么？我不只是一份工作那么简单？还是说，她觉得我就是给她介绍工作的，所以她才会邀请我共进晚餐，不用担心我会错意？”

阿利斯泰尔呆呆地看着空气。“我跟不上你的思路了。你能给我用不同颜色的铅笔画个表格吗？”

“又或者，”汤姆说，“她对我的感觉很矛盾，不清楚我对她的意图。她那么聪明，是不是在故意装傻试探我的反应，看看我能否领会呢？”

“你给出什么反应了？”

“也许舌头打了一点结。”

“太好了，幸好她不会邀请你共进早餐，因为晚餐比较适合舌头打结这种事。”

“去死吧。说真的，你怎么想？你是个有经验的人了。”

“我是有经验，给死去的皇帝缝屁眼的经验就有。”

“那也是有经验啊。”

阿利斯泰尔扔掉缝针和棉花，一副气急败坏的样子。“世上有两种晚餐，两种女人。四种组合中只有一种两样都是坏的。”

“不怕一万就怕万一啊！”

阿利斯泰尔没有说话。他缝上最后一针，剪断面线，将猫的标本直立起来。猫一开始站不稳，他就将四肢调整至平稳的状态。“你看，”他说，“恺撒大帝不对任何人低头。”

他往烟斗里装满烟丝，盘腿坐在地板上，看着那只猫。猫的姿势很别扭，背部僵硬，这让汤姆有点伤心。平时，阿利斯泰尔常扮演历经世故的男人，而他则饰演涉世未深的男孩，但有时候，这种双人表演的对话会变得不再有趣。刚才，两人又分别扮演友谊刚建立时两人的角色。他们刚认识时，发生了一件好笑的事情，而这件事太好笑，经得住好几轮重复的描述，就这样，开玩笑最终变成了两人说话的习惯。如今的他们就是两只已经进化的鸟儿，只会吃一种果实，但这种果实大概已经灭绝了。

汤姆点了一根烟，试图享受抽烟的快感。他拿起大玻璃瓶，掏出最后几块泡过茶、结了硬壳的糖，用水冲了冲，丢进平底锅的水里煮。洗干净大玻璃瓶后，他舀了一汤匙果酱，吹了吹气，想让它凉下来。

阁楼唯一一扇窗户透进晨光，金属汤匙里的果酱在光芒中闪闪发亮，中间的颜色最深，呈靛蓝色，边缘却变成了洋红色。他闭上眼睛尝了一口。他吃到的部分刚好是焦糖的边缘，味道介乎甜与苦之间。黑莓的甜味只发挥了一半，味道逐渐变化加深。果酱在舌根融化消失，一大团果渣却滞留在原地，那感觉真是叫人发疯。他的口中只留下一个不知如何提出的问题，还有在折磨着舌头的、像星星一样多的种子。

他闭着眼睛站了整整一分钟，才又舀起一口。他完全不知道这是什么。这也许是他最精致的烹饪作品，也许就是一瓶普通的黑莓酱，在一个亮度适中的十月早晨，在一间普通的阁楼中炮制而成。阁楼中这两名典型的年轻单身汉放着正事不做，却去做一些做不好的事。也许这只是一瓶普通的果酱，也许恺撒这只浑身疙瘩、眼眶中露出报纸屑的肥猫不过是一只粗制滥造的填充玩具罢了。

汤姆把果酱倒进刚烫过的玻璃瓶里，盖紧盖子，然后把瓶子拿到水龙头下冲水，让瓶中空气遇冷收缩，封住瓶口。他擦干玻璃瓶瓶身，舔了舔藏书标签激活黏合剂，把标签贴在圆形瓶盖上，最后写上“伦敦，1939”几个字。

“然后呢？”他说，“如果她只想得到一份工作，那该怎么办？教书是一项很重要的工作，她也许善于此道。”

“我又跟不上你的思路了。你想娶她吗？还是想雇用她？”

“两件事都没有钱去做。我只是对那场文明的对话深表感激。老实说，除你我之外，她恐怕是城中唯一明白事理的人了，参加战争有许多种方式，拒绝像小学生一样跑去向德国人开枪并不代表不爱国。”

“是德国人先挑起战争的。”

“是啊，你懂我意思。”

阿利斯泰尔挤出笑容。

“怎么了？”汤姆问道。

“我们所有人都得思考本职工作如何为伟大事业服务。如果想都不想，就得到一个简单的答案，那实在太幸运了。”

“上战场的不该是我们，对吧？”汤姆说，“我还有整个辖区要管，你还得在岛上到处跑，把我们的传家宝藏进山洞里。假如一个人是……我不知道……投机商人或小偷的话，问题就更加尖锐了。”

阿利斯泰尔拧了拧恺撒的尾巴，让它指向天空，和老猫生前的姿态一模一样。

“每天早上我经过摄政街时都会看见招募令，还能偷听到招募队伍里骂得最凶的几句脏话。不论你决定要去做什么，这个国家没了你依然能过下去，承认这件事得到的耻辱更甚于参战的恐惧。当然了，人们最终的结论与军方是一致的——无谓地死去在当前情况下是最没有用处的，双方的想法可谓殊途同归。”

“你也想过去当兵，对吧？”

“我没别的事情可做了。透纳[①]的画几星期前就转移了。侧厅还有几幅浪漫主义作品要运走，然后是六幅超现实主义画作。转移过程即将完成，到时我就只好去搬我自己没有画过的那些画了。”

“可是你常说，不能让他们把我们变成野蛮人。必须留下一个懂得如何修复一切的人。”

阿利斯泰尔低头看着双手。“问题是，这个人不应该是我。”

汤姆甚至还未明白这句话的意思，就为此感到震惊。他的静脉紧绷，脑子里充满不祥的预感，时间如括约肌一般收缩。有那么半秒钟，他什么都听不太清，仿佛呼啸声震聋了耳朵。

“天哪，你不会已经……”

阿利斯泰尔抬起头。“对不起，我昨天去的。”

汤姆呆立在那，手中仍旧拿着玻璃瓶。

“没事的，”他说，“没事的，我们会有解决方法的。要先走程序，剔除掉误打误撞的人，一天总会有那么五十来个。会有一套机制之类的。”

“机制的要点就是不能反悔，这是当然。我签了一份庄严的誓言，不管怎么说，这么做都是对的。汤姆，我要参军。”

“什么时候去？”

“他们没说，只给了我三天的粮饷，让我等候命令。接下来是招募训练和学员培训，之后估计就会把我派到该去的地方。”

“你不是在说冷笑话吗？”

---

① J.M.W. 透纳（1775—1851），英国浪漫主义风景画家。——编者注

“恐怕不是。”

汤姆坐在老友身边，环顾周围。阁楼的样子随着他的目光移动而变化着。令人舒适惬意的小摆设正在变成索然无味的小孩子的玩意儿。从未打扫过的地板到散落四处的书籍，每一件用于营造古怪氛围的物品都褪去了它的魅力，直到最后，只剩下伦敦自治镇的一间寻常阁楼公寓，房子会退还给女房东，而他们的生活也会回归整个世界。

哦，汤姆想，那么快就结束了。我们将从平庸中汲取来的一切变得独特，而它们必将毫无预兆地归于平庸。

“刚才我说小学生什么的，真对不起。”

“没事。许多参军的人的确是学生。你应该去看招募的队伍，我今年二十四岁，却觉得自己就像个老人家。”

汤姆咽了一口唾沫。“你觉得，我也该报名吗？”

“天哪。为什么？”

“呃，我是说，到现在我都没考虑过这个问题。”

阿利斯泰尔将报纸捏成球扔掉。“傻瓜，你天生就是个教育家。想办法重操旧业才是你该做的。如果有人可以利用学生在威尔士埋地雷，那我肯定会坚持你和我一起去，但若非如此，我的意见是战争并不在你的课程表上。”

汤姆沉默了一分钟。“谢谢你。”

“我还以为你会很介意我这么说。”

“我会想念你的。”

“这是当然。因为再也没有人在你身边给你加油打气了。所以我才把盖乌斯·尤利乌斯·恺撒送给你。每次你看到他，都会听到他说：‘汤姆，赶紧打起精神来！’”

说这句话时，阿利斯泰尔把猫转过身来面向汤姆。猫的眼眶上缝了两个硕大的风衣纽扣，这双眼睛光芒四射，生机勃勃，与猫的整体形象很不搭调，就像用惊奇而古怪的目光监视着什么。

“这个，你拿着吧。”汤姆把那瓶果酱递给阿利斯泰尔。

阿利斯泰尔瞄了标签一眼。“虽然这份礼物很朴素，但‘39’可是著名的葡萄酒品牌啊，我还是收下好了。打完仗之后我们一起打开，好吗？”

汤姆看着他。“你会平安归来吧？”

“我怎么知道？”

“对不起。”

“天哪，”阿利斯泰尔说，“我才该说对不起。”

他躺在地板上，迎着晨光将果酱瓶举在半空中。

“喝茶吗？”过了一会儿，汤姆说。

“你泡我就喝。”

“糖已经用完啦。”

阿利斯泰尔没有说话。汤姆看着红紫色光线轻扫过老友神色坚定的脸。

1939 年 10 月

为了避免撞见母亲和熟人，玛丽得自己度过一整天。秋天到了，阵阵秋雨浇熄了战争的狂热。她沿河堤漫步，西南风呼啸着穿过铁栏，向她袭来。以前，孩子们常在这里拿着木棒敲敲打打。在肯辛顿公园[①]的操场上，秋风掠过没有风筝的天空，摇动着空荡荡的秋千，在秋千上打着孤独的节拍。

没有了喧闹的孩子，伦敦是那样萧瑟，那样温顺而乏味。玛丽偶尔会发现一两个被困城中没有撤离的孩子，他们露宿街头，独自踢着落叶，神色呆滞，孤立无援。她向孩子们微笑以示鼓励，但回应她的只有空洞的眼神。玛丽觉得不能为此责怪他们。玩伴都被拐

---

① 与海德公园相连，被流经两处的九曲湖分成南北两端。这里曾是英国君王的官邸，也是维多利亚女王的出生地。

走了，还能如何参与这场比赛呢？

不断袭来的狂风已吹过了半个伦敦城，整座城市都笼罩在白镴的气味之中，而这种腐朽的味道只存在于失落的物品之上。玛丽裹紧了雨衣，继续走着。走到摄政公园，狂风依旧肆虐，吹扫着潮湿的落叶。七叶树躺倒在篱笆上，树身巨大，长满霉菌。以前，身穿齐膝短裤的孩子总是会到这里来，摘下树上的果实绑在鞋带上，许下不切实际的愿望。尽管大自然热切盼望他们的到来，却没有让树木开花结果。

玛丽找了一家没有人认识她的咖啡馆，坐在最靠里的座位上，远离蒸汽袅袅的玻璃窗。她一边喝茶，一边从包中拿出纸笔，准备写信给扎克瑞。

只写了个地址，担忧便涌上心头。那是英格兰的一个偏远小村庄，伦敦人向来是不会将它放在心上的，除非诸如塌方或母马生出双头马驹这类不祥之兆见诸报端，人们才会去关注这个地方。

其他孩子的父母怎么忍心写下这些地址呢？她真想不通。考夫马伦、克利伯里莫蒂默、亚宾杰海默：它们必定都是迷雾重重、灾难频发之地。那里的人他们一个都不认识，对那里的事情一无所知，都是乡下人住在那里。他们的鼻头长得像灯泡，脾气古怪，月圆之夜会往身上抹鸡血。

亲爱的扎克瑞：

我没有遵守承诺和你一起去，心里觉得难受。但我希望你明白撤离的必要性。

她咬着铅笔头。伟大坚实的伦敦城灯火尽灭，掘壕防守，沉浸在潇潇风雨也难掩的寂静中。毕竟，秋天已到，德国人尚未入境。

相信你已经找到一户好人家照顾你了。

风吹得玻璃窗呼呼作响，没有了孩子们尖锐的喊叫，她能听见角落里的一对夫妇用刀叉追逐豌豆的刮擦声。这对夫妇是当爹妈的，一眼就知道，不然他们脸上不会露出纵横交错的愁纹。*我们真的做了正确的决定吗？*

那天早晨，玛丽每经过一个街角，都会看到解释孩子为何必须撤离的海报。海报上说，让他们回家，待在危险的地方将会是给希特勒最棒的圣诞节礼物。

你一定什么都不怕吧。

玛丽皱皱眉，擦掉了这一句。当局认为每个人都是一只手套，需要标语这双灵活的手才能行动起来。她甚至想象得到，父亲坐在无窗的议会大厦里为委员会起草文件的模样。湿气沉重的西南风刮了一整个上午，吹在新标语的一角上，标语在布告板上不住翻动，露出了上几条标语粘在布告板上时留下的痕迹。

虽然我只当了你一个星期的老师，可我想让你知道，你不但是个绝世无赖，还是个感情炽热的家伙。我有点想念教你的那段日子了。你应该过得很好吧，如果事实并非如此，如果你能向一个已经食言的傻女人摸着鼻子许下承诺，那就向我保证你会来信告诉我。

她在信的落款处写上“诺斯小姐”几个字，把信塞进信封，冒雨向咖啡店外的邮筒走去。

回到家时已是五点，天快黑了。她刚踏上门前楼梯第一个台阶，大门就打开了。

“谢谢你，帕默。”玛丽把雨衣递给他，让他挂在衣帽架上。

“教书教得怎样？”母亲的声音从客厅传出。

“还好，”玛丽说，“你知道小孩子是什么样儿。”

“我只知道你是什么样，他们恐怕没你那么让人抓狂。”

玛丽从客厅的门外探进头来。“我也喜欢你，母亲。”

“幸好，每次遇到太现实的事，外婆都会安慰我。”

“希尔达去哪了？我在走廊里看到她的大衣了。”

“我让她到后厨房去了。我可不管香烟对你们胸部有什么好处，它们快要把窗帘给毁了。”

“吸烟能让人变苗条。”

母亲放低了声音。“亲爱的，吸烟让你变得苗条，却在希尔达身上起了反作用。”

“也许她搞不清楚该点燃香烟的哪一端。”

“她的生活就是一条行李传送带，上面的行李不是懒汉就是太妃手指糖。我对她说，她应该像你一样自愿报名参战，或者找个会这么做的男人。”

“她很喜欢乔弗里·圣约翰。”

“就像牛肚爱洋葱，亲爱的。可是，把它们炒成一道菜却可怕至极。”

“妈，别对乔弗里太刻薄，他吻技挺好的。”

诺斯太太摆出一副“我早知道了”的表情，玛丽知道那只是装腔作势罢了。母亲的眼神中闪烁着充满远见的光芒，还不断暗示着你该说话了。全世界的妈妈都会用这招，这是母亲送给子女的天鹅绒绞绳：不说话？那就上吊吧。

玛丽像风一般从客厅飘走，途中甩出个飞吻。

门廊里，家中熟悉的气味包围着她：栏杆上的蜜蜡味，擦拭楼梯地毯压条的金属擦光剂味。洗衣房中冒出蒸汽，有人在烫熨衣服。屋内深处传来女仆清理茶垢的叮当声和用人把煤炭倒进煤箱的轱辘声。今晚他们似乎要点燃壁炉了，这是三月以来的第一次。

后厨房里，希尔达在小窗旁抽着烟。

“又要搞什么事情了？”

玛丽笑了。“我在努力影响汤姆。今天我会再给他打个电话。他肯定会给我安排一个岗位的。我不断提醒他，还有许多小孩子没有撤离呢。”

希尔达驼着背，表情像疯子一样。

“别这样，”玛丽说，“为什么那些人就不肯给个机会让他们好好学习呢，真搞不懂。只要说服汤姆就好啦。”

“要是你问我意见的话，我觉得他就是个小窝囊废。吃饭你去了，求吻这种事你也干了，可他既不动嘴，也不动手给你安排职位。要是我早把他甩了。”

“是是是，可他是个男人，懂吗？要衣服合身，自己织一件总比购买成衣好一些。”

“快甩了吧，不然你也窝囊起来了。”

“汤姆不过是有点害羞而已。我和他在一起时……感觉很好。”

希尔达扬了扬眉毛。

“真的！汤姆很可爱。”

“他怎么可爱了？”

“有思想、有趣味、有热情。”

“三有等于一丑啊。”

“才不丑呢。他身材高大，褐眼柔波。真的很帅，可我觉得他自己并没意识到。这点蛮可爱的。”

“别忘了，你搭上他只是因为他能给你一份工作。”

“我需要这份工作，谢谢你把我搅进这趟浑水里。”

“哎哟，不对你妈说实话，可是你自己的错。”

“是谁告诉她的呢？为了一个小小的吻，你就这样惩罚我啊。”

希尔达装作一脸糊涂的样子。“什么吻？”

“哎哟！别对我说你已经忘了。今天我淋了一天的雨，就是在惩罚自己对乔弗里做出的轻浮举动呢。”

希尔达打了个呵欠。“你想泡乔弗里就去泡吧。他还是会断然拒绝志愿参战这种想法的。”

“你不也一样？”

“所以我才要找个男人来让我支持，好显得我品格高尚啊。”

“精神上支持吗？”

“是物质上支持。”

“汤姆没有报名，我很欣赏他。他……不太适合。”

希尔达睁圆了眼睛。“玛丽·诺斯！”

玛丽笑了。“又怎么了？”

“你对这个男人太仁慈了！”

“不是的，不是的，可他……眼睛那么漂亮，身材那么高大，还有……好吧，最可爱的一点是他认为教育很重要。我也这么认为。”

“你从何时开始有这种想法的？”希尔达说。

“从学校里的人说我不会教书的那一刻起。我们为什么要按别人的指令办事？”

“因为这样才能活得开心，活得快乐？”

“你这在后厨抽烟的家伙居然会这么说！为什么你不对我妈说‘我就要在你客厅里抽烟，要是你一定要换窗帘的话，那就让我来选个没那么丑的图案’呢？她会为此而尊重你的。”

“那她就再不会让我过来了。”

“这样就逼着你去扩充社交圈子了。”

希尔达眨眨眼睛。

“噢，”玛丽说，“我开玩笑的，你想怎样就怎样，我想怎样就怎样吧。”

“那你是下定决心要和汤姆相爱了。因为所有人都反对。”

“我们只吃过一顿晚饭、一顿午饭，打过三通电话。我可不会把这称为爱情。”

“那你想怎么办？让他给你安排一份教职，还是想要他本人？”

玛丽咬咬嘴唇。“都要可以吗？”

“我说不可以，你就会不要了吗？”

玛丽挽着她的手臂。“我们得给你找个好士兵，不是吗？”

“要空军才可以。我早已和海军蓝划清界限。”

“好女孩都这样。我会帮你留意的。可这事挺荒诞的，你说这场仗不会真打起来吧？”

“当然不会，”希尔达说，“他们穿制服挺帅的，穿战袍就不帅了。”

1939 年 11 月

一颗炮弹在索尔兹伯里平原①升上天空，到达轨迹顶点之后，被大雨阻隔，放慢了飞行的速度。与此同时，位于它下方，长满苔藓与莎草的广袤草地在大雨中如一抹绿色的污点轻轻移动。随着一声呼啸，炮弹从空中坠落，一头栽进淤泥之中。

触发引信损坏，炮弹没有爆炸，只是静静躺在污泥浅沟里。炮弹内部的机械装置不停地振动，似乎要崩毁了。

三英里②以外，阿利斯泰尔·希思站在滂沱大雨中，一名军士长对着他大喊。

“我的青草靠什么生长？”

“血、血、血！”大家答道。

“谁的血？”

“仇敌的血！”

“谁的仇敌？”

---

① 英格兰南部的白垩平原，占地 300 平方英里（约 780 平方公里）。主要位于英格兰南部威尔特郡内，该平原以其丰富的考古学资源，包括史前巨石柱闻名于世，是英格兰最著名的地标之一。

② 1 英里约为 1609.34 米。后同。——编者注

“国王的仇敌！”

阿利斯泰尔了无生气地加入刺枪术的队伍中。他听见了炮弹落地的声音——那是靶场里其他人误发的。战争的首要问题就是暂时还没有人善于作战。

他不禁想到他和姐姐在鲁尔沃斯和布拉克尔舍姆海滩收集的贝壳[①]。指挥官下令发射时，他的眼中竟出现了这样一个情景：笨重短小的3.7英寸[②]榴弹炮喷射出蛤蜊和扇贝，这些“炮弹”打着转，飞向地平线上的蔚蓝天空。在他的想象中，贝壳一直是波提切利[③]名画《维纳斯的诞生》中黄色扇贝的缩小版。

“希思！”

“到！”

“你以为自己高人一等吗？希思先生！你有没有百分百专注地完成这次生死攸关的演练？”

“有，当然有。”

“当然有什么？”

阿利斯泰尔不清楚这个军官到底想怎样。

“是，我正在全神贯注。”

“正在全神贯注干什么？”

这个人是弱智。秋风吹过延绵数英里的索尔兹伯里平原。这片平地面目可憎，人人唾弃：地上到处是弹坑，坑里的金属物被战火烧焦，冷却后扭曲成可怕的形状。风从西南方吹来，吹过英吉利海峡，便带着海水的盐分；吹过珀贝克丘陵，又变得凛冽无比。寒风没有吹过城市，风中没有一丝令人安慰的人类气息。风吹得阿利斯泰尔思维迟钝，手指发麻。然而，军士长却整整两个星期都屹立在风雨中，一副不容侵犯的样子。他胸部鼓起，腹部收缩，脸上迸发

---

① 英语中，贝壳与炮弹同词（shell）。

② 1英寸约为0.0254米。后同。——编者注

③ 桑德罗·波提切利（1445—1510），文艺复兴早期意大利画家。《维纳斯的诞生》为其代表作。——编者注

着鲜红的怒火。他盯着阿利斯泰尔，显然在等待他的回应。

“哦！”阿利斯泰尔说，“我是说，长官。”

其他人笑了。参军已经一个月了，不该忘记这个称呼。

“什么长官？”

“您刚刚说什么？”

“你想对长官表达什么意思，长官！”

“哦，我懂了，”阿利斯泰尔说，“抱歉，我是说我在百分百专注地完成演练。”

“那还差不多！”军士长说。

他这么想，阿利斯泰尔就放心了。刺枪操练习继续。

“我的青草靠什么生长？”

“血、血、血！”

“我听不见，娘们儿！是谁的血？”

“仇敌的血！”

“谁的纳粹仇敌？”

“国王的纳粹仇敌！”

“那就把仇敌杀光！不然要刀尖来干什么？你们要先下手为强！”

人们放声喊叫，尖刀前刺。刺刀拔出时，沙包里潮湿的沙块从开口中渗出。每向湿沙包插上一刀，阿利斯泰尔的士气就随着刀尖造成的缺口漏出一分。他讨厌周围的一切：他讨厌军士长无休无止的专横，讨厌暗中为害的索尔兹伯里寒风。风中的寒意在体内如病毒般滋长，冷得犹如在滴水的营帐下住了两个星期。他最讨厌的是怨恨生出的一丝温暖。他想象着军士长就站在刀尖面前，但一想到刀尖准确无误地插进去，一阵可怕的抽搐就会袭上心头。

他使刺刀的时候尽量手下留情，挑去国王仇敌的内脏随即罢手。练习完毕，军士长吹响了哨子。他扛起自己的来复枪，走到一边，又解开头盔的带子，让雨水冲干净脸上的沙子。他把背包丢在草丛中，不让它碰到湿透的地面，然后钻进草丛想躲开风雨点燃烟斗。打湿的烟草在烟斗内颤动着。火柴划了一根又一根，还是没点着。最终，筋疲力尽的阿利斯泰尔看着最后一根火柴熄灭。

“要……要借个火吗，希……希思？”

说话的是达根，队伍中唯一一个年龄不详，但肯定踏入了而立之年的男人。他就是那个用标准配备中的折叠刀叉来给罐头沙丁鱼去骨剥皮的人，那做派就像在福特纳姆餐厅喝下午茶。行军时，他的来复枪挎在身体数尺以外，仿佛他在抱着一个刚刚尿床的孩子。

“谢谢了。”阿利斯泰尔说。

用达根的打火机点火容易多了。他的烟斗点着了，微弱的蓝色烟雾让人感到一丝慰藉。他觉得，也许烟雾正向伦敦飘去。

“有心情……有心情和我做伴吗？”达根说。

阿利斯泰尔瞄了瞄烟斗。“演练之后我就说不出话来了。”

达根把背包朝上放在地面，一屁股坐了上去。“如果年……年龄的智慧能引导你，我会假装沙……沙包就只是个沙……沙包。”

阿利斯泰尔抬起头来。“你也觉得心有不安？”

“在我看来，残忍的叫……叫喊都是为了我……我们好。你应该是个军官吧？”

“但愿吧，如果我没有用刀去刺军士长，并顺利过了这关的话，我就要去上转业课程了。”

达根点燃了一根烟。“我觉得他们不会为了这种事不……不让你过关的。总之，我觉得军官训练会更文……文明一点。”

阿利斯泰尔点点头。“他们会命令我们在奶酪柜面前集合。指挥官会问：‘吃这个要配什么？’我们就会回答……”

“酒、酒、酒！”

“谁的葡萄酒？”

“国王的葡萄酒！”

阿利斯泰尔笑了。“我们都是当军官的料。”

达根的嘴巴笑成了一根电线。他用烟头描绘着平原的轮廓。“你不讨……讨厌这个鬼地方吗？”

阿利斯泰尔喷了一口烟雾。“军队占领此处之前，这里是个天堂。四处是村庄的小屋，家家户户烧着炉火，门外拴着一头独角兽。”

“听……听着像佩卡姆的景象。”

“你是那里的？”

达根颤抖了一下。“如果说……人类的灵……灵魂是永恒的话，那事实上没有人来自佩卡姆。有些人是暂时住在那儿……怎么说呢。”

“我的家乡在河的北面，卡姆登。”

“好棒啊……参……参军之前，你……在那儿是做什么的？”

“我是泰特艺术馆的初级管理员。我的工作就是在深夜一边沏茶，一边提醒清洁工不要把清洁剂喷在画布上。”

“国家要是没有你该……该怎么办。”

“哎哟，那你应该就是坎特伯雷大主教[①]本人咯？”

“我是个演员。到……到了台上就不结……不结巴了。”

“你是自愿报名参军的？”

“我厌……厌倦了演……《帮凶》，于是就来了。练习当……当主犯。”

“你觉得怎么样？”

“服装很次，也没有多少句台……台词要背。”

“这是你最不希望城西剧场上演的剧目之一。”

“阿门。”

阿利斯泰尔把烟斗斗钵盖在靴子上熄灭火焰。“想念伦敦吗？”

达根摇摇头。“我过……过不了穿游泳衣那关。”

阿利斯泰尔笑了。“我倒挺想念可以自己安排时间的那些日子。”

---

① 英国教会高级主教及主要领导人。全球圣公会象征性领袖圣公会坎特伯雷教区主教。——编者注

“我也挺……挺想念的。”

“你结婚了吗？”

达根举起拿着香烟的手，让烟灰随风而去。“你真……真年轻。”

西南方的地平线消失在一片扁平的锌色迷雾中。迷雾上方的云层底部仿佛受到黑色雨弦的拉扯，往地面下坠。雨云逐渐逼近，众士兵只好驻扎在草地和乌云之间逐渐缩小的平原上。连里的人脸上都带着苦笑，相互看了几眼，眼神中透着黑色幽默。一场大雨即将吞没他们。

军士长吹响口哨。**“雾来了！注意！你们这些无可救药的混蛋！注意！”**

达根皱了皱眉头。“到底注意……什么？那鸟人就不能别帮倒忙吗？”

阿利斯泰尔往手上哈气。“你觉得他想让我们干吗？”

“对浓雾干点什么吗？呃，总不能向它开……开枪吧。但他们给我们分发了这……这个。”达根的指甲在来复枪的枪膛上来回拨动，枪膛发出咔嗒声，听起来就像停止转动的自行车车铃。

“他是说我们该加件衣服吗？”

“他们发的衣服我……我都穿上了。你呢？”

“是不是该吃点东西？好打起精神来？”

“军……军士长命令我们吃东西了吗？我可不想再挨骂了。”

“我们可以自发吃一点。”

“他……他明确命令我们自发吃一点吗？”

“我的背包里有一瓶果酱。”

达根看了他一眼。“你身上还带着果酱？标……标准配备还不够重吗？”

阿利斯泰尔打开背包，拿出汤姆送的果酱瓶。“黑莓果酱。家里带来的，想家了就拿出来看。本来打算战争结束后才开瓶的，可要是我死了，这东西就没什么用了。拿个勺子之类的一起吃吧？”

达根四下看了看。“你别……别笑我。我有一点饼干，是我……我亲爱的妈妈烤的。”

军士长就在附近大喊着，他的喊声被狂风撕得支离破碎。达根从背包中拿出饼干来。它们裹在蓝色亚麻布茶巾里，茶巾上还绑了一根打包用的绳子。

大雾寂静地向连队袭来，平原彻底消失了。大家都缩成一团，除自己的身体以外什么都看不到。人们伸展四肢坐在背包上，要么抽烟，要么用疲倦的声音低语着，回应着灰雾中的眼白。

阿利斯泰尔的思绪停滞了。经受两周的寒冷、令人衰弱的狂风和没完没了的军士长之后，他已疲倦不堪，只有看到广袤的平原才能让他确信自身的存在，可如今他犹如熄灭的火种。他向手上哈气，等待着能让自己再动起来的哨声和命令。

达根正在解开蓝色茶巾上的绳结。光线突然变暗，他便停下了手里的活。两只靴子栽进了阿利斯泰尔和达根之间的泥地里。两人抬起头来。

“真开心啊！两个伦敦绅士到郊外野餐来了！”

灰色的人影在雾中凝聚，渐变成阿利斯泰尔认得的一众士兵。他们的脸上要么不约而同地带着歉意，要么露出不怀好意的讥笑。他站了起来。达根把包裹小心翼翼地放在背包上，然后才慢慢爬起来。

“满意了，达根？”

达根点点头。“满意了，军……军士长。”

“那个包裹放得挺合你意吧？”

“挺……挺合我意的，谢谢了，军士长。”

军士长依旧看着达根，却突然一脚踢翻了包裹，靴子狠狠踩在上面。他用靴跟碾磨着，把半个包裹压进泥里。

“现在满意吗？”

达根看着沾满淤泥的茶巾和在雨中融化的饼干屑，又抬起头来看着军士长的眼睛。

“你……你老婆要给我烤……烤饼干了，军士长。下次和她搞……搞在一起时我再去拿。”

整个连的士兵都倒吸一口冷气。军士长往后跳了一步，脚跟着地，缓缓地露出微笑，连牙根也露了出来。寒风鞭打着所有人的雨衣。

“很好，达根。”军士长终于开口了。这是连里的人第一次听见他用正常的声音说话。他后退几步，蹲在下风处他自己的背包旁，对战场电台另一边的未知人物说了几句。

连队的士兵聚集在两人周围。有些人看见冲突已经结束，趁军士长的注意力还在别处，就走过来与达根握手。有人给他递去一根烟，还帮他点火。此时达根的手颤个不停，根本就点不了。

阿利斯泰尔观察着众士兵对达根的态度，他们看似热情，可一旦军士长怒气冲冲地走过来，估计他们就作鸟兽散了。大家尚不知道军队里的做派——出风头会被瞬间遗忘还是会被记恨很久。有人紧张地笑了。谁也不想再掺和到这件事里去。这群由杂货商、机械师和会计组成的乌合之众都在雾中紧张地等待着，肩上扛着来复枪。

一段距离以外，阿利斯泰尔担忧而疲倦地看着他们。他的烟斗已经没法点着了，手指也冻僵了，毫无知觉。他从淤泥里挖出汤姆送的那瓶果酱，擦了擦瓶身，然后塞进了背包。（这个时候，他本应在阁楼里用勺子挖着果酱。）寒意直捣肌肉深处，他浑身颤抖，好不容易才没有放声大哭。

黄昏已至，随之而来的还有引擎的隆隆声。那是一辆车尾裹着帆布的卡车，大雾中，两道柔和的灯光投射下来。卡车停了，引擎还在轰鸣。驾驶室中出现一道橘黄色的光芒，那是司机在抽烟。军士长跳上引擎罩，对所有人说：

“好了，你们这群幸运儿！既然天气状况不太理想，那我就大发慈悲，让你们在营中享受温暖的一夜吧！背上背包，赶紧上车，

别再说老爹虐待你们了！”

大家都在欢呼。阿利斯泰尔艰难地挪动僵硬的肢体，爬上卡车后面的车斗，瘫倒在长凳上，周围的士兵都在笑。坐在左边的人拍了拍他的背，递给他一根点燃的香烟。阿利斯泰尔像狼一样吸着。随着一阵古怪而可怕的痛楚，手上脚上的知觉回来了。

身边的所有士兵都絮絮叨叨地抱怨个不停，他们的脸在香烟的火光中飘忽不定。大家都说，这片平原是个鬼地方，还说战争结束后要把阿道夫·希特勒抓起来砍手砍脚，折磨个痛快。在和平年代，这帮帅小伙都有着重要的工作：喝酒泡妞、醉入洞房，都是因为这混蛋，他们才被迫来到索尔兹伯里度过长达数周的寒冬。

他们把军队说成“菊怼”，把军官说成“菊滚”。他们痛骂钻进帆布顶篷的寒风，诅咒坐得屁股发疼的长凳。他们说，连从兵营里拿些坐垫放着都不舍得，就该把这些破凳塞在卡车司机的屁股下面。

接着这群人又在骂帮忙制作军靴的鞋匠，说他做靴子时满腹怨恨，结果是冰冷的水能渗进靴子，而靴子里面的水却不能漏出来。真该把这堆靴子塞进鞋匠的屁眼里。

现在，这群人又在表态，说他们卧倒在靶场冰冻的淤泥里，用麻木的手指拼命往弹盒塞子弹却塞不进去，那是因为李－恩菲尔德来复枪的设计者在排尿、排便和射精时也可能经历了类似的阻碍。人们断定，所有的鞋匠（他们的屁眼里都塞着靴子）都应该安装上李和恩菲尔德的屁股，制作左脚靴子的装上李老板的，制作右脚靴子的装上恩菲尔德的。最后，他们说既然李和恩菲尔德都那么喜欢往枪膛里塞子弹，那就应该把自己的头塞进对方的屁眼里。

大家认为，军队里的所有物品都应该塞进其他人、其他动物及其他物品的大洞里，这样更为合适。在卡车尾厢中，温暖正在萌芽，湿漉漉的衣服开始冒出蒸汽，一罐烈酒从一个人手中传到另一个人手中。他们开始把军队里的所有暴君按暴烈程度从大到小排好，然后把一个个专制的长官像俄罗斯套娃一样塞进另一个长官的屁眼里。到最后，整个巨大的战争机器便不可避免地长眠在德国领袖的臀部之中。

简而言之，所有人都很高兴。他们滔滔不绝的抱怨中，唯独没有军士长，正是因为他的介入，才使得他们能享受突如其来的温暖又畅所欲言的环境。阿利斯泰尔不得不佩服这个伟大的混蛋：他的手段不可谓不高明。在过去的两周里，他已经把连队逼至疯狂的边缘，发现众士兵开始出现要逃跑或叛变的迹象时，他却像斗牛士一样闪到一旁。如今，外面的风力逐渐增大，军士长却高高在上、事不关己地和司机坐在一起，让这群人尽情发泄。这种宽宏大量的行为会让大家都俯首帖耳。

阿利斯泰尔舒适地坐在凳子上，喝了一口别人递给他的烈酒。大家都很高兴。所有人都曾被逼至极限，如果他们的反应没有太多值得讴歌的地方，那他自己的行为也没什么特别。众士兵把酒递给他，一点也没有区别对待。也许他没有权利憧憬这一切。

暖意走遍全身，大家都在等待卡车发动。阿利斯泰尔趁机放松了一下。无须保持警惕的他开始觉得有点困了。他现在才意识到自己有多累。他合上双眼，欢乐的抱怨声变得不再清晰，融进引擎的空挡声和外面的风声中。“砰”的一声，卡车的后挡板打开了。他一下子醒了过来。

连队里有人叫出声来，他这才知道刚刚有些人也差点睡着了。帆布被拉起，一股冷风吹了进来。军士长手持电筒，光束在人们身上舞动，大家被刺得眯着双眼。最后，光束落在达根身上。

“达根，乖孩子，出来。”军士长说。

“您……您说什么？”达根说。

鸦雀无声，只有卡车引擎在咔嚓作响。

“你没听见吗？我再说一次，达根先生：国王大发慈悲给你们发放了装备箱，现在要去拿。你赶紧像兔子那样从卡车里跳呀跳呀

跳出来！”

“什……什么？”

“达根你自己步行回兵营！夜间导航练习，你这走运的家伙！在军帽里抓阄抽中了你，你快点！”

达根没有动弹。

“动起来啊，达根，你在磨蹭什么？你的屁股在凳子上多待一分钟，大家就离牛排麦芽酒果派热水澡和暖床远一分钟！”

“可是……可是我不知道怎样去兵……兵营。”

“兵营在沃明斯特，达根，我们就是从那里出发的！”

“我知道兵……兵营在哪里，可我不知道我……我们在哪。”

军士长奸诈地笑了。一阵大风吹进卡车，松开的帆布在风中扬起，啪啪啪啪，打在帆布篷的弹簧上。

“达根先生你背包里有没有一幅地图啊达根先生上面有陛下的军事测量六英寸等于一英里英格兰横杠威尔特冒号零五二有还是没有？”

“有，可……可我不知道我……我们在哪。”

“达根先生我提醒你们大雾快来时你有没有像训练中那样利用最后的能见度将两个带挂绳的二号手持式指南针用于判明方位然后将其转化到刚才那幅地图上用三角测量法定出你的位置？”

“没……没有，军士长。”

“哦，”军士长若有所思地说，“那这晚可长咯。不要紧，吸取教训了。赶紧出来。”

在军士长的手电筒光束之中，达根的脸一下变得惨白。他红着双眼说：“你……你不能这么做。”

军士长没有说话，依旧用手电筒照着他。达根转向连里的人。

“他……他不可以这么做。他不可以……不能把我丢下！”

阿利斯泰尔无法直视达根的脸。达根满怀期待地看着其他人，当发现没有人回答时，他的脸色阴沉下来。空气中只传来众人调整坐姿时靴子摩擦木地板的声音。

“达根，”军士长说，“我知道你不想独自执行这个任务。好吧，我就给你个选择。如果三十秒之内你还没有下车，那整个连队的士兵都要从车里爬出去，陪你步行回兵营。你想这样吗，达根先生？”

达根被光束照得头晕目眩。“我……我……”

五秒的寂静。十秒。黑暗中有人咳嗽了一声，声音随之变成了喃喃自语。咳嗽的喉咙音遮蔽了原来的辅音：*un 出去！*

停了一会儿，又有人在黑暗中咳嗽。

*Un 出去！从这里 un 出去！达根你他妈快 un 出去你这没用的 un 蛋！*他们用咳嗽表示谴责，每一句咒骂都伴随着横膈膜的突然跳动，他们不仅在用舌头说话，还在用疲惫不堪、不想回到暴风雨中的身体说话。

阿利斯泰尔没有加入到咒骂中去，他想让其他人停下来，却没有开口。达根向他转过来——大概面对着他的方向。

达根被光圈照得眼花缭乱，对着阿利斯泰尔右边一点的位置说起话来，他的声音很小，几乎到了崩溃的边缘：“希……希思？”没有人回答，“阿利斯泰尔？”

阿利斯泰尔紧紧抱着自己。他听见狂风的咆哮，又感到体内脆弱的暖意。要是再到外面去的话，用不了多久身体就会再度麻木。

他极不情愿地看了达根一眼。那人的脸扁得出奇，几乎是凹进去的。那是一张窝囊的脸，让人很是讨厌。阿利斯泰尔很纳闷，之前怎么没有看出来呢？他想，*如果我长了一副这样的脸，那活到这个年纪，也许会懂得在发飙之前看看发飙的对象是谁。*

阿利斯泰尔看着那张可怜巴巴的脸，怒火突然涌上心头。他只跟这个人说了几分钟的话，交换了几句俏皮话，仅此而已，根本算不上是兄弟。他们不过在风中享受了片刻闲谈，现在回想起来，那段对话颇有些自鸣得意、高人一等的意味。现在他坐在车内，喝着其他人递给他的威士忌暖着身子。

“阿利斯泰尔？”

狂风鞭笞着帆布。士兵们都在等待他的回答。阿利斯泰尔不想回到风暴之中，于是，他躲在黑暗里，没有说话。

在手电筒的光圈中，达根的恳求逐渐变成痛苦，随后消失了。最终，他抓起背包，挂上来复枪，向后挡板爬去。那一刻，这个名叫达根的演员面无表情。

他跳出车外，车内的弹簧令卡车颠了几下，又稳定下来。军士长熄灭手电筒，“砰”的一声关上后挡板，又爬进驾驶室，关上车门；卡车司机在草丛中启动卡车，车子起伏不定。这一切阿利斯泰尔都能感觉得到。在卡车后厢中，所有人都一言不发地坐在座位上，卡车摇摇晃晃，在没有道路的平原上颠簸着加速行驶。

没有人继续打趣咒骂，也没有人再传递威士忌。所有人衣衫尽湿，各自坐在一旁，衡量着他们得到的温暖和付出的代价。这个代价是大家一同付出的，所以此刻他们宁愿各自坐着。雨点拍打着帆布，冰冷的水流一有机会就泼溅进来。狂风怒刈如刀。

“妈的。”阿利斯泰尔说。

他拿起背包，挂上来复枪，抓住帆布上的钢圈保持平衡，踉踉跄跄地跨过众士兵的腿脚，穿过人群来到货车的后挡板前。他护着脑袋，从车里跳了出去。

这一下摔得他喘不过气来，身上的装备也掉在一旁。他在湿透的草地上打了个滚，身体蜷曲成 V 字形，大口大口地喘着气。二十分钟的温暖已经让他全然忘却大自然的寒冷。他马上就开始怀疑自己能否活下去。他站起身来，背对着暴风半蹲着往前挪动，先捡起背包，然后是来复枪。雨点打在他裸露的额头上，头盔已经不见了。来复枪沾了雨水，在手中打滑。他扛起这沉重的家伙。

卡车没有放慢速度，也没有改变方向：他也没指望会那样。此刻，估计车里的人都放下了心头大石。余下的人又会开始聊天，许下承诺说将来要敬下车的人一杯。估计其他人还不太确定他叫什么名字。

阿利斯泰尔目送尾灯的光束消失，转身背对尾灯前行。他沿着卡车留下的车胎痕往回走，心中计算着距离和时间。他一边弯着腰抵御寒风，一边呼叫着达根的名字。天上没有半点星光，一片黑暗。

向西三英里，没有爆炸的炮弹随着卡车驶近开始振动。在狂风的怒吼之下，振动穿过土壤，起初只是微微的振荡，随着车声逼近，振荡化成簧片的呻吟与传动装置的激烈摩擦。卡车继续驶近，隆隆的车声盖过了呼呼的风声。炮弹的引信几乎被触发。卡车后厢里，士兵们在唱着阿尔·宝利[①]的歌曲。

人生只是一碗樱桃，
不要严肃对待，生命那么神秘

卡车突然转向，士兵们的声音随之一颤。声音中带着微弱的金属口琴声，与黄铜弹壳的振动相呼应。人们踩着靴子，在卡车的地板上踏着节奏，随着隆隆的声音不断接近，回响充满了土壤，几乎就在炮弹的正上方。

你工作，你存钱，你为此担忧，
可你走时却连面包圈也带啊带不走

卡车离炮弹只有十码[②]。在潮湿的土壤之下，引信的尖儿嗡嗡作响，相互接触，产生了几近足够的压力。卡车又靠近了一点。在车的下方，炮弹的每个部分都在振动。军士长在仪表板上打着慢了一拍的节奏，趁众士兵看不见，高兴地摇摆着身体；他与司机共享

---

① 阿尔伯特·埃里克·宝利（1898—1941），出生于莫桑比克的南非 / 英国歌手，作词、作曲人，乐队领唱。在 20 世纪 30 年代“英国舞蹈乐队”时期成为一名流行爵士乐低音男歌手，后在美国工作。——编者注

② 1 码约为 0.9144 厘米。——编者注

美酒，打开带链瓶塞时酒瓶发出“噗”的一声；后厢里的士兵都聚集到风吹不到的一边，车的两边开始不平衡；风扇的皮带打滑，尖声怪叫；士兵们的大动作化成振动，穿过长长的硬凳，通过着地的车胎传入湿土之中。

士兵们唱着歌；卡车从炮弹正上方驶过，车轮却在炮弹的两侧碾了过去，没有与之接触。振荡减弱，炮弹又平静地躺在冰冷的淤泥中，这一次陷得更深了。他们继续向兵营驶去，完全意识不到一切已重新开始，正如军方没有发给他们一只每躲过一劫就会将时间归零的秒表一样（即便真的派发了秒表，它也是坏的，士兵们会找个屁眼把表塞进去）。

三英里以东，地面塌陷，阿利斯泰尔差点掉进坑里，他只好加快脚步前进。在黑暗中，他像瞎了眼似的跑下斜坡，摔了一跤，疼得叫出了声，原来是被达根的身体绊倒了。他停下脚步，靠在来复枪上，气喘吁吁。

“喂，达根？”

“是……是谁？”

“是我，希思。”

“阿利斯泰尔？”

他蹲下来用手确定达根的身体朝向哪里，原来，他仰卧在山坡上，头朝山顶。阿利斯泰尔的猜测是，他们所处的地方靠近浅谷谷底，因为他听见哗啦啦的水声，这一定是从谷底传来的。

“你受伤了吗？”

“我不知道。我摔……摔了一跤。”

阿利斯泰尔沿着达根的身体两侧往下摸。“你的腿在水里面。”

“是吗？我感……感觉不到。”

“我来拉你一把。”

他解开背包的扣子，把包放在斜坡上，然后钻到达根的腋窝下，把他从水中架出。

“喂，”他说，“你还好吧？”

“说我是好演员吗？我……我好极了。”

“你的背包呢？”

“我不知道。”

“你的枪呢？”

“那叫来……来复枪。希思，你太菜了。”

“它死哪去了？”

风在溪谷边上呼啸着。

“我不……不知道。对……对不起，阿利斯泰尔。”

“别傻了。”他走到达根身前，为他抵挡狂风。

“军……军士长把你也踢下来了？”

“差不多吧。”

“他真是个乌龟王……王八蛋。我要告诉索霍区所有酒吧老板，让他们别……别做他的生意。”

阿利斯泰尔扶着达根坐起来。“你能站稳吗？”

“我试……试一下。”

阿利斯泰尔一直扶着他，直到达根的腿恢复知觉，可以自己站稳。

“走……走吧。”

“你能走，我们就走。”

“可不能像……像你所说的行……行军那样走。”

“你尽力而为就好了。来，抓住我的手。”

两人艰难地走到溪谷边缘。狂风又发现了两人，吹得他们颤颤巍巍。后来，他们找到了保持平衡的办法，便如此前行。

“别走散了！”阿利斯泰尔喊道，“我可找不到你！”

“你……你的指南针还在吗？我……我的东西都不见了。”

阿利斯泰尔摸向脖子的挂绳，把指南针拿到面前。“我看不清。”

“那我们怎么知道该……该走哪条路？”达根喊道，“周围黑黢黢的，比矿工的肺还黑。”

阿利斯泰尔向着他的耳朵大喊：“这是西南风，我估计兵营大概在西边。我们只要保证风从我们的鼻子和肩膀之间吹过，应该就能走到兵营了。”

两人艰难地前进，狂风阻挡着他们的每一个步伐。湿淋淋的衣服粘在皮肤上，变成另一个需要克服的障碍。每踏出一步，浸透雨水的地面就会吸住靴子，他们要花很大气力才能拔出来。两人坚持了一个小时、两个小时，达根的手臂在阿利斯泰尔的肩膀上变得越来越沉。阿利斯泰尔尽量用身子为他挡风，但达根开始不再说话了。

阿利斯泰尔也变得越发虚弱。黑暗中偶尔会出现诡异的色影，真假难辨。他的耳中播放着歌曲片段和广告词，那些声音是如此清晰，令人难以相信这是幻觉。*快用百利发乳，她就喜欢这样*。他摇摇头把声音赶走。*美好的一天从吉尼斯黑啤酒开始*。他逼着自己回到现实：左边脸颊上的风在吹，他扶着达根在凹凸不平的地面上行走。这么想暂时起了作用。他抬起一只脚，又抬起另一只，反复如是。*保卫尔牛肉汁，每日一勺精神爽*。

一阵风吹到脸上，把阿利斯泰尔吹醒了。他发现自己已停下脚步，达根还靠在他肩上。他不知道两人这样站着睡了多久。他摇醒达根，对他说先休息一会儿，然后两人便躲到一座小丘下。说是看见了这座小山，倒不如说是感觉到它的存在。两人背靠浅坡，抱紧双膝。停下来以后，寒风变得更可怕了。

“达根？”

没有回答。

阿利斯泰尔晃了晃他的身子：“达根！我们不能睡！会失去意识的。”

又一阵沉默。“那……那可不行。要是我们回去了，军士长会……会怎么样？”

“应该会因为抛弃我们而被送上军事法庭。”

“那我死也要……也要缠着他。”

“这就是让我们赢得战争的精神。”

“你觉得，还有多……多远？”

阿利斯泰尔思考着这个问题。他只能估算，卡车开过来时连队在兵营以东六七英里。他有理由肯定，他们两人前进的方向是正确的，却无法知道行进的速度。有时他们就停在原地，毫无进展。这几个小时内，他们也许就走了两三英里，还有三五英里要走呢。

“差不多到了，”他说，“再走一个小时肯定能到。”

“太……太好了。”达根说，“兵……兵营里还有饼……饼干呢。”

“好啊，”阿利斯泰尔说，“那就当作我陪你散步的票钱吧。”

“等……等会儿，兄弟，我可……可没说要分你吃啊。”

阿利斯泰尔笑了，好几个小时以来，这是他第一次感到麻木的双颊在活动。他艰难地站起来，背上背包，挂上来复枪，然后伸手去拉达根起来。

“快点，你这只老狗，快滚回狗舍去。”

两人继续冒着狂风，踏着沉重的靴子艰难前行。

他们盼望已久的黎明即将到来。虽然来得很慢，却让整个世界恢复原状。乌云很厚，太阳仍在地平线以下。光芒似乎没有特定来源，更像是近处草坪和远处狭道伸出了闪闪发光的触手，流光溢“白”，犹如神圣之物。狂风也随着拂晓的到来而收敛，就连雨势都减弱了，变得不再狠毒。

在微弱的光芒中，两人偶然看见湿漉漉的莎草地上留着两道新鲜的胎痕。只要跟着它，就能回家了。他们都明白自己已经得救。两人相视而笑，心里清楚黑暗中铸就的友谊会在光明中继续绽放。

达根又有劲了。他不再需要靠在阿利斯泰尔的肩膀上也能行走。于是，两人并肩而行，快步向西方走去。雨完全停了，风势大大减弱。低处的云层开始上升。太阳从土地中冒出来，红如烈焰，历尽艰辛，在两人身后缓缓升起，逐渐缩小变亮。两人长长的影子映在前方的平原上。

“这靴……靴子穿得疼死人啦。”达根笑着说，“我好想穿一双舒……舒服的鞋子。你喜欢切尔西靴还是帆布鞋？”

“我像平底鞋一样没用，却喜欢穿粗革皮鞋。”

“我喜欢……喜欢好的鞋跟，对花哨的猪皮或小牛……牛皮不太感冒。给我一双亮的好看的就……就可以了。什么颜……颜色都无所谓。黑色是最好的，可古铜色也……也可以，甚至米黄色或者……”

他一脚踏在没有爆炸的炮弹上，顿时粉身碎骨。

1939 年 11 月

军营里，阿利斯泰尔每次回过神来，都发现自己在做事：洗澡、刮胡子、在海陆空军小吃部喝菜汤吃白面包。不同军衔的军官和士兵会前来与他进行无声的对话，他试着根据其行为辨别谁在安慰他，谁在下达命令。军官似乎都会等着他说话。他也试着说出“长官”二字，可那些人就是不停地来烦他。

那次爆炸震聋了他的双耳。晚饭时，一滴血滴在面前的碗里，他看了好一会儿才明白那是自己的血，随后他找到了血的源头：他的耳朵。他十分尴尬，什么都没吃就离席了。

他在宿舍里一个人待着，听力开始恢复。他打开储物柜，黎明时会有人来检查——总会有人来检查——而他的装备都在。他把报纸搓成纸球，塞进靴子，然后把靴子放在石蜡暖炉上面。这是违反规定的。阿利斯泰尔知道，如果军士长看见了一定会说：**“定规矩是有原因的。要是所有人都把靴子放在石蜡暖炉上晾干，那该怎么办？”**然后，阿利斯泰尔和在场的其他士兵就会无言以对。可他们会想：那所有人就都会有干爽的靴子穿了。

阿利斯泰尔把两件白衬衫叠成符合标准的正方形，放在储物柜中金属架的左上角，有领的一侧朝向柜里，靠近柜门的衣边与衣柜的金属边缘距离正好 1/4 英寸，与之平行。有些吃过苦头的家伙在金属架里画了一条线用来对齐衬衣——他在拉斯科洞窟[①]见过用矿物颜料画出的欧洲野牛和大角鹿，在泰特艺术馆的修复室里，面对透纳的笔触，他惊奇得屏住了呼吸——而这条线，却是阿利斯泰尔在兵营中能找到的唯一一处人性化的地方。

他脱下裤子正要叠，却发现口袋里有一个信封。邮件明显是日间送来的，他本应与其他人一起排队收信的。那天的队伍又多又长：军械库里排着队，准将办公室里排着队，洗衣房里排着队，医务室里也排着队。他已上交了来复枪、报告、衣服和身体，什么也不剩，然后就被派到事儿不多的岗位去了。

他打开信件。

亲爱的阿利斯泰尔：

我，恺撒，一直为你监视着汤姆——或者说，我一直在用迷人的珍珠母纽扣盯着他，因为你给我安上纽扣就是为了这个。我要打许多小报告，你要竖起耳朵听好了（大恩不言谢，我的耳朵是你竖起来的）。

自从你去寻找更刺激的地方之后，你室友的活跃度大大提升。我很讨厌人类极其可笑的择偶观，这一点你是知道的，可这一回我不得不承认，你的朋友汤姆选了一个出类拔萃的家伙。虽然玛丽·诺斯没有尾巴，也没有胡子，用后腿走路的习惯也很怪异，但她是我见过的最可爱的生物。

阿利斯泰尔放下那封信，向石蜡暖炉走去。他的靴子冒着蒸汽。

---

① 拉斯科洞窟位于法国韦泽尔峡谷。1940 年 9 月，4 名少年在法国多尔多涅的拉斯科山坡偶然发现了该洞。洞穴中的壁画为旧石器时期所作，至今已有 1.5 万到 1.7 万年历史，其精美程度为它赢得“史前西斯廷”的美誉。

他将靴子翻了个身，让靴跟向着炉灶，并抽出靴舌。他打量了靴子一眼。重要的是在皮靴变脆之前把它从炉子上撤下，否则靴子的皮革就会变硬，下次行军回来脚上就会长水泡——连队可不会因为某人长水泡就放慢行进速度。他会走到水泡破裂，皮肉红肿。水泡才是他们痛恨敌人的原因。敌人入侵波兰一事的确可怕，但至少那不是发生在人们靴子里的事情。

他坐在床上，尝试理解那封信。那天早晨七点，他回到兵营，倒在兵营的大门前。自此之后，他就没有睡过觉。高频率的嗡嗡声依然在耳中回响。他又看了看第一段，依稀有点明白了，信是汤姆用老猫标本的视角写的。他能轻易想起来恺撒的模样：动作流畅，猫性十足，趾高气扬地在阁楼上踱步。可他难以回忆起汤姆的脸，一想到他的样子，就会与达根的面部特征混在一起。那人脸色苍白，俯卧在红色的草地中，浸染着日出时分绽放的红光。他的唇色很深，与可可的颜色差不多，但那颜色其实是青色，因为红光照得眼睛丧失了对颜色的分辨力。深色的嘴唇动了一会儿，那是达根在说些什么，可阿利斯泰尔的耳朵已被炸聋了。话语说了出来，声音却听不见。

他发现手中还拿着那张薄薄的蓝色信纸。他已经洗过澡了，可指甲和指节缝隙中还残留着黑色的物质。当时他扶着达根的头——他回想起来了，记忆似乎没有完全被淹没。

昨晚，汤姆带玛丽去海姆斯密看表演。我恼怒地发现，他们没有邀请我，但根据两人回来时发生的事情，我可以断定那一晚他们过得很愉快。啊，阿利斯泰尔，我一直都说，你在人类当中算是精明的一类。你一定马上就注意到，我写的是“两人回来时”。是的，就是这样。汤姆没有理会什么规矩，直接邀请玛丽过来阁楼看看，而玛丽还真的来了！你真得看看她四处打量时脸上轻蔑的表情——我很肯定她以前当过军士长。两人还听着留声机播放的歌曲，一起跳舞，然后汤姆就送她回家了——哎哟，我不想再假装我是一只猫了。玛丽就是个尤物，阿利斯泰尔，我就想告诉你这一点。很感谢你让我撑过了第一顿饭。

手指里的污泥让他烦心。他放下信，走到宿舍一角，打开热水水龙头，接了一池热水。他把双手泡在水中。血液从手指里渗出，变成红色的云彩，从皮肤的每道褶皱中渗出，不断扩散；最后，白色水池中的水变成了浅橙色。阿利斯泰尔在背心上擦干双手。

可问题是，阿利斯泰尔，我更喜欢她一些，她对我好像一般。她想让我安排一份工作，这个我知道，可我害怕，她一旦知道我无法安排，就会马上闪人。还有，她的社会地位——

阿利斯泰尔闭上双眼，想到了他们的留声机——那是一台哥伦比亚牌便携式留声机，包装是一个劣质人造皮盒。一打开皮盒，你就能发现低调的美：抛光的“布兰诺-雷夫托”式唱臂、漂亮的红色唱盘托、棉绒背套上的光滑盘边——完全就是和平年代的产物。唱臂平稳移动，表现了稳定的基础；旋转速度均匀，体现了闲暇的时光。

与我相差甚大，所以我不禁在想，她对我有兴趣可能只是为了与家人作对，而非她自己的真情实感。但也有可能是我低估她了。也许你会想，我应该鼓起勇气，双手……

阿利斯泰尔没有读下去。两人是听着哪首歌跳舞的呢？这三个月以来，阿尔·宝利的歌都比较流行。汤姆要是胆子够大，就会选择《执我之手》这支歌。阿利斯泰尔躺在床上，歌声回荡在脑海中，颇为清晰。执我之手，无惧风雨，执我之手，漫步人生……他想到汤姆和那个女孩跳舞的样子，心中快活起来。阿利斯泰尔终于睡着了，乐声在心中不断膨胀，变成了一种频率极高的呜呜声。留声机上的唱盘不断旋转，他睡着了，手里还拿着信。达根死时，阿利斯泰尔亲了他一口。这是他唯一能做的事情了。

连队的士兵站在阿利斯泰尔的小床周围。没有人说话。有人为他盖上了被子,有人赶在靴子老化之前把它们从石蜡暖炉上拿下来，涂上鞋油，整齐地码在储物柜上。因为，黎明时总会有人来检查。

1940 年 3 月

吃早餐时，帕默从屋外拿来信件，把它们放进白镴托盘上。银托盘只在诺斯先生住在家里时才会用到——这是好几百条古怪规矩中的一条。这些规矩也许来自早已被人遗忘的古老家规；也许来自帕默体内那台判定是否合规矩的机器，那是一种铜制电路的自发行为。玛丽十分肯定，如果满腹学问的帕默不见了，这个家肯定要被迫解散，正如原子失去化学键而分崩离析一般。帕默拿着早晨送到的邮件，信封在白镴托盘的映照下发出牡蛎似的白色光芒。

“哎哟！”玛丽说，“扎克瑞又来信了。”

“拜托，”希尔达说，“你又不是那黑鬼的妈妈。”

“不是，如果是的话我会发现的。”

希尔达可不像玛丽那样，可以忽略帕默的存在，她不禁脸红了。玛丽从信封中拿出信来。

“你还是别回信吧，这样他也不会回了。”希尔达说。

“亲爱的，是我先写给他的。还有，你一定要叫他‘黑鬼’吗？好像有点小心眼哦。”

希尔达打了个哈欠。“我说十个‘玛丽万岁’总行了吧。”

“黑人不比我们坏。他们的能力、体魄和忠诚都完全比得上我们。”

“不是吧！”希尔达说，“可我对他们没有意见，与其他外国人相比，我还更喜欢他们呢——至少他们知道该站在哪一边。”

“是吗？”

“是啊，他们就不该写信给别人。”

“别说了，”玛丽说，“反正写信也不比改作业写的字多。你看看这个！”

亲受的若其小姐，我不息欣这个村其他孩子都狠刻博。我不喜欣我呆的屋子那个女人灰常灰常刻博。（亲爱的诺斯小姐，我不喜欢这个村子，其他孩子都很刻薄。我不喜欢我待的屋子，那个女人非常非常刻薄。）

希尔达瞄了一眼铅笔写的信。“你说这个孩子多少岁了？”

“十岁。”

“他在用手指还是脚趾写字？我听说，他们的手脚都一样灵活。”

“胡说，他的手指是用来挖鼻孔，用来在别人的威迫之下数数的。他的脚将来是要踢足球的。你看，他和其他孩子其实没有什么不同，只不过他的写法独具原创性罢了。他是一颗完美的火种，只不过没有人愿意花时间好好教导黑人小孩而已。”

希尔达对这句话嗤之以鼻。“他的写法就好像拿了一根快没有墨水的笔写字一样。”

“你不会这样写吗？我敢说，如果没有人教我好好写字，也许我也会写成这样。”

“你是说我们不能怪他咯？”

玛丽看了她一眼，表示同意。“有点开窍了嘛。”

其他亥子追著我，爪到我就吧我的衣服兑掉，还拥昆子打我，拥刀坎我，快救救我。（其他孩子追着我，抓到我就把我的衣服脱掉，还用棍子打我，用刀砍我，快救救我。）

玛丽的笑容僵住了。

“没关系，”希尔达越过玛丽肩头偷看，“孩子说话都那么夸张啦。”

我狠令这里狠令，快救救我。（我很冷，这里很冷，快救救我。）

玛丽把信放回白镴托盘里。

“我觉得没那么冷吧。”希尔达说，“我外甥每次说冷，我都会提醒他多穿件毛衣，这就可以了。”

“也许我应该去找他。”

“是啊，也许你还要给他编织毛帽，烤馅饼，一边烤一边掉眼泪，再送他一双棉袜。”

“哦，一定要送棉袜。”

“亲爱的，他是在科茨沃尔德，又不是在克里米亚。”

玛丽没有理会她。“我要去见孩子的父亲。”

希尔达哼了一声。

“不，我说真的，我要跟他谈谈，说说我的担忧。”

“可你这么做有什么用？”

“他多半不知道国家系统是如何运作的，更不可能知道他完全有权利要求儿子回来。”

“不是我在找茬，”希尔达说，“可现在正在打仗呢。”

“的确，可你真觉得会有轰炸机扔炸弹吗？这鬼东西嗡嗡叫了多久？”

“六个月。”

“而我们只会乱贴些海报，鼓励人们勇敢起来。”

“即便如此，你也不该叫他父亲把他带回来。”

“可是，告诉他有权这样做是我的责任。你看，问题就在这里：如果人们不像我这样，和政府里的人一起住的话，他们是不会明白其实他们也可以说‘不，谢谢你’的。”

“也就是说，你要闯进一个黑人的家里……”

“我会敲门的。”

“……然后告诉他们应该如何处理自己的孩子。是这样吗？”

“告诉他们能采取什么有效措施。是的。”

“可你刚刚才说，他们和我们一样聪明啊。”

玛丽皱了皱眉头。“你这捕鼠夹，一会儿给奶酪，一会儿玩阴的，尽坑我。”

“我是用你来练习斗嘴呢。不然以后嫁了人怎么办。”

玛丽从托盘中拿出另一封信。“愿上帝保佑那可怜的人。”

“上帝会站在我这边的。”希尔达说，“他只是人而已。”

“哎哟！”玛丽有点脸红了，“这一封是汤姆写的。”

“快，念一念。”

玛丽把汤姆的来信拿到眼前。“我宁愿——”

“念嘛！装什么矜持！”

“只是我……”

早餐室尽头的双扇门处传来一声咳嗽，门打开了，没有发出声响。帕默的咳嗽声中带着歉意，也带来了转机。来得正好，玛丽想。

“希尔达小姐？”他说。

“什么？”

“我已经为您叫了一辆的士。”

希尔达眨眨眼睛。“哦，是哦，谢谢你，帕默。”

管家微微点了点头，毫无感情的眼睛丝毫没有透露出回忆。帕默的脸就像陶罐和墙角的护壁板一样，与周围环境浑然一体，他对日程的安排也合乎他人心意，希尔达不禁觉得自己就该上那辆的士。

玛丽认为，政府部门目前正处于高压状态，帕默这样的人才在那里工作必定游刃有余，她甚至有点担心帕默会被政府征用。

她亲了亲希尔达的两边脸颊，站在门前的台阶处，向步入晨雨中的希尔达挥手道别，随即返回门廊，打开了汤姆的信。

亲爱的诺斯小姐：

这么说，汤姆在印着教育部抬头的信纸上称她为“亲爱的诺斯小姐”了。玛丽差点要晕倒。她靠在门廊的衣帽架上，那里放着一个装满芍药的雕花玻璃花瓶。上次吃晚饭时，她没有往汤姆脸上泼红酒，也没有极端到在上甜品时脱得一丝不挂。她只不过稍微喝多了一点点，并且颇为礼貌地问汤姆是否介意亲自己一口罢了，不能因为这个就被人用官方文书招待吧。

亲爱的诺斯小姐：

我从本部资料中得悉，自与霍利街学校解约以来，您尚未担任与本部相关的其他职务。

玛丽快要哭了。她没有隐瞒事实啊。

我亦得知您数次要求本部恢复您的战时教职。

噢——也许她是抱怨了几句，可那都是说着玩儿的，至少她表面看起来是在开玩笑。她真的想回去教书，也真的喜欢汤姆，但这才麻烦呢。也许她在提出这两个要求时说了很蠢的话。她害怕信中接下来的话太难堪，就用手掌遮住信纸，从指缝中瞄起字来。

因此，我很高兴地通知您，本部已决定让您担任霍利街学校的一个新职务。请到……

玛丽上了的士才继续阅读信件。

请到本部办公室领取钥匙，并到校准备。请您挑选一间结构牢固的教室，教室里必须有通往地下室或地窖的通道，用以抵御空袭。安排好一切之后，您会接管一个混合班级，该班级由不同年龄、不同能力的孩子组成。

假如说汤姆用官话给她写信是为了维持得体的举止，那她接下来的行为就完全颠覆了汤姆的做法：她跑到汤姆的办公室，把他拽进路旁的咖啡厅，咖啡还没喝两口，就在他脸上亲了一下。汤姆摸摸自己的脸，仿佛玛丽的吻还留下了一些可以感知的东西，也许是烟味，也许是签名下方墨水还没干的书信体字母“X”。

之后，当她独自在风雨中行走之时，就连街上的陌生人都像是在对她微笑，这种感觉十分诡异。雨点像是在皮肤上破裂的香槟泡沫；湿漉漉的柏油路上有几滴漏出来的燃油，这些闪着七彩光芒的油滴就是这份契约的小小见证。

她觉得自己一定是坠入爱河了。汤姆刚刚有点恼火，而她却一点也不介意，这也许就是证明。当然，要是汤姆能再下一垒，那就更好了，但她也可以耐心等待。不久之后，汤姆就会明白，没有什么比玛丽·诺斯更加重要，是她的魔法让地球平稳转动，是她的魔法阻止牛奶凝结。

坠入爱河的感觉实在太奇怪了，爱上自己喜欢的人感觉更是奇怪：她的母亲不会鼓励她去爱这样的人，希尔达也许根本就没想到她会爱上汤姆。如果不是因为这场战争，她怎会遇到像汤姆这样普通的男人呢？

此刻，她想知道的是——（现在她已从咖啡厅里出来，伦敦城逐渐淹没了她：烟煤的气味和卡车的尾气和地铁的废气和火车的油污和马的粪便和湿透的砖石建筑和二手烟味和湿淋淋的毛大衣和沟渠中缓慢流动的污水夹杂着水洼里的报纸碎片和烟头组成的舰队向她袭来）——她想知道的是——（云层遮盖了天空她裹紧雨衣穿过白垩矿场路的车流狭长的车头灯让车辆看起来像从沉睡中苏醒摸黑找一瓶阿司匹林一样）——她想知道的是：人们真的能够感受到爱情吗？

她继续沿着白垩矿场路前行，点了一根烟，呼出了心里的激动。双脚似乎再次感受到人行道的存在。她能感到马路很湿，能看到棕褐色的牛津牌皮包上沾了一点污水。

那顿微醺的晚饭之后，两人到汉普斯特德原野散步，当时云雾重重，黏稠得像一团糨糊。如果你在雾中丢了手套，可能半个小时后才会发现它们还挂在腰间的厚重空气里。她本想让两人迷失于雾中，可汤姆完全搞错了状况，他居然一言不发、准确无误地领着两人回到安全的街道上。诺斯夫人说，所有男人都会情不自禁。玛丽引诱了好久，却还不见他有任何动静，这让玛丽有点恼火。然而，当玛丽看见汤姆羞怯而自豪的笑容，就立马原谅了他。玛丽的心提了起来，杂志里也是这么描述的。

她现在想起来了：说完一番表示关心的话后，汤姆的脸上沾了雾中的水汽，还闪过一丝并非尴尬的情绪。这就是她感受到的爱吗？还是说，她只是觉得汤姆是个很贴心的人呢？因为两人没有迷失在汉普斯特德原野中啊。要真是这样，可能要过好几年时间他们才会被别人发现，到那时，雨衣早已破烂不堪，胡子早已长及膝盖了。

玛丽加快脚步，尝试着辨认地标。糟糕的是，人们对战争中的阴谋诡计太敏感，一旦问路就会引起别人的怀疑。有时，这些人会用严肃的口吻问现在谁是首相，仿佛敌方间谍一旦说出正确答案就会爆炸一样。

这样问她会不会好一点：假设你是站在我们这边的，你能知道对一个男人心动的感觉——比如说那个男人比你大五岁，相貌英俊却并非绝代帅哥，他的社会地位比你稍微低一点，不过只要你记得教他在未来岳父面前用正确的方法拿着雪利酒酒杯，那也没问题——你如何知道那种感觉到底是不是爱？

最糟糕的情况莫过于你断定这是爱，接受了他，却发现这根本不是。不，最糟糕的情况莫过于你断定这不是爱，却在多年以后垂垂老矣、心怀悔恨之时发现，曾经有一份真挚的爱情放在你面前。不，最糟糕的情况莫过于要做出判断。

她叹了口气，左转走进霍利街。在此之前，她都没有好好看一眼这所学校。这是一幢严肃而阳刚的建筑。周围的房子都依照伦敦城的建筑惯例，用廉价的黄砖建造，模样很是死板，这幢红砖大楼则尤为显眼。窗户从宽大的门槛延伸至哥特式拱顶处，山墙上装饰着封檐板，顶部尖如长枪。玛丽觉得这是楼里最有意思的地方了，尖顶向着天空，刺伤了非法闯入的天使。

玛丽从阴暗的街道走进一片漆黑的学校。她点着打火机，寻找电灯开关。打开开关之后，门廊中的灯泡都亮了。玛丽皱了皱鼻子。屋里到处尘埃飞舞，走廊中央尘土较少，但壁脚板上却堆满了厚厚一层灰尘。灰尘上留下了一些啮齿动物的脚印和蛇爬过的痕迹，还有一团结成了硬块，那是灰尘经小动物的尿液浸泡之后干结而成的。除此之外，这所破旧的学校还有着一股墨水池的味道，唾液和吃剩的苹果核在课桌中腐烂，散发着臭味。即使她拥有肥皂、乐观的心态和周一之前的三天时间，独自一人又干得了什么呢？

寂静也令人不安。空气中曾弥漫着孩子们背诵乘法表的声音，他们用平淡的声调念字母表，在对称二次方程中唱着四个学院的歌曲；他们用稚嫩的声音唱着《主祷文》，各种能想到的变调和乱唱都混杂其中。可如今，永不停歇的圣歌歌声却永远沉默了。如果说，至今为止战争都是假象的话，那这里的寂静就十分真切了。

她从一间教室走到另一间教室，把所有灯都打开，试图赶走心中的那份沉重。这座学校让人感到孤独。教室里的一排排桌子、一堆堆一模一样的赞美诗集、墙上排成一条线的多个挂钩：一切都以复数的形式出现，一个人待在这里，难免会有形单影只之感。

玛丽径直走向九月时茶隼班所在的教室，但她发现，这间教室并不符合汤姆的要求。结构是够牢固——所有教室都是人们花了精力和汗水建造出来的维多利亚式房间——但这里离地下室不够近。她沿着走廊，将教室的门一扇一扇打开，最后找到一间有木楼梯通往地下室的教室。

地下室的气味更古老了。她看到被废弃的地图堆在一边，图上地球的两极用漩涡图案标示。地下室中还有演校内戏剧用到的各种旧道具：塔克修士[①]的手杖、班柯[②]的裹尸布、彼得·潘的帽子。一根五月柱[③]歪歪斜斜地放在地上，用丝带绑着。在打火机的火光中，地窖向远处的黑暗延伸。如有必要，此处可以掩蔽50个孩子。

玛丽蹲在地上仔细翻查这些宝物。有一些十字绣样本和发霉的报告卡，上面记录着孩子们做针线活和背诵的考试成绩。有一些认真完成的抄写练习：*夏夜，小海华莎[④]坐在门前/听着松树的呢喃，听着水流的喧哗*。

她觉得自己回到了五岁，又觉得自己已经活了五百岁。这里藏着的是十万次教育活动的遗骸，它的骨骼已埋进地底深处，变成整个国家的化石。她有点心痛，十字绣和书法练习就是将每一个小孩与其祖先连在一起的细线，而战争却毫不留情地将其统统剪断。她走进楼上的门廊。整座学校一片寂静。昔日回荡于斯的稚嫩童声已然安息，这是何等的残酷！胸中之痛化为愤怒，颤抖着她的身躯。

麻雀班的教室离地窖最近。她在思考该怎样收拾。首先要把黑板从高窗上拿下来。一旦发生空袭，那就得用上地窖了，可是在此

---

① 出自英国民间传说《罗宾汉》。

② 出自莎士比亚戏剧《麦克白》。

③ 北欧古代的一个象征物，象征着植物的生长。

④ 美国诗人朗弗洛所作长诗《海华莎之歌》的主人公。

之前，教室里要有光。要抹走房间里的尘土，只要遇到强烈的阳光，室内的霉点就会消失。如果能在学校里找到一把梯子和一罐油漆，她就能让孩子们用油漆刷墙。

镶木地板会被洗刷一新；椅子经过螺丝刀的调整和海绵的擦拭之后会焕发活力；至于桌上多年来留下的复杂涂鸦图案，可以用砂纸磨光，也可以让多年来所有往届生的意见保留在原地，不做处理。玛丽觉得怎么做都可以。除了一些简单的拼写错误，她觉得没有权利去修改什么，在了解瓦因小姐的集体智慧之后她更是觉得如此。

教室近门处，老鼠爬上了讲台，把整盒粉笔都咬过了，碎粉笔撒在讲台上。它们咬烂了角落里一堆健身垫的皮套，还咬烂了用来玩抛接球的沙袋，吃光了里面的熟种子。它们拿走了战争赐予的一切。

玛丽一根一根地把粉笔捡起来放在一个罐子里。她在黑板上写上自己的名字："玛丽·诺斯"。她看了看，又把"诺斯"二字擦掉，小心翼翼地用端正的字体写上了汤姆的姓氏。手执粉笔之时，指关节中粉色的血液消退了，粉笔的属性似乎渗进了她的体内。

玛丽·肖

她想听听这个名字说出来感觉如何，于是转过身来，欢快地对着教室说："大家好，我的名字叫玛丽·肖。"

玛丽伸手捂住嘴巴。原来，汤姆正站在教室的门廊里。他想藏起来，但无情的物理学拒绝让他消失。他挪了挪，想缩到门后，却没有行动，只是假装在吹口哨。他也不再装模作样了：即使他没有听到玛丽说的话，黑板上也清楚地写着那几个字，用的是清晰明了、广受欢迎的玛丽安·理查德森现代字体。

你这笨丫头。玛丽想，*汤姆要是有点脑子，就再也不会对你说话了*。可怕的是，玛丽看着他的笑容消失，却发现自己真的很喜欢他。他的尴尬笨拙也不见了，在这一刻也终于变得不再重要。他在这种情况下举手投降，有点太老实。玛丽现在才明白，汤姆那时的

处境有多困难：喜欢她，她又有求于自己。汤姆现在要做的事情，就是让她知道要慢慢来。她垂下双手，像汤姆一样苦笑着。

“对不起。”她说。

汤姆在电灯泡发出的暗淡光芒中凝视着她。

“不。”他说，“该道歉的是我，肖太太——我好像迟到了。你点名了吗？”

她迟疑了一下，随即露出笑容。“噢！我是说……你来得很及时，我正要点名呢。”

他指着一排书桌。“我可以坐下吗？”

“可以……可以，随便坐吧。不，坐在前排，让我好好看着你。”

她往脸上注入适当严肃的表情。汤姆在前排的一张书桌前坐下。椅子太矮了，他的膝盖差点碰到了下巴。他笑了。玛丽皱皱眉头。

“安静。”

她从讲台的抽屉里拿出一根铅笔、一本点名簿，拨掉本子上的尘土打开来。她在本子顶部写上：*麻雀班，1940年春季学期*，又把汤姆的名字写在第一个方框里。

“汤姆·肖？”

“在。”

“太好了，”她看着空页面上汤姆的名字，“你是我的第一个。”

1940年4月

“我很确定你错了。”玛丽把梳子卡进希尔达的头皮时希尔达说。

“这个愚蠢的发型才错了。我是跟着步骤来做的。”

“拿来吧。”希尔达一边说，一边从玛丽手中夺过美国版《时尚》杂志。她用手指戳了戳第三步的插图。“看到了吗？这里说往前梳，你这是往后梳。”

“我是在往前梳啊。”

“才不是呢，”希尔达说，“我早该知道的。”

“你那么厉害，那你自己来。”

玛丽把梳子往梳妆台上一扔。梳子撞到了桌上的瓷猪钱罐。她点了一根香烟，一屁股坐在希尔达的床头。

“好嘛。”希尔达说，“对不起啦。也许你要多上点糖浆。”

“你确定？干了之后你会像糖霜圆面包一样。”

“你是嫉妒我先想到梳这个发型吧。”

“才没有呢，希尔达，这篇破玩意儿才不是在教你做头发呢。蠢死了。”

“蠢到本季人人都留这个发型。”

“所以你觉得那些军官会喜欢？”

“幸运的话他们会舔的。继续用糖水可以吗？”

玛丽扬扬眉毛。“你已经够甜了。”

希尔达向着梳妆台上的镜子做了一个恳求的表情。“不要半途而废嘛。我看起来就像弗兰肯斯坦[①]的情妇。”

“有进步啊。”

“好啊，你就这么教你学生的？”

“不是，作为诺斯老师的我很平易近人。所以我才把怨气都发泄在你身上。”

“学生多起来了吗？”

“还是只有四个。一个唐氏综合征患者，一个瘸子和两个不怎么会说话的。”

“你那个男人让你很自豪嘛。”

玛丽戳灭了烟头。“还需要点时间。一旦家长发现不会有空袭，孩子的数量就会多起来的。”

---

① 英国作家玛丽·雪莱在1818年创作的长篇小说《弗兰肯斯坦》（又译为《科学怪人》）中的人物。这本书被认为是世界第一部真正意义上的科幻小说。——编者注

“我还是觉得不费心为妙。为了四个没有希望的家伙重开学校似乎有点麻烦。”

“这就是我们俩的不同之处。我想要一个更美好的世界，而你想要一个更美好的发型。”

“还没弄完呢。我想弄头发是因为我要钓个穿军服的。”

玛丽叹了口气，站起来捡起梳子。希尔达向着镜中的她微笑，玛丽只好继续。

“你的脸蛋也没有太丑嘛，”玛丽捧着希尔达的头左右摆动，“只要光线足够暗，也还能看。”

“无奈啊，你作为一个朋友，缺点在一片漆黑中也能看到。”

“你又懒又蠢。”玛丽说。

“你又固执又嚣张。”希尔达说。

玛丽尽量把希尔达头顶上的头发编成前后走向的小辫子，然后用梳子把两条辫子往发根里卷，直到发髻能立起来。这项工作回报很大，重力盛气凌人地骑在头发之上。希尔达的头皮很温暖，闺房中的空气闷热潮湿，却带着呼吸和烟草的香味，很是怡人。清新的雨点击打着窗户，沿着玻璃流下；窗外的皮姆里科大街歪歪扭扭，仿佛在水中游弋。

“你妈妈呢？”过了一会儿，希尔达说。

“这几天很少看见她。现在不用装了，其实挺想带她去学校看看的，可是她忙着跟在老爸屁股后边做她的贤内助。爸爸下决心要当上内阁大臣，这就少不了午餐会和各种活动。”

“如果你妈是我妈，要我杀人我也愿意。要说我妈妈有什么志向的话，估计都藏在抽屉里面了。”

“是啊，可我们在打仗呢——你还不懂吗？战争动摇了一切。爸爸的世界如今看起来是那么渺小。那些一起上过学的委员会朋友，那些争奇斗艳的阔太，那些张开双腿挑选金龟婿的大小姐，都很渺小。我们都是闪闪发光的小母马，规规矩矩地排在队伍里。”

“你别抢我的道就可以了。”

“说话注意点，希尔达，要记得是谁拿着发针呢。”

“把那小穷鬼甩了时可不要哭着来找我。”

“汤姆不穷啊。”

“我的老天，他住在阁楼里呢。是你亲口告诉我的。”

“是，但……”

“阁楼欸，玛丽。我很清楚你根本不爱他。你只是觉得你妈和他碰面会很有意思罢了。”

玛丽没有理会，她把蓬蓬的辫子一层叠着一层，从后脑勺往额头堆砌。

“和你写给那黑人的理由是一样的。”希尔达说，“你在对你妈说，快来看啊！如果我是你，我就会和她一起去吃午饭晚饭。有必要还可以摔摔杯子，或者往战机生产部长脸上亲一口。你要在你妈注意到的时候干这些事啊。”

玛丽用充满同情的目光看着她。“我写信给扎克瑞是因为他也是人。”

“你就是这样对他爸爸说的？他一定印象深刻吧。”

镜中的玛丽故意用力将希尔达的头左右拨动。“我对他说，他也许应该考虑把孩子接回家。我可以向他保证孩子能在学校里学习，学校里面还有防御空袭的地下室。”

“他看你的时候是这样的吗？”希尔达睁大眼睛，脸上一副不理解的表情。

“他像所有绅士一样穿着大衣，打着领带，礼貌地接受了我的意见。”

“你用彩色玻璃珠制作礼物送给他了吗？”

“他告诉我他在美国的日子是怎样的。”

“你走之后他就检查有没有丢了东西。”

玛丽笑了。“你的态度和社会上其他人没什么两样。”

“很好。”希尔达说。

玛丽提起镜子，让希尔达能看见后脑勺的样子。

“有意思。”希尔达说。

“什么有意思？”玛丽说。

“没事。”希尔达说，心里却想着要到发廊去才能把头发弄好。

1940 年 5 月

阁楼里，汤姆靠在长枕上，抽了一口玛丽放在他嘴唇上的香烟。香烟的烟头烧得通红，火光又黯淡下来。

窗外，警察在灯火管制的黑夜中维持治安。平时将整座城市连成一片的灯光如今只剩下星星点点。古城又变回了多年前的那个样子，犹如藏在隐秘之处的私掠船。人们放好油灯，以免被风吹熄。黑夜之中暗影重重，夜色之浓重仿佛白天的到来也无法将其驱散。

汤姆向天花板喷了一口烟。玛丽的双腿与他的双腿缠在一起。他忍不住笑了。

“怎么了？”玛丽说。

“没事。”

“你说不说。”玛丽抓了抓他的胸毛。

“疼！没有啦，我只是觉得一切都不一样了。”

她抖了抖香烟，一副若有所思的样子。“做过你就不爱我了，是不是？”

“没有啊。”

“那到底怎么了？”

“其实，”他说，“我在想我又多爱你几分了。”

其实他想的是：从现在开始，不论在上班时，在公车上，还是在公园里，他都更像交配经验丰富的狗，而非仍为处男之身的人。

“你呢？在想什么？”他说。

玛丽想的是她有多么享受现在。激情早与灯火融为一体，难分彼此，在黑暗中闪烁。有了爱，根本不需要热烈的火焰，人都能发光。此刻，她觉得自己很幸福，虽然过去人们都会尝到这种滋味，而她妈妈却极有可能与之擦肩而过。城市的心脏从皮姆利科转移到皮卡迪利，那里没有灿烂的电灯灯光，在无人视及的黑暗中，爱神之子厄洛斯的雕塑在底座上摇摇欲坠。这一刻，他松开手，向着夜色射了一支箭。伦敦城在玛丽的心中点燃了火焰，伟大的日光之城习得了黑夜的语言。

她说：“我在想我很爱你。”

“我也爱你。”

“可你是个男人，你会离开去抢掠下一个城镇。”

他点点头。“樱草山。”

“或是汉普斯特德原野。”

“就不能先在你身上掠夺一下吗？”

她看了看自己的指甲。“随时都可以，我不穿衣服的时候都可以。”

“我最喜欢你不穿衣服的样子。”

玛丽轻轻拍了拍他的大腿。“老坏蛋。”

“我才二十四岁呢。”

“是啊，所以才说你坏。”

他担心自己真的陷进去了。“我真的爱你，你知道的。”

“真的吗？”

“当然。”

“汤姆，你真的爱我？”

“当然。我可以给你看我的‘仪表盘’上的读字，可是要先打开‘胸箱’中的检查窗。”

“可以吗？我想确定一下。”

“我没有带合适的工具哦。”

她翻身平躺，缓缓吹出一口蓝色的烟雾。“我恨你。”

他皱皱眉头。“你证明不了这一点。”

“为了你，我没有穿衣服，也不愿意走下床去。”

“就连……我这样做你也不愿意吗？”

“那我就更不愿意了。”

玛丽把香烟的滤嘴放在汤姆唇边，汤姆吸了一口。香烟上的火光在黑暗的阁楼中照亮了两个苍白的圆形物体：那是恺撒的纽扣眼，在钢琴顶上瞅着他们。天哪，你高兴一点好不好，汤姆好不情愿地对自己说。他的肌肉紧绷起来。

“怎么了，亲爱的？”

“没事。”他说，可那一瞬间已经破灭了。玛丽翻了个身，趴在床上熄灭了烟头。

汤姆有点内疚，原来，他已经好几天没有想起阿利斯泰尔了。最近这个朋友的来信让他很难受。对于背上沉重背包行军一事，阿利斯泰尔只是说了一句：最重要的是穿两双袜子，一双薄的，一双厚的。而关于军营生活，他只是写道：就像住在巴特林旅店一样，只不过要扛着枪而已，这么想会高兴一些。信中没什么实质性的内容。上一封来信在几个月前送达，那时是十二月，阿利斯泰尔在信中草草描述了一名士兵在训练中被炸弹炸死的情况。自那之后，两人的距离在信中渐渐拉开了。

汤姆试着不去想阿利斯泰尔。现在是周六凌晨四点，红酒快喝完了，离日出还有四个小时。玛丽仰卧在床上，又点了一根烟，汤姆伸手去摸她的大腿内侧。

她吹出一个烟圈。“这场战争实在太棒了。这么说是不是太坏了？”

“好吧，我不应该写在黑板上的。”

“我才十九岁，就有了一间自己的学校，我可以按照我的方式去教导孩子，他们摔伤了膝盖，我就可以过去抱抱他们。”

汤姆觉得，她那么快活实在太好了。可是汤姆的手已经在那了，她还在喋喋不休的，实在有点没意思。

他说：“即便没有战争的存在，你也已经找到了美妙的东西。”

“如果没有这场战争，命运就不会把我们安排到一起。一想到这里我就头晕。想想看有多少人像我们一样，因为战争而相遇，此刻正躺在床上欢愉。开罗有，巴黎也有。”

“是啊。”他的手在玛丽的大腿之间摸来摸去。

她说：“也许在德国也有。”

听见这句话，他的手停住了。一切本该自然地进行下去，该降临的本该是天赐的福泽。然而来的却是德国人。

“怎么说话呢，”他说，“‘匈奴人’[①]不会上床做爱。”

“那他们怎么生出‘小匈奴’呢？”

“在鲁尔的工厂里生产啊。也许是按照复杂的图纸造人吧，我不知道。”

他不想让玛丽说下去了。床角以外的整个世界都快要坠入地狱，而它似乎决心要行使这项特权。讨论它就等于把它带到两人温暖而黑暗的被窝中。但是此刻汤姆却不由自主地想着它。在远处的黑夜中，他的好友在铺位上瑟瑟发抖，他的茶水里下了安眠药，身旁放着贝蒂·格拉布尔的写真明信片。他又觉得很内疚，于是叹了一口气。

“怎么了？”玛丽问。

“我觉得我好懦弱。”

“为什么？”

“因为我没有去参军啊，因为我在这里，而不是在外面的世界里。”

---

① 欧洲人眼中的匈奴人是“上帝之鞭”，未开化的虎狼之师。1900年德国侵略清朝前，德皇威廉二世发表演说，称德国要效法匈奴人的残暴。后来西方列国用“匈奴人”来作为德国人的蔑称。

玛丽戳灭了烟头。这个动作让床垫的弹簧微微颤动。汤姆的手还放在玛丽的双腿之间，进退两难，只是发挥着温柔的本能，傻乎乎地抚摸着她的肌肤。

玛丽说：“你就不是个当士兵的料。”

“为什么？我会打架。”

“你不敢开枪。”

玛丽抚摸着汤姆的脸。汤姆控制不住了。

“有必要的话我可以杀人。”他立刻就觉察到自己吹的牛有多么荒谬。

玛丽笑了。汤姆的脸红了。“也许你不相信，但我真的可以。”

黑暗中，汤姆抽出停留在玛丽双腿之间的那只手，用一条胳膊撑着身子。玛丽点着了打火机，两人的脸庞之间闪过一刹那的火光。火光中，玛丽冷静地看着他，冷静得让他羞愧。

“天哪，”他说，“对不起。”

“别说了。”

玛丽熄灭打火机，在瞬间的黑暗中，汤姆看见火光留下的影子。玛丽侧身躺在床上，抓起汤姆的手把它放回双腿之间。“如果你被征召入伍，那就去吧。不到那个时候请不要破坏气氛。”

“玛丽，我……”

“嘘，亲爱的，不要让这场战争占了上风。”

汤姆把脸凑到玛丽的脸旁。“之前我对你说我爱你了吗？”

“嗯哼？”

“那时我说的是假话，但我现在真的爱你。”

“这样啊，我也是。”

汤姆知道，演技好的演员在说这三个字时是不会面带微笑的。坠入爱河，意味着人们将会明白单身的孤独；将会知道如果再次孤身一人，那种苦恼的滋味永不会消失；但它却绝不是最快乐的感觉。

之后，玛丽依偎在汤姆的胸膛上打了个呵欠。她那黄铜色的头发披散在汤姆身上。两人一起抽了一口烟，玛丽的脸上滴着晶莹的汗珠，反射着橙色的光芒。

汤姆说："你想睡觉吗？"

玛丽仔细思考这个问题，仿佛这是一个新提议，然后摇了摇头。外面下着雨，一道灰暗的光芒隐约出现在阁楼中，威胁着要把一切恢复到平时的模样。汤姆感到一股莫名的恐惧。玛丽只是又点了一根香烟，顽皮地冲他一笑，他的信心便马上回来了。她那活泼而性感的气息，她集中精神时那有点好笑的皱眉，她拨动打火机棘轮时胸部的微动，她坐起来寻找烟灰缸时那纤瘦的腹部……窗外的雨点夹杂着狂风，犹如一只只老鼠向着窗户撞来。

汤姆把果酱瓶当作杯子，冲了两瓶茶，爬回床上。两人靠着床头板，相互依偎。他们都累了，眼睛凹进了眼眶。两人都忘了淡茶的存在，蒸汽在果酱瓶内沿凝结成水。

汤姆说："你有没有……嗯……和别人睡过？"

玛丽眨了眨眼。"有啊。"

一副若无其事的样子。汤姆的恐惧又回来了。他以为，无论答案肯定与否，他都有心理准备，但他从未想过第三种可能：也许这真的不算什么。之前，他似乎将这件事当作生命中最重要的事情看待。当然这样想实在是傻到了极点，这一刻，他差点哭了出来。

他没有。他要把面部表情调整成世故的微笑。一旦两人继续聊起来，他就会开启另一个话题，声音中带着万分轻佻。如果这真的不算什么，那之前的感觉——那种像是第一次写信，因措辞太幼稚只好删掉重写的感觉——也不算什么了。可是……可是……

汤姆发现，他根本不介意玛丽的情史，和五个男人上过床也好，和十几个男人上过床也好，他都不管，他只要玛丽本人，只要那个曾在他怀里颤抖，把脸贴在他脖子上的玛丽——他只想让玛丽说说之前发生的事情，把它当作一件正事来谈。泪水又要涌出来，他赶紧止住了。

玛丽在抠他的肋骨。

“亲爱的，怎么了？”他保持着轻柔的语气说道。

玛丽又戳了他一下，他转过头去。女友在用奇怪的目光看着他，他不懂这是什么意思。他才发现，他不懂的东西还有许多呢。他的处男之身已经没有了，他已经航行到地图上显示的陆地里，然而这里却是更加开阔的海面。

他无法读懂玛丽的目光，突然又感到一阵焦虑，玛丽是不是又想要了呢？他不知道自己是否还吃得消。他开始担心，也许玛丽不是想要那个，也许那诡异而可怕的表情有着别的意思，预示着严肃而友善的谈话。玛丽会温声细语地说，现在有点晚了，他们该睡觉了。然后，一到女孩子适宜出现在街上的时间点，她就会找个借口离开。

他抚摸着玛丽的脸颊。他是多么可怜啊。玛丽看到了他的反应，必定会觉得他很可笑。如今玛丽注定要离开了，他才明白，他原来一点也不在乎玛丽是否把他放在心上，或者那些她睡过的男人。令人难以忍受的是，没有她陪在身旁，今后的日子会是多么难过，多么空虚。

玛丽笑了。

“笑什么？”他说。

“我没和其他人上过床。”

“那为什么……”

玛丽抓起他的手。“我想知道你在不在乎这个。”

空中传来黎明时分的轰鸣。汤姆把被单盖在两人身上，在这临时营造的黑暗当中，紧紧拥抱着玛丽。铺盖能提供多少保护，他不知道。引擎声越来越近，声音越来越大，越过头顶，撼动着窗户。然后，声音逐渐向东面消失了。那是空军派遣飞机或是飞行员受训，仅此而已。事后，两人都笑了，有什么好怕的嘛。

日出时分，风雨暂歇，湿漉漉的人行道反射着微光。两人到外面散步。玛丽没有带换洗衣服，而汤姆也不想让玛丽出丑，于是，两人都穿着昨晚跳舞时穿的衣服。这对情侣手牵着手、甩着胳膊，惬意地走着，轻轻一挪就躲开了路上的水洼。他们处在爱意的保护下，丝毫不觉有何不妥。

街上没有几个人，伦敦仿佛只属于他们俩。时不时一辆面包车驶过，一名警察踏着拍子走过，一只夜狐在街巷中嗅出食物残渣的所在。每当看到这些，这对情侣都心生欣喜，归根结底，这种喜悦源于他们自身。他们走啊走啊，直到街上行人渐多，道路也开始拥堵起来。两人还是走啊走，什么都不需要，可是突然之间，他们又什么都想要了。两人这才发现自己已经饿扁了，于是就跑到一家咖啡馆里去，狼吞虎咽地吃了起来。

他们各自喝了一杯让牙冠打战的黑茶。随后，汤姆决定买一本书送给玛丽，而玛丽决定买一把切纸刀送给汤姆，两人便在各个商店里进进出出，购物完毕才都冷静下来。

他们坐在特拉法尔加广场的一张长凳上，欣喜地看着手中的礼物，汤姆还觉得有种无尽的庄严与肃穆。两人看着邋里邋遢的鸽子聚集成群。

玛丽打了个哈欠，把头靠在汤姆的肩上。

“你累了吗？”汤姆说，“我们要回去睡觉吗？”

“我该回家了。帕默会急死的。”

“帕默是你养的小狗吗？”

“是啊。”玛丽说完就想为什么要这么说。两人之间存在距离，可这算不了什么。但是突然之间，这些距离被无限放大了。此刻，玛丽没有心情继续讨论这个话题。她感到一阵沉重的忧伤。

“你在想什么？”汤姆说。

“在想我有多么高兴。你在想什么？”

他在想，玛丽有一个家，有一只宠物，有爸爸和妈妈。他从未想过，玛丽不可能就这样出现在世界上，芳龄十八，红唇美艳，一笑百媚，还碰巧在两人第一次相遇的时间与空间里现身。她是如此完美无瑕、独一无二，一想到她有如常人一般，有闺蜜，甚至还有家人，汤姆的心就不由自主沉了下去。

他说："我也一样高兴。"

玛丽亲了他一口。"我该走了。"

"哦……是啊，好吧。"他紧张地看了玛丽一眼。

"你会怎么和家里人说？"

玛丽抚摸着他的脸颊。"我会告诉爸爸我在闺蜜希尔达家过夜了，我会告诉我妈你很可爱。"

"你会告诉她？"

"女人之间没有秘密。我们拒绝肌肉与胡子之时就是享受上帝恩赐的时候。"

他抓住玛丽的手。"我送你到地铁站吧。"

玛丽没有告诉汤姆，她从不搭乘地铁（她甚至不知道应该买票还是等列车员在车厢中售票）。两人站起身来，沿着特拉法尔加广场返回，途中一溜小跑，地上的鸽子被吓得纷纷飞起。他们跑啊跑，手挽着手，悲伤得近乎绝望。鸽子哗啦啦地在他们面前飞舞，聚成一群，在地面盘旋了一会儿，就往上飞去。它们穿过城市上空棉被一般的云层，又在天空中出现。这种生物没有受到地面战争的束缚，只是往复循环，在平和的空气中不断旋转。

玛丽紧握住汤姆的手，颇没良心地想，两人只能待在地面，待在伦敦。

她说："送到这就好了。"

"不走可以吗？"

"星期一就再见了。下班之后来接我。"

"你会一切安好吧？"

她说："为什么不会呢？"

汤姆思考了一下这个问题。其实原因多着呢，其中一个原因当然就是战争。尽管他一再坚持战局告终，但他越来越相信战火随时会从天而降，夺人性命。除此之外，还有肆意下发的命令，要求其中一人到别的城市甚至别的国家去工作；然后，距离的诅咒便开始行动，将紧紧相握的爱人之手变成信中的手写字体。

还有机械造成的事故。众所周知，机器对苗条的身躯充满怨恨，而他此刻就依偎着这样的身体。轴承会绞，车轴会裂，缆绳会断。心中的意外事故也是一个问题。玛丽很漂亮，他能看到，其他男人自然也能看到。玛丽冰雪聪明、不落俗套，其忠诚程度根本无法估计。也许会出现身材更高大、家境更好的追求者，最可怕的是也许会出现能让玛丽开心的人。他是多么害怕那些能让玛丽开心的男人啊。

接下来还有疾病。威胁比幽默感小，但也不能完全忽略。每一代都会经历一次流感暴发，如今正是时候。癌症和肺结核也许会将玛丽带走。手指上的一处抓伤可能会化脓，唇疱疹可能会引发严重的风寒。还有种种与物理相关的小事故：摔伤、滑倒和哽咽；碰撞、燃烧与冲击。他还没有开始估量第三方造成的伤害呢。朋友可能会棒打鸳鸯，躲在巷中的恶魔可能会先奸后杀。玛丽的父母可能会从他身上挑出一堆毛病，针对他的贫穷与反战思想大做文章。他们也许会不择手段，劝女儿打消与他相爱的念头。一涉及父母，这场竞争便完全不在同一水平：他们与玛丽共度生命中的每一年，而他却尚未与玛丽共度这一年中的所有季节。

最后是无法预测的记忆与精神。明天一觉醒来，玛丽可能就记不起他是谁了；又或者，玛丽经过一间咖啡屋，突然停下脚步，折服于欲望看中了咖啡屋里的侍应。最可怕同时也是最有可能发生的是，不在身边时，凡人的不满就会开始滋长：要是他说过一些让玛丽不安的话，哪怕只有一个字，而玛丽仔细思量之后得出他不爱自己的结论，那该怎么办？要是玛丽不满意他在床上的表现，那该怎么办？汤姆越想越担忧，担忧某件事情忘记去做了，或者更严重——

某件事做得太过火了。鱼水之欢时，两人偶尔会发出像动物一样的呻吟声，这个现象总是很怪异吧？现在玛丽回想起来，应该会觉得很羞愧，从而再也不想看见他了吧？

这只是众多思绪中的一些而已。他越是细想——噢，天哪，玛丽可爱的脸上出现了讥讽的笑容——就越能找到让自己焦虑的理由。分离有如命运之肺中的空气一样不可或缺，所以，两人共度初夜之后，他在告别时问了一句："你会一切安好吧？"而玛丽的回答是："为什么不会呢？"其实，许多理由一冒出来就会让人觉得荒谬绝伦、遥不可及，如果此刻他放开玛丽的手，让玛丽走进散发着春天气息的、灰蒙蒙的早晨，那么他们还是会再见面的。

待在一起，让世间拆散情侣的力量作用在他人身上，这样似乎更加安全。然而，他不知道该如何表达这些感情才不显得可怜兮兮，于是，他只说了一句："好的，周一见。"

离别不是手执鲍伊猎刀在机枪网中冲锋下山，也不是在四引擎式重型轰炸机的机尾炮手座位上扣好安全带。而且，其他人永远都不会知道这件事，毕竟没有人会因在战争中一个灰蒙蒙的周六清晨放开一个女人的手而被授予勋章。然而，要相信有情人海枯石烂、相伴一生的信念是需要勇气的，更何况是在一个开始容易持久难的城市当中。

玛丽逐渐远去。汤姆转过身来，只为证明自己也能潇洒转身。

在玛丽看来，转身离去并非难事。她只须穿着昨天的裙子，往前走一段路就可以了。的确，战争是随机转动的轮盘；的确，城市里可能勾引汤姆的女人多的是：有些人比她更带劲，还有些人已经穿上了夏日的衣装。但玛丽依旧风轻云淡，因为她天生就不把任何事情看得太重。就算真发生了什么，她的生活也还得继续。可是——

"亲爱的？"她转过身来喊道。

人群已经将他淹没。她还以为，汤姆会站在那儿目送她离开。在这一刹那，她对这份爱感觉到一丝丝的不确定，这种感觉真叫人讨厌。

1940 年 6 月

阿利斯泰尔坐在从多佛出发的火车车厢中，蒸汽在火车上方打转。他把头伸出窗外，伸进温暖的车尾气流中。弥漫煤烟的蒸汽有点苦涩。他知道，皇家空军正在上空与敌人周旋，但从他的角度看去，飞机小得几乎看不见。火车头冒出的蒸汽升上天空，似乎变成了那几道扭曲的飞机拉烟。大自然凝结了，蒸汽不再弥散开来，而是不断分叉扭曲：遗忘俨然已不再存在。

火车鸣笛了。伦敦近在眼前，这座城市带着不祥的重量，紧紧抓住了他的每一个细胞。他本想直接去见汤姆的——这是他到城里去的理由——可如今离目标这么近，他却觉得要先找个地方安顿下来。他会先给汤姆留个下午送达的便条，利用白天的时间做一些杂事，然后晚上再去见这位好友。

亲爱的汤姆：

团里放假了，这一定是我们在法国北部一直向后进军，表现得太好的缘故。

他放下笔，寻找着合适的措辞。从阿登高地[①]初战告败到敦刻尔克大撤退[②]，德国人一直把他们打得落花流水。与他们相比，德

① 阿登高地（Ardennes），法国北部，比利时东南部及卢森堡北部，默兹河的东西两方的高原。它是第一次及第二次世界大战中重要战役的发生地点。

② 敦刻尔克大撤退（Dunkirk Evacuation）是第二次世界大战初期的英法联军的军事撤退行动。1940 年 5 月 25 日，英法联军防线在德国机械化部队的快速攻势下崩溃之后，英军在敦刻尔克这个位于法国东北部、靠近比利时边境的港口小城进行了当时历史上最大规模的军事撤退行动。虽然这项代号为“发电机计划”的大规模撤退行动使英国及法国得以利用各种船只撤出了大量的部队，成功挽救了大量的人力，但是英国派驻法国的远征军的所有重型装备都丢弃在欧洲大陆上，导致英国本土的地面防卫出现严重问题。

国人更专心，更坚定，更有力。他们的军队一想到敌人，往往是心情复杂，充满着恐惧与敬仰。然而，士兵们却不能抓住别人的手说“好了，你做得很好，我觉得这样暂时就够了”，真是无奈。

我在战斗中受了点轻伤，可我的击球能力还是比你好。我当了上尉。你可以把我想象成一颗燃烧的彗星，穿着军官的制服光荣归国，还戴着一枚伤痕勋章。

玻璃碎片还在他的体内慢慢往外爬——当铺的窗户爆炸时，他差点来不及举起手来挡在面前。痛苦不算什么，但这件事发生以后，周围的人都疏远了他，让他很不痛快。也许他不该为此感到惊奇。毕竟，战争的产物便是孤独——爱着爱着就没了，说着说着就散了。因此，如果有人因为躲过一场劫难而变得有点与世隔绝，根本一点都不奇怪。

说到你，我相信恺撒是一名警惕的女监护人，而且……

还不到一周以前，在敦刻尔克沙滩仓促挖就的战壕当中，阿利斯泰尔曾与他的士兵挤在一起。炮弹时不时发出怪叫，落在地上爆炸。被击中的船只飘出的黑色煤灰，混合着英国驱逐舰残骸的白色化学烟雾，像屏风一样遮蔽了所有人的视线。残骸产生的催泪烟雾熏得士兵们双眼通红，喉咙发痒。

阿利斯泰尔站在战壕边上。“你觉得今天天气怎么样？”他对着军士长布雷克喊道。

“很有季节性，长官。”那人在旁边的战壕里喊道，“如果得到您的同意，也许我会带几个人到沙滩对面买雪糕。”

“很好，”阿利斯泰尔说，“去看看能不能租到几把帆布躺椅，我们可以把它们整齐地码在这里。”

“我们就像被迫观演的观众，是吗，长官？”

阿利斯泰尔点点头。“与总部通个无线电，让他们给我们送来一个潘趣和朱迪木偶戏台[①]，要是你乖乖的，我就让你演朱迪。”

他等着布雷克回来，但布雷克身中流弹，倒在一旁。阿利斯泰尔绷紧肌肉，准备跳出战壕去扶布雷克。然而，此刻的他却在这里，坐在火车车厢中写信给汤姆。他揉揉太阳穴，让自己回到现实之中。

恺撒是一名警惕的女监护人，而且……

阿利斯泰尔一队人在沙滩上待了两天，忍受了两天粪便与尿液的味道。在无法建造营地厕所的情况下，他们只好把自己的战壕当作方便之所。离整点还有五十分钟，炸弹从隐没不见的轰炸机上坠落，呼啸着穿过迷雾，落在沙滩上。隔了一段时间，黄色机头的梅塞施密特式战斗机[②]毫无预兆地向着沙丘俯冲下来——战机飞得很低，低得能看清机上的铆钉——机关炮将沙滩撕裂。沙砾在空中扬起，又在无尽的细雨中掉落在地。众士兵死不瞑目，眼睛凝视着天空，沙粒在眼中不断凝聚。

恺撒是一名警惕的女监护人，而且你的舞技有长进。

他将额头抵在车窗上，大口地吸着空气，看着绿绿的田野飞驰而过。他对自己说，只有这些才是真的：近处正在成熟的小麦，远处围着燧石墙的谷仓，更远处的母羊群。开战后他才明白，时间可以变成一条丝带，形如黑色玫瑰花花瓣，可以用别针钉着一头卷起来。

---

① 潘趣和朱迪木偶戏台（Punch and Judy Booth）是一种比较传统的木偶戏，颇为暴力。

② 著名的德国飞机制造商梅塞施密特股份公司（Messerschmitt AG）所开发的飞机，在第二次世界大战中有着出色的表现。

我不想打扰你和那个女孩的甜蜜时光，所以我是不会在阁楼里住的。我会到罗伯特森酒店——就是射手山上那家小酒店下榻。收到这张字条后过来找我吧。

火车轰隆轰隆地驶进查令十字车站[①]。阿利斯泰尔把写给汤姆的字条塞进信封里，从架子上抓起粗呢背包，踏上站台。

伦敦很热。他从火车站出发，向北走去。手表上显示的时间是正午，但钟声没有响起。钟塔里的钟用布盖着，只有在敌人入侵之时才会发出声音。也许这样会让市民好过一点吧，但阿利斯泰尔面对过现在的德国人，他觉得，大钟无论响与不响，甚或是被熔成金属，制成踢踏舞鞋的金属鞋底，都没有多大区别。

他找了一个邮筒，犹豫了一会儿，却把要寄给汤姆的字条放回口袋里。也许在告诉汤姆到罗伯特森酒店找他之前要先确定一下那里是否还有空房间。一般来说是有的，可现在在打仗，谁知道呢。

他用手帕抹去脸上的汗水和煤灰。在斯特兰德大街上，人群把他挤到路边，所有人都在推推搡搡。那是一种新型移动方式，而他似乎没有办法适应。整座城市都笼罩在令人喘不过气来的匆忙之中，但又不像以前的高峰时刻一样，所有人挤在一起像潮水一样流动。现在大家都向着相互交叉的方向行进。

阿利斯泰尔不免更加困惑，他无法穿过这种新型的人群。人很多，而且都乱了套。他似乎觉得，失去了钟声阻隔，时间变得不像以前那样秒秒分明，而是叠在一起，犹如蟒蛇的鳞片一样，一片叠着一片。日班、夜班和换班的人熙熙攘攘，让他一头雾水，他在城里跑腿办事时，无论爬上哪一辆公共汽车，车上都满载着脸色苍白、穿着工装的女孩。人们像是在下班回家，又像是在上班的路上。他

① 查令十字车站位于伦敦西敏市，是伦敦地铁及英国国家铁路局交会的车站兼伦敦首要交通枢纽，繁忙程度居伦敦地区火车站第五，其中大多数列车服务由东南铁路公司（Southeastern）及南向铁路公司（Southern）所提供。站名取自附近的查令十字路。

尝试与人们攀谈，可是他们的语言显然已发生变化。他说的英语会让人们感到好笑，或是激怒他们，就好像他的英语是在外国学的一样。

“你从很远的地方来吗？”他问一个戴着锡纸帽，穿着粗花呢套装的男人。

“你说什么？”那人谨慎地看了他一眼。

阿利斯泰尔对众士兵那副被战争吓蒙的模样已经习以为常。在圣康坦[1]，敌人的迫击炮击中了他的指挥官。阿利斯泰尔焦急地等待出击命令，却没有听到战地电话里上级的回答。于是，他步行了半英里，来到临时指挥部——一个石制谷仓中接受命令。当他到达时，那个地方弥漫着烧肉的味道，里面无人生还。迫击炮炮弹穿过屋顶掉进屋内，屋里的石墙没有被炸开。空气还是热的，所有高级军官都分尸在地，烤成焦炭。上校笔直坐在便携式桌子旁，面无血色，肤色灰白。他嘴唇上的小胡子烧成一条线，却还在表达着愤怒。他的手里还紧紧抓住战地电话的听筒。这个酒店太吵，环境太差啦，我要投诉。

他一溜小跑回到阵地，集合连里还活着的人，带他们来到海岸边。一路上，他都希望碰见一名知道该干什么的高级军官。十天之后，他们与敦刻尔克主力部队会师之时，阿利斯泰尔放弃了这个念头。两名中士和五名下士已经壮烈牺牲。大部分士兵都受了伤，其中六人还得躺在船上转移。阿利斯泰尔主管了担架的制作。

与士兵们一起完成实用而必要的任务让他感到很放松。只有在此类事情当中，他才觉得自己发挥了作用。他擅长修复工作，如果任务是重建欧洲而非将其炸成碎片，阿利斯泰尔这个上尉当得要开心一些，在命令其他人跟随他时也不会那么畏畏缩缩。

然而，士兵们却乐意让他当头儿。他喊“前进”，士兵们就前

---

① 圣康坦是位于法国北部埃纳省内人口最多的城市。圣康坦以 3 世纪时殉教的教徒圣康坦的名字命名。圣康坦在 12 世纪成为法国的直辖领地。因其地处王国北部，因而具有重要的战略位置。

进；即使一个月里没怎么睡觉，一旦接到他的命令，他们也能向着敌人开火，而不是对着自己人。他们喝着夹杂沙砾的水，听到巨大的爆炸声会颤抖，还会给家里的女友写信。他巡视时，他们会喊他长官，请他喝酒吃饼干，也很乐意看到他来战壕里视察。他的出现能帮到大家，这个理由就足以支撑他继续把这个上尉当下去。为了大家，他希望自己不要战死。在他看来，死在战场上已经不再有趣。他尽力为士兵们活着，而当他们像现在这样睁大眼睛看着他时，他也会尽力安抚他们。

面前的年轻人开始警惕起来。阿利斯泰尔挽着那人的手臂，想让他冷静下来，可那家伙只是把他推开，匆匆向着公共汽车站走去。阿利斯泰尔眨眨眼睛。原来，这是一辆公共汽车，这是在伦敦。

车速一慢，他便跳下车来。街上没有一件事是对头的。香烟散发着农场被烧焦的味道，身上涂着麝香、抹着油的行人让他无所适从。一向在黎明才开的面包店似乎也在傍晚时分开始烘焙。他估计大概是因为上夜班的人也需要吃东西吧。他步行到银行，一边走一边闻着飘满整条皮卡迪利大街的面包的温暖气息。面包的香味令人安慰，同时也令人不安。面包师在橱窗里的命名板上用粉笔写了“复活面包”几个字，当阿利斯泰尔问他为什么取这个名字时，他回答说：*上帝已经重生了啊*。

就连在里兹大饭店的吃饭时间也根据新出台的军事时刻表改变了。阿利斯泰尔透过高耸的橱窗往里张望，看见许多贵妇在蛋糕架和俄式茶壶旁低声谈笑，身旁的男士坐在餐桌边吃午餐。传说，当波尔图葡萄酒和玛卡龙同时出现在 W1 区，就一定会发生一些可怕的事情，为什么人们一点也不在乎呢？

热浪中，阿利斯泰尔松掉领带，向着斜坡之下的堤岸走去。他取道小巷以躲开令人困惑的人群。现在，他的小任务已经完成了，他觉得自己很多余，很傻。他坐在长凳上，向泰晤士河皱着眉头。河口处，一波油腻的潮水袭来，阻断了向前流动的河水，令流向变得混乱起来。白色的海鸥在河水上方摇摇晃晃地飞着，似乎又热又晕船。

他还以为要花一个下午才能与他的银行经理、裁缝和家庭律师见完面。可是每个人都只耽搁了他几分钟，他就能前往下一个目的地。所有工作人员都热诚地招待他，但他们会时不时看向时钟。他觉得，自己在城里四处活动时，就像被某个重要而神秘的存在跟踪着，而这家伙事先已经向所有店主正式预约了。也许战争对商业的影响是正面的，也许没有他这样的士兵挡道会更好一些。

阿利斯泰尔看着犯恶心的海鸥在叽叽喳喳飞上飞下。在这个炎热的下午，他在时间的洪流中进进出出。他打了个电话，在罗伯特森酒店要到了房间，但要寄给汤姆的字条还是没有寄出，因为他决定先等自己的心情平复下来再说。他也不想去泰特艺术馆见旧同事。他害怕见到那个地方空空荡荡、令人压抑的样子，更害怕看见那些画已经运回来了。他不想与任何认识的人相见。伦敦城让他感到势单力薄。

他凝视着不断搅动的褐色河水。部队从敦刻尔克撤回，在一片湿气弥漫、闪着红白光芒的迷雾中渡过英吉利海峡。途中，他们看见一名皇家空军士兵在一艘黄色小橡皮艇上挥手，便把他救上船来。阿利斯泰尔亲自帮他爬上网梯把他拽上船。他穿着救生背心，背着降落伞背带，浑身颤抖，脸上和手臂上都沾满了黑色的油渍。他向阿利斯泰尔敬礼，阿利斯泰尔还了一礼。他给这个人找了一张毯子和一块防水帆布用来挡风。原来，他们身上都带着抽烟用具——飞行员的烟斗没有损坏，而阿利斯泰尔的烟草是干的。于是两人便一言不发地站在桅杆下抽起烟来。

过了一会儿，阿利斯泰尔说：“水里怎么样？”

“清爽无比。”飞行员说，“法国怎么样？”

“水泄不通。”

阿利斯泰尔从长凳上站起，对自己说，这才是现实，然后就步行前往索霍区。到酒店下榻之前还有一段时间可以消磨，于是他就像巴格代拉桌球的小球一样，从咖啡店逛到卡巴莱餐馆。伦敦不断直勾勾地看着他的眼睛，这座城市仿佛戴着懒汉帽，穿着鞋套，抵挡过坦克一样。

冰冷的铁盔甲正在聚集，就在海峡对面几英里处。换作其他城市，他们一定会牙关打战，挖个地洞躲在里面。阿利斯泰尔想对人们呐喊：子弹真的能杀人的！他们不明白，整座城市都会消失。在人们尚未学会面对惊讶之时，第一个死于战争的人脸上就充满着这样迷茫的神情，而这里的每一个人，都有可能带着这样的表情死去。对不起，我想我真的中弹了。

夜幕降临，天气依旧炎热。在黑漆漆的街道中，阿利斯泰尔混在穿着制服的士兵当中。他们寻找着彼此，寻找着安慰，却一句话也不说。有些士兵像他一样漫无目的地游荡，有些士兵在午夜舞会附近徘徊，寻觅着脸色苍白、容易兴奋的女生，她们有的趁上班之前出来跳舞，有的已经下班了，大家都认为邀请下班的姑娘们跳华尔兹会更容易得手。火星与土星处在同一个天空之中，年轻的防空女志愿者里面穿着丝绸，外面套着短上衣。穿着制服的女生向着阿利斯泰尔眨眨眼睛，而他发现他只能做到向她们敬礼，这令他很是恶心。

也许他该去看一场秀，但所有电影院都在播放爱国电影，所有剧场都挤满了像他一样丢了魂的人，他们在时间的长河中被拉得太长，变成薄薄的一片。到处是百老汇明星主演的音乐剧和舞团献舞，剧目的背景设定在蒙特卡络、锡兰和暹罗。伦敦已完全准备好，让他到世界上的任何一个地方度过这个夜晚，但他心里只想回家。

午夜时分，在黑暗中，在失去了教堂钟声的寂静中，阿利斯泰尔背着粗呢背包，向滑铁卢进发。他在站台上等了一夜，清晨一到，他就搭乘火车回父母家。那里会很安静，他可以走长长的一段路。他十分肯定，在橡树泽鹞环伺的郊野中，他能重新找回自己。

1940 年 6 月

第一次疏散时，学校的安排乱成一团，于是他被单独送到一个村庄。在集会中，新校长让扎克瑞站起来，然后说，作为一个黑人不会被留堂，但欺负一个黑人就会。

这是一个石灰岩山谷中的石灰岩村，村里的人到过最远的地方就是他们居住的石头屋子。在最后一幢建筑之外，采石场前方，柏克艾克被嗡嗡乱叫的夏日飞蝇环绕。扎克瑞很紧张，因为随便从哪里都能俯视这片田野。这里有一辆拖拉机，发动机组和轮轴上锈迹斑斑；这里有一团团相互缠绕的红缬草和玫瑰，但他找不到一个真正能藏起来的地方。西蒙娜·布洛克说要和他在这个鬼地方见面，实在是糟糕透了。可那不是她的错，她不了解人们是怎样的。

西蒙娜说，八点见面，于是他就从早上八点开始等，以免西蒙娜说的是这个意思。这种事情似乎是他应该明白得了的，他不想让西蒙娜认为自己比她蠢。等了一天，如今太阳在山谷西沿落下。扎克瑞眯着眼睛：山坡是一道波浪，村里黄色的石头屋子是波浪上冒着蒸汽的渔船，渔船拖着长长的渔网。在傍晚的迷雾中，教堂的塔楼就是一座灯塔，西边的护墙闪烁着红光，用这道光线守护着船队。所有人都会得救。他是一名海岸警卫队队员，正在向着波涛汹涌的海面眺望——

他停了下来。存在的看不到，看到的都不存在，正因如此，他才总是会被绊倒：脚伸出来把他绊倒，唾沫瞄准他的头部。这方田野的蜜蜂从一朵花嗡嗡地飞到另一朵花上，身上的条纹很是醒目，它们在奋力采蜜。越该集中精力之时，他的思绪便越是飘散。

“这是几点？”他的班主任指着黑板上的钟面问。扎克瑞看着指针，很想记起它是如何转动的，想着想着就哭了出来。窗外，有人拉着一头公牛沿着小巷前行，铃声响起，扎克瑞能听见黄铜铃铛发出尖锐的声音，叮当声踉踉跄跄地爬上山坡，逐渐融化在夏日的空气中。余响不断出现，又不断消失，那是一片正在缓慢移动的黄铜雷雨云。他听啊听啊听啊，忽然间所有人都在盯着他，那个问题还是静止的：“扎克瑞，这个钟显示的时间是几点？”他不知道，一点也不知道，班里的同学都嘲笑他，他歪着头。

自从九月以来，他都是自己一人，可就在一个星期以前，西蒙娜走过时碰了碰他的身子。他缩成一团，以为西蒙娜要抓他或是甩他巴掌，但是她却转过身来，迅速似笑非笑地看了他一眼——就在教室里，在所有人都可能注意到的地方。

第二天早课课间，西蒙娜触碰了他的手。

“扎克瑞？别不开心嘛。”

他在三个方面感到惊讶。第一，西蒙娜居然发现他不开心；第二，他自己还没发现别人就发现了；第三，有人对他说话。他一动不动地站着，看着西蒙娜远去。

此刻，扎克瑞开始想象她的模样：她那脏兮兮的褐色头发和崩了一角的牙齿。她的皮肤比其他小孩颜色更浅一些。村民们夏天会长雀斑，皮肤变成古铜色，可她依然是那样白。班里的人去玩跳绳，却不会带她。扎克瑞开始胡思乱想：因为她白成那样所以人们才会取笑她。

西蒙娜和他一样，来自遥远的地方。他担心西蒙娜来自哪里也是他应该要知道的事。大概对于其他人来说，看着西蒙娜·布洛克就能说出“她来自法国”或“她来自荷兰”，和看着钟面指针说出“差五分到五点”一样简单。他甚至不知道自己该知道什么。

西蒙娜迟到了，扎克瑞既担心她不会来，又担心她会来。小男孩躲在田野边上，藏在毛地黄与五叶银莲花的花丛之中。乡下孩子的眼睛总是四处游荡，视力非凡。在校园里，他曾看见一名男孩在踢足球时捡起一颗石子，扔进远处的树篱中，扎克瑞只看到了影子。寂静逐渐凝重，男孩逐渐逼近：一只被击昏的兔子流着血，被人抓住尾巴从树篱中提出来扭断了脖子。那家伙的脚还在抽搐，足球赛就以一记界外球重新开始了。

虽然这是个温暖的黄昏，但扎克瑞却因饥肠辘辘而浑身发冷。他的寄宿家庭没有给他吃的，在农场里寻找被风吹落的果实难免会被人看见。还是躲在一角挨饿的好。他观察着兔子和小鹿奔跑的方向，用猎物的眼睛寻找着可以钻过去的狭缝。在这方面，他比村庄里的小孩要厉害。他一直自己和自己玩，直到有一天在校园里，西蒙娜在他身旁丢下一张小纸条。他踩着纸条，等到安全的时候才捡起来。他打开纸条，读完里面的内容，便吞了下去，动作一气呵成。纸条上写着，*我喜欢你*。她真不知道那些人的能耐。

扎克瑞从口袋里掏出绿色的麦秆，翻了个身，吃掉了麦秆柔软的根部。暮色之下的雾气逐渐浓重起来。他把腐败的木桩按在地上滚来滚去，抓住飞起来的木虱吃掉。最后，它们都卷成圆球状——这群傻瓜，这群半人类，《圣经》开篇描述的、极易分散各地的部落——而且，他能像咀嚼银色药片一样嘎吱嘎吱地把它们咬碎。他一边吃一边哼，哼了一个八度才吃完，木虱尝起来就像夏雨的味道。

他想给西蒙娜回个字条，可他觉得很不好意思；他想写“我也喜欢你”，却不知道该写“也”“乜”还是“她”，该写“嘉欢”“喜欣”还是“嘉欣”。所以，第二天来到班里，他只是在经过西蒙娜的桌子时逗留了一会儿。他勇敢地瞄了西蒙娜一眼，西蒙娜报以温暖的微笑。他得意忘形，也向她微笑着。

暮光红艳。一只草蛉在他的手臂上降落，他捏着虫子的头，吃了下去。他抬起头，看见西蒙娜正拨开一层又一层的长草，向着田野中央挪动。她穿着白色衬衫和黑色学生裙，在蓟丛之间大步而行，一点也没有要藏起来的意思。扎克瑞心跳加速。男孩迟疑了一会儿，便从毛地黄中露出头来，高度仅够与她目光相接，示意她过来这边。

西蒙娜安全来到田野边上的隐蔽处，他用手抹干净地上的苔藓，示意西蒙娜坐下来。

“给我看看你的耳朵后面。”西蒙娜立即说道。

他转过头来，西蒙娜把他的耳朵向前掰，看着耳后的皮肤：“不是太阳晒黑的，不然你这里的皮肤会白一些。”

“全身的颜色都一样。”

“你本来是正常的，后来才变成了这种颜色，对吗？”

“不，我出生时就是这样了。”

她同情地点点头。“那就是你父母的错。”

“我不觉得……”

“嘘。疼吗？”

“什么疼？”

“你的皮肤啊。”

“不，不疼。”

“一点也没有烧伤的感觉？”

“没有。”

“不是那种哇哇大叫的疼，是那种离火焰太近，头发烧得蜷起来的那种疼。”

“也没有。”

“你爸爸是食人族吗？”

“他是个音乐家。”

“那你的妈妈是咯？”

“她死了，可她是个唱歌的。”

西蒙娜双手交叉在胸前。“要么是妈妈，要么是爸爸。”

“爸妈怎么了？”

“吃人啊。不然孩子生出来时是白色的。”

他想不到该说什么。“我们从美洲来。”

西蒙娜一脸狐疑。“其他人也像你一样无知吗？”

“其他什么人？”

“其他黑人。”

他摇摇头。“我一直都很笨。”

“我没有说笨，我说的是无知。”

“一样。”

“笨是学不了，无知是还没有学而已。”

“我就是笨啊。你看到在班里轮到我念课本时我念成什么样了。”

“你为什么就不能把字母读出来呢？”

“它们停不下来。我不知道你们是怎样让它们静止的。”

“它们本来就是静止的，蠢蛋。”

“我不觉得。”

西蒙娜抓着他的手。“你在发抖。”

“我才没有。”

“你为什么在发抖？”

“我害怕，你不怕吗？”

西蒙娜放开他的手，温柔地看着他，他的心扑通地跳了一下。“他们为什么把你一个人送到这里呢？”

他转过头去。“没关系的。”

“你为什么不回伦敦呢？”

“我写信给我爸爸，他说我要耐心一点。”

“你要写一封更好的信。”

“写字时字母跳得比念书时更厉害，那些单词就像讨厌钢笔一样。”

“我帮你写吧。你要让我帮忙吗？”

扎克瑞的目光在柏克艾克上空游荡。此刻，太阳已经沉入谷底，阴影线正爬上东边的斜坡。他看着闪烁的橡树被阴影的刀锋砍倒。他知道山坡上有什么动物，知道它们如何移动：通过仔细观察，他学得很快。他知道农民之间的界限是什么，知道村民们为何长期不和，一切都在持续变幻。他一直都跑在这些事情前面，只有在不得不停下来用文字描述时，他才会感到吃力，页面上的文字是不动的，他无法理解为什么不断运动的事物会是静止的，因为他很笨。

西蒙娜拉了拉他的手。“如果我帮你写信给你爸爸，你会说什么？”

“我会说你说得对，我不开心。”

西蒙娜眨眨眼睛：“就这样？”

他神色担忧地看了西蒙娜一眼，生怕说错了话。西蒙娜将他的手拉到身边。“我喜欢你，其他人爱怎么说就怎么说。”

他勇敢地笑了一下。西蒙娜说：“我应该吻你吗？”

他拿开手。“不要。”

“为什么？”

“你不知道其他人会怎样对你。”

“我不在乎。”

扎克瑞转过身去，他的思绪在流动，在逐渐昏暗的郊野四处游荡。每一个声音都在意识之中：河水的潺潺声、斑尾林鸽憩息时发出的咕咕声、灌木丛中树枝的咔嗒声——那一定是狐狸或白鼬开始了傍晚的巡逻。他又看了西蒙娜一眼，女孩的脸上没有一点忧虑的神色，他觉得，也许该试试看西蒙娜想做的事情。

他闭上眼睛，嘴唇移到西蒙娜的嘴唇附近。女孩吻他的一瞬间，他的思绪中似乎有一种静止的状态，只有河水在流动，只有灌木丛中的树枝在咔嗒作响。声音越来越大，几乎闯进了他的意识，却不完全如此。这一吻是他的初吻，很温暖，有那么一瞬间，他的悲伤消散了，心中一片寂静。然后，一颗燧石撞在他的脑袋边上，砸得他快晕过去，再次看清周围的景物时，一颗又一颗石头穿过暮色向他扔来。

西蒙娜被击中了。她的牙齿被打落在地，她的眼睛睁得大大的。到处都是血。扎克瑞用胳膊护着她的脑袋，可是此举让村里的小孩更愤怒了。他们没有叫喊——这才是最可怕的——没有出言嘲讽，没有放声大笑，只是抓起一颗又一颗石头向他扔来。空气中，河床的燧石嘶嘶作响。西蒙娜尖叫起来。

扎克瑞从睡梦中惊醒，眼睛睁得大大的，父亲的手放在了他的手臂上。

“你还好吗，扎克瑞？”

他眨眨眼睛。白日当空，田野飞逝。四个座位坐满的三等车厢。他、他的父亲、一个正在写信的女人和一个正在读报的男人。报纸背面的古怪页面上印有穿着拳击短裤的希特勒。新闻的标题是《打垮装甲车，生擒希特勒》。

“嗯，我没事，没事。”

“你做梦了。这个梦似乎是噩梦。”

扎克瑞眨眨眼。窗外青山山顶一棵耸立的山毛榉下，一只母鹿悄悄溜进大麦田。

“我没事。”

父亲的右眼在四处游荡，左眼却在盯着他。小时候，扎克瑞问他为什么会这样，父亲常说，这是让一只眼睛不惹麻烦。他们常开玩笑，猜猜是哪一只。

父亲说：“对不起，之前我没有接你回来。”

“没关系啦。”

“有人叫我不要去。他们说应该让孩子们待在原地。”

“没事。”

父亲张开手掌，双手伸进扎克瑞的头发里，拇指抚摸着他的眉毛。他常常做这个动作，有那么一会儿，扎克瑞觉得飞逝的时光里什么都没有发生：母亲还没有离去，他们没有远渡重洋，被迫分离。

父亲说：“你以前的老师让我把你带回家来。我应该听她的话的。”

“谁？诺斯小姐吗？”

“她说她那家学校又重新开了，还说他们没法阻止我们把你带回来。但我觉得她是个大麻烦。你懂的，麻烦对于她来说是一回事，对于我们来说就是另一回事了。”

“我懂。”

“你看看你。那可怜的小脸蛋。”

扎克瑞耸耸肩。“不疼，只是看起来严重。”

“我养了个小骗子。身体的其他地方还疼吗？”

扎克瑞抬起头看着他。“回到伦敦之后，我想去上学，可以吗？”

“我不知道这样好不好。”

“拜托了。”

父亲叹了口气。“唉，现在还怎么好意思拒绝你呢？”

扎克瑞又看向窗外。他穿着从伦敦疏散时便穿在身上的灰色短裤和灰色外套，身上只带了一盒防毒面具：戴上它之后，喘息时啪啪作响，阀门嘀嘀嗒嗒的，呼吸起来与众不同。或者也可以把棍子插进面具和滤毒器之间的塑料管里，嗞嗞声在橡皮带里回荡，就像在洗衣板上使劲搓时发出的声音。

“我能为你做些什么？”父亲说，“伤口上不要再涂点面霜吗？”

“我想让它回到以前的样子。”

父亲笑了。“以前的什么时候？小小年纪就想回到以前，一下子就回到穿尿布的时候了。”

“你明白的。”

“我不会再让他们把我们俩分开了。”

从这里开始，景色更美丽了。丘陵吹着口哨经过，林地谱曲，田野合唱，铁轨叮叮咚咚打着拍子。父亲睡着了。伦敦更近了。其他旅客时不时看向这两个黑人，却又假装没有在看。别人的目光移开时，扎克瑞便舔着手指，从坐垫中挖出食物碎屑吃掉。坐在旁边的女人正在写信，用一本书的封底压着信纸。她停下笔，思考了一会儿，眼睛看向窗外。最后，她睡着了，信摊开放在大腿上，扎克瑞把信吃了下去。信只有一页，写满了一面，另一面只写了一半，信上的蓝色墨水尝起来就像西蒙娜的纸条。女人醒过来，看了看自己的大腿，又看了看车厢的地板，然后，她看着扎克瑞。

“你看见我写的那封信了吗？”

“你为什么要问我呢？”扎克瑞说，“为什么不去问其他人？”

他的嘴唇和舌头都是蓝色的。女人若有所思地看着他，然后眨了眨眼睛，又重新开始写了一封。雷丁站到了，那女人下车之前给了他一颗薄荷糖。

抵达马里波恩站，火车停了下来，喷出蒸汽，仿佛就是这种气体令火车的肚子隐隐作痛。扎克瑞和父亲从车厢里走下站台。车站大厅里人声鼎沸，人们四处涌动，心急如焚。伦敦完全吞没了他们。

扎克瑞靠在铁柱上。他饿得发晕，可他不想让父亲情绪更加低落，便没有承认这一点。脑中的血液已经流干了，要过一会儿各种颜色才会回归到他的世界，耳中的嗡嗡声才会停下来。濒死状态也许就是这样，不断失去平衡。

他们离开车站，向家里走去。街上没有冒着黑烟的弹坑。集体疏散已经是九个月前的事了，可德国人根本没有进攻。他觉得说不通，可他甚至不知道如何开口问爸爸为什么。原因一定十分明显。如果他的脑子没有问题，他就能在无损的伦敦街道中看出一点端倪，并且说道：“哦，就是因为这个才要送我们离开。”

他的思绪又开始游荡。如果街上有弹坑，他就能看见伦敦地下藏着什么，还可以爬进这些洞里，将地下的宝贝装满袋子：化石、黄金、说明书。

“你真的想直接回学校吗？”父亲说，“不先把自己弄干净吗？”

“我想去。”

“为什么？你还没受够他们吗？”

他不知道该如何解释，不知道自己为何厌倦了一无所知的生活，不知道自己为何会为此感到失落和悲伤，不知道自己为什么会有勇气觉得，诺斯小姐知道如何让他变得聪明一点。

“我就想去看看。”他说。

“好吧。可是，如果你过得不好，我就会把你带出去。从现在开始，他们再也没法把我们俩分开。”

两人穿过摄政公园，经过园中的湖泊。穿着卡其布军服的士兵和身穿长裙的女人在湖上划船。那男的划得很糟糕，女的便笑出声来，泼起湖水。扎克瑞的父亲抬着他的胳膊，把他抱起。“看见船里的人了吗？知道有什么不对劲吗？”

扎克瑞一边看，一边思考爸爸说的是什么意思，可他什么都看不出来，只好把这件事与单词、钟表和谜题归为一类。“对不起，”他说，“我不知道。”

父亲把一只手放在他的颈背上。“是水。水只有几英尺[①]深。要是我们愿意，可以涉水走到湖对岸。把鞋脱了挂在脖子上吧。”

扎克瑞轻轻笑了，也许他就想这么做。

“你看，”父亲说，“他们不知道可以跳出船来用走的，就像我不知道可以把你带回家一样。”

“没什么。”扎克瑞说，“不是你的错。”

“也不是别人的错。我为你感到高兴，你还想上学。也许以后你不会像我这样愚笨。”

扎克瑞眺望湖面。“你才不蠢。”他说。水看起来很深。

他牵着父亲的手，两人沿着运河走出公园，向霍利街走去。

学校的门廊里，厚重的大门敞开着，里面传来歌声。其他人也回来了吗？他不会为任何事情感到惊讶了，这件事一定写在了某个地方，这不，刚才不就坐在那儿向他眨眼么。现在，他饿得几乎无法思考。他环顾整洁干净的街道，又看了看身上被撕破的短裤和沾满泥巴的双脚。他不完全知道别人在他身上耍了什么花招，可他觉得羞愧难当。

学校里的孩子在唱《骑士喜得骏马时》。他扶着栏杆，觉得有

---

① 1英尺约为0.305米。后同。——编者注

点晕。

父亲扶他起来。“还想进去吗？”

扎克瑞点点头。走廊里一片漆黑。他把头探进第一个教室的门偷看。这个教室空无一人，一片漆黑。所有窗户都用木板封住了。他们沿着走廊，向着声音传来的地方走去，经过了好几个空荡荡的教室。

我没有战马，也没有宝剑，我却义无反顾，奔赴战场冒险。在学校中心某处，一个班级的学生在歌唱。他们找到了这个教室，站在门外。扎克瑞轻轻推开门，突如其来的阳光照得他眨了眨眼。

回到故事王国，巨人已然逃逸……看见扎克瑞站在门外，孩子们逐渐安静下来，歌声渐渐停歇。教室里只有七个人，来自不同的班级，孩子们的年纪也各不相同。他只认得其中两个：大多数孩子都不是和他一起疏散的那些。年长的孩子先停了下来，不久年幼的孩子也不唱了。最后停下来的是老师，她背对着门，指挥孩子们唱歌。她一边继续唱着，一边在空气中打着拍子。

“……**骑士已不在，巨龙也**……哎哟，孩子们跟上啊，为什么不唱了？”

她转过身来，扎克瑞退缩了。然后，她的脸色变得柔和起来。她向扎克瑞的父亲点点头，往前走了一大步，把扎克瑞抱在怀里。扎克瑞瘫倒在老师的怀中，柔弱得无法迈步。

“扎克瑞·李，”玛丽说，“你像往常一样迟到得厉害。”

1940 年 7 月

巴黎已经陷落，希特勒开着梅赛德斯篷式汽车碾过战神广场，入侵者穿着擦得锃亮的军靴，跟在他的汽车后面行进。喝白兰地喝得头脑发昏的老人向着小便池里撒尿，把恶意撒在便池的锌片上。这么做是为了抵抗，即使尿到自己的鞋子上也没有关系。

在霍利街学校的教室里，玛丽用粉笔在黑板上画出了欧洲的轮廓，在巴黎所在之处画了个埃菲尔铁塔。她在塔顶上画了一顶贝雷帽，在塔身处塞了一根小法棍。就该这样画，而且只能这么画。

“谁能告诉我，是谁建造了埃菲尔铁塔呢？嗯？”

“是拿破仑吗？”

玛丽笑了。“差不多了。”

贝蒂·奥特斯苦恼地挥舞着手臂，答案憋在体内，化成了难以忍受的痛楚。

“嗯？贝蒂？”

“古斯塔夫·埃菲尔！”

“很好，埃菲尔铁塔是用钢铁做成的，它产生的磁场能让方圆一英里之内充满浪漫。”

天真的乔治·汉普顿一听到“浪漫”这个词，就激动起来。他十五岁，长得很英俊。年轻女人会在他面前假装掉了钱包搭讪，后来才意识到他只是个小孩子。此刻，他用两只手掌压在两侧太阳穴上不断揉搓，发出的噪声就像该上油的大门铰链一样。

一向勤奋的贝蒂在练习本上写了起来：埃菲尔铁塔。*磁场。浪漫≤一英里*。乔治还是很激动。唐氏综合征患儿波比·布朗从桌上爬下来，挪到他的位置上。她抓住乔治的两个手腕，把它们合在一起，直到他忘记了令他心烦意乱的原因。乔治摆动着手指，开心地发现这样做有种起伏的快感。“啵啵啵。”他说，每发出一个双唇音，嘴巴就意外地冒出一个唾液泡。五岁的波比爬回自己的座位上，有点往外瞄的褐色眼睛斜视着黑板，下牙齿包住了上唇。

玛丽说：“谢谢你，波比。”

波比指着黑板——她的这只手掌有一根拇指和五根手指——说道：“那个是什么？”

“是埃菲尔铁塔，亲爱的。”

波比用两根食指摆成塔的形状，然后把这两根手指分别塞进了鼻孔里。

“不要这样，好吗。”

波比抽出手指，看着粘在上面的一团鼻涕，颜色是豌豆绿，很漂亮。她吃了下去。

“呃！”肯尼斯·科斯说，“恶！心！死！了！”

“可是，”玛丽说，“这个还没有纳入配给粮范围之内呢，所以我觉得不必责怪波比，她只是物尽其用而已。”

全班安静下来。“好的，孩子们。你们有些人知道了巴黎的消息，我敢说，你们应该很担心吧。”

扎克瑞说：“巴黎怎么啦？”

“德国人到达巴黎了。”她用不满的语气说道，仿佛德国人到来的时机不太恰当，或是带了太多行李一样。

扎克瑞开口说话了，她很高兴。经历了那些事情之后，他自然会有点胆小。如果某天能让他举手问一个问题，那就是一次小小的成功了。

她在黑板上的埃菲尔铁塔旁画了个“卐”字。“谁能告诉我这个令人讨厌的符号是什么意思？”

瘸子托马斯·埃森紧紧抓住轮椅的推圈。“纳粹党的卐字标记。”他轻声道。

“没事的，说出这个词不会让你暴毙的。”

托马斯又说了一遍。“卐字。”声音只稍微大了一点。

前一段时间，他被送往伦敦的另一所学校，然后搭乘火车前往英国西南部。人们推着他的轮椅到村子的礼堂，让寄宿家庭挑选。他等了一个晚上。没有人想要一个患了小儿麻痹症，脸上还长青春痘的十二岁男孩。到了另一个村庄，也没有人要他，最后，他妈妈只好来把他带回家。

玛丽班上有一半的孩子都是因为乡下人不肯接收才被送回伦敦的，另外一半纯粹是因为父母想念他们。而思念也是一种病——是感情的水肿，是心灵的肥大——但无可厚非，难以一本正经地指责他们。莫德、贝蒂和肯尼斯都是这种情况。只有小美女贝蕊·沃尔多夫不太一样。一个月前，她回来了，从此就没有说过话。她常常盯着窗户外面的景色，双臂紧抱在胸前。有点不太对头——父母能从她的信件中察觉得到。乡下人太喜欢她了。

这八个小孩组成了玛丽目前执教的班级。他们是伦敦的遗物，是肺部残留的空气。

“好样的，托马斯。”玛丽说。托马斯的嘴唇颤抖着，盯着自己的书桌。孩子们会为自身的不幸而责怪自己，所以，她才会不嫌麻烦，在每周五的这堂课上把战争的最新消息告诉他们。至少，她能用粉笔和适当的编排，将这股把他们冲到这里的洪流呈现在他们眼前。

黑板上，她标记了目前被敌人占领的国家。她小心翼翼，为了确保卐字与她画的其他东西相比显得小一些：她在挪威所在的地方画了一个脖子上飘着围巾的滑雪者；在荷兰所在的地方画了一个风车。她厌恶报纸里将深黑色纳粹符号画在白色地图上的做法，似乎希特勒的军队都是由橡皮擦组成的一样。把卐字塞到某个小地方里面，让它们挤来挤去会更恰当一些。她故意把这些标记画成扭曲的样子，所有卐字标记都以令人恶心的角度扭成一团，相互之间只有朦胧的相似感，正如表兄妹或堂兄妹不顾家人反对私自结合后生下的怪胎。

最后，她画出了英国，在英吉利海峡宽度的处理上十分慷慨，还把不列颠群岛画成了原来的三倍大小。在她看来，期望让小孩明白巴掌大的小岛能对抗黑板上横跨布雷斯托[①]和比亚韦斯托克[②]的暴政之国，实在太不公平了。

“你们看到了吧，敌人已经进入法国，不过你们放心好了，他

① 法国西北部布列塔尼地区的一座城市。——编者注
② 波兰东北部最大的城市。——编者注

们离我们还远着呢。谁能告诉我为什么吗？”

贝蒂又举起手来，可玛丽没有买她的账。“扎克瑞，你怎么看？”

他那游离的眼神聚焦了。“我不知道，对不起。”

“不要说对不起。”

他叹了口气。“对不起。”

玛丽蹲在他的书桌旁。“有什么东西挡住德国人的去路呢？是水吗？”

他的眼睛发亮了。“噢，是大海，因为有海峡。”

她笑了。“你看？举手发言也很不错啊。”

“我以为这个问题很难。”

“你可以信任我这样的笨蛋。如果问题很难的话，就连我自己也不会知道答案的。那我就不会问你了，免得让我尴尬。”

扎克瑞与玛丽四目相对，孩子的下巴第一次抬了起来。玛丽希望，让他相信自己不是一件太过分的事情。但是归根结底，玛丽没有挨饿，没有被石子砸出疏散地，也没有在皇家慈济医院住院一周，睡着病床打着维生素，逐渐从乡间之旅康复。

她站起来对全班说：“万一他们渡过了海峡，我们也会奋起反抗，不让他们闯进内陆。”

孩子们脸上又出现那种神秘莫测的表情了。这表示他们要么把一切都弄懂了，要么什么都不明白。更有可能的是，他们只不过是累了。玛丽决定，今天的课就上到这里。她给汤姆借她的哥伦比亚牌留声机上了发条，让托马斯负责选唱片。用一整个下午听轻爵士乐和舞曲可不是官方赞成的行为，可学校也没有明确规定，当老师的一定要在周五下午让孩子们闷死啊。

原来，托马斯是个操作留声机的好手。他从家里带来了一些莫里斯·切瓦力亚①和科尔·波特②的唱片。这一个星期孩子们都很乖，

① 莫里斯·切瓦力亚（Maurice Chevalier），法国著名演员，出演过《风流寡妇》等多部影片，其中以《如意郎》获得第三届奥斯卡金像奖最佳男主角提名。

② 科尔·波特（Cole Porter，1891—1964），美国著名音乐家。

所以玛丽就让想跳舞的孩子跳舞。音乐播放时，她打开了沉重的赞美诗集，班里的小孩在书里压了几朵夏花，想做拼接画的小孩过来拿了一些。其他孩子或听着音乐跳舞，或跑到走廊上玩跳房子。任何一个孩子只要证明自己心里面没有想着战争，玛丽就会允许他在周五下午玩这样的游戏。

只有扎克瑞独自坐在桌前，吃着粘花用的糨糊。

“扎克瑞，有什么是你不吃的？”

他若有所思地咀嚼着，似乎把这个问题仔细考虑了一番。

“家里还好吗？”

他笑了，嘴里粘着糨糊。“我爸爸说，我可以到商店去。他要给我半便士，我已经有半便士了，加起来是1便士，能买8颗梨子糖，或者买4颗大麦糖。我还没决定呢。”

这是个严肃的选择。玛丽点点头。“假设你买了2颗大麦糖，你还能买多少颗梨子糖呢？”

“4颗。”扎克瑞说。

“那1减两个1/4，再乘以8是多少？”

他看了玛丽一眼，似乎惊讶于她的残忍。“别。”

“可是这个问题是一样的啊，你没看出来吗？数学只不过是把‘糖’字去掉罢了。”

他耸耸肩。“我能抽根烟吗？”

“等到12岁才能抽。”

“可是你那时说11岁就能抽。”

“那时你只有10岁。规则是这样的：只要手指比香烟短就不能抽。”

他皱皱眉头。“我倒想德国人进来，然后把你射死。”

“新的德国老师会更严格。这一点已经享有盛名啦。”

“他们真的会来吗？”他说，突如其来的紧张让玛丽猝不及防。音乐停了。托马斯正在换唱片。

所有孩子都在听着呢。玛丽大笑一声。“当然不会了！”

然而，德国人肯定是要来的。现实就存在于黑板上，存在于手臂的痛楚中。听爱国无线电广播当然感觉很好，可是只有用了一整个黑板来描绘闪电战之后，她才意识到剩下的粉笔已经不多了，无法画出以伦敦为目标的突击战。

“如果他们晚上来那该怎么办？”扎克瑞说，“这样就能神不知鬼不觉了。”

玛丽摇摇头。“我们有一整个部门负责监视呢。即使是月亮变成方形，太阳丢了日冕，他们都有计划去应对。相信我吧，孩子们，我们会准备好的。”

扎克瑞紧张地笑了。德国人胜利后，盖世太保一定会杀了他们。伦敦会防守，会战斗——不会像巴黎那样举手投降。会有一场围城之战和可怕的饥荒。鸽子会先被吃光，然后，人们会根据印有插图的小册子上记载的方法抓老鼠。鸽子、老鼠和宠物都被吃光之后，死人的尸体就会根据某个秘密部门已经制定的协议，以系统有序、记录翔实的方式分配到各家各户。城破之时，活人会感谢死者的。

“所以一切都会好起来？”托马斯说。

“是的，孩子们，会好起来的。”

玛丽向着孩子们微笑。然而，就在昨天下午，她才刚和希尔达坐在海德公园，边吃雪糕边讨论敌人来了她们会怎么办。受过教育的问题就在于，她们十分清楚，军队攻破负隅顽抗的城市之后会对平民做什么——都写在维吉尔[①]和吉本[②]的书里呢。

“我觉得，士兵们应该会一次又一次地强奸我们，直到厌倦为

① 普布留斯·维吉留斯·马罗（Publius Vergilius Maro），通称维吉尔，在欧洲文学发展中占据一个关键地位。他生活在欧洲古代文明的结尾、基督教即将对欧洲开始其统治的时期，他的历史地位颇像生活在中世纪和近代之交的但丁的历史地位。

② 爱德华·吉本（Edward Gibbon，1737 — 1794）是近代英国杰出的历史学家，影响深远的史学名著《罗马帝国衰亡史》一书的作者，十八世纪欧洲启蒙时代史学家的卓越代表。

止，你怎么看？”希尔达打着呵欠说。

玛丽舔了一口冰淇淋。“那可一点都不好玩。”

“我知道这样做很自私，可我们大概会先自杀吧。”

玛丽说：“你的冰淇淋也在融化吗？”

“你的问题就在于吃得不够快。”

“香草味冰淇淋都会直接变成腰部的脂肪。大家都知道。”

“那就把你的也给我吧。我要吃成像公共汽车一样胖——那样德国人就一定会先强奸你了。”

“你不是说要自裁吗？”

希尔达神色焦虑。“也许我下不了手。”

“要是你愿意，我可以用我爸的猎枪射死你。枪托上刻着一只鹅的那一把。”

“我不太想麻烦你哦，这样我会恨你的。”

“不是吧。我绝对乐意这样做。”

“你呢？只剩你一个，我也会恨你的。”

“我可以让帕默射死我。他一定会秘密行事，没有人会注意到。”

“哦，好吧，那就让帕默把我们俩都射死，好吗？估计你爸住在家里时会有一把休息日才用的枪，你爸不在时帕默还有另一把工作日用的枪咯？”

“如果我发现不是那样的话，我会很失望的。”

“让他对准我的心脏来一枪，可以吗？这个发型可是花了一个早上弄的呢。”

“就当他已经知道该怎么办吧。可是，要是德国人真的来了，我们该怎样做？”

希尔达轻轻舔了一口冰淇淋。“只能跳河了。往身上绑石头然后跳进河里。”

“很好。”玛丽说，“但不要到下游的威斯敏斯特去跳。”

“天哪，当然不要！这是自我了断，又不是自取其辱。”

玛丽这才发现，全班同学都在看着她。她拍拍手，微笑道："来来来！要听另一张唱片吗？"

托马斯启动了留声机，播出了皮卡迪利乐团演奏的一首查尔斯顿舞曲。唱片是汤姆的，是他播给玛丽听的首批唱片之一。扎克瑞坐到钢琴前，跟着演奏。他第一次找着了调，在弱拍上抛洒出活泼的音符。只要一件事容易学习，这个男孩就会很擅长。为了帮他找着调，玛丽翻阅了他从美国移民到此之后三年的学校记录，每一份评语中老师都写着："必须更加努力。"

"老师？"扎克瑞从钢琴前抬起头来，"你还好吗？"

"对不起，"她说，"你身上发生了这种事情，对不起。"

"又不是你干的。"

"是的，但那是……是我们干的啊。"

他耸耸肩，弹了几个音符，然后说："老师，你要跳舞吗？"

他笑得露出了牙齿，手指在钢琴上跳动。

玛丽笑了。"噢，天哪，快停下来！"

他伸出左手，右手依然在弹奏。

"赏脸吗？"

唱片中，乐队正在演唱《万里晴空》。玛丽说："我不能这样。"

"为什么？"

"我是说，我不知道……我们……能不能这样。"

笑容从他的脸上一掠而过，他又看向钢琴。

"好吧。"

玛丽的胸口疼了起来，这不公平，她只是敏感罢了。不该和小孩子跳舞，尤其是有色人种的小孩。等到今天日落的时候，消息就会传到所有家长耳朵里了，随之而来的就是没完没了的麻烦。

可是越是看着扎克瑞弹奏，玛丽的心就越疼。*那又如何？*她想。也许她会收到态度傲慢的信件，甚至是正式谴责。也许在最近这段时间里，所有人都应该把攻击用在对付敌人身上。人们都认为，德国人在派遣坦克先头部队和协防步兵梯形编队之前会先建立空中优势，随后对一直负隅顽抗的平民展开集体报复，在这个时候，只会跳舞似乎并没有什么攻击力。

“我又考虑了一下，谢谢你，”她说，“我愿意和你跳舞。”

玛丽牵起了扎克瑞的手。留声机的转盘在转动。就在这个地方，就在地图上标注的这个点里，在前排座椅与黑板之间她亲手擦干净的一小块镶木地板上，玛丽与扎克瑞跳起了查尔斯顿舞曲，而且，两人在这方面似乎还挺擅长的。

1940 年 8 月

“我收到了阿利斯泰尔的信。他那帮暴徒又要坐船去打仗了，他们连队要先行一步。”汤姆说。

玛丽靠着枕头坐起来，点燃了一根香烟。“他是你朋友，你应该让他到城里来的。”

“我已经试过了，你知道的。我在想，我们是不是应该去看看他。”

“到外省去吗？坐着干草车，和充满偏见的人打交道？我可没什么兴趣。”

“不是这样的，你知道的。”

“除非我们是黑人或老弱病残，亲爱的。”

“可我们都不是啊。”

“那外省人肯定会向我们这两只羔羊脱帽致敬的。”

“我是不是把你惹恼了？你一定要提醒我。”

“你还不懂吗？”玛丽一边说，一边在烟灰缸上抖抖烟头，“你看起来没那么笨啊。”

“可我真的很想念阿利斯泰尔。我担心他是不是头脑出问题了。”

“你是在说弹震症[①]吗？”

“噢，我的老天，”汤姆说，“也没这么坏啦。信中的措辞完全没问题。首先，那是一封信，不是——嗯，你懂的——不是诗歌。”

“至少是这样哟。”

“打了一仗之后回到城里感觉会很奇怪，这个我明白。”

玛丽皱皱眉头。“阿利斯泰尔帅吗？”

“我怎么知道？”

“那好，他身材高大吗？”

“也许吧。六英尺一二英寸的样子？”

“好。眼睛漂亮吗？”

“我好像没有注意过。”

“我绝望了。可他是个上尉对吧？是我们这边的人，没有戴纳粹军章吧？”

“以上事项全部确认。”

“那他可能是我闺蜜希尔达的菜。邀请他来个四人约会吧，告诉他希尔达很漂亮，相当富有，对处男不感兴趣，如果这条件也不能把这个可怜的家伙从乡村里引出来，那他最好还是待在那儿吧。”

“你真的不想去那里看他？”

玛丽戳灭了香烟。“不到万劫不复的境地我是不会去的。”

“你不该为了发生在一个男孩身上的事而诅咒整个英格兰。”

“我当然可以。要是想骂不能骂，生在这该死的优渥家庭有什么用？”

“只是……你对扎克瑞似乎很好啊。”

“不比其他小孩好多少。”

“上个月的事，你不记得了吗？你不觉得和黑鬼跳舞稍微有点

---

① 二战时形成的合成词，用以形容一些士兵因经历战争所患上的一种创伤后应激障碍。——编者注

过界了吗？”

“你一定要说这件事吗？不要用那个词，很卑鄙。”

“这只是表示亲昵的词语，不是吗？就像‘威哥’和‘苏佬’[①]一样。如果那小孩是威尔士人，我叫他‘威哥’你应该会连眼都不眨一下。”

“可那孩子是美国人。他爸好些年前就带着他一起移民过来了。要叫也是叫‘美国佬’啊。”

“那就会好一点吗？为什么？”

“因为‘美国佬’是个专有名词，首字母大写，美国也是首字母大写，而黑鬼没有首字母大写。[②]直到我们承认那孩子的国家，并派遣大使进驻该国的主要城市，我才会让你叫他黑鬼，我才愿意听到你清晰地发出 nigger 的大写 N 音。”

汤姆举起手来。“我不知道他是美国人。”

“一般的黑人艺人都是美国人，你以为他们是从哪里来的？”

“我还以为他们是某个部门派来振奋士气的。”

玛丽的语调变得温柔起来。“你看！我的汤姆还是懂事的。”

“也许我只是妒忌罢了。”

玛丽亲了他的脸颊一口。“他才 11 岁呢，亲爱的。”

“只是……你懂的，不要再和他跳舞了。”

玛丽从被子中挣脱出来。“我爱和谁跳舞就和谁跳舞。”

汤姆咧嘴一笑。“但你不会暗送秋波吧？”

“我们送的是压花。用海报颜料和胶水来装饰。与秋天的菠菜没什么关系。”

“你知道我在说什么的。”

“不完全清楚哦。”

“玛丽，拜托。我们一定要谈工作上的事情吗？”

---

① “Taffy”、“Jock”，对威尔士人和苏格兰人的昵称。

② 美国佬、美国和黑鬼的英文分别为 Yank、America 和 nigger。

“哦？我们在说工作上的事情吗？”

“现在应该是的。”

“好啊，那我觉得现在就该从你床上滚下去了。”

她趾高气扬地走到阁楼另一边，穿上了汤姆丢在地上的睡袍，坐在钢琴旁，手往琴键上一砸，非和弦的乐音组合带着讽刺意味。

他咕哝了一声。“对不起。”

“拜托，不要为了专业素养而道歉。”

他一言不发。

最后，玛丽叹了一口气。“怎么了？”

“嗯……你似乎还没有看出你能搞出什么乱子。”

“你是说，我这是在我的教学生涯中搞出乱子吗？真是受够了。我只领一半薪水，班里只有一半人，还都是些笨小孩、瘸子和弃儿。要是我被炒了，我倒觉得那是升职加薪了。”

“你喜欢这个工作。”

“那你想让我怎么样呢？鞠躬感谢你吗？”

“你听好，我也是在其位谋其事，我和你一样，都不想学校关门，但目前的政策就是疏散城里的孩子。我只有一点余地，但我就像在走钢丝。你明白我处境的微妙吗？”

“我不明白，汤姆，我从来都没想过。也许这是因为你是身兼重任的大男人，而我只是一名愚蠢的年轻女子。”

汤姆抱着自己的头，静默了一会儿。“好了，可以让我的玛丽回来吗？”

玛丽走过去弄乱了他的头发。“不行，除非你给诺斯小姐道歉。”

汤姆牵起她的手，吻了一下。“对不起，我是真心要道歉的。只不过，维持学校正常运营比你想象中困难，只能在没人……没人知道的时候才干得成。”

“那你倒是信任我啊。我在办学校，又不是开摇摆舞俱乐部。孩子们辛苦学习了一整周，不过是在周五下午跳半个小时舞而已。”

“周五也好，周六也好，审判日也罢。你和一个……一个黑人男孩跳舞了。人们会说三道四的。”

玛丽将手挣脱开来。“你不觉得他们有更重要的事情要管吗，比如德国人在大声宣告什么？”

“可你知道谣言是怎样传开的。世事不断变动之时，人们容易落到偏见的窠臼中。”

“亲爱的，我们在讨论别人的偏见呢，还是在说你的偏见？”

“你说什么？”

“其他人没有在抱怨吧？也许我会收到家长或爱管闲事的人送来的纸条，但那个人不应该是你。”

“玛丽，别这样。”

“不要喊我玛丽。”

“对不起。可是改变世事并非我们该做的事。我只不过是个搞行政的。而你只不过是一个老师。”

“我不想干了。看看我们都干了什么：拯救了动物园的动物和长得漂亮的学生，却指责歧视受苦的黑人。知道我在教室里每天都干些什么吗？我在用尽一切努力，确保那些可怜的家伙不会了解到这再明显不过的真相。”

汤姆居然敢对她发脾气！玛丽点了一根烟。她觉得，也许自己不只在生汤姆的气。虽然她骂声连连，但一种空荡荡的感觉在逐渐滋长——也许生活就是这样。不像她所想，要努力向上爬成为一个优雅的人，而是沉重与复杂的不断累积。而且，还不是神话中艾特拉斯①承受的那一种巨大重量，而是许多平庸而缺少英雄气的碎片在共同作用着，一起把人拉回庸才的水平。也许生活会把一个努力向上的人变成一个觉得必须打小报告的人。

“如果我是你的话，”汤姆说，“我就只会教阅读、写作和算

① 希腊神话中，当巨人族首领泰坦反叛奥林帕斯众神战败后，支持他的大多数都被打入地狱的黑暗深渊塔尔塔洛斯（Tartarus），而艾特拉斯（Atlas）则被罚去西方站在地母盖娅（Gaia）身上并擎住天父乌拉诺斯（Uranus），以免他和地母做爱。

术。”

“可是，如果你都不能向他们展现出他们的存在价值，那教他们算账有什么用呢？”

汤姆举起手来。“抱歉，你并没有理解我的意思。”

玛丽喷出烟雾。“也许吧。”

1940 年 9 月

八点开的火车上挤满了人，就是这辆火车把阿利斯泰尔的军团从汉普郡的军营带到了滑铁卢。火车向空气中吐出蒸汽，又向首都吐出了 60 个军官和 300 个士兵。他们有 24 小时的假期，上面命令他们休息休息，恢复精力，可他们既不想休息，也不想恢复。

阿利斯泰尔穿着皇家炮兵上尉的新制服，在站台上为他的士兵送上祝愿。他明白，有的士兵会起草遗嘱，士兵的母亲会安慰孩子“你不会死的”，当了父亲的士兵会偷偷写信藏起来，以免将来噩耗传到家中。红着脸的姐妹花会被介绍给合适的军官，弟弟会收到哥哥送的大块硬糖和木制来复枪。相爱的会订婚，订婚的会结婚。整个人生都会被思考，思考的时间是在下午两点半，地点并不正规，主体是喝多了红酒，行色匆匆，却大多还穿着衣服的躯体。萨沃伊酒店里最漂亮的勺子会被装在口袋里偷走，不公的事情会变得公平。他甚至都不愿继续想下去。

一对军官兄弟邀请他去吃早餐，可他拒绝了。他随口说了几个借口——都是阿姨来看他和患了动脉瘤之类说完就忘，但别人会觉得很充分的理由。不管借口是什么，他们都没有放在心上，转身走开了。现在的阿利斯泰尔擅于拒绝他人的邀请，也不怎么与人来往，而这种行为几乎是无意识的。要不是汤姆一直坚持让他来，他也许完全不会放这个假。

他看着炮组里的士兵分散开来。6 人或 12 人组成的小组相互道别，所有人的笑声都不在一个调子上。阿利斯泰尔和士兵们很熟，却不知道他们什么时候形成了一个一起泡吧的小团体。他帮助过他们穿越战火，却对他们一视同仁，像子弹和弹壳一样无法区分。他们是根据哪一条难以觉察的规律分成这些混杂着不同军阶的小团体呢？

当然了，士兵不是牛群，而且他尚未明白一个士兵对这个或那个派系的忠诚度能热烈到什么程度，对别的派系又能轻蔑到什么程度。然而，那就是你的士兵：永远都有这股逆流的存在，他们使用这种埃舍尔式[①]自相矛盾的敏捷手法，却似乎从未违抗他的命令。军队把他们变成了一群鸟，而士兵们把自己变成了一群鱼，向着两个相反方向游动。

他的士兵前往车站后街的酒吧，卖酒的时间规定已经悄悄作废了。战士们会喝麦芽酒喝到黄昏，然后再喝威士忌，喝醉了便老拳相向。他们找到海军士兵，就与海军士兵打架；找不到海军士兵，就和别的军团打。空军是最后的选择，因为大家都认为去麻烦备受折磨的人是不厚道的。他们加入战斗，纯粹是为了试试不用 7.2 英寸直径榴弹炮直接对打会产生什么快感。然后，在黎明时分，他们就会回来喊他“长官”，鞋跟下是那被狠狠踩过的军规。

阿利斯泰尔用鞋跟熄灭了烟斗。如果说战争真的改变了什么，那就是他对那些不会去泰特艺术馆的人的看法。士兵与漂亮的油画一样，都有逃离条条框框的天赋。

他打了辆计程车去贝尔格莱维亚[②]见一个已经约好的军医。出租车车费是两先令半便士，他递上了一枚半克朗的硬币[③]，对司机说不用找了。司机祝福他，阿利斯泰尔便又递上了一先令。他想：

---

① M.C. 埃舍尔（1898—1972），荷兰科学思维版画大师，20 世纪画坛中独树一帜的艺术家。主要作品有《昼与夜》（1938）、《画手》（1948）、《重力》（1952）、《相对性》（1953）、《画廊》（1956）、《观景楼》（1958）、《上升与下降》（1960）和《瀑布》（1961）等。

② 贝尔格莱维亚（Belgravia）位于海德公园附近，是伦敦的上流住宅区。

③ 相当于两先令六便士。——编者注

这也许是最后一个明亮的蓝色早晨、最后一辆正牌的伦敦出租车、最后一个平平无奇的先令了，这个硬币上还刻着狮子和皇冠。他突然想到，所有未参战的人是不会懂得事物的价值的。

在医生的办公地点，工作人员让他在一个铺着粉红地毯的接待室中等候。房间里放着六张温莎椅，挂着一幅画框很大的英国国王画像。阿利斯泰尔抬头看着他，开始觉得国王就是他的老朋友。国王穿着礼仪服，衣服上挂着差不多十磅[①]重的勋章，绶带挂在胸前。他独自一人正襟危坐，戴了手套的手握着一把仪仗剑的剑柄。他的表情让人觉得，如果画像师多让他保持这个姿势一秒，他定会毫不犹豫地自裁或砍人。阿利斯泰尔坐下来，膝盖不断抖动。

所有人都血脉相连，这是战争开始之后他才明白的事。上至国王，下至农奴，都把自己镶在死板得完美的形式主义之中，心中却时刻想着悄悄抽身而退。士兵打群架，军官进剧场、泡贵妇，大家都是这个德性。每个男人心中都觉得自己如国王般自由，而只有国王才知道自己正被奴役。阿利斯泰尔感到很痛快。这是个伟大的笑话，而之前他竟没有被戳中笑点。

此类洞见不断涌上心头，继昨天心情跌落低谷之后，今日的心情竟然如此快活。他笑话自己。完全没有理由为此担心吧：在这个每分每秒都在重组的世界当中，人们为什么得要求每天的感受都一样呢？他对这个想法自鸣得意，然后如此安慰自己。他很高兴看到……不，不见了……他的思绪来得如此之快……什么都没有。他很高兴看到……好吧，他就是高兴而已。

十分钟之后，医生喊了他的名字。医生的身材很胖，嘴唇两边留着胡子，身穿一件白色棉大褂，大褂上镶了个金色的勋章。在阿利斯泰尔看来，他的形象介乎慈爱的外科医生和游轮的大副之间。那人坐在桌子后面，阿利斯泰尔走进房间，他却没有抬起头。

“是希思吗？”他说。

---

① 1磅约为0.454千克。后同。——编者注

“你好，医生。”

“请坐。你不要紧吧？”

“不要紧。”阿利斯泰尔说。

“没有疼痛，没有痛苦，没有意外折断手脚吧？”

“我发现我不太爱吃海鲜了。”

“好啊。”医生说，他把橡皮章蘸了点墨水。

手中的印章悬在阿利斯泰尔的文件上方。他第一次抬起头来。“士气如何？”

“是说我的还是士兵们的？”

“不都一样吗？”

“还行。”阿利斯泰尔说。

“法国回来的，从敦刻尔克撤退，对吗？”

“那个小城镇很可怕。连一家卖炸鱼排和薯条的店都没有。”

“没有心情变动，没有易怒急躁，没有忧虑焦急吧？”

“没有。”

“有弹震症、脊椎软化和各种病痛吗？”

“几乎没有。”

医生盖上了印章，递过文件。

“一等。回到军营时把这个交给长官。你应该马上就会被派到岗位上任了吧？”

“似乎是这样。”

“祝你好运。如果目的地是开罗，你就带上奎宁；如果目的地是沙漠，你就带上盐巴。如果要接触当地女人，就做好预防措施。不要喝杜松子酒，除非酒很好喝；抽烟不要抽一包以上；不要让金属做的东西跑进你皮肤里。解散。”

“谢谢。”阿利斯泰尔站起来说。

“很好。”

阿利斯泰尔在门廊里迟疑了一会儿。“有一件事。”

“嗯哼？”医生在翻动桌上的文件，寻找着下一个人的病历。

“和我很要好的几个朋友……呃，他们没能从法国回来。而近来……我宁愿一个人待着。”

“挺好的，”医生说，“等你的思想没那么阴暗再说。”

阿利斯泰尔却还待在那里不走，思考着该如何更好地描述自己的情况。士兵擅于咒骂战争是个混蛋，擅于嘲笑某人因紧张而弄出的乱子，可是和他们熟络起来也没什么好处，面对着他的军官兄弟，他不太确定自己会守规矩。他会发现自己神志恍惚，听见自己在说“……从此之后我就没见过他”之类的话。之后，其他人就会背负上改善对话心情的重大责任。他们的幽默感倒是不错，人也很有耐心，但自己一直是个负累这一点还是挺让自己讨厌的，所以他宁愿躲到一边去。

现在他有点大惊小怪了，这几乎算不上是一种病，不是吗？带着一点孤独还是能活下去的。生殖腺破裂和四肢残缺的士兵还不是照样活着？还有人与岳母一起住也能活下去呢，真是可怜透了。他笑了出来，感觉好了一点。

医生抬起头看看他，随后叹了一口气。“听好，老人家，现在正打仗呢，我这儿没有药片。快去找个甜美的女孩，把这事忘了吧。”

“谢谢。”阿利斯泰尔说着走到街上。医生的处方还是挺让他满意的。他真的应该更加关注情爱之事了。即便是在战争中，男人们也更愿意被女人而非子弹击中。

他和汤姆约好共进午餐，现在的时间是正午，他已经迟到了。他向着海德公园走去，发现自己脚步匆忙，他觉得这绝对是一个好的征兆。他希望自己在汤姆面前还是和以前一样，希望两人的关系能从分别的那一刻持续下去。而且，终于能见到玛丽了，他很好奇汤姆的女朋友到底是怎样一个人，还有那个被安排相亲的希尔达。

他走进海德公园，心里想象着玛丽的样子。汤姆给自己找了个女友，真好啊。能和汤姆谈恋爱的她必定成熟稳重，也许十分通情达理。倒不会是领头羊一类的人物——如果她真的那么受欢迎，也不会看上汤姆了。当然了，也不是说汤姆条件很差，他还算个金龟婿，但也许对于偶尔觉得自己被忽略的女孩来说才是如此。

不，玛丽应该是那种实际的女孩，肯定花了许多耐心来对付容易多想的汤姆。她笑起来应该蛮漂亮，但也许没有那个蠢蛋朋友在信中描述的那样好看。她应该是一个圆脸的女孩，戴着圆框眼镜，大腿有点壮实，对羊毛织物和真诚之人有着特别的偏爱。玛丽应该是个很棒的女孩，热爱冒险，宜于相伴，她的母亲也教书，父亲每天都在规定的下班时间 30 分钟之后才下班。她会像汤姆那样，没什么钱，于是四人会在汤姆信中所说的那家普通餐馆里愉快地共进午餐。“下次再去里兹大饭店。”汤姆是这么说的。

午餐过后，他们就会分道扬镳：汤姆和玛丽最终会结婚，希尔达奔赴属于她的未来，然后阿利斯泰尔去与纳粹国防军的一辆辆装甲车约会。

一想到他即将被派往战斗岗位，伦敦的一切就让他感到从未有过的触动。公园里这些修剪得很漂亮的草坪；园区边上那些比橡树还高的冰冷石墙；戴着无瑕的白色袖章，站在海德公园一角指挥交通的警察，他的制服裤上那条直直的烫纹。当一个人的时间只剩下那么一点时，所有这些不受时间影响的东西都变得更加清楚。24 小时之后，他就会搭乘火车离开了。

回到兵营，他会监督军团的打包工作。每一件物件，大至巨炮，小至白衬衫上的饰纽，都会装箱并由军需官记录在册。然后，运兵舰就会出现：先是比斯开湾，然后是直布罗陀海峡。军官玩套圈，士兵跳体操。随之而来的又是战争的开打，极大的震动会将伦敦从他体内震出去，他就会像现在这样，对这座城市的美丽毫无免疫力。

他发现自己正位于海德公园中央，站得笔直，眼眶湿润。他的烟斗已经熄灭了。他站在一棵树旁。不，他明显是隐蔽在树干下，脸上流着冷汗。哎哟老天，他竟根据在法国习得的直觉，不声不响地找到了一个掩藏自己的位置。他的思绪在游荡，六神无主的身体在周六午后隐藏起来，只听见冰淇淋车的广播乐曲。鸽子在交尾，松鼠四处寻觅着三明治碎屑和坚果，像是在上演着滑稽的哑剧。爱得失去航向的情侣把尴尬的双桨放在九曲湖中冷却，湖水荡漾着微波。阿利斯泰尔让自己的心情平复下来，然后继续前行。

一群人来公园散步。穿着制服的士兵们漫不经心地向他点点头，表示友好。漂亮的女孩身着长裙，飒飒而过，在女帽的帽檐下向他投以温暖的目光。一个女孩向着他微笑，她身穿空军妇女辅助队的制服，容貌惊为天人。她的笑容如此友善，阿利斯泰尔不得不也回以微笑。正当他在思考该如何正式介绍自己时，女孩的皮肤却开始令人不安地冒起水泡，仿佛快要被烧伤了。有那么一会儿，那只正要抚摸头发的手碎成了骨屑，碎骨穿过白色的手套，露了出来。

“对不起。”他喃喃自语，随后匆匆离去。

“对不起。”他又说了一遍，这时那女孩已经离他很远，听不见他说的话了。

他时不时会出现这种情况。这种感觉令人发狂，就像想唱一首十分流行的歌曲却忘记了调子。他多么希望脑中阻塞记忆的血块从未出现。然而，虽然这个问题只是众多症状之一，但他十分肯定他会复原的。心智能够喘过气来，就像爬楼梯时走上两道楼梯之间的平台，正要踏上下一阶楼梯的那一瞬间。还有，快速甩动袖子，嘴里吹着《沉睡的礁湖》的曲调也能让自己的心情好起来：此刻他正在这么做呢。他还在冒着冷汗，这种感觉持续了好几分钟，直到吃午饭时仍未完全散去。

汤姆预订的地方是兰切斯特大门酒店。店里熙熙攘攘，服务员心情很好，动作干脆麻利，一下子就把酒瓶的木塞拔了出来，然后简单直接地把今日的推荐菜“砰”的一声扔在桌子上：菜闻起来有股焦味，呈棕褐色，价格为一英镑六便士，附赠一份可以选择的甜品，而且不是限量配给。

汤姆从靠墙的一个座位里站起来，向他挥挥手，阿利斯泰尔也挥了挥手。他一门心思要走到朋友身旁，粗呢背包在其他顾客之间挤来挤去，一点都没有注意到和他朋友在一起的人，直到来到桌边才看到。阿利斯泰尔面带微笑地听汤姆把他介绍给两位小姐，随后礼貌地向汤姆点点头。

"抱歉了，兄弟，"他说，"你没想象过见到一个长相阳光的家伙，身高和自己差不多，只不过长着一撮略感歉意的小胡子？"

汤姆摸了摸下巴。"还挺好看的吧，你不觉得吗？看看你！你就像……"

"我懂！"阿利斯泰尔说，"至少年轻了二十岁对吧。都是因为整天呼吸新鲜空气。"

两人握了握手。阿利斯泰尔把外套挂在座位上，趁机又看了两位女士一眼。他对玛丽的猜测无比准确：玛丽比他想象中要苗条一些，还戴着眼镜——镜框是圆的，正如他想象中那样——漂亮的圆脸正冲着他微笑。她的脸上长着扁扁的鼻子，美丽的乌发梳成庞毕度女士的发型[①]，似乎来自大洋彼岸，很有意思。她看起来是个有魅力的女孩，阿利斯泰尔为汤姆感到高兴。

另外一个女生惊为天人，她长着一头红发、一双活泼的绿眼睛，一副莽撞而淘气的模样，她的双手在慌张地摆弄餐巾。这个一定就是希尔达了。她喜气洋洋地看着他，阿利斯泰尔心神一动，立即就发现他完全不介意。此刻，他预见到即将发生的事：午饭过后会有人随口提议说去看电影，他就会和这个女生坐在一起；之后大家就会去跳舞。

她凝视着阿利斯泰尔的眼睛，眼神很正派，丝毫没有调情的意思，可他觉得，一种默契已在两人之间蔓延。

可是，他的心忽而沉了下去。他无法解释，为何那纯真而友好

---

① 该发型灵感来自法国路易十五的情人庞毕度夫人（Madame de Pompadour）。庞毕度发型是一种往后、往上拨的发型，让头发看起来犹如飙过车的流线走向与厚度。

的微笑会在他心中生出忧郁的痛楚。作为男人，他应该感到高兴才对。然而，女孩长着雀斑的脸却在他面前烧成了焦骨。他眨眨眼，美女的美又回来了，可他的士气却被烧成了灰烬。因这名女子的美貌，他生出了铅一般沉重的心情。他想，明天他就要走了，而这么一去就永远不会回来了。他打断了目光的对接，定了定神，然后看着汤姆。

“这是玛丽。”汤姆一边说，一边伸手抱着阿利斯泰尔刚刚为之倾倒的女人。

阿利斯泰尔勇敢地微笑着，整个宇宙却碎成碎片，伴随着一阵其他顾客无法感到的震荡，又重组成另外一个样子。

“你好。”玛丽说。

“你好。”阿利斯泰尔说，这是接话的正常方式。

“这位是希尔达。”汤姆向梳着庞毕度发型的女生点点头。

“很高兴认识你。”阿利斯泰尔说。

“希望你不要介意我这个不速之客的存在。”希尔达成功露出既兴奋又担忧的微笑。他知道，要是在别处，这样卓越的演技一定会让他喜欢。

“如果不速之客出现了，请告诉我，我若是介意的话会告诉你的。”

希尔达笑了，两人握了握手。“汤姆说过你很风趣。”

“他有没有提过我很有钱，还是一个全球知名的舞蹈家？”

“喂喂！注意点！”汤姆说，阿利斯泰尔鞋跟一踏，毕恭毕敬地给他敬了个礼。两个女孩都被逗笑了。

白葡萄酒来了，汤姆给所有人都斟了酒。“这玩意其实是香槟，”他说，“只不过泡泡被我们征用了，为潜艇舰队提供浮力。你会发现，在你扮大兵的这段时间里有许多事情都变了。”

“女孩子们明显变得更可爱了。”阿利斯泰尔向两个女生轻轻一笑，试图以同等的力度称赞她们两人。然而，他的目光却在玛丽的眼睛上停留了，他很尴尬，差点就脸红了。玛丽冷静地回应。

“希尔达是我最可爱的朋友。”她说，“我们俩一起上学来着。”

“我是没有见过世面的那个。”希尔达说。

“没有啦。”阿利斯泰尔说，谢天谢地，终于得看着希尔达的眼睛了。

侍应将四盘“今日推荐”“砰”的一声放在桌上，几乎所有肉汁都留在了盘里。“羔羊。”他说，然后就离开了。

玛丽用叉子戳了戳她的那份。“不管它之前是什么动物，它受的苦已经结束了。”

汤姆举起杯子。“来吧，敬我们大家。也许我们能像羔羊一样坚强，甚至能更幸运一些。”

“这是敬你们俩的，”阿利斯泰尔手中的酒杯晃了半圈，把汤姆和玛丽都敬了一番。这既是祝酒，又是表忠心。手臂能自动而完美地做完这个动作，他很惊讶。

“是啊，”希尔达说，“他们俩是不是很甜蜜？”

希尔达向他微笑。他也笑了，尽管他很不想笑。他现在发现，这一天将会度日如年，而且一定是这样。他不得不享受与这个愉快的姑娘之间的亲密言行，以证明他没有被玛丽迷得神魂颠倒。大惊小怪一点用处都没有。

“希尔达，”他说，“说说你自己吧。”

她说了。

吃完甜品之后，两个女生一起上洗手间，阿利斯泰尔点燃了烟斗。大家喝完了第二瓶红酒，汤姆的脸色在酒精的作用下变得通红。他用力吸了一口玛丽的黑猫香烟。

“玛丽很漂亮吧？”他说。

“万里挑一，不，亿里挑一。”

“是吗？其实……”他靠过来，低声说道，“我俩的关系并非一帆风顺。”

“是吗？”

“而且，我不断在与‘我配不上她’这个声音搏斗。”

“那个声音说出了真相。如果它给你什么建议了，一定要马上让我知道。”

“你觉得我应该放手吗？”

“噢，汤姆，我明白你的脑袋很大，脑海中的意见一直在打架，可我问你一句，希望不要太不客气：为什么你不试试向她求婚，然后让她来决定你是否够好呢？”

“嗯……”

“你相信婚礼制度吗？”

“当然。”

“你应该知道，这样一道美丽的闪电不会在你身上劈两次，对吗？”

“嗯，是啊，我猜……”

“所以你是否应该赶紧给她戴上婚戒呢？”

“可是，我想等到感情稳定时再挑个时间求婚。”

“汤姆，外面正在打闪电战呢。女人的心要以惊人的速度才能俘虏。这样一个女孩，你可不能把她放到野外去四处乱撞啊。”

汤姆一下子蔫儿了。“你觉得应该直截了当吗？”

阿利斯泰尔拍了拍老友的肩膀。红酒让他的身子热了起来，令他全身放松。两人又回到老手和新手的角色上，他感到很惬意。喝了红酒，一切都变得更好了。眼睛不再看到身体变成折断的骨头和光秃秃的血管，也看不见血管失去熟悉的连接之后一副可怜的模样。红酒就是温暖的松脂，它包裹着身体，把它们固定在现实的琥珀当中。

“我为你感到高兴，”阿利斯泰尔说，他是真心的，“我不知道你是怎么钓到手的，可我只能表示惊奇和佩服。”

汤姆吸了一口香烟。两个女生又回到桌上：玛丽先到，她的嘴

唇重新涂上了鲜红的唇膏，身上散发着淡淡的肥皂香味；希尔达跟
在身后，身上的午夜飞行香水[①]味道很刺鼻，她的发型散发着活力。

“这个地方还是没有弄来一台留声机。”希尔达倒出一根薄荷香烟，阿利斯泰尔帮她点燃了。她抓住阿利斯泰尔的手，护在打火机的火苗周围。这种感觉还不算讨厌。她靠近火焰时，阿利斯泰尔凝视着她的脸。她是一个温和可爱、平淡无奇的女孩。阿利斯泰尔留在世上的时间还剩下 21 小时。

“你喜欢什么样的音乐？”希尔达喷出一口烟雾。

“阐明战争的音乐，”玛丽同时说，“哦，抱歉。”

“不，我才抱歉，”希尔达说。

阿利斯泰尔不加偏重地对着两人微笑。

“惭愧惭愧，我也不是专家。恐怕你会认为我是个无聊蛋。”

“没有那回事。”希尔达说。

“是挺无聊的。”玛丽同时说。

她凝视着阿利斯泰尔，眼神有点搞笑。如果这番话有一点尖酸刻薄的成分，红酒也将它冲淡了。他又喝了一小口。

“我喜欢大乐团。”他好不容易才说出一个乐队来。

“还挺有活力的嘛。”

“哦，我可喜欢大乐团了，”希尔达说，“伯特·安布罗斯和哈利·罗伊啊！”

“哈利·罗伊，”阿利斯泰尔说，“他可是个懂音乐的人。”

他倒希望哈利·罗伊是一个乐队主唱而非猴子之类的吉祥物或一种新型舞蹈。希尔达似乎很高兴，那就对了。她的酒窝很好看。阿利斯泰尔明白，自己这是在勾引她，他深知，自己一旦穿上皇家炮兵上尉的制服，就能把她钓到手，然后在合适的时候脱个干净。

“我们只知道在报上读到的东西。”玛丽一边说，一边点燃一

---

① 1933 年由保罗·娇兰 (Jean Paul Guerlain) 所设计，此命名来自《小王子》的作者所写之小说，代表兴奋与冒险的精神，香水瓶上的标志为法国空军军旗。

根香烟。

阿利斯泰尔看着她，心中冒出了火花。玛丽应该没有察觉到他的异样吧。在玛丽身旁，希尔达是那么平庸——而他对温暖的需要是那么卑鄙。

他又喝了些酒。“在整体情况方面，你也许比我了解得多。我怕他们只把我们需要知道的告诉我们：来这里，活泼点，合铺睡，挖战壕。”

“汤姆告诉我，你在法国打过德国人。”玛丽说。

他低头看着自己的杯子。“简单来说，是的。”

“情况如何？”

她的脸上有一种纯真的忧虑，让她变得如此温柔。阿利斯泰尔无法抗拒。他发现自己说不出话来。

“亲爱的……”汤姆把手放在她的手臂上。

“噢，对不起。”她说。

“噢，没事。”阿利斯泰尔轻快地说。

玛丽脸红了，他意识到，也许玛丽也有点醉了。他真是一头猪，竟然让此刻的气氛这么尴尬。他希望自己知道该说点什么温和的话，才会在不指出问题问得不当的同时诚实回答。

但是，他能告诉她什么呢？没有什么事情是适合讲给别人听的。

德国人驾驶着坚固的飞机，战机发出轰隆隆的声音，扑向他们。在灰暗的天空下，他们已在起伏的平原上摆好灰色的装甲阵。他们长驱直入，口中嘲弄着蜿蜒了几千年的道路。人和动物都吓坏了，土地对黑色巨兽的行进方式更是没有丝毫抵抗力。

这种事怎么能边吃边聊呢？在坚固的飞机和坚固的坦克之后，是排着坚固阵形的硬汉，他们的靴子坚定地踏在地上。阿利斯泰尔对德军的印象就是一种可怕的坚固，它是超自然的，令平庸的士兵闻风而逃，出色的士兵向德军冲锋，却被碾成了柔软的法国泥土。坦克履带的规则图案根本不会区别碾过的是尸体还是黏土。他看到朋友的脸被压成扁平状。他看到汤姆的脸被压成扁平状，然后是希尔达的脸，玛丽的脸。天哪——他抓着酒杯。天哪。

“德国人只是组织完备，”他说，“下一次与他们交手，我们也会这样。”

玛丽说：“你就像我的父亲。”

阿利斯泰尔松了一口气，继续说道：“你的父亲是做什么的？”

“他是搞政治的，”玛丽戳灭了手中的香烟，带着嘲弄的眼神看着他。他不知道这是不是在邀他一起抽。

“他是温瑟姆谷的议员。”汤姆说。

“那么，”阿利斯泰尔说，“战争的画面是怎样的，你肯定比我更清楚。”

玛丽看了看自己的指甲。“恐怕他们只把女孩需要知道的事情告诉我们：来这里，活泼点，合铺睡，挖战壕。”

阿利斯泰尔笑了，玛丽脸上闪过顽皮的笑容。这么快就学上了。

希尔达似乎对这些对话一脸茫然，她摇摇第三瓶酒，说瓶子已经空了。她颤颤巍巍地站起来，碰翻了餐具，刀叉叮叮当当地掉在地上。

“哎哟，你们这群家伙，我们快离开这个地方吧，到有音乐的地方去。”

是阿利斯泰尔付的账——人们说的是真理：总不能把账单带走吧。然后，他们走到店外。那是个炎热的周六下午，天空一片蔚蓝。在海德公园，玛丽和汤姆手挽着手走在前面，他与希尔达走在后面。希尔达把毛衣搭在肩膀上，半眯着眼睛，向太阳微笑。

“太阳真大啊。”她边说边牵着阿利斯泰尔的手，“里面闷死了。”

“是啊，”他说，“很大。”

“你不喜欢太阳出现在伦敦的感觉吗？”

“所有问题都像这个这么容易吗？”

她笑了，一边走一边把头靠在阿利斯泰尔的肩膀上。有她在身边，感觉很愉快，而且一到外面，她身上那股强烈的香水味就变淡了，闻起来还是挺温暖，挺不错的。两人的前面走着玛丽，她穿着夏装，戴着白色草帽。她忽而转过头来，被汤姆的笑话逗得咯咯笑。阿利斯泰尔感到一阵无法忍受的痛苦。

他们在小摊上买了冰淇淋，一边走一边吃。

玛丽一边漫步，一边无忧无虑地甩着长长的胳膊，似乎眼下的时光不太匆忙也不太散漫。

希尔达说："有时候，你能不能直接判断一个人是有事还是没事儿？"

"你又来了。"他说。

"你又注意到了，所以我们扯平啦。"

"算比分什么的，是不是很有趣？"

希尔达戳了戳他的肋骨。"你看？你不就乐在其中嘛。"

街道上空，防空气球飘荡在棉花般的云朵之下。希尔达开心地说着。阿利斯泰尔觉得，无论他们要去哪儿，那里都一定要有红酒。

四人不知道接下来该干什么，跳舞太早，继续在阳光下漫步又太热。去看表演倒是个好主意，但现在是下午四点，剧院里似乎没有刚开始的剧目。他们从一个地方瞎逛到另一个地方，直到最后，玛丽提议他们去兰心大戏院。那里有黑人说唱团演出，而且，她有一个学生叫扎克瑞，他爸是个演员。

临时搭建的围墙下聚集着一群假扮黑人的男士，他们穿着工服，戴着帽子，手里拿着拐杖，鞋子上套着白色鞋套，在戏院正门附近走来走去。一个身上涂着软木黑涂料的白人胖子在招揽观众：进来吧，尊贵的顾客，这样的演出你一定没看过，这样美妙的音乐你一定没听过。

"一定要进去吗？"汤姆说，"又是扮黑人，又是甩手杖的。"

"噢，可是大家都知道这叫什么啊，"玛丽说，"这叫'眨眨眼'。"

汤姆看向阿利斯泰尔。"你觉得呢？毕竟这是你的假期。"

阿利斯泰尔没有注意他们在说什么。不过他知道这一刻，大家都在等着他的意见。招揽观众的那人注意到他们脸上犹豫的神情，便站上前来做出一个示意请进的姿势，如果不陪着他进去就会显得很粗鲁。他的软木涂料看起来很假，一线晒过的粉色皮肤在黑色油彩和衣领之间闪闪发光。

"只要一个小时，你就能忘记烦恼，"他说，"我们会用一（音）乐和笑身（声）的魔力，将你们带到种植园的平近（静）世界，我们会用黑人的幽默振奋你们的精神，照亮你们的兴林（心灵）。"

"你一定要用这种口音说话吗？"玛丽说。

"我们进去吧，"希尔达说，"就像收音机广播中的黑人音乐一样。"

"其实比广播要好听，"招揽观众的人说，"英国广播公司的剧团与我们相比啥都不是。在我们这里，你们会听到下流得不能播出的民歌，听到轻快得不能变成电波的曲调，当然了，所有这些都在——"他指着场内的绅士们，放弃口音说道，"美酒的陪伴下进行，你可以从多种啤酒、葡萄酒和烈酒中挑选，有些品种眼下在其他地方可是喝不到的哦。"

"我的天哪。"阿利斯泰尔说。

"哦耶！"希尔达拍着手。

汤姆讥讽地看了他们一眼。

"噢，汤姆，"玛丽说，"你今天一定要扫兴吗？"

她的声音有点尖锐，吓得阿利斯泰尔转过头来。他没有觉得汤姆在扫兴，也许令今天扫兴的是比榴弹微小的东西，而他已经失去了发现这种东西的技能。他想知道再喝一杯有没有帮助。

戏院内设有小隔间。他们在一张靠近舞台的桌子旁坐下。这里位置很好，前面就是红色的天鹅绒帷幕，舞台上镀金的柱子反射着窗帘灯投射的光芒。笑声在其他十几张桌子之间回荡，在他们上方，嗡嗡的谈话声不断在高空盘旋。

大家等得不耐烦，正要发飙呢，葡萄酒就来了。接着又端来了一瓶，四人在柔和的粉红灯光中放松下来。阿利斯泰尔知道，每喝一杯，他的椅子就会和希尔达的椅子靠近一点，就像对面的汤姆和玛丽那样。不知到了哪个特定的时刻，他们发现，四人俨然变成了两对夫妻。希尔达的手移到他的膝盖上，他的手臂搂住希尔达的腰。他们小心翼翼不去理会对方，身体却不由自主地完成了这些动作，这样的状况有点甜蜜，也值得注意。

他们听了玛丽说的一个笑话之后，笑得特别厉害，还硬着头皮装作很感兴趣的样子，去听汤姆几经周折才叙述出来，却突然没有下文的小故事。直到最后，屋内的灯光暗了下来，所有人的目光都转向舞台，希尔达的身体已经依偎在阿利斯泰尔的怀里，这令他既激动又沮丧。透过他的军装夹克，他能感到希尔达的心脏在快速地跳动着。这让他很伤心：心脏是那么小的一个泵，而生活却是无尽的洪水。观众们安静下来，黑暗中，帷幕拉开了。

舞台后面，一盏红色的聚光灯射出一道细长的光芒，光芒一直上升，变成了光圈的上半部分，然后是一个半圆，到最后，整个光圈升至舞台上方。这就是太阳了，它一边上升，一边从红色变成橙色，最后变成了白色。舞台灯光亮起，背景被照亮了：这是在山顶俯视伦敦时看到的景色，尖顶闪闪发光，防空气球拴在熟悉的城市轮廓上空。

布景中有一座塔，塔下是中世纪的城墙，还有圣保罗大教堂[①]

① 英国国教大教堂。最早于公元 604 年建立，后经多次毁坏、重建。如今我们所看到的圣保罗大教堂是由英国著名设计大师和建筑家克托弗·雷恩爵士（Sir Christopher Wren）于 17 世纪末设计的，这所英国巴洛克式的建筑在雷恩爵士的有生之年得以完成，是 1666 年伦敦大火后重大重建计划的一部分。

和圣马丁大教堂[1]两座罗马式建筑，朴素的希腊神庙被锋利的格鲁吉亚式尖顶刺穿了顶部。阿利斯泰尔高兴地看到舞台灯的暖光散发开来。亲爱的古城伦敦——数百年历史融合在一起，犹如一名把所有衣服都穿在身上的、喂着鸽子的流浪女子。

太阳升上背景画中的城市，黑脸的说唱艺人一边合唱，一边从舞台两边走出，每边走出来十二个，排成一个半圆，半圆的开口处面向观众。他们唱了起来，起初音量低如耳语，随着太阳升起，声音也逐渐大了起来。

主啊，我们祈求您保佑这个地方，保佑它日夜安全。

他思念的到底是红酒，是城市，还是剩下的十七个小时，都不要紧了，因为阿利斯泰尔发现自己已经被渐强的歌声所折服。

保佑墙壁坚实，麻烦远去。

赞美诗唱完之后，一个戴着礼帽，穿着燕尾服，化妆成白人男子的黑人走上台来，自我介绍说他就是问话者。

“就是他！”玛丽低声说，“那是扎克瑞的父亲。”

问话者凑近麦克风。“现在正是大敌当前、忧心忡忡之时，我们的身边充满着威胁与焦虑。在这个时候，回想以前的日子总会治愈我们的心灵，虽然往日的生活也很艰难，但那是令人熟悉的生活。今天，我们这些黑人聚在一起，要用歌声和笑声减轻你们沉重的负担。”

合唱队里的一名男子走上前来，他的一张黑脸上涂着猩红的嘴

---

① 圣马丁大教堂是一座尖帽形的尖塔，位于特拉法尔加广场。这座教堂是英国著名建筑师吉布斯于 1720 年花了六年时间所兴建的，教堂的正面有一排排巨大雄伟的科林斯式圆柱，圆柱上向外伸出的人字形屋顶，装饰着英国王室的徽章。白金汉宫也是这个教堂所管辖的教区，在此受洗的王室贵族都记录在教堂的名册内。

唇。“好啦，问话着（者）先生，我不知道什么叫‘小声’（笑声），原谅我的无耻（无知）。”

观众笑着鼓起掌来，阿利斯泰尔也跟着大家笑了。忧伤的赞美诗之后突然来这么一下，实在令人兴奋。

“啊，邦斯先生，”问话者深情地说，“我早就知道是你。”

“啊，好像每次都是我，问话着（者）先生。我无论怎么化妆，醒来时也不会像你这个样。”

大家都笑了。阿利斯泰尔点燃希尔达的卷烟，她又靠近了一点。

“快告诉我，邦斯，你最近都在打什么鬼主意？”

“哦，问话着（者）先生，我最近都在夜晚出来游荡。”

“在夜晚出来游荡吗？”

“是的，先生，不然为什么叫灯火管制？”

咚咚的鼓声，砰砰的钹声。全场欢呼起来，问话者的拐杖像指挥棒一样挥舞着，整个合唱团突然走上前来，唱起了激昂的《约书亚出征杰里科之战》。

“他们很棒吧？”希尔达在阿利斯泰尔的耳边轻声说。

“很棒。”阿利斯泰尔说。

“你觉得他们当中有多少是真的黑人呢？”

“嗯，我敢说那个邦斯是，合唱队的家伙至少有一半都是。很难说，都上了妆呢。”

“他们很棒吧？”希尔达又在桌子对面说了一遍。

“太棒了。”汤姆说。

“太可怕，”玛丽说，笑了起来，“你不觉得吗？”

“但是，这只是‘眨眨眼’而已，”汤姆说，“你不是这么说的吗？”

“我知道，可是亲爱的，你看那嘴唇。”她睁大眼睛。

“还好吧，”汤姆说，“我觉得比我想象中有趣。”

“可是太侮辱人了吧！抱歉把你们拉进来看了。”

汤姆打了个哈欠。“要是他们赚的钱不比我多的话，那我会感到惊讶的。”

“是的，好吧，也许我该嫁给他们中的一个。”玛丽说着喝完了玻璃杯中的红酒。

阿利斯泰尔向汤姆眨了眨眼。看到他的老友处于水深火热之中实在太有意思。但被玛丽发现了，她笑眯眯地看了阿利斯泰尔一眼，他无法分辨这是在嘲笑他呢还是被逗乐了。他向服务员示意再拿一瓶白葡萄酒。到现在为止，没有人计较他们喝了多少。

圣歌唱完，掌声也逐渐消失，问话者拍了拍手，新的背景落下。现在他们身处德国柏林，站在国会大厦面前。支撑这座建筑的柱子摇晃不定，大厦的旗帜上印着反过来的“卍”字。罗马式支柱之上是帝国的雄鹰标志，它的乳房悬在空中，身穿妓女的长袜和吊带。观众又是大笑，又是发出嘘声，这时，一名表演者从半圆中走出来，拖着一个小高台来到舞台中心，一个麦克风已经立在那里了。一盏聚光灯打在他身上。

这个男的是白人，黑脸上一小块长方形没有涂黑，象征着臭名昭著的牙刷髭，只不过颜色是相反的。他爬上小高台，敬了个纳粹式的军礼，却因用力过大摔倒在台下，他在笑声中再次爬上高台。

观众安静下来。台下传来无线电调频的音效。演员向麦克风靠近，然后张开双臂。

“达（德）国呼叫……达（德）国呼叫……”

观众叫了起来。

“仅在八月，德国海军就积尘（击沉）了以下英国船只：皇家海军军舰‘皮纳福’号、‘非洲皇后’号和‘好船棒棒糖’号。”

“兄弟，”问话者说，“你在胡说些什么？”

“哦，你不相信我吗？那你告诉我，最近你有没有看到任何船舶进港？”

“没有……可是……”

“那就是了！不要怀疑德国电台告诉你的事情！”

他向着观众摇摇手指，观众又是嘲笑又是喝倒彩的。

“我们结束了以下国家的负隅顽抗：仙乐都、埃尔多拉多、亚特兰蒂斯。虽然我卓（觉）得最猴（后）一个有点猫腻。”

“走吧，”玛丽说，“我们出去吧。”

“拜托，”希尔达说，“再看五分钟嘛。”

玛丽低下头来。舞台上的播音员正陷入狂热状态。

“你们英国没有机会了！我们知道你们所有的秘密！你们国家的所有事情我们都知道！”

“哦，是吗？”问话者说，“例如呢？”

“例如你们领导瘟神·骑鸡儿的意图。”

“啊，你的意思是温斯顿·丘吉尔先生。”

观众听到他的名字就开始鼓掌，播音员却奸笑了一声。“堆(对)，就是那个瘦皮柴。我们知道那人是个屄包。他不会主动进攻。”

观众大喊：“他当然会！”播音员：“哦，不，他不会。”

观众和播音员你一言我一语地对骂。这时，半圆中的歌手开始发出低沉而飘忽的哀鸣，起初声音很小，后来越来越大；到最后，播音员似乎终于注意到它，便中断了与观众的争吵，把一只手放在耳边聆听。

“哦，我的老天！空袭警报！不会吧！这可是柏林啊！”

播音员怕得要命，全场观众却欢呼起来。聚光灯熄灭了，舞台灯光也暗淡下去，合唱队继续哀号，音符在黑暗中飘忽不定。一轮银月在背景中升起，这时场景已转变成灯火管制的伦敦之夜。合唱队的哀号稳定在音调最高点，变成一种清晰的哼唱，在月光照亮的城市上空不断回旋。乐声悠长甜美，最后转成了《祖国，我向你立誓》。希尔达哭了。汤姆眼中似乎吹进了沙子。阿利斯泰尔觉得，连玛丽也安静了下来。

幕间休息，帷幕落下。戏院的灯亮了。

“问话者”从后台走了出来，坐在戏院前半部分的一台小型钢琴旁。他卷起燕尾服的衣袖，撑起琴盖，把礼帽一放，就开始即兴演奏。

“你为什么不去打个招呼？”汤姆说。

“哦，别说了。我很惭愧。”

“你还以为会是怎样？”希尔达说。

“我不知道这个笑话对他们来说意味着那么多。”

“问话者”的右手在高音区激起一阵涟漪，左手稳当而规律地按下大和弦，犹如汽锤在切割钢铁。他一边弹，一边把目光投向观众，冲着他们微笑，一会儿眨眨眼，一会儿又做出“谢谢”的嘴型，手上不停地自动弹奏。他的脸上涂着厚如面具的油彩，表情很平静。他笑着看向四人所在的桌子，眼神中的好感与对其他人的相比不多也不少，随后就把视线移开了。

“他不认识你吗？”希尔达说。

“你没看见他在谨慎行事？”玛丽说。

“在他们看来，我们都长得差不多，就是这样。”

“去吧！”汤姆捏着玛丽的胳膊，“快去打个招呼。”

阿利斯泰尔察觉到玛丽的烦恼，就说：“你应该不确定那就是他吧。”

玛丽感激地看了他一眼。“真的不太确定。”

阿利斯泰尔说：“油彩之下的他可能是希巴女王①。”

玛丽赶紧点头。“我……嗯……”

“我们再拿点酒吧，”阿利斯泰尔说，“专家小组怎么说？”

“红酒红酒！”希尔达拍着手说，好像那是一个有意思的新发明一样。

---

① 希巴女王，又称示巴女王，是《圣经·旧约》中略用文字提及的人物，在传说中，她是一位阿拉伯半岛的女王，在与所罗门王见面后，慕其英明及刚毅，与所罗门王有过一场甜蜜的恋情，并孕有一子。传说中的希巴女王有两种形象，一是惊艳绝伦，一是丑陋无比。希巴女王首见于《圣经·旧约》的“列王记”。

阿利斯泰尔的手还没完全伸出来，一瓶红酒就来了。他倒满了四个玻璃杯。无论之前的气氛有多么尴尬，此刻都一扫而空了。很明显，整场战争都能以这种方式得到解决。罢战的诀窍就在于，每次有高级军官命令上大炮时，不要真的上大炮，而要去拿一个开瓶器。

幕间休息结束，舞台灯光亮起。问话者爬到聚光灯的光束之中。他等着人们安静下来。

“女士们、先生们，虽然时势艰难，但生活中最伟大的戏剧仍然在心中的戏院上演。因此，我们的下一个节目是情歌演唱。在我们为你献唱之前，请花一点时间去想想我们真正爱的人。如果你此刻就坐在他们身旁，那你已经很幸运了。也许他们在远方，被派驻海外。也许你们两个都没有见面呢，却在互相想象对方的样子。”

他在说话时，空袭警报再次传来。这一回不是合唱队发出的——声音来自台下，就像刚才的广播音效一样——警报似乎一下子从四面八方传来。

“因此，我们的下一首歌曲，”问话者说，“要献给今晚无法与我们在一起的人，这首歌很受——”

警报响起，打断了他的话。

“真厉害啊！”希尔达低声说，“不知道他们是如何办到的。”

然而，阿利斯泰尔看见了问话者的表情。出于在法国练就的本能，他伸手往身旁一摸，拿回他的军帽。他把脚伸到桌子底下，将粗呢背包钩到面前。拿到包的那一刻，他摸到了汤姆的黑莓酱罐子。阿利斯泰尔本来想在午餐时打开分给大家的——如果餐馆能弄到一些烤饼的话——可是现在他得等上一段时间了。这就是战争：你一旦安逸下来，防火卷帘就会被放下。

他亲吻了希尔达的额头，对她说她很可爱，然后咕噜噜吞下了一大口冷葡萄酒。

戏院的灯光亮了起来，周围一片狼藉。舞台经理大声喊了几句，没有人听见。人们乱作一团，不断问发生了什么事情，很快，戏院里的观众向着几个出口走去。他们没有陷入恐慌，但也并非端庄有礼，每个人都在挡着别人的路，即使踩到了别人的脚也毫不介意。似乎没有人知道戏院里有没有防空洞，也没有人知道他们是否能碰碰运气，跑到公共防空洞里去。于是，一切变得混乱紧张起来。

“我们该怎么办？”玛丽对汤姆说。

汤姆看着阿利斯泰尔。“你觉得呢？”

阿利斯泰尔觉得很奇怪，为什么要听自己的意见呢？他的卡其布军服与镀金柱子和粉红天鹅绒座椅没有丝毫关系。在这个戏院里，平民的军阶一定比他要高。他笑了，然后发现笑得不合时宜。他紧紧抓住桌子。站起来之后他才后悔，不该喝得那么醉。

他环顾周围，看了看陷入一片混乱的戏院，又看了看乱成一团的包间，只见巨大的圆圈中到处是尝试往相反方向行进的观众。他一点也不知道应该提出什么建议。

“诺斯小姐？”他们身后传来一个声音。

问话者已经来到他们的桌子旁。阿利斯泰尔看着玛丽强迫自己镇定下来，露出微笑。

“你还得教教扎克瑞怎么写字。”她伸出手说。

“怎么了？”问话者握着她的手说。

“他的标点符号就好像是定量配给一样，他的元音多得就像挖矿时勘探到了主矿脉。”

圆形剧场楼上传来焦躁的喊声，观众推推搡搡挤下楼来。

“这些话可以留到家长会上再说吗？”问话者说，“我来只是邀请你们参观我们的地下隐蔽处。”

“你不觉得麻烦就好。”玛丽说。

“为什么，你会怎么办？刁难我们吗？”

问话者领着他们穿过后台，走进戏院的地下室。地下室由几个拱形洞穴组成，每个洞穴最高处离地面约 20 英尺，支柱所在位置的高度不低于 15 英尺。地下洞穴的长度与宽度与地上的戏院一致。一百来个灯泡在缠绕着布条的电线上摆动，照亮了整个洞穴。

问话者领着他们穿过一条狭窄的通道，通道里到处是卷起来的布景板、木制的建筑物外墙和童话剧用的马，只清开了一条小道让人通过。他们来到一堵墙前，演员与剧团成员在木制长凳上坐下来，嘴里不停地发着牢骚。他们的声音在地下室的天然音箱中回荡着。大家都很烦闷——演出正热乎着呢，忽然就来了这么一个假警报。

“请自便。”问话者说，大家都坐了下来。

“还真挺讨厌的。”希尔达说，“应该制定法律，规定演习不能在周末举行。”

问话者把两只手指放在嘴边，吹了一下口哨。扎克瑞从挂着幕布的架子后面出现了。

“给我拿个小脸盆，好吗？”问话者说。

扎克瑞消失了，带着一块布和一碗水回来，放在父亲面前。问话者拍拍木凳，扎克瑞坐了下来，露齿而笑。“下午好，诺斯小姐。”

“叫玛丽就好了。在校外不用喊我‘诺斯小姐’。”

“好吧，那你不用喊我扎克瑞。”

“哦？那我该喊你什么？”

“‘李先生’就可以了。”

玛丽笑了。“很好，李先生。我想让你认识一下我的朋友汤姆·肖先生、希尔达·艾波比小姐和阿利斯泰尔·希思先生。”

“下午好。”扎克瑞有点害羞。

“你不是住在这儿吧？”希尔达酒劲上来了，颇为大声地说道。

问话者洗掉脸上的油彩，抬起头来。“我们租了一个房间，住在一个鞋匠楼上。一切还好，除了锤子叮叮当当响之外。你可能会说，唯一的不便就是不便。”

汤姆向着扎克瑞露出父辈的笑容。“你也一起来看表演？”

扎克瑞低头看着自己的手。“我来帮忙的。”

“别介意，”他的父亲说，“这孩子在人前不太说话。”

汤姆摸了摸扎克瑞的头发。“没必要害羞啊。我们又不会咬人。”

阿利斯泰尔透过摇曳的灯光看向汤姆，他很想知道，这个老朋友是不是一直都那么混蛋。也许是因为酒劲消退，汤姆才会开口便得罪人，阿利斯泰尔才会一点也不亲切。要是把红酒带下来就好了。

“你都做些什么？”希尔达说。

扎克瑞耸耸肩。“这里做一些，那里也做一些。”

“他在这里是为了提醒自己不要做什么，”他的父亲说，“这孩子将来会是一个律师或医生。”

玛丽对扎克瑞笑了。“这也是你的理想，是吗？”

“当然。”

他的父亲说：“所以，他说自己在班里表现很好时，我感到很欣慰。”

扎克瑞睁大眼睛看着玛丽，目光中露出恳求之意。玛丽犹豫了一下，然后笑了。“他十分努力，总之我没看出来他哪里做得不好。真的很好。”

扎克瑞的父亲拧干擦脸的布。乳白色的水滴进碗里。“这不过是在讨生活，我们也没招惹谁。”

“我不得不问，”玛丽说，“你是怎么找到的？我是说这个表演。”

他沉着地看了玛丽一眼。“你是问我怎么找到这份工作的吗，诺斯小姐？有一天，我走在斯特兰德大街上，向左转进了威灵顿街。”

“但是，既然你说你想为扎克瑞付出更多，我在想你的意思是不是……在一些方面……哎哟，演出是很不错啦……可是有时你是否会觉得它有点……”

“当然了，”扎克瑞的父亲说，“我很想为孩子付出更多。”

“但既然你……哦，你懂的，既然你在其中，你没有想过——

对不起——改变一下演出的基调？”

扎克瑞的父亲笑了。“你们才是对抗邪恶的人。我们只是来帮忙的。”

“别这么说！”玛丽说。

“我很同情你们。我们每天只演两场，但你们这些人一直都在努力。”

玛丽笑了。希尔达嗤之以鼻，掏出玳瑁壳化妆镜，开始涂唇膏。“都这时候了，还没发出‘解除警报’的信号吗？还要把我们困在这里多久？”

“直到他们能在笔记板上咚咚咚地写字，”阿利斯泰尔说，“这些演习可是不会给自己打分的。”

希尔达笑了。阿利斯泰尔也笑了。大家都笑了，真好。希尔达脸上露出古怪的表情，但也许这也是酒劲消退的缘故吧。这是清醒时最难接受的意外事件，当然不该因此责怪可怜的希尔达。十分钟前，希尔达一直靠在阿利斯泰尔身上，阿利斯泰尔也很愿意。每当人们想起幸福二字，都是因为幸福正在消退。

汤姆说：“我不想找茬，可是我对地下空间不太感冒。其实我开始觉得不对劲了。”

“你们快听，”希尔达说，“我不懂为什么我们要留在原地，这只是走过场而已。我们可以去布朗酒吧点一杯鸡尾酒啊，还可以……”

第一颗炮弹以无法想象的力量击中了伦敦。震荡毫不含糊地从地面传来，到达地下室。他们身下的长凳跳了起来，所有人都大叫一声。然后，一阵声音传来，那是低频振动，在地下室中回荡起隆隆的回声。

“噢，天哪……”汤姆说，“就是这样。”

扎克瑞把头埋在父亲的胸口。他的父亲紧紧抱着他，下颌贴着孩子的头顶，眼睛睁得大大的。三声爆炸声传来，这一次声音更响了。

希尔达抱住了阿利斯泰尔。“天哪……”她喘起气来。

阿利斯泰尔拍拍她的手。“来，深呼吸。我们在这里很安全。”

父亲的嘴巴凑到男孩的耳朵附近。“白日之阳，夜晚之月，护佑你免于毁灭。”

玛丽忽然站起来，整理了一下衣服。“我要到学校去。”

“什么？”汤姆说。

玛丽拿起手提包。“你来吗？”

“为什么……”

“我必须确保学校的安全。我没有关上百叶窗，什么都没关。”

汤姆脸色苍白。“可我们出不去。外面……”

玛丽犹豫了。阿利斯泰尔站起来，把她拉到长凳上坐下。

“只是一座建筑罢了，”他说，“每次医生都能让它们起死回生。”

希尔达倒吸一口冷气。“我的爸妈！”

“他们也会没事的，”阿利斯泰尔说，“他们会像我们这样跑到防空洞里。”

一连串更尖锐的爆炸声传来，声音更响亮，更接近。

希尔达尖叫起来，演员也开始叫喊。

“没关系！”阿利斯泰尔大叫，“那是我们的飞机。”

爆炸令天花板的粉尘倾泻而下。阿利斯泰尔到处安抚其他人。他把香烟递给各位演员，他们的双手颤抖着，点燃一根根香烟。每当他的部下陷入紧张状态，他就会让他们抽烟、喝茶、写信、擦靴——该干什么就干什么，只要不慌就好。

阿利斯泰尔坐回希尔达身边。现在，爆炸声离他们越来越远了。声音穿过酒窖。未调过音的旧钢琴琴弦开始振动，发出刺耳的声音。

“你们谁点的这首歌？”阿利斯泰尔说，“这是我听过最难听的曲调了。”

玛丽皱起眉头。“你真笨。只要是大调，你的士兵就爱听。”

“也挺对呵。还是 4/4 拍子的，可以踏着节奏行军。”

汤姆说：“你们俩就别在这里说笑了。”

阿利斯泰尔点点头表示歉意。“我知道，不好笑嘛。”

汤姆抿紧嘴唇。“不，我很抱歉。我不能……只是……”

“没关系，”阿利斯泰尔说，“我第一次听见时也是这样的。好了，我知道怎样才能让我们振作起来了。还记得你做的果酱吗？”

他刚要在粗呢背包里翻找，一连串电灯泡闪烁了几下，便熄灭了。演员警觉起来，喃喃自语。在阿利斯泰尔身旁，希尔达紧绷得像一块木板，她的皮肤之下，歇斯底里的情绪开始聚集。每传来一声巨响，他便清醒一分；希尔达的身体因紧张而抽搐，他就越发不想安抚她，反而有骂她一顿的冲动。

他点燃打火机，让大家透过火光看东西。“有人有绳子吗？我要把这个挂在绳子上。”

“我有一些缝纫用的棉线。”玛丽说。

“好的。”

“什么颜色要紧吗？我有粉红色、红色和白色。”

阿利斯泰尔知道玛丽这是在开玩笑。他的恼怒消失了。他用棉线把打火机固定在灯泡的电线上，手指又干起修复的老本行来。不断晃动的火焰投射出他们来回摆动的身影，仿佛他们不是实体，而是光的错觉。

“你人真好，肯带我们进来。”玛丽说。

扎克瑞的父亲笑了。“你们才好呢，来看我们的表演。”

“你一定要来看看我们的表演。我们在圣诞节节前会上演《耶稣降生记》。”

“孩子们够演所有角色吗？”

“应该够吧。其实只需要一对夫妇，一个天使和一个旁白。有几个智者还是很不错的，可那不就和现实一样了吗？”

阿利斯泰尔向汤姆眨了眨眼。“你不打算掺和吗？”

汤姆只是抓住长凳，在爆炸声面前退缩着。摇曳的火光中，阿利斯泰尔看到玛丽向他意味深长地看了一眼。

“你似乎很自在啊。”希尔达说，她的头躲在阿利斯泰尔肩膀后面。

“因为我在矿井里长大啊。”

她缓缓挪到阿利斯泰尔身边。“你应该不介意抱着我吧？”

不久，打火机的火焰熄灭了，他们都在黑暗中等待着。又有几颗炸弹炸开来，每听见一声爆炸，希尔达便靠近一分。有一两次爆炸声特别大，她便尖叫起来。她正要坐到阿利斯泰尔大腿上，阿利斯泰尔却轻轻把她拨开，站了起来。

“我先失陪了。我得跟我的士兵们取得联系。”

“你会回来吗？”希尔达说。

“别担心。”阿利斯泰尔说。

“噢，你不要去，可以吗？”

听她的声音实在吓得不轻，能离开真是太好了。

地下室中亮着烟头的点点微光，不远处有人点燃了蜡烛。阿利斯泰尔走上楼梯，进入戏院。

上楼之后，高射炮的声音变得响亮而接近。舞台的入口开着，从中射进道道光芒，照亮了后台区域。阿利斯泰尔差点被地上的道具和窗帘绊倒。他从入口跑了出去，来到戏院旁边的窄巷子中。

天色黯淡，炽热的空气中弥漫着刺鼻的烟雾。阿利斯泰尔扫视天空，聆听着轰炸机和高射炮的声音。探照灯的灯光照亮了不知是烟雾还是云层的底部。从噪声和光束的角度来看，攻击的主体离此地还是很远：一英里，也许两英里。地下的回声太大，听起来要比实际上更近一些。

他回到戏院里面，就着那道光四处窥探，发现一张桌子上放着一瓶红酒。他靠在小型钢琴上，喝了一大口酒，眼睛盯着戏院的天花板。炮火在金色柱子和高高的舞台拱顶上闪烁着光芒。

“我来是想让你马上回去。”

他转过身来。玛丽从地下室走出，站在他面前。神秘的光线照亮了她，香烟的烟雾闪烁着银光。

“你先回去。”他说。

玛丽什么也没说，双手交叉在胸前。

“是其他人让你来接我的吗？”

“希尔达是一个好女孩。自从六岁开始，我们俩就一直是好朋友。她很顽皮，对朋友忠诚，也很有趣，可一旦有个男人走进房间，她的智商就会立刻减半。她只是害羞罢了，你明白的。我敢肯定，随着你和她接触的深入，她的这种表现会逐渐消失。”

他在断断续续的光线中装满了烟斗。“你想喝点酒吗？我是直接从瓶子喝的哦。”

“呃。所以我才喜欢民众，不喜欢军人。”

“你身上有打火机吗？”

她来到小型钢琴的另一边，把打火机推过来，阿利斯泰尔把酒瓶推到她面前。她喝了一小口。戏院外面，高射炮轰隆隆齐射一番，两人都打了个战。

“你确实该回去了。”他说。

“我很乐意。你先走吧。”

“听我说，希尔达的确很可爱。是我的问题。此刻的我真的不是我自己。”

“哦，少来吧。你是谁？你是一名军官。我是一名教师。整个世界的人都穿着奇装异服。”

“我只是需要一点时间。”

“好吧，”玛丽说，“我和你在这里等着。”

“我的意思是……噢，算了。”

“我知道你在说什么，”玛丽说，“希尔达是爱玩的女孩。她喜欢派对，喜欢大乐队，喜欢耍花招。你别告诉我你不喜欢这些。她老是捉弄我，还把我的母亲耍得团团转，她曾经放火烧掉一名男爵的摩托车，就因为他把车借给奥斯瓦尔德·莫斯利。”

“别说情情爱爱的了。我们应该把她转移到前线之外。”

玛丽叹了口气。“我希望你先吻她一下。”

阿利斯泰尔喝了一些酒。门缝中透进的光芒在玻璃瓶上投射出绿色的影像。他说：“汤姆是个好人，你知道的。”

“哦，我知道。希望你没有过多解读……”

“只是你们两个好像有点……”

“哦，都是因为战争，不是吗？于你来说，在外面战斗才是正事。而我们被困在城里，只能越来越焦躁。”

“汤姆真的相信教育能起作用，就是这样。我想他也舍不得让你们的教育生涯被硬生生打断。”

“这一点是让我立即喜欢上他的理由。男人通常会对一个人的长相喋喋不休，但汤姆却想知道我对《新教育法》的看法。”

阿利斯泰尔笑了。“他还是一个有用的厨师。他可以令士气为零的食材恢复生机。”

“他为了我已经冒了很大的风险。让我开办学校对他的事业来说一点好处都没有。”

“对啊，可汤姆就是这样，不是吗？一点也不自私。”

“是的，一点也不自私。”

“要把他交给你，我相当有意见。”

“要怪就怪希特勒。”玛丽说。

“当然要怪，攻占柏林之后，我会勾引他的室友。”

“我希望你和希特勒的室友相亲相爱，永远在一起。”

“嗯，你和汤姆就是这样，我很高兴。”

“我们就是啊。”

“那就好。”阿利斯泰尔说。

“听好，希尔达是个很好的人。你不该武断地对她下结论，就因为……”

“噢，当然不会了，第一次遇到空袭，所有人都不会勇敢的。”

玛丽喝了一大口酒。“这里要比下面好一些吧？爆炸其实没有下面的人想象的那么近。”

“我觉得他们在袭击码头。”

玛丽把瓶子推还给他。“我们要去看看吗？我的意思是，也许空袭已经停止了。我不愿意错过唯一一个机会。”

阿利斯泰尔没有说什么。

“怎么了？”玛丽说。

“你的语气就像去看烟花一样。”

“你怕了吗？”

“是的，你也应该害怕。”

“我是成年人了。”

“不过我还是不希望你受到伤害。”

“那就别受伤呗。只走一小段路。”

他犹豫了一下。“好吧。”

“就走一段，我只是想看看是什么样子。”

戏院外天色骇人。爆炸的声音似乎从遥远的地方传来，回声在斯特兰德大街的白色大理石峡谷中回荡，难以辨别来自哪个方向。五颜六色的光芒从四面八方袭来。烟雾或乌云挂在几千英尺的天空之上，当探照灯的光芒从下方掠过，蓝白的光芒便若隐若现；当高射炮炮弹在云层上炸开，黄色的光芒便闪烁不停。现在是傍晚七点半，太阳似乎在东西两边同时落下。阿利斯泰尔站在离玛丽一码开外的地方，他们看着两个夕阳。

“东边那个是什么？”

“我不知道，”阿利斯泰尔说，“也许是一种新型探照灯？”

“那么红？”

“是锂光吗？我想不到还有别的东西会那么亮。”

“要是能看到大楼之外就好了。”

“来吧，”阿利斯泰尔说，“我们该回去了。”

玛丽伸长脖子张望。“可我们什么都没看到呢。至少走到河边吧。”

“卫兵可不会喜欢的。”

“然后呢？他们可以大骂我们一顿。你不会哭吧？”

他笑了。“好吧。就到河边，然后我们就回去。”

他们来到泰晤士河河边，从一道护栏下钻过去，走上建了一半的滑铁卢桥。架设浮桥用的浮舟连着一个脚手架，架上足以站人，只要不往下张望就不会怕。桥梁的中点附近，太阳隐没在他们身后的水中。霞光为他们照亮了东边的景色。两人停下脚步。炸弹集中之处，火焰升至几百英尺的空中。飞机苍白的腹部时不时穿过光线，在高处闪现。这一幕倒映在河上，在油腻的涟漪中扭曲支离。他们眼见大火一直延伸到乌黑的河水深处，感觉到远处火焰吸入空气时带来的热浪。他们站在那里，双手抓住支架，两人之间相隔一臂距离，聆听着远处烈焰的怒吼。

“我的老天。”阿利斯泰尔终于说道。

玛丽什么也没有说，只是盯着熊熊烈火。

“玛丽，你没事吧？”

他移近一步，又停了下来。他本想抓着玛丽的胳膊，手挪到一半，却又放了下来。

玛丽抬起头看着他，向前迈了半步，迟疑了一会儿。“我们不该再往前了。”

他笑了。“是的。这座桥也许无法承受两个人的重量。”

玛丽感激地看了他一眼。“我们该回去了。安全起见。”

“是啊，我们真的该离开了。”

两人站在那座未完工的桥的中点处，玛丽说：“能走到这里，我就很高兴了。”

两人开始返回。四分五裂的天空西边暗淡，东边明亮。待回到兰心大戏院，两人停在了门外。

“你不会进来了，是吗？”玛丽问道。

“我该去找我的士兵了。没人管事的话他们会乱套的。”

她扭过头去。“当然，你必须做正确的事。”

“能替我向希尔达和汤姆解释一下吗？”

“当然，如果你想让我解释的话。我相信他们会理解的。”

“你真是一块石头。”

她抬起头，目光锋利。“阿利斯泰尔，我们是胆小鬼吗？”

两人的脸在枪火的白光中闪烁。阿利斯泰尔沉默了。

— — — — — — — — — — — — — — — — — — — —

地下室里，有人又点了几根蜡烛。

玛丽出现时，汤姆站了起来。“你没事儿吧？发生什么事了？”

“他要去找他的士兵。他说希望你理解，他很抱歉。”

希尔达一下子软了。“可你们为什么去了这么久？”

“一直有爆炸呢，他只能趁着轰炸停息时离开。”

“他疯了。”汤姆说。

“其实爆炸不像我们听见的那么近。德军在轰炸码头。”

“也许我们都该上去了，”希尔达说，“错过这一次，我们会后悔的。”

玛丽什么都没说。

“我担心死了，”汤姆说，“对不起。我知道这样说好蠢。”

玛丽坐在他身边。“我只是到楼上去了。”

“我应该跟着你的。只是——”

玛丽拉着他的手，表示这并不重要。回到地下室，她也开始颤抖了。他们在黑暗中等待着。

一个小时后，玛丽说：“不能唱首歌吗？”

扎克瑞的父亲捧着孩子的手。“伙计们，还有醒着的吗？”

有人应答。

“要不哼支歌？”他问。

有那么一会儿，地下室里无人应答，只有爆炸声在轰隆轰隆。然后，一个孤独而低沉的声音传来。

耶和华以为造的是人
这堆尸骨将再次复活

更多声音加入进来。

以泥土与沙粒创造他
这堆尸骨将再次复活

扎克瑞的父亲也开始唱，他紧闭着双眼，扎克瑞也加入进来。

主啊他可怕的声音说
这堆尸骨将再次复活
全世界震动只剩骨架
这堆尸骨将再次复活

歌声在地下室里四处回荡。阿利斯泰尔走后留下的空位置旁，希尔达恶狠狠地瞪了玛丽一眼。整座城市在摇晃。玛丽抱着汤姆，手指伸进他的发梢里抚摸着。

“没事的，”她说，“你和我，我们会没事的。”

“嗯。”他说。

“明天就能把这个烂摊子收拾好，周一所有人都会照常上班。”

“也许吧。”他说。

“周一早上你要做的第一件事会是什么？”

“我不知道，”汤姆说，“巡视所有学校？检查损坏的情况？”

玛丽紧握着他的手。“好。”

“那么，我会安排必要的维修，再次检查开放的学校是不是提供了足够的防空洞。”

“亲爱的，很好。”

夏娃拿针来亚当握犁

这堆尸骨将再次复活

这是我们的工作方式

这堆尸骨将再次复活

“你会在周一早上做什么？”汤姆说。

“我会站在全班同学面前，对他们说，出了这乱子并不能作为不写作业的借口。”

“你现在就可以告诉扎克瑞了。他可以把这段时间利用起来。”

她压低声音。“与其他人相比，他比较容易搞定。我觉得他有点不对劲。”

“除了肤色不对之外还有什么不对？”

她一直盯着汤姆，直到确认了汤姆是在取笑她。汤姆笑了出来，她便戳了戳汤姆的肋骨。“你这小狗！”

“那你觉得他有什么不对劲？”

“你会笑他的，可是，我研究过，我觉得他有字盲症。”

汤姆咕哝了一声：“没有这样的事。”

“不，是真的。我看过关于这方面的论文。”

“恐怕是疯子写的。哎哟，我知道你本意是好的——可你想想，一个人怎么可以对静止页面上的东西视而不见呢？”

她叹了口气。“我不知道，亲爱的。”

“那里就有一个，”汤姆一边说，一边牵起她的双手，像翻书一样把双手打开，“就在咫尺之间。”

“论文上说眼睛可以看到，但脑中存在失明的地方。”

“我觉得他只是不够努力。你一定要用与其他人相同的标准要求他。如果我们允许视而不见的事物存在，那这种慈悲什么时候才到头？”

歌声在地窖中逐渐增强，爆炸声成了打击乐，负伤的巨大城市踏进夜色深处。

“我不知道，亲爱的。我不知道什么时候才到头。”

— — — — — — — — — — — — — — — — — — —

天色刚亮，阿利斯泰尔就醒来了。解除警报在城市上空发出巨大的 C 升调。他的手不假思索便找到了咖啡。伦敦变成了以咖啡杯为中心扩散开来的同心圆涟漪。

他周围是军团里的士兵。大多数人穿着制服，所有人都邋里邋遢，疲惫不堪。一家褐色的小咖啡馆。一股战败的气味，那是湿木炭的臭味和篝火的烟雾。没有饼干或馒头可吃。每个人的眼睛都低垂着，脸上沾满了黑乎乎的煤灰。他的手表莫名其妙地放在口袋中。现在是早上七点。他把手表戴在手腕上。他的钱包不见了。他想：*这些人偷走了我的假期。*

他找到他的士兵，和他们在滑铁卢车站后面的酒吧里站着喝酒。然后，炸弹落在车站附近，他便把士兵们组织成小队，去救援车站内的工作人员。他们用手挖开残砖断木，挖掘出平民和平民的器官。他们还展开比赛，看看哪支小队能最快清理完毕。有人发现一只成年人的手握住婴儿的手，两者都没有连着身体的其他部位。还有人发现一架手风琴，电木琴箱完全烧焦了。看来喝醉了还是有好处的。

此刻，他来到滑铁卢车站，站长又给他端来咖啡，还让他在员工洗手间洗个澡。阿利斯泰尔脱掉上衣，打开水龙头，棕色的水流缓慢滴入盆内。也许大水管已经破裂，也许消防泵的压力已经用尽。

他尽可能把自己清理干净，用手指梳理头发，接过了站长递给他的干净衬衫。他需要站长的帮忙才能把纽扣扣好，因为他的手指起了水泡，被刮伤了好几处。

他把昨晚所有的想法都抛诸脑后。这是他在法国学会的：只要活在此时此刻，脑袋就能正常运作。

8 时 30 分，他的士兵逐渐回到车站，或独自一人，或三三两两。阿利斯泰尔拍拍每个人的背，把他们带到车站大厅的一头。能重新管理比自己简单的事情真是一种解脱。虽然宿醉仍在脑海中轰轰作响，但他发现，士兵们醉得更厉害，这让他感到好笑。营救工作完成之后，大部分人似乎都回到了酒吧，那里的地下酒窖正常提供服务。在敌人的间接帮助下，军团里的士兵在 24 小时之内做了什么？看看就让人感到印象深刻。

“这一晚够呛吧？”他对一名眼部受伤流血的士兵说。

“是啊，可我们会加倍奉还的，是吧，长官？”

“是德国人干的？”

“德国人打断了我们，那个海军士兵走运了，长官。”

阿利斯泰尔掏出两先令扔给他，给他写了一张两先令的私人欠条，然后继续走着。

一个二等兵抱怨道：“如果德国空军再给我一个小时，我就能把她搞到手了。”

“想开点，”阿利斯泰尔说，“如果再给你一分钟，你就能把她变成亲人了。”

那人转过身来看着他。“对不起，长官，我不知道是你。”

“我也几乎认不出我自己了。千万别把葡萄酒和威士忌混着喝，这是命令。”

“除非你又请客，长官。”

阿利斯泰尔挨个与士兵接触，语调一直轻快。喋喋不休的表面之下，士兵都气得发抖。当再次面对德国人的时刻终于到来时，这份怨气将尤其激烈。

他的同僚也陆陆续续回来了，他们看起来比他好一点，都已准备好将与世无争的男人变成铁石心肠的战士。在车站大厅里，士兵们十分温顺地排着队，军官们抽着烟斗开始点名，还带着嘲笑的语气提到尚未归队的士兵。九点钟，站台上蒸汽袅袅，士兵们排队登上火车，阿利斯泰尔能感觉到，宇宙又回到了可以忍受的设定之中。

他从士兵的名单上抬起头来，看见玛丽穿着昨天穿的礼服，出现在了站台上，在一片制服之间十分显眼。玛丽拿着他的粗呢背包，这是他落在兰心大戏院的。

他的第一反应是藏起来。玛丽还没有看见他。他可以轻易登上火车，而且他知道自己应该这样做。可他只是等待着，抽着他的烟斗。他无法移开自己的视线。为此，他觉得自己有点恶心，但他现在太累了，没法装圣人。

士兵们向站台走去，队伍越来越短。玛丽发现了他，马上朝他微笑招手。他发现自己也在挥手，胸中不自觉收紧，立即为无法撤销的选择而感到内疚。她快步赶过来，脸色一沉，停在一码之外。

她说："我担心你会出事。"

"出事了。我跑到城里喝得烂醉如泥。"

"挺适合你的。"

"太阳穴附近有点紧。他们都没事吧？"

"我对他们说，我要回家探望父母。"

"那就去呗。"

玛丽低下头。"你不想让我来，对吗？"

他熄灭了烟斗。"也许那样更好。"

玛丽抬起头，目光中闪耀着愤怒的火花："我爱汤姆，你知道的。"

"那很好啊。"

"他是世界上最温柔的男人。"

“你知道啊，我也很喜欢他。”

“我很确定我们会结婚。”

“我很确定我会为你们感到高兴。如果你需要一个伴娘，就告诉我。”

他们一言不发地站着，最后几名士兵拖着行李走进火车，蒸汽开始在火车里嘶嘶作响。

玛丽将他的粗呢背包放在两人之间的站台上。

“谢谢。”阿利斯泰尔说。

“希尔达很生气。”

“你来就是为了告诉我这个？”

她闭上眼睛。“我来是为了看看你是否安然无恙。”

“好了，你可以告诉希尔达，我没事。”

“你一定要这么……”

“对不起。”阿利斯泰尔说。

“不，我才该说对不起。我只是很累。”

“睡一晚之后我们的感觉都会好起来。”

她挤出笑容。“是的，我觉得我们是该睡一觉。”

火车头的锅炉发出的嘶嘶声更响亮了。阿利斯泰尔看着最后一名士兵登上火车。他向站台上的军官点点头，这人像看戏一样看着这对他以为的情侣相互道别。

他转身面对玛丽。“听我说，昨天……”

“才不是呢，也许我错了，不该把希尔达带过来。希望你不会觉得进了圈套。”

“你和汤姆设下圈套也是出于好心。”

“我只是没想到你会是这么……”

阿利斯泰尔挥挥手。“希尔达是很可爱。我敢肯定，如果我的时间超过二十四小时……”

“如果时间更多或更少，那一切都会容易一些。如果是一个小时，我们就可以说说我们喜欢什么；如果是一年，我们就能达成自己的愿望。而一天，我们没办法在一天的时间里表现自己，融入周围。你不觉得吗？”

玛丽绝望地看着他。他向玛丽迈近一步，但火车开始鸣笛了。

玛丽说：“你该走了。”

他凝视着玛丽的眼睛。“再见。”

“是的，再见。”

他拿起粗呢背包，转身离开。

“希望你平安。”玛丽说。

阿利斯泰尔转过头来。“你会很幸福的。汤姆是我认识的最好的男人。”

她犹豫了。“汤姆总是告诉我你很有意思。我一点儿也没有想过你会这么哀伤。”

阿利斯泰尔放下了手，把双手插在口袋里，凝视着自己的鞋子。

“我充满希望。”他说，“你呢？”

“希望什么？”

“这场战争带来的好处与伤害一样多。”

“你这话有点像政府的海报。”

他笑了。“战争结束后，我们所有人之间的距离都会缩小。”

“你是这么想的？”

“我可以证明这一点。昨晚我和士兵们在后街，看看我们是否能帮上忙。我们向一个老人伸出援手，他被埋在屋子的残骸中，坐在浴缸里，浴缸里软管流出的水装了一半。我们找到那人时，他用丝瓜络擦擦背，逗我们笑。整条街都被撕成碎片，我们所有人都缝了针。你不明白吗？这让我觉得充满了希望。”

“答应我，你会继续这么想。”

“天啊，是的。我才不要丝瓜络呢。”

玛丽笑了，笑得很灿烂，笑容一点也不复杂。他也笑了。一时间，战争与催泪的烟雾被一阵清爽干净的风吹走了。阿利斯泰尔很惊讶，她的嘴巴就这样稍微动了动，眼睛稍微眨了眨，就能带来这阵清风。即便是筋疲力尽，穿着昨天的晚装，披头散发，她也可以令两人之间的距离消失。

汽笛再次鸣起，一名军官在站台上大喊，示意阿利斯泰尔登上火车。

“好吧，再见了，”玛丽说，“不要让德国人把最好的座位都抢去了。”

“再见，玛丽。祝你好运。”

他扛着粗呢背包，走下站台。他知道，一切都结束了——他们无法再给对方什么。此情此景令人忧伤。可是，火车正把他带回每分每秒都饱受煎熬的战争当中，再去想她无甚益处。他离开了，只剩下玛丽站在那一分一秒之中，站在黑色的浓烟之下。而那浓烟，却早已升到负伤之城的一英里高空。

PART II 消磨

中午，希尔达把玛丽接走，她们雇了一辆计程车到城东查看城市的损坏程度。希尔达穿着一袭黑衣——这是伤感的颜色，玛丽想——拿着手帕，出现烟雾和粉尘时可以捂着脸；还穿了一双高及膝盖的系带靴，因为谁也无法预见脚下会是什么样。对于玛丽来说，希尔达的衣着近乎参加葬礼和帕斯尚尔战役[①]之间。玛丽则穿了一双轻软舞鞋和一件淡蓝色的日间礼服。

当她们到达堡区时，她发现希尔达是对的。所有窗口都炸烂了。在灿烂的阳光中，碎玻璃无处不在。半眯着眼睛会发现整条街都充满珠光宝气。路面起伏，墙壁坍塌，路灯被烧得变形。城市中的垂线都消失了：炸弹对直角似乎怀着特别深的怨恨。管道也破裂了，每个新出现的坑里都装满了泥水。孩子们在泥坑里泼水玩，鸽子在水里洗着翅膀。

前进的路被瓦砾阻断，司机把车停下来。希尔达打开车门，热气卷了进来，充满烟尘和污水的味道。所有东西都在冒着烟或蒸汽，与灾难现场无异。在炸毁的房屋门前，当地人茫然地盯着她们。玛丽下了出租车，一脚踏进臭水坑里，泥水钻入鞋子，渗进她的袜子。

“我们不该直接回去吗？”她说。

“别弄湿了，”希尔达说，“这些可怜的人经历了地狱。”

“可我觉得偷看不太好吧。”

“我们这是在观察。要是只有我们没看过的话，那就糟糕了。所有人都会讨论这件事。”

---

① 又称为第三次伊珀尔战役，于 1917 年 7 月 31 日开始，英军希望趁 6 月梅森战役的胜利，攻击佛兰德沿海的德军潜艇基地，以加速德国的崩溃。在经过 16 天的炮火准备 (3000 门火炮发射了 450 万发炮弹) 之后，会同法军以 16 个师的兵力，向伊珀尔附近的德军展开猛攻。当时大雨使地面变为一片沼泽，分散配置的联军及其陷在沼泽内的坦克成了德军射击的靶子，双方的飞机也不能发挥作用。联军连续进攻，只从出发地向前推进了 6 公里，1917 年 11 月 10 日战役结束。联军伤亡近 30 万人，德军伤亡 27 万人。

玛丽让步了。煤气的总管道已经破裂，伸出几道残破的燃烧管来，她们手挽着手，绕着这些管道走了一圈，远远躲开冒泡的污水。

“你看到了？”希尔达说，“所以我才喜欢伦敦西区。”

“一点也不好笑。”

希尔达看起来快要哭了。“你吻他了吗？”

“你说什么？”

“你吻阿利斯泰尔了吗？”

玛丽犹豫了。“这种事能回家再说吗？”

“那里什么隐私都没有。不是帕默在四处乱转，就是你妈妈在别人的肩膀上伸出头来偷听。那不是家，那是一间鬼屋。”

“那就在你公寓里聊。”

“可是和你在一起永远没有合适的时机。你想做什么就做什么，我们都不容置喙。但汤姆怎么办？我怎么办？”

“我没有吻阿利斯泰尔，如果你一定要知道的话。”

“我一点也不相信。”

玛丽耸耸肩。“好吧。”

希尔达的手在颤抖。“你可以告诉我的。我不会对汤姆说。”

“天哪。好吧。你真伟大。”

“别那么容易发脾气，”希尔达咬着嘴唇，“我能察觉到你看阿利斯泰尔的眼神不一般。”

玛丽的态度温和下来。“谁都会看别人，不是吗？也许眼睛是一个负责任的哨兵，但是心却并非一个无可救药的信徒。反正我也察觉到，你看阿利斯泰尔的眼神不一般。”

“我本来就是要去看的，而你不是。我们都在假装冷静，不是吗？这就叫礼貌。”

“随你怎么说吧。反正我没有吻他。”

“那么长时间，你们在干吗？”

“我们说话来着。你应该试试开口。每当有绅士到访，你就把你的机智塞进盒里，这又不是我的错。”

“可你不能因为你可以，就总是挖走我喜欢的人。”

“我没有。我只是把包带给他。我叫你带，你又不肯。”

“可我很生他的气，你没看出来吗？他连道别都没有就走了。要是我拿着他的行李追在身后，可显不出我有多么生气。”

“那你得告诉我你有多气。”

希尔达怒视着地面。“如果发生在你身上，你也会是一样的反应。”

“你应该跟着他走出地下室。不用派我去。”

“我很害怕呀！”

“你觉得我不害怕吗？”

希尔达举起双手，又放了下来。

玛丽闭上眼睛。“我保证，我对阿利斯泰尔什么都没做。我爱汤姆，我特别努力想把这一点表现出来。”

希尔达苦兮兮地看着她。“那你的努力在昨晚得到回报了吗？”

“得到了。事实就是，阿利斯泰尔拿着包，踏上了火车，前往他该去的地方。所以，如果你想对他说点什么，我建议你给他写封信。我不会再想起他。我有一个我爱的男人，还有一个班级要教，对我来说，事情已经完结。”

“你总是那样不可救药。”

“我可以告诉你的，就只有眼下我对你的看法。就在昨天，这片瓦砾还是人们的家。可你却站在这片废墟上，说一些傻不啦唧的话。希尔达，虽然我尽量不这么想，但有时候我觉得你就是个被宠坏的孩子。”

希尔达的脸上露出鲜血的颜色。

“噢，不，”玛丽伸出手来，“对不起。我不应该这么说的。”

希尔达推开她的胳膊。“我很高兴你把话挑明了。这么多年来，虽然我也尽量不那么想，可我觉得你真是很自私。你一定吻了阿利斯泰尔。你总是要我原谅你，我累了，不会再这么做了。”

“别这样……”玛丽说。

“不，再见了。我自己回家吧。”

希尔达离开了，长靴下的玻璃被压成碎片。玛丽靠在一面冒着蒸汽的墙壁上，仰望着天空。上升的烟雾朝着码头的大火飘去，把天空的湛蓝染成灰色。她感到悲伤不已。她想知道，为何汤姆是如此冷漠疏离,为何希尔达是如此满怀怨恨,为何世界是如此彻底破败。

她觉得自己应该回家了。至少西面的街道比较干净，比较完好。人们总是能自己欺骗自己，虽然生活的一部分已经在冒烟，但西边却有可能是完好无损的。

她沿着堤岸走了很远的路回家。泰晤士河的河面上铺满了黑油。每当河底的激流被迫冲出，遇到阻碍，恶心的泡沫便冒出水面。这些障碍物中有坠毁的轰炸机，还有从桥上被炸飞的公共汽车——谁知道河里还有什么？忽然之间，古老而不变的河水变成一片未知的区域。她盯着黑色的河水，油分在水流中燃烧并快速旋转，引发漩涡，连水面也被烧焦了。着火的驳船因河水上涨漂向上游，船的缆绳已经烧断。她纳闷驳船会漂到上游的哪个地方。如果它们一直在燃烧，那皮姆利科就会被炽烈的光芒照亮。即使现在局势动荡，但在那里的帕默一定是在准备四点的下午茶。

1940 年 12 月

伦敦教育局。汤姆的办公室窗外下着大雪。秘书给他带来了一个马尼拉纸信封，里面装着英国皇家空军的来信。他默默祈祷，感谢上天。在兰心大戏院地下室那个可怕的夜晚之后，他决定报名参军。自从那时起，他便一直屏住呼吸。如今，他在办公桌上的蓝色玻璃烟灰缸里戳灭了香烟，深吸一口气，撕开信封。

信中写了如下事实：在九十分钟的规定时间内，他完成了一百道语言题和空间题，并取得了优秀的成绩。他在大点小点中辨认出了数字“9”和“4”，而无法感知颜色的人是看不出来的。他上交了一个 1 盎司[①]玻璃瓶的尿液和一小瓶的静脉血，两瓶液体都被测定为：没有问题。

在来自布里斯托尔的八字胡先生的监督之下，他脱得只剩内裤，完成了 15 个俯卧撑和 8 个引体向上，然后爬到一根长 18 英尺，直径 2 英寸的绳子顶端。他在复选框中打了钩，表明他既不是无神论者，也不是一个心中拒服兵役的人，还表明他对任何东西都不过敏。一名护士捧着他的睾丸时，他咳嗽了一声，不过信上没有提及这一点。

信中继续说，他在面试中表现良好。

征兵军官很喜欢汤姆引用皇家空军公布的战斗减员情况那一段。汤姆说，每天都有二十人战死，也就是说每小时都会死一个好人。他告诉面试官，以这种方式来看的话，人们就能切实了解生命的价值。这些时间是将和平年代和战争年代连接起来的锁链，而每一个牺牲者都自愿变成其中的一环。征兵军官对他的答案很满意。

汤姆迫不及待地想向玛丽展示这封信。自空袭开始之后，两人的距离变得越来越远。他们倒没有向对方说什么，可世界已经变了样，第一次共度春宵时两人的说话方式已经消失不见，而他很想念这份失去了的感觉。那时，雨水是欢喜的，路人是神秘的，桥梁跨越的可不止河流。他很想念这些。

当然了，还有每晚都将他们分开的轰炸。玛丽待在安德森街的父母家里，汤姆住在威尔士亲王路的公共避难所中。然而，即便是周末单独待在阁楼中，两人都犹犹豫豫，扭扭捏捏的，就连鱼水之欢也一副彬彬有礼的样子。

然而此时此地，能让玛丽对他改观的这封信就在面前。生机终于到来了，从马尼拉纸信封中被释放了出来。

---

① 1 盎司约为 28.35 克。后同。——编者注

在信中最后一段，征兵军官遗憾地通知他，他的申请已被战争部否决，因为他们认为他目前的角色至关重要。他将信反复读了几遍，没有发现存在歧义的地方。这就是当权者的特点，他们能因为一个人的职业而免去他参军的义务，却完全不会顾虑他的感受。汤姆坐在空荡荡的办公室中，脑袋靠在桌上，闭上双眼。

他再也忍不住了，于是，他穿过马路，来到酒吧，连续喝了三份加料啤酒。他走到酒吧外的雪地里，漫无目的地逛了一会儿，最后向着玛丽的学校走去。到了门外，他拍掉鞋子和大衣上的雪，坐在教室后排的一把小椅子上，看着她指导孩子们进行《耶稣降生记》的带妆彩排。

一个拯救全人类的救世主诞生了——大意就是如此。无论人们做过什么，所有人都会被原谅。听起来很简单。他的双手仍然冷得发抖，只好紧紧捂着自己的膝盖。

玛丽用唇语对他说："你没事吧？"他越过孩子们的头微笑着，每一条神经却像绷紧的缆绳一样震动着，发出高音。

孩子们都穿着戏服。玛丽坐在钢琴旁，轻快地弹奏着《圣诞夜歌》。她甚至改变音调，给人留下这样一个鲜明的印象：无论那个圣诞的午夜会出现什么，它们都是从饮料柜里来的。汤姆为她感到心疼。没有什么是她不能改变的。这真令人难以承受。

她让一个善良懂事的女孩当旁白。最后的合唱减弱之后，贝蒂走到台前。"很久以前，在拿撒勒城，一位天使来到约瑟和玛丽亚身边。天使说……"

每个人都看着天使，一阵长时间的沉默。

玛丽在钢琴边轻声说："看哪……"

肯尼斯想起了他的台词："看哪！一个！处女！会！怀有！孩子！这！孩子！是个！男孩！他的！名字！应该！叫！以马内利！"

"大声点，"玛丽说，"还有几个人可能会听不见。"

“以马内利。”肯尼斯低声说。

他的翅膀是纸皮做的，此刻已经滑落到他的腰间。打扮成羔羊的波比走到他身后，把翅膀推到他肩上。两人合体成一只在任何神话中都没有出现过的混种怪兽。汤姆笑出了眼泪，泪水在脸上流淌，有点刺痛。

他觉得自己只是累了而已。不停的轰炸让所有人都保持清醒。在办公室里，他已经习惯同事们突然上厕所。所有人都知道，这是为了去大哭一场，可是对于城外的人来说，这座城市似乎并不在战争的掌握之中，而是被某种好战的失禁病控制着。

他试着集中精神看表演。托马斯穿着长袍，头戴桂冠，推动轮椅来到舞台中央。轮椅已经贴上了金色纸板，变成一台罗马战车。

贝蒂说：“日子一天天过去，然后就出现了奥古斯都[①]的法令。”

托马斯说：“全世界都应纳税！”

莫德来到台前，与扎克瑞站在一起。两人都穿着长袍，戴着茶巾，头上的光环微微颤动。莫德是个胆小的女孩，饰演处女圣母一角十分合适。汤姆觉得，让扎克瑞饰演约瑟夫是个有意思的选择，不知道玛丽是不是想开个玩笑。圣母是白人，她的丈夫却如希律王[②]的心一样乌黑。这样的话，耶稣的来源就很容易得到证明了。

他开始担心，玛丽这样安排是不是为了搞笑，他有点不太确定了。敌人已经留下了一堆疑问。

他希望阿利斯泰尔在身旁，可以问问他的意见。*阿利斯泰尔，老友*，他可能会说，*我有点失常*。*我累了*。可是阿利斯泰尔在马耳他，他的信也来得少了。即使偶有来信，也没什么实质内容。一切有用的话都省略了，所有的情感都避而不谈，只剩下两人常说的老笑话。也许友谊已经结束。也许有这个可能：去参战的人不能容忍

① 古罗马早期帝政的创立者，被认为是罗马第一位君主，自公元前 27 年开始统治罗马帝国，直至公元 14 年去世。——编者注

② 希律王（公元前 74 年到公元前 4 年统治加利利和犹太），他曾想杀害幼儿耶稣（马太福音 2：1）。

留下的懦夫。

他抓住了小椅子，痛苦地磨着牙齿。

贝蒂说：“但在伯利恒再没有他们的容身之处了。”

孩子们排成一列唱着歌。他们按照角色的重要程度，从天使到羔羊一字排开。除了波比，还有两只身穿白色毛衣，毛衣上卷着羊毛与棉线的羊羔。其中一只由贝蕊饰演，她美丽的脸庞上定格着微笑和让人不安的冷静。另一只是笨小孩乔治，他的身材在一众矮小的演员面前显得十分庞大，却非常温顺地跟在波比身后。羊羔排在恺撒、圣母夫妇、天使和旁白身边。玛丽在钢琴上奏响了乐曲，他们开始歌唱。

没有漂亮的房间，没有舒服的摇篮，
只有一个马槽，来安放他的脑袋；
没有欢乐的赞美，没有想到他们的原罪，
没有荣光，只剩悲伤，客栈里没有房间。

汤姆先是苦恼，后来实在忍不住笑了出来。可以治愈与宽恕世人的救世主来到人间，这是多么完美的一件事啊，大家却在唱什么当地客栈没有房间。这种对神之降临的反应完全就是英国人的作风，老上校会写几封言辞激烈的信向《每日电讯报》投诉此事的。

长官——

但在俗套的老故事中总有令人安慰之处。也许他和玛丽之间的距离会再次缩短。也许不仅仅是他——也许每个人都感到不太确定。在强大的疲劳与恐惧面前，人们紧绷着神经，不轻易对别人说“我们会赢的”，也不轻易对自己说“我被打败了”。

此刻，听着孩子们的歌声，汤姆感到一束希望之光。也许战争将以胜利告终，玛丽将再度在他怀里展现笑颜，刺耳的警报声终会停止。

孩子们快唱完的时候，玛丽继续温柔地弹奏着音乐，圣母夫妇在堆着稻草的牛奶箱里放了一个玩偶。

贝蒂说："她生出了大儿子，把婴儿裹在襁褓里，放在马槽中。牧人从野地里回来，问约瑟夫新生儿叫什么名字。约瑟夫说……"

一阵长时间的停顿。"约瑟夫说……"

扎克瑞僵住了，睁大着眼睛。

"说吧，亲爱的，"玛丽提示说，"约瑟夫说……"

扎克瑞忽然泪流满面冲出教室，"砰"的一声关上了教室的门。孩子们笑了，开始低声议论。玛丽拍了两下手掌，让他们安静下来。"孩子们！好了！我们过一会儿再练习赞歌。肖先生，你能去看看扎克瑞吗？"

汤姆发现自己在做"谁，我吗"的愚蠢动作，他几乎要在玛丽充满耐心的眼神中死去。

汤姆发现男孩站在学校门前，愤怒地踢着雪地。

"蠢死了！"看到汤姆之后，扎克瑞喊道，"这是一个愚蠢的游戏，我连那些蠢台词都不想记住！"

汤姆刚要开口争辩，就放弃了，身子靠在门廊上。

扎克瑞怒视着他。"你不在乎吗？"

"这又不是在演《哈姆雷特》。"

"你醉了。"

汤姆点燃了一支烟。"告诉我，你为什么来学校？"

"来接受教育。"

"接受教育之后要做什么？"

"找一份工作。我不想四处巡演。"

"为什么呢？"

"你看过了。换你你愿意在里面演吗？"

“我想不到与之相应的东西。没有白人巡演这样的事，不是吗？除非算上《哈姆雷特》。”

“我不关心这个。”

“你不关心的事情很多。”

“你不懂。”

“但是你一直在逃跑。诺斯小姐把你的报告给我看了。”

“所以呢？”

“所以，我只想问，如果你要来学校，那你为什么要逃跑？”

扎克瑞看着地面。“你打算罚我留堂吗？”

汤姆忍不住笑了出来。

“什么？”扎克瑞说。

“留堂？不，不会，除非你再往我这边踢雪。”

扎克瑞停下脚来。“实在太难受了，如果你想知道的话。”

“什么太难受了？”

“写作。数学。在课堂上所有人都盯着我。我的头脑对自己说：*我做不来，我不能待下去了*。那声音越来越大，我就跑了出来。我想留在原地，可我做不到啊。”

汤姆捋直了衣领抵御寒风。

“嗯？”扎克瑞说。

“嗯，什么？我不知道你出了什么问题。”

扎克瑞犹豫了。“可你不觉得我有问题吗？”

“诺斯小姐认为你得了字盲症。她还没对我作出进一步的诊断。”

“啊？你怎么了？”

汤姆耸耸肩。“有个名堂，就可以当作借口了。”

大风卷起地上的积雪，雪打在他们的脸上。

“你想在外面待多久？”汤姆说。

扎克瑞将双手插在口袋里，什么也没说。

“要回去就更难了，是不是？”汤姆说，“你为什么不让我带你回去？”

扎克瑞面无表情。“如果你冷，就先进去吧。我想进去的话会跟着你的。”

汤姆权衡了片刻，然后说声“好吧”便走了进去。走廊已经走过一半，他以为孩子跟在身后，便转过头说道：“顺便说一句，如果牧人再问起来的话，就说新生儿的名字是耶稣。”

一阵沉默，身后传来鞋子的刮擦声，然后响起一句：“我不是弱智。”

汤姆笑了。

教室里，贝蒂·奥特斯在说：“天使让牧人从野地赶过来看，牧人就来了，他们都很惊讶。”

乔治和波比一直都在傻笑，现在他们笑得更欢了。玛丽坐在钢琴上皱着眉头。“到了明天你们的父母来看真正的演出时，我和天使们都不想听到傻笑声，你们听明白了吗？继续。”

孩子们唱了一首《平安夜》。他们换下戏服，收拾马槽，把光环挂在钩上，然后趁着空袭还没来便早早回家了。

玛丽走到空空的教室后面，与汤姆坐在一起。

“你把扎克瑞弄回来了，做得很好。”

“哦，我什么也没做。你说得对，这男孩很不错。”

玛丽抚摸着他的脸颊。“你也很不错。”

“啊，可你不太一样。”

“我父亲也是这么说的，虽然我不知道他是否像你这样怀着好意。送我回家吧？”

“我不知道……”

“哦，你别管我爸。他几乎都不在家里，如果他在家，他会让你喝一杯圣诞酒，仅此而已。帕默会用丁香、教堂的钟声和狄更斯教的方法酿制这种酒。脸皮厚一点吧，就当是为了我。”

汤姆舔了舔嘴唇。“太好喝了。”

玛丽看起来很担心。“太故意了。”

汤姆又试了一次。“这个味道很有意思。”

她点头表示赞许。“不要太过分，不然父亲会让你喝第二杯。以前也发生过这种事。”

“那个受害者还活着吗？”

“有一年，一条狗掉进了酒桶，我们把它埋在山茶花下。”

两人走到外面。雪一团一团地下，一点都不美。融化的雪水变成了人行道上油腻的雪泥，很快，他们就又冷又湿了。

“是不是很不错？”玛丽说，“如果继续下雪，今晚就不会有空袭了。”

汤姆看了一眼天空。“我恨透了他们，你知道的。我从来没有想过我会有这种情绪。可他们真的是最可恨的混蛋。”

“所以我们才称他们为敌人啊。现在你明白了吗，亲爱的？”

他笑了。“我不知道没有了你我该怎么办。”

“你会生活在可怕的混乱之中。”玛丽牵着他的胳膊，快活地说。

他缓步而行，停在窄小的杂货店雨篷之下躲雪。橱窗上封着交叉的胶带，橱窗后面的腊肉切片机、奶酪丝和黑铁天平矗立在空荡荡的货架上，就像已经消失的语言中的词汇表。

“汤姆？亲爱的？”

他发现自己还在凝视着那令人饥饿的商店。

“我觉得你应该离开我。”他说。

风卷着湿雪在他们的腿上拍打着。机动车的轮胎在雪泥中旋转，引擎的声音呼啸而过。

玛丽说：“我们到温暖的地方去吧。”

他们找了一间咖啡厅。店面只有两桌宽，空空的糖筛和雅各牌饼干罐陈列在柜台上。店中的顾客只有他们俩。两人脱掉手套，大衣和帽子依旧穿在身上。

“你应该没有什么吃的吧？”玛丽对女服务员说。

“这里只有茶。”

茶被放在棕色的玻璃茶壶中端上来。玛丽搅拌了一下，看看茶色，希望是杯浓茶。正如多月以来逐渐淡化的生活，人们不断抱着希望，直到在四分之一英寸稀薄的白牛奶上倒出茶来，却发现茶几乎像水一样清澈。茶叶已经淡得不能再冲了。

汤姆叮叮当当地在杯中转动茶匙。“我尝试过加入空军。”

玛丽把手放在他的手上。“不……”

“我还以为我的内心深处有痛射德国人飞机的气魄，现在不是在搞空中反击么。但是战争部不让我参军。”

“哦，汤姆……”

“我觉得，看见我穿着制服的样子，你应该会很骄傲。”

玛丽双手捧着他的脸，与他四目相对。“在你心里我就这么坏吗？”

“你是一个甜蜜、忠诚的女孩。但我们都知道不该这样。”

“当然不是，你这个傻子。我们要白头到老。”

“我有时在想，如果你和像阿利斯泰尔这样的上战场的人在一起会是怎样。”

他们搅拌着淡白色的茶。湿雪遮蔽了玻璃窗。

“我不想。”她说。

“你想过这个问题。”

他等待着。玛丽的茶匙碰在杯上。

“我不觉得自己会爱上那样的人，他的心会因战争变得沉重不堪。”

“可他也是被迫的。”

“或许吧，但我们不会。”

“我们不会吗？每一天我的感觉都更糟了，就因为我留了下来。我不知道自己会不会死掉，可那和活着也没什么区别。”

“别这么说……”

他捂着脸。“我很没用，你知道的。”

“不要说了，”玛丽说，“我会让你振作起来的。爸爸的一杯圣诞酒就可以令你精神百倍。那酒很上头，我保证它会让你忘记这些悲伤的事情，让你想马上一死了之。”

令一切更可怕的是，她是那么坚不可摧。

“求你了，”他说，“没有我，你会更加快乐。”

“可那不是我的生活，你不明白吗？你是我选择的人，你这么善良，只会让我更加爱你。”

微笑的幽灵在心中浮现。“你有点疯了，我觉得。”

“妈妈只是说我很固执。”

汤姆觉得筋疲力尽，和这淡淡的茶水一样。他几乎崩溃了，真可怕。“天哪，我很抱歉。”

玛丽摇摇头。“我们必须轮流扮演坚强的角色，你不觉得吗？每当我们中的一人像现在这样堕落,另一人就要负责把对方挖出来。”

他们在空无一人的咖啡馆里坐了几分钟，趁着茶还有余温把它喝光。另一对夫妇走了进来，原地踏了几步，让鞋上的泥掉落下来。妻子穿着带兜帽的斗篷，丈夫身穿海军军官的制服。女服务员从饼干柜台里拿出饼干递给他们。

玛丽笑了，牵起汤姆的手。“来吧，我们赶快离开这里。”

在室外的积雪中，他们裹紧大衣，携手前进。虽然冬风凛冽，但风中却带着安慰，因为有风就意味着今晚不会有空袭。接下来，他们会睡在一起——这是必然的——虽然跟当初相比没那么热烈，但也许会更加温暖。

昏暗的天色从下午逐渐过渡到晚上，他们穿过黑暗的城市，一言不发地赶着路。他们的脚步在雪中变得温柔起来。不可估量的损失被积雪掩蔽，一堆堆瓦砾被风吹成了云彩或波浪的形状——仿佛一旦天气晴朗，这些东西便会随风而去。

随着光线和声音逐渐消失，周围只剩下他们两个人。一切都埋藏在这巨大的覆没的城市之下——修补过的管道、临时拉起的通信线路，还有被炸弹炸开的地下防空洞。雪下得那么大，忘记这座城市的存在也是可能的。

玛丽在想，也许两人真的会轮流救助对方。也许这座城市能够挺住。可是在这一刻，她只能牵着汤姆的手。雪与人全都凝固在此处。

光束从屋顶的探照灯中射出，穿过纷飞的大雪，在云层低处映出蓝白色的圆圈。人们可以沿着优雅的光束，走进横跨整个欧洲的白色漩涡当中。他们可以吸入冬天的狂风，再次沿着探照灯光束，回到四处警戒的城市，这时他们就能明白，这座城市是那么脆弱：城中只有一个女人和一个男人，他们手牵着手，走在被积雪遮盖得遗失掉名字的街道上。

“我爱你。”她说。

“你真的爱我？”

“噢，我们还是不要去我父母家吧。这儿离你家不远。”

两人紧握着对方的手，手中的热量如今变得如此紧迫。积雪会融化。这阵风会把云层吹散。第二天晚上，他们也许就会看到飞满轰炸机的天空。

1940 年 12 月

阿利斯泰尔驾驶着小船，皇家炮兵第 10 重型防空团第 200 炮组的另外两名上尉之一西蒙森正在用拖网捕捞金枪鱼。完美无瑕的地中海上吹着微风，在马耳他东海岸半英里以外的一艘 14 英尺长的张帆小艇上，两瓶当地酿造的啤酒用网袋套着，被置于小艇的尾流中冷却。有了微风与啤酒，战争似乎显得虚无缥缈，甚是多余。

“不，你再告诉我一遍吧，”阿利斯泰尔说，他用脚趾轻推舵柄，“有一个男人叫……”

“名字听起来像希特勒那边的人，”西蒙森说，“叫阿克塞尔？阿尔布雷希特？反正是个德国佬。”

“他想……”

“想统治世界。”

“啊？统治一切吗？”

“谣言就是这样的。”

阿利斯泰尔皱了皱眉。“既要管事，又要管福利吗？”

“很多人认为这个家伙已经考虑过，但还是不管如何，非要这么做。”

“他有没有想过当我们的头儿是多么伤脑筋？他有没有想过美国人的思想是多么独立？我认为，如果他出现在曼哈顿指挥交通，美国人肯定会有意见的。我的意思是，他可是个欧洲人啊。”

“亲爱的孩子，这些问题我们英国人已经研究讨论了一百多年。我们不能指望一个‘匈奴’有同样的远见。”

阿利斯泰尔点燃烟斗，用一只脚掌舵，攥着火柴的手微调三角帆。他呼出白烟。微风拂过，将烟雾吹到主帆的赤褐色布料上。

他说：“这个德国佬的名字听起来像一张牌。”

西蒙森试探性地拉了拉拖线。“他只有一个睾丸，你懂。”

阿利斯泰尔扬起眉毛。

“噢，是啊，”西蒙森说。“大家都知道。”

一千英里以西便是直布罗陀海峡，一千英里以东就是亚历山大港[①]。虽然现在临近圣诞节，海水太冷不宜游泳，但是今天阳光宜人，两人穿着白衬衫和休闲裤，十分舒适。西蒙森收回拖线，检查旋式诱饵的线是否缠在一起。

“两小时，一口都不咬。这些鱼简直就是纳粹党。”

“也许你用错诱饵了。”

---

① 埃及在地中海岸的一个港口，也是埃及最重要的海港，埃及的第二大城市和亚历山大省的省会。

西蒙森摇摇头。“鱼儿在嘲笑我。他们知道我快饿死了，于是穿着银色皮裤，在离旋式诱饵六英寸的地方游来游去。”

“它们是在学鹅游泳。”阿利斯泰尔说着举起手来模仿这个动作。

“嗯，当然，”西蒙森说，“它们是比目鱼中的大师。”

两人都转身看着船后的水流，一颗浮雷在水中上下悬浮。水雷通体黑色，长着致命的刺，在浪谷中漂荡，只在水面上冒出一点。也许他们差几英寸就碰上了。

“啊，”阿利斯泰尔说，“上风标记。我一定要让准将把它们涂亮一点。”

他们抢风行驶，回程时又看了一次。

“你觉得，如果我们碰上了水雷，它会爆炸吗？我们这艘船的船体可是木制的哦！还是说，水雷只会被磁力触发呢？”

“你有多想知道答案？”

“一点也不想。”

“我们试着再躲过去，可以吗？”阿利斯泰尔说。

“我觉得我们差不多到家了吧。”

“哦，天哪，已经开战了吗？”

“乐观一点。回去时刚好是饭点。”

西蒙森呻吟了一声，今晚他们将在大海港的圣埃尔莫要塞与瓦莱塔[①]的驻军一起吃饭。刮好胡子、穿好衣服之后，他们会走进要塞深处。在16世纪的马耳他大围攻[②]中，当地人成功在此处抵御了敌人的进攻。他们会坐在军官食堂的折叠式铝桌旁，吃下封锁之后分量大减的配给口粮——一小块沾了面粉疙瘩的牛肉和一块土豆。每过两天，罐头里的麦科诺基炖菜就会散发出一股臭味，分量

① 马耳他首都、全国最大的海港，位于马耳他岛东北端马耳他湾的一个狭长半岛上，地处地中海中部。瓦莱塔是欧、亚、非海洋交通的枢纽，战略地位十分重要，素有“地中海的心脏”之称。

② 1565年，奥斯曼土耳其帝国发动对马耳他的围攻，开始了与马耳他骑士团的全面战争。马耳他骑士团在西班牙援军的配合下，以少胜多，大败奥斯曼土耳其帝国。马耳他大围攻是欧洲战争史上的一场以少胜多的经典战役。

少一点反倒是一种福气。此时，护航队已经难以突破封锁线把船开到岛屿附近了。

看见老伙计在发牢骚，阿利斯泰尔笑了。他拉回装着啤酒的套网，西蒙森解开了拖线。

“帮我一个忙好吗？”西蒙森说。

“说吧。”阿利斯泰尔撬开啤酒的瓶盖。

“如果我们没有钓到鱼，那就把我宰了，然后告诉厨师这就是猪肉。”

“别臭美了，这种事还未发生在我身上。我真是个超级大傻瓜，啤酒就不该让你先喝。”

他们向着圣保罗湾①前进，《圣经》上说圣保罗曾在此处遭遇海难。阿利斯泰尔检查了《使徒行传》②的每一个细节，与相关海图做了对比，没有发现什么想要的东西。他在马耳他岛已经待了三个月，他很喜欢海岛充分拥抱时间的这一特点。在伦敦的黏土层中，人们把历史看作一个可以重写的传说故事，是可疑事件构成的娱乐活动。每当一个掘泥工人在退潮时涉水进入泰晤士河，从泥里拔出一些颠覆历史的陶片时，人们就有责任重新修改这座城市的故事。

伦敦是一个取悦者、一个新教徒、一个自愿患病的健忘症患者，它活着只为发掘故事，然后用一种狡猾的方式排列故事的框架。但马耳他一直以来都是一块岩石，表面的土壤只有薄薄的一层。时间在此无处藏身，只能对地表进行殖民统治，时光就躺在那里，一切经历都暴露在外。在镶着贝壳化石的石灰石小龛中，阿利斯泰尔挖出过八千年前的雕像，雕像头上戴着圣人们在宗教节日里使用的纸花。有一天，他想暂时远离战争，便四处乱逛。他来到一个散发着

---

① 据《圣经》中《使徒行传》一卷中记述，公元60年，圣保罗由耶路撒冷前往罗马上诉，途经马耳他岛时，船遇风浪沉没，圣保罗上岛避险数日，当时的罗马总督普布利乌斯（《圣经》中称部百流）接见圣保罗，圣保罗治好了总督父亲的热病和痢疾。据说圣保罗的神迹让马耳他岛全体民众信奉了基督教。由此马耳他的这片海湾被称作圣保罗湾。

② 《圣经》新约的一卷书，本卷书共28章。——编者注

檀香味、又黑又小的教堂里，找到了一幅可能属于卡拉瓦乔[①]的画作。他去问牧师，牧师既不知道，也不在乎，只回答说，这幅画是本地艺术家的作品。

趁着啤酒还是冷的，阿利斯泰尔把它喝了个干净，然后把棕色瓶子往肩膀后面一扔，瓶子掉进水里。白色的尾流在海中咕噜咕噜地响着。

“你在傻笑什么？”西蒙森说。

“今早我收到一封情书。”

西蒙森打了个哈欠。“我每星期都收到三封。”

“但我的家庭并不富裕，所以这封信其实证明了我很帅。”

“去死吧，”西蒙森说，“然后对鬼差说是我把你送下去的。”

“我还以为地狱也是你的。”

“51% 是我的，老伙计，我的股份还是足够说得上话的。”

“我一定会为你保持地狱的温暖。她叫希尔达，顺便说一句。”

“我没问。”

“没有，但你很好奇。”

“希思，我对你的好奇，是弗洛伊德[②]对歇斯底里患者的好奇，是孟德尔[③]对豌豆的好奇。你有助于我确认自己的理论。”

“她叫希尔达，拥有一双美丽的眼睛，就像……呃，我不知道，就像它们本身。这双眼睛独一无二。”

西蒙森一副若有所思的样子。“哦，希尔达，你的眼睛像一个

---

① 米开朗琪罗・梅里西・达・卡拉瓦乔（1571—1610），意大利画家，1593 年到 1610 年间活跃于罗马、那不勒斯、马耳他和西西里。他通常被认为属于巴洛克画派，对巴洛克画派的形成有重要影响。

② 西格蒙德・弗洛伊德（1856—1939），奥地利精神病医师、心理学家、精神分析学派创始人。1895 年，弗洛伊德与布洛伊尔通过对歇斯底里患者的研究，发表《癔病的研究》，用性心理被压抑和潜意识的冲动等概念解释癔病的发病机理，并提出了转换性癔症的概念。——编者注

③ 1822 年 7 月 20 日出生于奥地利帝国西里西亚海因策道夫村，在布隆（Brunn）(现在是捷克的布尔诺) 的修道院担任神父，是遗传学的奠基人，被誉为现代遗传学之父。他通过豌豆实验，发现了遗传学三大基本规律中的两个，分别为分离规律及自由组合规律。

比喻，你写信给军队中的二流货色。”

阿利斯泰尔没有理会他。“她在第一段就表达了她的爱意。”

“庸俗至极。呵呵，怎么了？你在傻笑什么，坏男人？”

“让你有这个不科学的反应，我受宠若惊啊。”

“只是男人无法容忍女人或马儿的任性罢了。”

“我会让希尔达知道的。如果你借我一块糖，我就会把它塞进信封里。”

“你真的不打算回信表示尊重吗？”

“总不能说我已经仔细考虑过了吧。”

西蒙森摸了摸阿利斯泰尔的头发。“这还差不多。”

然而，阿利斯泰尔真的考虑过了。在兰心大戏院里，希尔达就那样偎依在他身边，她是那么诚实，那么简单。如果能爱上她而不是玛丽，该会有多么方便。本来，他们四人可以在周末出外高兴地玩耍，笑得露出完美的牙齿，如同黑泽海滩广告中那几对亲密的情侣一样。

他让小艇掉头深入海湾之中。

“该死的，”西蒙森说，“我们真的要回去吗？”

“所有人都会认为你不喜欢战争。”

“我是无法忍受这个岛。”

“你不觉得它充满异国情调吗？”

“希思，我讨厌马耳他。不长粮食的地方都不是人待的。我最大的希望，就是其中一颗炸弹会把这个岛屿炸到水平线以下，整座岛屿下沉之后，我们就可以和海军一起回家了。”

“可是你应该喜欢这里的人吧？”

“我讨厌这里的人。他们没有出息，皮肤黑不溜秋的，忠诚得令人恶心。他们并不比黑人好。”

“他们一直对我们很热情。”

“他们对腓尼基人、迦太基人、罗马人、汪达尔人、拜占庭人、阿拉伯人、基督徒和法国人都很热情。如果墨索里尼比我们先到五分钟，当地人就会吹普契尼[①]的歌曲了。”

“如果我们碰巧住在十字路口，我们不也会变成旅馆老板吗？”

西蒙森挺直了身子。“如果英格兰有重28吨的Mk10后装式海岸炮，那我们不用当旅馆老板。”

阿利斯泰尔笑了。“你还没钓到鱼吗？”

西蒙森苦闷地拽着钓线。“因为德国海军，不是吗？他们向一海里之内的所有鱼群广播了我们的位置。”

离海岸还有300码，他们逐渐靠近海湾一端。此时，一架战机突然出现在岸边悬崖，朝着海面下降，直直地向他们冲过来。阿利斯泰尔通过飞机的座舱盖看见了里面的飞行员，他的额头上戴着飞行目镜，正转过头去惊讶地看着星形发动机机组。阿利斯泰尔刚想着“噢，这是敌人的飞机”，飞机就飞到头上了。它不断呼啸着，差点就碰到了小艇的桅杆。螺旋桨的涡流撞上风帆，把他们吓了一跳，整艘小艇都翻了。

阿利斯泰尔在冰冷的波浪中喘着气。船翻倒在一边，船帆漂浮在海面上。

“我们得拿出烟草来晒干了。”

“你对我说过你会驾船的。”西蒙森说。

“可是海湾这边的风向有点变幻无常啊。”

他们紧紧抓住横梁，阿利斯泰尔放开船帆，准备把小艇扳回垂直的状态。

“我们把船转过来，让船逆风，然后我们压在中央板上，让船直起来。好吗？”

西蒙森愤怒地瞪着远去的战斗机。“他是个意大利人，不是吗？”

“也许是吧。我敢打赌，他冲过来是想杀了我们。”

---

① 贾科莫·普契尼（Giacomao Puccini，1858—1924），是继威尔第之后意大利最伟大的歌剧作曲家，是“真实主义”歌剧乐派的代表人物。

西蒙森吐了一口海水。“他是想在回家之后在机身侧面印上帆船图案。混蛋！”

两人开始在水里推动小艇时，又听到了战斗机引擎声的变化，音高和音量都在升高。阿利斯泰尔看见机翼上部法西斯的圆形标志，发现飞机正在沿原路返回。事情发生得比头脑转动还要快，于是，他的身体有一半因紧急情况而缩了起来，另一半却在欣赏战斗机在空中画出的曲线、几乎碰到波浪的机翼和在闪烁的海面上留下的弧形飞行云。战斗机的机头再次向他们冲来。他们束手无策。西蒙森轻轻咒骂飞行员，说他是铁石心肠的大混蛋。然后，战斗机再次在头顶上咆哮，却没有射出子弹。

“他在干什么？”

“他在排队呢，”阿利斯泰尔说，“也许是新兵蛋子。”

战斗机朝着他们飞回。阿利斯泰尔把脚朝着俯冲的飞机伸出，然后躺回水里，提起脚掌，让小小的脚掌成为射击的目标。当他又沉进水里的时候，他看到意大利人正在打开座舱盖。一只没戴手套的手伸了出来，扔下一些白色的东西。当飞机第三次在头上呼啸时，白色的东西在大海中漂荡着。战斗机远去了。引擎的声音消失在海浪的哗啦声中。

看来飞机是不会回来了，西蒙森便向着飞行员扔下的东西游去。那是一个小纸团。西蒙森在翻倒的船身上展开纸团。这是从航空地图上撕下的纸角，飞行员用绿色导航笔写上：“Mi dispiace”。

“他说他很抱歉，”西蒙森说，“应该是为了弄翻我们的船而道歉吧，我想。”

他们紧紧抓住小艇，盯着意大利人在地平线上消失的那个点。

“你从来没说过你会意大利语。”阿利斯泰尔说。

“我妈在科莫湖有间别墅。”

阿利斯泰尔笑了。

“笑什么？”西蒙森说。

“真忧伤啊，你不能再去那里了。”

“噢，我不知道。从法西斯主义走向橄榄主义，意大利似乎还有相当长的一段路要走。”

“我比较喜欢橄榄主义。”

两人把小艇翻过来，一边用鞋子把船上的水舀出来一边发抖。达到适航的条件之后，他们游去拿拖线。木质线轴漂浮在水面上。西蒙森把它捡了回来，开始卷线，旋式诱饵已经沉进海底，还钩住了什么东西。西蒙森花了好久才将钓线卷回。西蒙森在卷钓线时，阿利斯泰尔躺在船上晒太阳。水包围了船，空荡荡的船帆随风摆动。海燕一边在海浪上空盘旋，等待猎物，一边呜哇呜哇地叫着。

随便西蒙森怎么说吧，反正阿利斯泰尔很喜欢马耳他。无瑕的碧海令法国大撤退的回忆变得模糊。即使是敌人的封锁也让他开怀。在与恐惧共度几个不眠之夜后，稀缺的酒精饮料也许让他得救了。现在，偶尔喝一瓶啤酒，他就会很快乐——他不再需要跟随着酒精进入遗忘状态。他再次洞察一切：他能看见希尔达的笑容，看见她为保持妆容清爽而做出的努力。他决定，他要写封信给希尔达。她可能会喜欢读到这里温暖的气候，当地人欢快的情绪，还有这片独立海中的小岛。

“轮到你了。”西蒙森说，“我已经受够了。”

他瘫倒在船尾，闭上眼睛。阿利斯泰尔接手卷线的工作。这活儿又慢又痛苦，每次只能卷起一英尺。他一边卷，钓线就一边勒着他的手。白色的线逐渐变成深蓝色，线上金色的阳光逐渐幽暗。几分钟后，阿利斯泰尔看到一团灰绿色的物体在水下三四十英尺的地方若隐若现。

“一团海藻。”他说。

西蒙森打了个哈欠。“更帅的人叫过我更恶心的绰号。”

阿利斯泰尔继续卷线，那团东西逐渐露出水面，基本可以辨认出来，但他却不想看清楚。当那东西离水面只有二十英尺深时，阿利斯泰尔已经完完全全认出来了。一具死尸带着海水一般清澈宁静的表情看着他，阿利斯泰尔打了个激灵，掏出口袋里的小刀，割断了线。他收起小刀，看着那具穿制服的尸体翻了个身，开始了漫长的下沉之旅。阿利斯泰尔目不转睛地看着摇曳的金发和长长的白色渔线，直至它与缠绕的阳光混为一体，失去踪影。

“他妈的。”他说。

“嗯？”西蒙森眯着眼睛说。

“线断了，”阿利斯泰尔说，“我一定拉得太用力了。”

“那玩意花了我三个先令呢。”

“我会给你再买一套。”

“噢，好极了，”西蒙森说，“你穷得可怜，水下面什么都没有啦。”

他们驾着小艇回到海滩，拖着船穿过倒刺铁丝网之间狭窄的沙地。他们降下船帆，收起船舵，把船留在原地，留给下一个放半天假的军官。

司机已经在等着他们了。船靠岸时，他就拉着两匹瘦骨嶙峋的马，让它们站到车轴之间。现在，他们爬进打开的车篷，开始一路颠簸前往圣埃尔莫要塞。

太阳在海岛的脊椎上沉没。日头的热量开始消失，阿利斯泰尔打了个战。阴影在露出地面的黄色岩层以及石壁上蔓延开来。路的两边，穿着黑衣的女人在一片不比网球场大的土地上松着薄土。锄头击中土下的岩石，发出哐当哐当的响声。阿利斯泰尔看着西蒙森，他正看着整个场景，那乌黑的头发还是湿的。他 22 岁，但看上去更年轻。他常常游泳和运动，练得一身肌肉，动起来和运动员差不多。迈开步子时，他似乎只需要地面来保持平衡。此刻他正在休息，眼睛里闪烁着琥珀色的光芒。他的面容以某种方式呈现出一种前所未有的和善。阿利斯泰尔肯定，如果西蒙森知道这点，一定会勃然大怒。那张脸有点反复无常，微笑起来很害羞，说起话来却很苛刻。

西蒙森把马毛毯裹在身上，对眼前充满田园气息的这一幕皱着眉头。

阿利斯泰尔笑了。“你也不喜欢农业？”

“我想到了我们缺席的派对。我收到的每一封信都有着香槟和交响乐团的臭味。”

“据我所知，伦敦正处在地狱之中。”

“这是角度的问题。只要进行适当规划，人们即使身处地狱，也能坐在安全的克拉里奇酒店屋顶袖手旁观。自从这场战争开始之后，我亲爱的哥哥就一直没有醒酒。”

“他不觉得留下来很没意思吗？”

“天哪，为什么会没意思呢？兰多夫除了要证明自己是长子之外，别的什么都不用管。他要把目前的状况记录在一张证书上，然后把证书放进保险箱里。”

“你在开玩笑吧？”阿利斯泰尔说。

“嫉妒，我只是嫉妒。眼下这会儿，兰迪[①]正在醒来，裹着丝绸床单，左右两边各有一个漂亮的粉红情人。可我们却在这块恶心的岩石旁边。”

“你哥哥最终也会被征召入伍的，我想。”

西蒙森摇了摇头，表示遗憾。“你真不知道这个世界的运作规则，是吧？”

“我知道到目前为止它是如何运作的。但是，这场战争会改变一些事情。”

西蒙森惊讶地扬起眉毛。“不，除非我们输了。”

阿利斯泰尔的衣服依旧泛着盐水的味道——他舔了一口衬衣袖口，诧异得瑟瑟发抖。他们在差点淹死圣保罗的海湾里翻船。他们在保罗前往瓦莱塔的海岸线上前行。马蹄声响起，左右两边的黑衣人与逐渐加深的阴影融为一体。在路的下方，海湾的尖角和褶皱之

---

① 兰多夫的昵称。——编者注

处，波浪如流血般向着夜色渗出黑色的墨汁。

他会回信给希尔达。他觉得，这会是两人恋情的开端。也许爱情就是这个样子——不是在拱桥上蹒跚而行，更不是烟火瞬间闪烁的亮光，而是默默懂得，一旦有人善良地伸出手来，就要赶在光亮从天空中消失之前将它牵起。

不过，他会先写信给汤姆。如果他在希尔达眼中是一个伪君子，那对于他的老朋友来说，他就是个不可原谅的混蛋。等他和西蒙森回到堡垒，他就立即开始写信。他会为自己的处事方式道歉，而且他不会把责任推到战争身上。他会让汤姆原谅他，而当汤姆原谅他之后，他就可以带着平静的心态回复希尔达了。

他现在感觉好多了。马车在崎岖的车道上跳动着，绕着比耶稣·基督更古老的石墙蜿蜒而行。他觉得战争把他完完全全变成了另一个人。凉爽带着盐味的微风在海上吹拂，东方的第一颗晚星冉冉升起。

1940 年 12 月

玛丽坐在钢琴前，对着前排的汤姆微笑着。所有孩子至少都带来了一名家长，这很好。现在是工作日的下午 3 点，因为轰炸，工作时间已经缩减至 6 个小时。他们那么努力，拿到“A”实在当之无愧。

前排，扎克瑞的父亲坐在波比的母亲身旁，两人旁边分别坐着肯尼斯的母亲和托马斯的父母。后排，莫德的母亲坐在离扎克瑞父亲很远的地方，在玛丽看来，她似乎在表明些什么，但至少她来了。马厩里升起恒星的戏剧依然能把人们从战场中拉过来。

她按下赞美诗的最后一个和弦，双手放在腿上，点点头，示意戏剧重新开始。贝蒂走上前来，走到乔治的爸爸用电灯配件和空烘豆罐做成的临时聚光灯下。

贝蒂一动不动。玛丽低声道："很久以前……"

"很久以前，"贝蒂跟着说道，"很久以前，在拿撒勒城，一名天使……"

"看哪！"肯尼斯大叫，"看哪！一个！处女！会！怀有！孩子！这！……"

"嘘，还没到呢！"玛丽说。

男孩用双手捂住嘴，眼睛凸出。

贝蒂接着说："一名天使来到约瑟和玛丽亚身边。天使说……"

肯尼斯在说台词的时候，玛丽也低声说道："看哪……"

什么都没有蹦出来。前排的父母躁动不安地看向她。肯尼斯盯着天花板。

"看哪……"她又说了一遍，仍然没有动静。

汤姆睁大双眼盯着她，指了指自己的耳朵。她听见了，一阵低沉的隆隆声。空袭警报出现了。玛丽感到熟悉的恐惧之拳挥在她的脸上，紧跟着是对敌人的愤怒。那么多天不选，偏选今天提前开始空袭。

她从钢琴旁站起身来。"我们到地下室去。孩子们先走，安静下来，冷静一点，两两牵着手，就像之前我们练习过的那样。"

孩子们踏上地下室的楼梯，她给每一对孩子都分发了一根蜡烛。波比与乔治一组，莫德与肯尼斯一组，扎克瑞与贝蒂一组，然后贝蕊自己一组，因为她不让任何人碰她。托马斯躺在父亲的怀里，走在队伍最后。他的轮椅停在走廊里。

玛丽让汤姆照顾大家下楼，她自己跑到锅炉房去关上水电气的开关。玛丽回到教室后，开始检查有没有人掉队。她把代表基督的玩偶塞到腋下，关上钢琴盖子，走进地下室。

这里有点混乱，大人中传出紧张的笑声。玛丽布置地下室时在这里安放了两张体育馆用的长凳，孩子们正在为长凳上的位置争吵。

玛丽拍了两次手。"好了。请大人们把长凳搬到靠近后墙的地方坐下来。前面这个地方留空——这是我们的舞台。地下室的空间比我们练习时少，所以牧羊人，你要把羊群聚拢，而天使——你在哪里，肯尼斯？——天使，扇动翅膀时要看着点。贝蒂和莫德，你们再在罐子里点几根蜡烛，把罐子放在靠墙的地板上。是的，放那儿就好。现在，孩子们，快站好位置。乔治，你能弄张小凳让托马斯坐坐吗？很好。好吧，我们从'天使说……'那里开始。"

"看哪！"肯尼斯说，"看哪！"

观众在烛光中欢呼。孩子不再出错了，玛丽坐在凳上看着他们，远处传来的空袭震动，在地下室的墙壁上回荡着。烛光照亮了地下室里古老的货架。黄色的光晕在凹陷的地球仪上闪烁，散发着霉味的织物也被笼上一层淡淡的光圈。倒下的五月柱被映成根根长骨，在黑暗中一片煞白。

该唱另一首赞歌时，玛丽从松木盒里拿出钟琴和木制节拍器。她看了一眼这些乐器，皱起了眉头。也许现实比她想象中要困难一点。

"我来，"扎克瑞的父亲说，"让我来打吧。是什么歌曲？"

"《客栈客满》。"

他即刻开始。他先打了两小节，向孩子点了点头。他的节奏很均匀，这首调子需要多少力度，他就给出多少，一点也不夸张。玛丽闭上双眼，听着孩子们唱歌。

之后，玛丽亚和约瑟把玩偶放到被当作马厩的松木箱中，唱响了最后一首赞歌。至此，这一出戏就算结束了，但空袭仍未停止。爆炸声从地面传来，没有更近，也没有更远。孩子们簇拥在父母的怀抱中，等待"解除警报"的信号。人们轻声耳语着，仿佛战争也在聆听。没有别的东西可看，他们就都看着马厩中的玩偶，瓶中的烛光点缀在马厩周围。

玛丽在汤姆身旁的板凳一端坐下来。"你感觉到圣诞的气氛了吗？"

"就像朗姆酒奶油中的小精灵。"

她把头靠在汤姆肩上。“你喜欢这里吗？”

汤姆挑剔地看了地下室一眼。“要是再有一点女人的气息，那就更好了。”

她戳了戳汤姆的肋骨。“我恨你。”

“现在这所学校是你的了。我的意思是，战争结束后，所有人都会回家，你也应该把这个地方交还回去，可是，你我都知道在紧要关头是谁守住了防线。”

“噢，我很想把钥匙还回去。不用当负责人也是一种解脱。”

“不过，在此之后，你就不必听命于瓦因小姐了。”

“为什么？”

“我觉得一切都会和以前有所不同。你看看我们，就在这黑乎乎的地底下。这里有黑人，有瘸子，有怪人——可是我们坚持下来了。其他人回来之后必须要尊重这里发生过的事情。”

玛丽打了个呵欠，伸长双腿抵着汤姆。“我只想快点结束。老实说，我一点也不关心一切结束之后谁会感觉好一些，只要不是德国人就行。”

汤姆笑了。“除了你，我不关心任何人。如果有人——”

三声爆炸的巨响震得他们喘不过气来，蜡烛也被震灭了。孩子和家长都在尖叫。玛丽发现自己刚刚晕了过去，躺在汤姆身上，两人挣扎着爬起来。她在口袋里摸啊摸，摸出了打火机。

扎克瑞盯着她，睁得滚圆的眼睛中满是恐惧。

“没关系。”她喃喃自语道。舌头沾了砖灰，打起结来，头脑也有点震傻了。“没关系的，这里相当安全。”

另一声爆炸传来，声音更响亮、更接近，震落了玛丽手中的打火机。她摸索着捡起，再次点着，却发现扎克瑞已经不见了。孩子的脚步声在通往地下室的木制阶梯上回响着。

“不！等一下！”

她正要跟上去，汤姆就把她拉了回来。“我去找他。”

汤姆走了，留下玛丽指挥乱成一团的家长和孩子。她在罐子里点燃了蜡烛，检查了大家的伤势。扎克瑞的父亲脑部严重受伤，迷迷糊糊地耷拉着脑袋。托马斯的父亲肩部脱臼，坐在地上，背靠墙壁，脸色发青。孩子们只有点瘀伤。

把所有人安抚好之后，她开始检查人数。她的耳朵在轰鸣——一定是因为摔得很重——但至少爆炸声暂时变得遥远了。她不知道扎克瑞和汤姆离开了多久，也许只有五分钟吧。她爬到走廊里，双腿一瘸一拐地蹒跚而行——她似乎弄丢了一只鞋子。玛丽决定快速往外面瞄一眼。她打开沉重的大门，惊奇地发现外面仍然是白天。街道上冷冷清清，瓦砾遍布。街道中间一座房子倒塌了。

玛丽抬头张望，没有看到轰炸机。她到街上走了几步，觉得不对劲，又匆匆回到门廊的庇护之下。她这是在犯傻——构成威胁的不是雨，而是炸弹——可是，在门廊角落的一个木箱里装着家长们的雨伞，而她的理智告诉她，她应该带上一把傍身，这样总比什么都不拿要好一些。她正要把手伸过去，就透过敞开的大门看见街道尽头的那个孩子。他的身材与扎克瑞相仿，但却是白色的皮肤，身上穿着白色针织衫和短裤。她大声叫喊，让孩子隐蔽起来。那孩子盯着她，后退了两步，跑开了。

跑了五条街之后，玛丽才抓住了他，炸弹又开始落在街道附近。她发现，孩子的眼睛被吓得一片空洞。玛丽把他拖进一道墙后的角落处，大口大口地喘着气。孩子怕得缩成一团，举起双手，仿佛玛丽要打他似的。玛丽纳闷他为什么变成了白色，更想知道他为什么害怕自己。玛丽不知道他为什么会哭出褐色的泪水，直到后来，泪水变成普通的颜色，夹杂着白色的灰尘，她才回过神来。

“为什么？”她好不容易才说出话来，“为什么你总是要逃跑？”

扎克瑞大声喊叫，胸脯起伏不定。“对不起……对不起……”

她摇摇头。“你要回来。我们不能留在这儿。”

“我才不回地下室。”

“不，你就该到那里去。”

她半拖半拽地拉着他穿过炸弹之雨。在一条侧街的街口，她看到汤姆躺在积雪的人行道上。汤姆似乎睡着了，冬日的阳光斜照在他身上。玛丽在书里读到过，这是一种应激反应，一旦周围的一切超出接受范围，脑袋就会自动关闭。她把扎克瑞送回去后，就会马上回来找他。（在这样的危机中，能保持冷静、不慌不忙处理一切的，竟然是她，实在是太厉害了。）她拖着扎克瑞回到霍利街，轰炸似乎再度远去。（要是她的父亲知道，女儿在灾难中表现如此冷静，一定会很高兴。）玛丽握着扎克瑞瘦削的手腕，摸到手腕里的脉搏，轰炸机单调的轰隆声在东边逐渐消失。此时此刻，她的心里出现了一个声音：*我正在目击一个与轰炸相关的现象*。

是这样的：霍利街还在，但是学校却没了。她牵着扎克瑞的手腕，冷静地快步而行。她把这条街走了整整两遍，寻找着学校的所在。对于这种现象，有一个简单的解释：也许有个不太熟悉该区域的人把这座建筑拿走了，归还时却放错了位置。她开始笑了，因为像霍利街学校这样充满维多利亚时代风格的巨型建筑居然消失不见，这实在是太好笑了。她只能找到一大堆红砖，其中夹杂着伦敦城建筑里常用的黄色砖块。居然把砖头丢在这里，真是太好笑了。就在此时，她的心沉了下去，她开始明白，问题出在知觉上：震荡比她想象中严重，她产生了幻觉。太可怕了，但至少一切都说得通了：扎克瑞变白了，汤姆在熟睡着，学校已擅离职守。脑袋里的东西能变得多么有趣啊。她坐在厚厚的白色粉尘之中，笑了起来。

事后，人们告诉她，这是正常的，因为她碰伤了脑袋。有人来把扎克瑞带走了。人们不得不把她的手指从孩子的手腕上掰开。之后的几个小时，她能想到的就只有“多么浪费啊”这几个字：那是因为，当天早上送来的一盒新粉笔一定被炸成灰了，里面可是有整整二十支呢。她向护士解释说，她只能凑合着用旧粉笔头在黑板上写字了。

人们把她带到一个疗养中心，用床单紧紧裹着她。他们告诉她，像孩子一样躺在襁褓之中对她会有好处。日子一天天过去，她只感觉到日光像电灯一般不断开开关关，就像电线接触不良一样。人们告诉她，在学校里找不到整具的尸体，只找到尸体的碎片。唯一一具完整的遗体属于汤姆，他是在街上被发现的。有人稍稍解开了床单，让她确认死者是否为汤姆。

临时搭建的太平间设在一座教堂的大厅里。有人用红色油性铅笔在汤姆的额头上画了个 X，表示他受了内伤。人们对她说，汤姆死于炸弹的压力波，所以身上没有其他伤痕，只留下了那个 X 形标记。玛丽听不进去，炸弹明明就没有在他身上造成什么损害——死因一定与额头上那个可怕的字母有关：在所有代数公式中，这个字母都代表着未知，代表着奇点。

重灾救援队还在挖掘残骸，不断有 16 英寸长的纸盒被人从杂货店征用，装了挖出来的遗骸送到太平间，经过签署后送到遇难者家属手上。签署手续停止办理的时候，就会有一个女人来照顾她。有一回，玛丽把上面这番理论向这个女人阐述了一遍。

玛丽的母亲来了又走，走了又来。她告诉玛丽，重灾救援队队员已经在废墟里挖了四天四夜，把能找到的遗骨都带了回来，然后才放下封墓的石灰岩。

人们向她提问。玛丽回答他们："我很好，谢谢你。""不，我不需要喝茶了。""是，我能够提供在场观看《耶稣诞生记》的学生和家长名单。""不，我和汤姆还没有订婚，我一直在等这个可怜的男人鼓起勇气。""不，我认为，如果上帝觉得只应该放过一个小孩，那么只有这小黑鬼活下来没什么可遗憾的。""不，我认为小黑鬼不是因为拥有魔鬼的运气才活下来的。""不，我觉得，这个可怜的孩子在空袭期间跑到外面，只是因为他一反常态，拒绝乖乖听话坐在原地。""好吧，如果你们一定要这么写，那好，我是相当喜欢这个小黑鬼的。"

说完这些之后就没有人发问了。玛丽也不想别人为自己的问题而费心。老天爷知道，疗养中心里的所有人都累坏了。如今大家都有自己的苦恼——扔下来的每一颗炸弹，如果不是无尽压抑下的终结，那又会是什么？悲伤是会传染的，玛丽不愿诉说自己的悲伤，正如她不愿在挤满人的火车车厢里张开嘴巴咳嗽。

于是，她就坐在肮脏的疗养中心里面对着墙壁，墙上的布告板还写着教会和蛋糕抽奖等事宜。她看了招募工匠和养猫人的小广告。

玛丽提醒自己，下次见到汤姆一定要感谢他，感谢他在空袭时跑到外面去追扎克瑞。过了一会儿，玛丽才明白，自己已经不可能再见到他了，可明白归明白，她还是在一张小纸片上写上“*记住要感谢汤姆*”，然后把纸片塞进袖子里。那时，汤姆离开了隐蔽处，跑进密集的炸弹之中。他死了；下一次见到他时，她一定要表示感谢。接下来的几个星期，她一直同时相信着这两句话。

时间还没有从转瞬即逝放缓至惯常的日落日出之前，玛丽决定永不透露她的所感所想。当初带着希望匆匆奔赴的地方，如今只能艰难地跋涉离开。年岁上又添了一个数字，人们也只能重新开始，还要下定决心将悲剧的压力波遏制在体内，不让其向外扩散一寸。

1940年12月

圣诞节那天，团里的人做东，邀请挤在小小的大海港里所有护卫舰中队官兵参加赞美会。阳光下，千余名官兵聚集在圣埃尔莫要塞的庭院中，一起举行九篇读经与圣诞颂歌庆典，一起享用由来访海军提供的小杯“纳尔逊之血”[①]朗姆酒。并依照五百年的传统进行了礼拜程序：分发朗姆酒，然后唱赞歌。

---

① 以纳尔逊勋爵命名的一款朗姆酒。霍雷肖·纳尔逊（Horatio Nelson，1758—1805），18世纪后半叶至19世纪初英国海军中将，世界著名海军统帅。被誉为“英国皇家海军之魂”。1805年10月21日，在特拉法尔加海战中中弹身亡，英国人怀着沉痛的心情，把军神的遗体泡在一大桶朗姆酒里，想运回英国安葬。自此英军舰船上的朗姆酒就被称作“纳尔逊之血”。

虽然敌人的封锁日渐紧密，岛上物资稀缺，阿利斯泰尔却觉得战争部的鞋油库存还是十分充足。两千双黑色长靴被刷得亮锃锃的，仿佛靴子本来就会发光。十二支喇叭、八支长号、四支大号和一支次中音号如同阿喀琉斯[①]的盔甲般闪耀着。这帮士气甚高的官兵很有才，仿佛即便被敌人全面包围，雄风不再，他们也能把自己弄得英姿飒爽，意气风发。最后《齐来崇拜歌》的大合唱宣告庆典圆满结束时，阿利斯泰尔的眼睛差点被闪瞎。

礼拜结束后，他再次派遣炮组的士兵到酒瓮里，还命令他们只能醉成温和的讨厌鬼，他自己却走到堡垒高墙上的小牢房里。当炮组里的勤务兵布里格斯走到身旁，扔下一封刚从机场拿过来的航空邮件时，阿利斯泰尔差点就亲了信封一口。喝完海军提供的酒，他确实在所有人身上都感受到善意的光芒，甚至在敌人的行动中发现了美。意大利飞行员能让邮政飞机在圣诞节时通过封锁，实在是太好了。人们希望己方的形势反转，又希望在其他战场上英国占尽上风，但他们想破了头也想不出那是怎么一番景象，因为在圣诞节里，人们只能想到雪橇上的铃铛。

航空邮件的发送方处写着汤姆父母的名字。阿利斯泰尔撕开信封。汤姆的信件在圣诞节当天到达，实在太完美了。如果汤姆写信给他是为了原谅他在兰心大戏院的尴尬一刻，那就再适合不过了。

信是由汤姆的父亲所写的。他的笔迹很像汤姆的，只是有点扁。他遗憾地告知阿利斯泰尔，汤姆于12月19日在一次空袭中去世了。因为汤姆把他当兄弟看待，阿利斯泰尔也把肖家人当作自己的家人，于是他们便写信询问能为他做点什么。

阿利斯泰尔放下信，站在箭环前。他看着临近正午的大海闪烁着光芒。在远方的阴霾之中，他只能依稀辨认出意大利封锁船的闪光信号镜。假若能瞬间忘记这个噩耗的话，外面的景色还是很美丽的。

他在金属盆里放了一点水，用海绵擦掉了游行时沾上的污垢，

① 荷马史诗《伊利亚特》中参加特洛伊战争的一个半神英雄，希腊联军第一勇士。

又穿上一件新衬衫。现在离圣诞午餐还有一个半小时呢，他便到食堂里去与士兵见面了。他们的邮件也到了，而士兵们的心情经不住第二次猜测。航空邮件因为来得极快，往往会带来极为激烈的情绪——信件可能让他们振作起来，可能让他们想家，或者产生一种奇怪的混合情绪，于是，军官们过来看一下他们，舒缓一下他们的情绪，这样才算顾虑周全。他们的情人或变得冷淡，或变得热情，他们的母亲或遭受病痛，或正在康复，但只要高射炮四个角落上的调平千斤顶被正确安装，3.7 英寸的重型高射炮就总能提供一个稳定的射击平台，这种情绪才是军官应该扩散的。

他和士兵们度过了轻松的 20 分钟，遇到小牢骚就开个玩笑，遇到大抱怨就做个记录，然后在限定时间之前到达军官食堂。两张长桌的陆军和海军军官加起来一共是 60 人，由汉密尔顿中校主持大局。阿利斯泰尔是最后一个到达的，他赶紧溜到座位上，点点头表示歉意。汉密尔顿和蔼地点点头，然后低下头来祈祷。

“主啊，”他说，“在这个神圣的日子里，感谢您赐予我们食物和弹药。愿我们的船只穿过大海，而敌人的船只迷失海中。”

大家一起说了一句“阿门”，勤务兵端来了厨师用面包屑和“满是恶意”的罐头做成的食物。

阿利斯泰尔用叉子叉起食物的一角。“我不知道该放芥末还是果酱。”

“是吃了它呢，还是给它一个基督教的葬礼好呢？”西蒙森说，“圣诞老人给你带来邮件了吗？”

“这次没有。”

“也许你还不够和善。那些快活的混蛋一般都有一张清单，你知道的。”

“那你呢……”

西蒙森像转动手杖一样转着小刀。“我收到了三个女孩写给我的四封信。当然，她们都认为自己是我的唯一。”

“我敢肯定，在她们的收信人中，你是唯一的百万富翁。”

“你不认识那种女孩，这是你的问题。我们放假的时候，我带你去镇上转转。”

“我担心你的那种女孩光用口音就能把我的身体剪成丝带。”

西蒙森没有理会他。“当然，如果我在我们回国之前混到了少校，那我该死的哥哥就不能笑到最后了。成为少校之后——亲爱的上帝，我可以拥有多少女人啊！我会把一个极其漂亮的情场新手包装起来，牵着她在兰多夫的悍妻面前游行。”

“德国人搞这么多事情都是为了你，真是幸运啊。”

西蒙森皱起眉头。“还好吗？你似乎很不痛快。”

“兴奋过头，太累了。”

“妈的，阿利斯泰尔，如果你碰到一队军乐队就变成这样，等你看到一些真家伙的时候那还得了。”

“一定要提醒我，让我找一天把法国之行告诉你。”

“那是交流访问，是吗？”

“我们交换了吓人的炮火，如果那也算得上交流的话。”

“你还与法国保持着联系？”

“哦，是的。我很希望某天能回去看看。”

“可是说实话，有什么不对？”

有一瞬间,阿利斯泰尔想向他和盘托出。当然了,不应该这么做。战争毕竟是一场合法的骚乱，一场明亮的盛会，一场有惊无险的奇迹。这是一个完美的冒险，直到人们证明事实并非如此。因此，战争绝不会是善良的，而圣诞节这天就是证据。人们把饼干拿出来，为的就是看到它们温和地炸裂。

西蒙森拍拍他的背，让他振作起来，他们一边听着兄弟军官的喋喋不休一边进食。厨师拿出了杏子罐头当作甜点。他们把果子放在最小的碗里，但果实看上去还是很小。每个军官都正好有两个半小杏子和四分之一英寸高的清糖浆。他们喝下从堡垒打出来的井水，尝到了黄色石灰石的味道，水中还混着土耳其人和摩尔人几个世纪以来扔进井里的东西。

汉密尔顿站起来敲了敲酒杯。“敬国王。”

他们都站起来。“敬国王。”

大家用井水为他的健康干杯，随后一个个饿着肚子走了。

只剩下阿利斯泰尔一个人。他把汤姆的黑莓果酱瓶放在箭环里，目不转睛地盯着它，直到薄薄的月亮升上海面。

1941 年 1 月

兰心大戏院。红灯在伦敦的彩色背景上投射出火焰，城里古迹损坏，四处残垣断壁。扎克瑞站在红光之中合唱团给他留出来的位置上，十二个歌手在左，十一个歌手在右。

舞台中央，新来的问话者模仿扎克瑞的父亲，用低沉的嗓音向观众说话。扎克瑞看着那个男人在红光中的背影，觉得他真有可能是自己的父亲。他试着用意念的力量将其变成现实。他不愿想象这是不可能的。他的父亲消失了，连尸体都没有留下，犹如幻术师或圣人一样人间蒸发。

然而，每当新来的问话者开口说话的时候，扎克瑞就知道父亲已经走了。“因此，女士们，先生们，在今晚最后一个节目里，让我们一起纪念在这个挚爱的人类城市中死去的人。我们要记住，天上还有一个与这里一样的城市，在那里，死亡没有统治的权力。”

合唱团开始唱赞美诗，扎克瑞尽己所能跟上节奏。伴着歌声，泛光灯亮起，在柔和的光芒中，新的背景墙出现了：那是恢复原貌后的伦敦，更加美丽的伦敦。每个塔尖都更高了，每座桥梁都更宽了，每个老旧的路标都翻新了。泛光灯再次亮起，这次不再是火焰，而是日出的光芒。黄光和白光与原来的红光融合在一起，白昼的光芒照耀着永恒的伦敦。歌手仰起头来，最后的合唱声逐渐升高。全场观众起立致敬。扎克瑞什么感觉都没有，只是觉得有点奇怪：观众居然买账了。

大幕落下，经理把他拉到一边。他们站在舞台一侧，观众席传来了细碎的说话声和观众离开的脚步声。

“大明星，你赢了。”经理说。

扎克瑞笑了。“当然。”

“但在我的角度看来，我有 23 个灵魂歌手了，外加一个你。”

“对不起。我会更加努力的。”

“是真的才好。我们这里提供的就是快乐的黑人。在我的合唱团里，伤心的黑人就是水桶上的一个洞。所有的魔法都会从洞中漏出，你懂不懂？”

扎克瑞耸耸肩。“也许我得休息一下。”

“你想做什么？既然你在我的地下室睡觉，总要干点什么当作报偿。”

“我可以在幕间弹钢琴。”

“就你那张拉长了的脸？我宁愿让德国人来弹。”

“那我可以帮忙端菜。”

经理一脸疲倦的样子。“有 40 个孩子在排队等着加入合唱团呢。我倒想你快点滚蛋，可我所有演员都会说：‘给这孩子一个机会吧，这是你欠他父亲的。’我还没反应过来，一张哭脸就变成了九张。你倒是说说，你为什么不想唱了？”

扎克瑞再次耸耸肩，什么也没说。

“是因为害羞吗？因为你唱起歌来还是很好听的。我不会把你送到帕洛风唱片公司[①]去录制唱盘，可我也不愿意往耳朵里灌铅。”

“不是这样的。”

“那是怎样的？这是你的机会。难道说你宁愿睡街上？”

---

① 1896 年由 Carl Lindstrom 公司在德国建立。旗下著名乐队和艺人有披头士乐队（The Beatles）、皇后乐队（Queen）和保罗·麦卡特尼（Paul McCartney）等。

扎克瑞低下了头。“我宁愿干点别的。”

经理笑了。“好好想一想，如果你继续这样下去，我就会把工作机会交给连名字都不会写的黑人了。你是为了谁拖延时间？是为了教皇还是首相？”

扎克瑞什么也没说。最后，经理叹了口气。“好吧，端菜去吧。好好要点小费，祝你好运。事先声明，这份工作是没钱的。你可以睡在我的地下室里，如果你想要工资，那你就得在我的合唱团里唱歌。明白了吗？”

扎克瑞点点头。

所有演员离场之后，扎克瑞点燃了一根蜡烛，独自一人走进地下室。他坐下来，双膝之间架上一个金属盆。长凳一端对着一面墙，墙上挂着镜子。他用布和冷水擦掉唇上的白色油彩和眼角的白圈。

他紧扣着双手。“对不起，爸爸。”

没有人回答，他静静地聆听着。

“对不起。”他又说了一遍。

还是没有人回答。地下室黑漆漆的，很可怕。偶尔传来窸窸窣窣的声音。他在这里已经睡了一个月了，但仍然无法克服对此地的恐惧。他在角落里卷着被单，难以入眠。

“你在吗？”他用微弱的声音问道。

他等待着。蜡烛似乎在闪烁，又或许，他的父亲就在那里。

“我不知道该怎么办。”

在沉默中，在地下室的无尽长夜中，蜡烛的火焰稳定下来。也许父亲的意思是他也应该稳定下来了。扎克瑞紧闭双眼，盖上被单把黑暗挡在外面。

1941 年 1 月

参加完汤姆的葬礼，玛丽和希尔达坐在回城的火车上。他的尸体是唯一可以埋葬的——对其他遇难者家属，玛丽只能送花表示吊唁。即便是送花，在战争中也很难办到，因为荷兰的花卉不再被人视为必不可少的货物，而英国的温室都用于生产粮食去了。她找到一些开得早的雪花莲和开得勉强的风信子。把花送出去时，她有些犹豫，不知道送花能否带去安慰。

在车厢里，希尔达开始抽烟，用自动铅笔在《泰晤士报》的字谜上戳了戳。玛丽觉得，她更想激怒字谜而不是解决它。

“你能来实在是太好了。”玛丽说。

“总不能让你和帕默一起去吧。”

玛丽好不容易笑了。“帕默也许会带白兰地来。”

“帕默也许会和死者交换身份。这是不是他的职责之一？”

火车鸣笛，烟囱喷出的蒸汽进入突然下降的云层中，却没有让厚厚的乌云变得轻盈。

第一次去见汤姆的父母竟是以这种最难以想象的方式。在教堂里，玛丽不知道自己该坐哪儿。与他的家人同坐似乎太自以为是了，因此她和希尔达坐在后排。汤姆的母亲向她们走过去，一言不发地把她们带到第一排。玛丽目不斜视地盯着汤姆棺材下方的百合花，寻思着它们是从哪里来的。

“花真漂亮。”玛丽终于说出话来。

“我从切尔滕纳姆[①]拿来的。”汤姆的母亲说。

汤姆死了；他母亲居然还能要到百合花。玛丽觉得，这两件事都很令人费解。

他们走进教堂外的大雪中。四名年老体弱、无法参军的男子把汤姆的棺材抬进系着短绳的下降装置里。牧师说：“死亡，你的毒刺在何处？”大家似乎一点感觉都没有。

三个小时后的火车上，玛丽的身体仍旧因寒冷与未释放的情绪

① 旧称切尔滕纳姆矿泉（Cheltenham Spa），英格兰格洛斯特郡的自治市镇。切尔滕纳姆以温泉而闻名，拥有大型的温泉疗养区。

而紧绷着。火车在变形的轨道上行驶，快要接近伦敦桥了。铁路两侧，数千座建筑已经被炸毁。

“你觉得你会做什么？”希尔达说。

“我一定要先找到扎克瑞。”

“然后呢？把他带回你妈妈家？她会高兴死的。”

“我要对他负责。”

“没有这样的事！”

“他在我的班里，还有……”

“还有什么，没有了。你得到的命令是教这个班语法，不是收养任何幸存的人。”

“你太可怕了。”

“那只是因为你不可理喻。追着他到处跑，什么时候是个头？你不是他的家人，连人种都与他不同。你给不了他一个家——那是他们族人该干的事。你别告诉我他没有族人，在那个剧场里面可是有好几十个呢，他们的肤色就是编码。”

“黑人之间不全都是亲戚，你知道的。”

希尔达停了一会儿，似乎第一次想到这点。“哦，他们可能来自不同的部落，但我敢保证，在眼下的局势里，他们会放下手中的长矛。”

“我总得去看看是否有人收养他吧。”

“如果你一定要问，那就去问，可你一定要发誓，你不会答应那个男孩去做一些对你没有好处的事情。我知道，当你头脑中有个念想，你就会倔强得像头驴。你会让那男孩变成族群中被流放的人，而你也会被你的同类遗弃。那对于你们两个来说都不是一件好事。”

“你说得固然对。但是……”

“但是，但是什么？你就只想着你自己，只想着你要做什么。如果你不好好生活下去，你将对别人毫无用处。”

“我应该会再去教书的。”

希尔达恼火地哼了一下。

“汤姆会很高兴的。”玛丽说。

“你活着不应该只为了让汤姆高兴。”

玛丽点燃香烟，看着残垣断壁在车窗外飞逝而过。这些瓦砾一直以来都是城市的一部分：是会所、教堂，是整齐的地标。伦敦的躯体曾是多么完美，如今却完全变了样。每个炸弹都在甲壳上轰开一个洞，仍在跳动的神经暴露在外。

她说：“说起来倒容易。”

“因为这才是真相，”希尔达说，“你一定要按自己的情况来生活。”

火车爬上河堤，松动的轨道叮当作响。在灰色的河流上，滚滚蒸汽喷上天空。两岸的建筑物外墙都倒塌了，露出大大的缺口。玛丽一直以为，只要伦敦能坚守，她就可以挺住；但在这里，古老的鹦鹉螺号大口大口喘着气，在泰晤士河咸淡交界的咽喉中碎裂了。

“我们在克拉里奇饭店吃午饭吧，”希尔达说，“你要好好撮一顿了。”

“我不饿。”

“你一定要吃。你就像妓女的借口一样软弱无力。”

“我想去散步。”

“带上我吧。你独自一人一点状态都没有。”

玛丽牵着她的手。“你做的已经够多了。你一直对我很好，我也知道，我没让你好过。”

希尔达点点头。“你就像一只坏猎犬，要么把它放走，要么让它变成家里的宠物。”

“你觉得我还有这点用处，挺好的。”

“只要你不在我的地毯上撒尿就好，还要向我保证你在从教之前要问问我的意见。”

火车开进站台。她们把背包从行李架上拿下来，下了火车。两人拥抱了一下，希尔达就消失在蒸汽之中。她走了之后，玛丽靠在一个角落里。没有人打扰她。现在半座城市的人都会靠着墙壁哭泣。

后来，她在空无一人的站台上站了一段时间。她戴上手套，走到街上。

到处都是废墟。浴缸暴露在外，黄色的橡皮鸭已被冰封。承载女孩成为受精卵、出生、受孕、分娩经历的床第——这些曾经回响着对白的黄铜“舞台”——如今扭成一团，静默地躺在那儿，在一分为二的楼层里像跷跷板一样上下跳动。羽毛在雪中盘旋。她难以接受——此刻的她是那么容易气馁！于是，她逃进一家咖啡店，喝下了稻草色的茶。她写信给兰心大戏院经理，询问他是否知道扎克瑞的行踪。写完的信被折了起来，信封胶的沉闷气味在空气中徘徊。

侍应给她带来了报纸。报纸上印着的地图里，敌人的纳粹党党徽就在邻近的海岸那头——近得可以从页面里闻到柴油与汗水的味道。大西洋中，潜艇完成了包围圈。报纸的内页里是无尽的通知。通信规模缩减了，伦敦的区域被划分为两个等级。如果住在这里，就得遵守10个新规定；如果住在那里，就得遵守12个。这是她长大的地方，最近一段时间，这里独特的法律适用于从孟买到伯利兹的任何地方。她这座巨大而外向的城市被围住了。接管学校事务时的那种感觉又逐渐回来了。对敌人的感觉也终于变成了愤怒。

她推开冷却的茶，穿过大雪，向着教育部汤姆以前的办公室走去。在大厅里，她抖下靴子上的雪，然后告诉接待员，见不到人她是不会走的。

工作人员只好让她去见新任教育部长，一个叫库珀的家伙。库珀站起身来迎接她时，似乎被面前的椅子和桌子挡住了身躯。他想站起来，却没法这么做。

“好了，”玛丽说，“不需要站起来。”

他又坐下来，对玛丽做了一个含混的手势，玛丽将其理解成背部有问题、动作不佳或是无动于衷。

库珀比汤姆年长一点——大概三十出头。他金发碧眼，稍微有点超重，嘴巴上留着小胡子。他身后的办公室墙上挂着一幅描绘汉普斯特德原野的水彩画，这是今年夏天玛丽送给汤姆的。一天晚上，汤姆的同事们都回家去了，她看着汤姆挂画，汤姆的动作很笨拙，她便笑了，笑得喘不过气来。他用了三颗钉子，说了七句脏话才把画钉好。此后，他们一直很不小心，一大堆文件从办公桌掉到地上。汤姆的办公桌始终像一个烂摊子。

库珀看见她在看画。“这是汉普斯特德原野。”

“是吗？”玛丽发现自己几乎马上就说了这么一句。

一下子就被别人看扁了。这个人做了个不完全是不屑一顾的姿势——她无法判断这是对原野还是对水彩画。“画得很差。”他说。

他的态度令人生厌，玛丽却感到一丝忧伤。这个可怜人当然会看不起这幅画。毕竟，这就是过去：它给现在留下了让生还者免疫的各种杂物。玛丽坐下来，将手套叠起来放在膝盖上，然后点燃了一根烟。他用双手抓着完美无瑕的办公桌，低头看着他的袖口，好像玛丽会征求他的意见一样。桌上有一个烟灰缸——那是汤姆的，沉重的蓝色玻璃中有一颗什么东西，玛丽一直以为那是眼球。由于库珀已经表达过不想把烟灰缸推到她面前，她当然有理由把烟灰撒到地毯上。

她说：“我想被分配到一个新的学校里。以我的喜好为主，但如果只有中学里的教职空缺的话，那我可以像文件里说的那样，教法语、拉丁语和写作。我马上就能到岗。”

“你不觉得，”库珀片刻之后说，“在目前的情况下，也许你该先等一段时间再回去工作？”

“等什么？等孩子们连课程表都忘记了？等 H 音被丢到大土堆里去？”

他向玛丽展现出笑容。“你一定知道我在说什么。”

“可我什么事都没有。我安然无恙，马上就能上班。”

长时间的沉默。“我一定要把敏感的字眼说出来吗？”

“我宁愿你给我一份工作。”

库珀不再对她微笑。他站起来——显然这也不是那么困难——然后走到办公室另一头。他背向玛丽，双手紧握在身后，看着窗外的雪地。

“我的前任非常年轻，他曾决定重新开放一些学校。恐怕晋升的兴奋情绪已经影响到他的判断。”

玛丽摇摇头。“他的职责就是为孩子们提供学习的地方。”

库珀的语调就像孩子回答问题时差一点就答对一样。“既然你用到这个词，那我就告诉你，我们的责任是传递这样一个信息：眼下的伦敦并非年轻人该待的地方。”

“但也有乡下不会收留的孩子。”

“可制定政策的不是我，而目前的政策是所有人都必须疏散。”

“那身体有残障的孩子和黑人该怎么办？难道我们就因为政策里没有他们的容身之处，就让他们烂掉吗？”

“如果你一定要抠字眼，那我告诉你，政策规定这些孩子可以存在，但在政治上来说，他们不应该在这里接受教育。”

“你难道不觉得你说的话很可怕吗？”

库珀在窗户旁转过身来。“可怕的是，当大人们都在用这座城市打仗的时候，我的前任却认为，让你在学校里玩过家家是合适的，所以七个孩子和他们的父母都死了。”

玛丽眨了眨眼睛，一下、两下，然后才缓过神来。她又点燃一根香烟，眉毛弯了弯，盯着那个男人。

他回视的目光躲躲闪闪。“我们都想回到这件事还未发生的时候。”

她的手颤抖着。“我们又没有在屋顶上跳芭蕾。我们是在地下，在隐蔽处。每天都有人死在隐蔽处。”

“可这种事不会发生在我的任何一所学校里。”

“显然不会，任何教学也不会发生。”

他拍了拍玛丽的肩膀。“你有情绪是因为你着了魔。你很迷人，很年轻，我不会为已经发生的事而对你有成见。应该更加懂事的是我的前任。”

“汤姆是我的爱人。大家都知道。你能不能不要在我面前诋毁他？”

“我在试着保护你的感受，保护你家人的名声。”

“要同时达到这两点，最好还是让我来继续教书。这个区里还有几百个孩子，这你清楚得很。每条街都能看见，他们就在废墟中四处乱转。”

“恐怕我没有适合你的职位。”

“我为我的情绪而道歉。请让我继续教下去吧。”

“歇一下吧，”他温和地说，“上帝知道的，如果我能，我会让你继续教下去。离开城市几个星期，去呼吸一下新鲜空气吧。”

她转过身来背向他。在她送给汤姆的水彩画中，光是黄色的、活泼的。如果用打蛋器去搅动这束光，打出的泡沫甚至能承托勺子。伦敦在荒野的远处延伸。地标立在一旁，牢牢固定在后方，艺术家不得不在它们周围画上天空。

她走到窗前。“我做什么才能让你改变主意？”

他什么也没说。玛丽越走越近，一边抽着烟，一边用胳膊蹭了蹭他。“我们不必把这座城市变回之前的样子，你明白的。”

他饶有兴味地看了玛丽一眼，神色又凝重起来。

“你看，”他说，“午餐时间已经过了。你要不要和我一起去找点吃的，然后讨论一下？”

玛丽抬起头来，向他投以迷人的眼神。有那么一会儿，玛丽要让他在这秋波中溺水而亡。

“不，谢谢了，”她轻快地说，“我一点也不饿。”

他凝视着玛丽，脸色逐渐发红，似乎想动手打她。然后，他突然转身，把玛丽独自留在窗台前。玛丽听到他“砰”的一声关上抽屉，从挂钩上取下大衣和礼帽，猛地关上身后的门。

她转过身来背向窗台，走到烟灰缸那儿戳灭香烟。汉普斯特德原野的小幅水彩画镶着金色框架，悬挂在灰色光线之中。她的手在汤姆的烟灰缸上停留了一阵，抚摸着冰蓝色的玻璃，绕着烟灰缸的中心转了两下、三下，然后就没有动它了。

“我想念你。”她对着空无一人的办公室说。

1941 年 1 月^^^^^^^^^^^^^^^^^^^^^^^^^^^^^^

人们把新的俱乐部称为“接缝”，仿佛它自身并非一件像样的事物，只是连接日夜的铰链而已。轰炸机加快了轰炸的节奏，切分中的城市与这样的节奏相匹配。每当空袭打断演出的时候，演员就与观众一同冲进地下室，和已经在该处的乐队待在一起。兰心大戏院庞大的地下室已经被清理出来成了俱乐部。地下室一端有一个舞台，另一端有一个吧台，舞台与吧台之间就是士兵们碰运气的舞池。

扎克瑞从吧台里拿饮料给客人，换取硬币和香烟。他上次见到天空已经是几个星期之前的事了。这挺适合他的：你看不到天空，天空也看不见你。他去取饮料时，人们都拍拍他的头。大家管他叫小钢琴。每个人现在都有了新的名字，有的甚至改了两三次名，似乎采用这个权宜之计后，就能赶在战争宣布死亡名单之前逃过一劫。

没有人在乎他是否喝酒，所以他便喝了。他在吧台底下睡觉，像贝蒂·戴维斯一样抽烟。他会吃鸡尾酒里的坚果，会从杯底掏出糖霜樱桃来——总之，拿到什么就吃什么。大家都很饿。新的钢琴师发现，如果在重拍的震音之后重击几下琴键，那么小女工和休假的飞行员就会自动跳起舞来，尽管他们吃配给粮食已经吃到身体虚弱了。

扎克瑞在桌子上放下酒杯，听起闲话来。显然，每天晚上都有许多人失踪。在克拉肯威尔和奇普赛德的大殓房里，十几户人家每时每刻都在把无法辨认的尸体指认为他们的表妹、母亲或阿姨。所以，现在太平间的工作人员会把遗体脱得一丝不挂，用相同的号码同时标记服装和尸体，然后让遇难者家属辨认尸体的财产而非遗体本身。没有人要求扎克瑞辨认任何一件东西，连一个领带夹或一枚戒指都没有。他想知道他的父亲是不是躺在某个坟墓里，被人冠以另一个名字哀悼。此刻，他用父亲旧有的名字为父亲祈祷。

他们说，当人们在地面上只找到尸块时，会通过重量来估计应该组合成多少具尸体。而如果其中那么几具重组的尸体不止一条左腿，那至少棺材不会太轻。喝酒的人发现他在偷听，就笑着说："你怎么想，小钢琴？"扎克瑞说："听起来挺好的。"可他想到了自己的父亲，父亲在每次表演后都仔细洗掉涂彩的白脸，而现在却和白人的尸体混在一起。

扎克瑞喝下杯中剩余的酒。这天夜里的每个小时有 45 分钟是在乐队演奏中度过的。在和平年代，号角和钢琴的声音总在轻快的乐曲中互相打转。而现在人们却发现，如果把两者融合成大的块状和弦，那么在凌晨三四点，当空袭在上面紧锣密鼓地进行，舞池在地板的托梁上跳动，尘土从拱形的地下室顶倾泻而下之时，身材苗条的黑人乐队主唱便会身穿被汗水打湿的衬衫，靠在流线型的麦克风上，对摩肩接踵的白人舞者大喊："女士们，先生们，赶紧看看你们的脚，只要你还在跳舞，你就还没死！"那架势一如冒着狂风前行。扎克瑞在餐桌之间穿梭，编成管弦乐的城市在寿衣与纸板棺材上跳着踢踏舞。每天晚上，伦敦都会根据云层和轰炸机的密集程度预测伤亡数字，然后令正好这个数目的人死亡受伤。传言说，如果伦敦人的尸块可以用簸箕和扫把清理，那这些小碎块就会与城市垃圾一同堆放在驳船上，运到下游达勒姆码头附近的市政垃圾站中。大一点的尸块会组装成可以命名的人，采用传统的方法安葬。巨大的地下室里又传来轰隆一声巨响。跳舞与死亡都是安全的。伦敦记得将圣人埋在城下之时那古老的节奏，在海格特、南赫德和肯萨尔公墓里，旧有的坟墓被挖开，破碎的骨头被撒在地上，以便腾出空间来埋葬新的尸体。敌人的炸弹从五百千克增重到一千、两千千克，而地下室里的乐队主唱就把两个、三个乐队合在一起。于是，六个、九个黑人男子在号角区里一起晃啊晃；两个、三个黑人鼓手在舞台后方的组合鼓上挥洒着汗水。扎克瑞想起父亲用沉重的左手打着大和弦拍子的模样：嘣、嘣、嘣——一望无际的郊区墓地里，新土被掘开，中午来的通勤列车载着棺材，来到城郊，伴着汽笛的嘟嘟声和列车员“全部清空”的叫喊，又启程返回。在弥漫着死亡气息的每一个夜里，乐队的鼓手将时间打碎，而石匠们却组成巨大的合唱团，手执钢凿，哐当哐当地敲出扎克瑞无法阅读的字母，拼成随意安在死者身上的名字；完美的交响曲就此奏出。令他难以承受的是，他父亲的名字却不见了，而他的四肢是那么瘦小，无法干这样的活。他听见周围的音乐，听见上面传来的消息，在他看来，如今上面和下面的世界在演奏着完全一样的曲调。

每天早上俱乐部打烊，乐队队员把号角放回丝绒盒里的时候，他便清理干净场地，把凳子码在桌上。沉默的黎明让他变成了聋子。无人在晨曦中说话。在电灯泡下，他与乐队和酒保一起吃早餐，之后所有人都回去了。扎克瑞蜷缩在吧台下，没有人理会。

如果他在人群回归之前醒来——如果凳子还码在桌上，轰炸机仍在远处——那他就会去弹钢琴。他用父亲教导的方式，闭着眼睛轻声弹奏安静的乐曲。他做了力所能及的事情：父亲不想让他参加表演，他就没有参加，但他却生出了这种痛苦。他弹奏着缓慢的曲调，在这一个小时里，父亲仿佛回到了他的身边。然后，人群又回来了，他便微笑着为他们取饮料。

当他演奏着父亲的音乐之时，他感觉自己回到了家。然而在时间中，音符是没有固定位置的。正如这座城市，在永恒的物质面前，它只不过是一个“接缝”罢了。

玛丽与母亲坐在一起，两人一边等待吃午饭，一边阅读早晨的邮件。兰心大戏院的经理回信道：扎克瑞健康状况良好，有吃有喝，玛丽最好还是关心一下自己。她皱起眉头，把信折好放回信封。

“这是什么？”她母亲问。

“希尔达的来信而已，”玛丽说，“她在谈论她喜欢的男人，她不喜欢的商店之类。”

“多无聊啊。”

“可那是希尔达呀，她当然会觉得这些有趣。”

“那你为什么绷着脸？”

“我很担心她。我希望她能碰到个好人。”

“好吧，许愿时脚跟要碰击三下。”

经理说，她最好关心一下自己，玛丽纳闷这到底是出于好意还是不怀好意。她觉得，黑人对白人应该会有一种天然的戒心吧。也许她并未在信中明确表示，她是想帮忙的那种白人。

一点钟，帕默把午餐端上来，他的脚步是如此轻盈，走进来时几乎没有声音。库克用波浪形的模具将虾和银鱼做成了混合肉冻。托盘上的波浪被海鲜沙拉包围着，整道菜放在烤成金色的种子上，看起来就像在沙上一般。

玛丽的母亲戴上眼镜检查，然后让帕默端着它走到窗口附近，由日光穿透波浪。

“美就美在上面的材料都不是用配给粮做的。人们在艰难这两个字上大做文章，可我们只需独辟蹊径即可。你觉得呢，亲爱的？”

“我很惊讶，穷人居然没想到。”玛丽说。

母亲没有理会她。“当然，这只是练习而已，真家伙还在后头。”

有那么一会儿，玛丽不明白母亲的意思，后来才知道，这道菜只是一个原型，为的是创造一个更完整的版本。她凝视着在午后阳光下闪闪发亮的小动物，心里很纳闷：如果这只是准备工作，那真正的生活到底是怎样的呢？（也许是溺水？在海滩附近溺水吗？还是在海洋中的一个储备丰富的角落？）她的母亲希望通过无休止的晚宴和鸡尾酒把父亲送进内阁，而她对这些事已经不再关注了。

“你和我们一起去吗？”母亲问道。

“抱歉，”玛丽说，“我昨晚几乎没怎么睡。”

“噢，谁睡过好觉？但至少你能发表意见。”

玛丽斜视着波浪。“虾很甜。看看它们的小脸。”

“亲爱的，你没有注意到什么吗？”

玛丽看到，帕默高举托盘对着阳光的时候竟在抽筋发抖。抖动引起了波浪的变化，这道波浪似乎随时会达到波峰，然后碎裂成一道道矫揉造作的泡沫。

“厨师将肉冻染色了，是吗？肉冻带着些许绿色。”

母亲愤怒地哼了一声。“是的，但是虾——你不明白吗？半数的虾都在翻着身子游泳。而且，在这样的波浪中，它们很难分散开来。虾会游到海床附近吃东西。”

“厨师似乎忘记了她上过的海洋生物课。”

“好吧，你就嘲笑我吧。正因如此我们才做了个测试版本啊。帕默，你可以把那该死的东西放下来，让我们来看看如何切片了。”

帕默拿起餐刀切虾的时候，玛丽的母亲向她介绍了明晚的餐桌计划。

“父亲会坐在左边，上座让给首相。安德森会坐在这里，他的右手边是你，你要负责逗他笑，你很擅长这个。你一定要炫耀一下你的身材。自从——自从那件事之后，你就一直穿着破布。”

“我还没有完全搞清楚我的作用。我是负责勾引安德森呢，还是让他对父亲产生好感？”

“都来一点不可以吗？很难吗？好了好了，不许这样看我。我邀请亨利·亨特-霍尔只是为了你，他会坐在这里，你的正对面。

你们可以用脚趾交流，或是用你们年轻人觉得合适的其他交流方式，因为谈话的艺术已经失传了。”

“太快了。我爱上了汤姆——我还以为你知道。”

“亲爱的，你 20 岁了。我们都有自己的练习题要做。”

“汤姆死了，你是不是松了一口气？”

“哦，一点都没有。当有人死去时，我都会感到惋惜，更何况那是你喜欢的人，我就更加遗憾了。”

玛丽笑了。

“怎么了？”

“噢，你把他说成像一匹小马或一只拉布拉多一样。”

“这只是因为我认为他不够成熟，配不上你。”

“他是为了救我的一个学生才死的。我认为这就是成熟的表现。”

“我知道这件事很让人伤心，但你还是得继续活下去啊。”

“所以亨利就要坐在我对面，所以我就要在你的祝福下向他寻求安慰，是吗？请你告诉我，我是该用汤姆的血写席次牌呢，还是该用我自己的，哪个比较合你意？”

“你一定要这样吗？我只是替你着急。你应该回到生活的正轨。亨利是一个可爱的男孩，家庭出身也很好，而且，你别告诉我他不帅。”

母亲的眼中带着忧伤。玛丽想知道这种情绪是否一直都在，而她现在才注意到只是因为她把自己调到了悲伤的频率。

“妈妈，”她说，“你爱过爸爸吗？”

她的母亲朝托盘看去，帕默消失前在切片上又画了一个新的波浪。

“我们有幸找到了彼此。”她说。

“是的，但你爱他吗？”

“是的，我们都很幸运。”

“妈妈，有时候，我不知道如果我和你一起参加这些活动，然后和无比合适的亨利结婚，你是不是会很高兴；还是说，如果我就说一句‘滚犊子’，然后大胆向着太阳飞去，你的心里会更加高兴？”

“是的，你说得很对，你不知道这一点。”

一阵灰暗的风吹过窗前的雪花。沉默良久，玛丽说：“希尔达觉得，我们应该报名成为一名救护车司机。”

“希尔达蛮喜欢公益活动的嘛。”

“你和我都知道，她只是在觊觎制服男。”

“说这句话的人是你，我很高兴。”

“那你觉得我们应该……”

“应该什么？”

“加入救护车队啊。”

诺斯夫人从壁炉上拿来烟盒。她抽出一根香烟，把烟盒推到玛丽面前。帕默出现又消失了，只留下两根点燃的香烟和一个玛瑙烟灰缸，眼里没有留下影像。

这是玛丽第一次与母亲一起吸烟。两人什么也没说，只是抽着香烟。切开的肉冻一点也没有动过。餐室的炉火散发出热量，肉冻慢慢受热融化，向着不确定的未来释放了一两颗鱼肉与虾粒。

1941 年 1 月

阿利斯泰尔心想，如果把这道算术题算到底的话，那么答案也许不尽如人意。马耳他岛宽 8 英里，长 18 英里，和伦敦差不多大，只是晚上少点消遣。地中海余下的最佳财产，就是这块不中用的岩石。然而，饥饿的驻军却接到命令，即将抵御德国和意大利的联合部队。阿利斯泰尔尝试计算敌人能动用的军队，却发现即使用上十只手指也数不过来。

“希思？”汉密尔顿中校说。

“对不起，长官，我神游天外了。”

“你应该很想‘身’游天外吧。”

阿利斯泰尔笑了。“听候差遣。”

“向士兵们简要说明情况吧？用演说鼓舞一下士气，或者说一些他们会听的话，什么都行，独白也好，谩骂也好……”他摆摆手，似乎这种事情太令人厌烦。阿利斯泰尔敬了个礼，就离开了，留下这个老人继续做文书工作。

皇家炮兵第 10 团聚集在圣埃尔莫要塞的城墙上，一边休息一边待命。士兵们在暮光中放松身体，懒洋洋地靠在石壁上，他们身下的大海港在茶色的月亮下闪烁着。他们已经收到消息：光辉号航空母舰严重损毁，正在前往港口的途中。现在，敌人的邪恶势力会集中攻击海岛，将这里的大船击沉。阿利斯泰尔的职责就是告诉士兵，他们要正式参加这次战役了。

他定了定神，吹响锡哨，身子站得笔直。两百名士兵勉勉强强站起身来，就像足球裁判遭遇犯规，却不得不让比赛继续一样。士兵按原来的三个炮组站队，每个炮组由两个连组成，每个连统管四门大炮，每门大炮都由一名中士和七个炮手管理。

他们排着队，面对着阿利斯泰尔，五个上尉和三个少校共八名高级军官站在他左右。上尉阿利斯泰尔指挥一个四门大炮的连。即使加上他的两名副官和一名准尉，面前也只有 35 人是他自己的。情况十分紧急,所以汉密尔顿才让下属轮流对整整十个团发表演说。

士兵安静下来，等待着阿利斯泰尔的天才演说。他们带着世界级的忠诚和热爱凝视着他，脸上却露出英国军队特有的讽刺。

西蒙森在他身边轻声说道：“你的裤链没拉好，老人家。”

阿利斯泰尔好容易才抑制住低下头检查的冲动。

西蒙森低声说：“噢，你妈打电话来了。”

阿利斯泰尔没有理会他。

“我打电话来是告诉你，你老爸的嘴尝起来就像你那条狗的屁股一样。”

为了忍住笑意，阿利斯泰尔只好咬紧牙关。

他向前迈了一步。“好了，大家都知道，我们的亲人正在家里挨打，却仍然在坚守阵地，如今轮到我们了。海军部告诉我们，他们的一艘航母‘光辉号’在海上遇到了计划以外的变故。它正在上路，而我们可以肯定的是，敌人会不遗余力地将它击沉在港口里。”

“或者击沉在白兰地里。”西蒙森低语道。

“也许我们对高空轰炸无法进行太多干预，但你们知道，我们有一件非常有效的防空武器，那就是口径 3.7 英寸的大炮，我们打算通过联合射击制造一个沙盒，让敌人的俯冲轰炸机在盒内无法运作。”

“一个饭盒，”西蒙森轻声说，“一个蟋蟀盒。”

“各位炮手，你的中士会收到每门炮的角域与仰角。要按照协调发射顺序开火，以达到最大的射击覆盖范围，同时将弹药损耗降至最低。具体情况将会……”

阿利斯泰尔说话时，已经注意到士兵们越来越激动。现在，他们的目光已经越过他，眺望着城墙外的什么东西。阿利斯泰尔暂停演说，转身去看他们在看什么。

在黑夜的掩护中，庞大的“光辉号”隐约出现在防波堤上，它“一瘸一拐”地航行到大海港下。阿利斯泰尔从未见过航空母舰，军舰之大让他目瞪口呆。航空母舰上没有射灯，港口也没有打开一盏光源，但他们借着月光，看见军舰的轮廓遮住了半边天。船舰逐渐迫近，巨大的涡轮轰隆作响。海风带来了它的气味：那是混杂着烧焦金属、血肉、飞机燃料和泄漏汽油的味道。没有人说话。十几名军官和两百名士兵静静地看了整整两分钟。气味浓重之时，阿利斯泰尔转身面向大家。

“好的，”他放弃了已经准备好的讲话，“正如大家所见，它很难不被击中，即使是意大利人也能打中它。我们最好马上回到炮台。”

回到连里，阿利斯泰尔才冷静下来。他忙着让每一个士兵都感觉舒服。晚上会很冷，他就从地窖里带来床单和被褥，在保温瓶里装满可可。他派布里格斯去见医务人员以确保有足够的眼药水和苯丙胺[①]。根据他在法国的经验，全面戒备信号发出之前的两至三天才会用到这些东西，不过，到那时候这些东西就该没有了。他把每座炮台的成员分成两队每两小时轮换一次，自己一整晚在炮台管辖区走了四分之一英里。

敌人没有发动攻击。

终于，黎明在灰暗的乌云中到来，耳边传来疲劳引起的嗡嗡之声，他走到要塞下方的岩石上，眺望着大海。他想到了汤姆。海浪拍打在岩石上，每一道波浪撤退时都发出受伤的嘶嘶声，然后消融在下一波浪花之中。海浪从地平线卷来。阿利斯泰尔眼看着它们排着队逐个走到跟前。没有一波是插队或放弃目标的。最终，死亡是英国人的；生活会变得混乱而陌生。

整个早晨，云层都在岛上徘徊，中午时分，中校让他们命令炮手下来。长时间的寂静开始了。云飘得很低，没有东西能飞上去，而且有这么多名皇家海军在待命，敌人决不会冒险偷袭。所有人的目光都凝视着天空。一旦有人发现天空变黑，士兵就会说情况有所好转了；云层稍微散开都会带来紧张的沉默。没多久，士兵都变成了乌云专家，他们能鉴别出云层颜色的细微差别：分别是灰烬、黄昏、白银、花岗岩、页岩和老鼠褐。众人望着天空，孤注一掷地看着那道能救命的苍白。

休假被取消了，军官和士兵都被关在要塞中，连下午出海或游泳也不允许了。第一天，新运到的炮管被安装到炮上。弹药被拿出来登记入册，然后又被放回地下军火库中。当没有更多准备工作可做时，士兵开始打磨零件，他们打磨了将近一百种：涂成碎石颜色的炮架、黄铜做的油管、预报器的光学系统……当所有的火炮零件都闪着光芒时，他们就开始擦餐具、旗杆、靴子。平静的第二天结束时，要塞及里面的所有东西都被擦得亮出了光泽。

当没什么东西可打磨之后，还有墙上的沙包可以移动。这是由

① 二战中，为提升战斗力，如今被视为毒品的苯丙胺被用于士兵身上。

团里的长官发现的，他们有三个炮组，每八小时轮换一次，如果第一个炮组的士兵将沙包从 A 移动到 B，那第二个炮组的士兵便将沙包从 B 移动到 A，第三个炮组再从 A 移动到 B。此后，当第一个炮组回来干活的时候，就会满意地发现沙包还是他们走时的那个样子。

到了平静的第三天，即使最具想象力的军官也无法让士兵们忙起来了。此刻，天空的灰色开始像血一样流进士兵们不设防的心里。他们盯着无甚特别的乌云，以为自己看见了敌机，其实什么都没有。有人报假警，有人恐慌地叫了出来。记忆被蒙蔽了，没有人能记起守卫这道永恒城墙之前的时光是什么样的。他们吃着微薄的配给粮，熟悉的饥饿感让他们的思维变得迟钝。古老石墙中的鬼魂缠绕着他们。军官反复沉思着，手指在以往驻军留下的涂鸦上划过。离岗的士兵在午夜里尖叫惊醒，说着“土耳其人攻破城墙了”之类的胡话。中央庭院中发现了一把满是血迹的斧头，斧刃上还残留着一束金发。有人认为那是人的头发，有人认为那是山羊毛。点名检查的时候发现士兵也少了一个。

到了第四天还是没有一丝动静。失踪的士兵在内陆的村庄里被人发现，他只是喝醉了酒。

阿利斯泰尔试着忆起汤姆的脸。他已几乎记不清汤姆的脸与达根的脸有何不同。他的目光无法穿过低垂的记忆云幕，去查看他们以前的生活。然而，他却在云层中看到了玛丽，看到她黄铜色的头发，看到她叛逆的笑容。他觉得自己很恶心。

他躺在行军床上，凝视着灰色的金属餐桌和桌上的蜡烛。小小的烛光透过了汤姆的黑莓酱，在信纸上投射出血色的光芒。

第五天黎明，他走上城墙去拿离岗守卫的报告。他抽了抽烟斗，凝视着外面的大海。清新的微风拂在他的脸上。他看着红太阳逐渐向着巨大的粉红色天空挪动，但他花了很长一段时间才明白，云层已经不见了。他眯着眼睛看着天空的光芒。天边已开始转为蓝色。

对于轰炸机来说，这是一个完美的天空。他在石头上拍灭了烟斗，用手指抚摸着头发，感到腹中熟悉的战斗冲劲。

现在是清晨六点，换班的士兵从要塞中走上来。他赶紧让士兵就位，可他们还没做好一半的准备工作，要塞的电铃就响了。一分钟后，士兵们冲到他们的岗位上，要塞突然活了起来，警笛声开始在瓦莱塔及海港周围响起。

德国人发动了比意大利人更猛烈的进攻。他们怒火冲天却不太灵活，采用了一个预先安排好的阵式攻击。接下来的一周里，俯冲轰炸机或高空设备时时刻刻都在攻击。直至第八天晚上，进攻结束，没有被弹片刺穿身体，也没有被回火致残的士兵都被数百万次的爆炸声炸聋了，他们的耳朵在黄色的尘土里流着血，血和沙尘又凝固在一起。众官兵被苯丙胺和烟雾击垮了，在大炮周围瘫倒成堆，有人还出现了幻觉。他们就像承受不住却非要通宵玩耍的孩子，在瘫倒的地方睡着了，面部表情犹如死尸一般。整个晚上，在轰炸中已升至一英里高的细细黄尘飘落下来，为众士兵裹上了寿衣。

︿︿︿︿︿︿︿︿︿︿︿︿︿︿︿︿︿︿︿

阿利斯泰尔醒来时，听到唯一的声音是海鸥的哀鸣。他擦了擦眼睛上的灰尘，直到能看得清周围的景物。又一次变得灰暗的天空下，海港里到处是黑色的油污和散发着恶臭的污水。所有的港口管道一定都被击穿了。空气似乎能从人的胸膛里面剥离出油漆。

他跌跌撞撞爬到石阶上的信号室，拿起战地电话，却发现电话线已被截断。八天八夜的俯冲轰炸之后，与外界的一切连接均已被切断。驻军是一个连点游戏，阿利斯泰尔并不知道将所有点按顺序连起来会是一幅怎样的图画。

他是唯一一个醒着的人。他叫醒了布里格斯——要是阿利斯泰尔稍微用力一点，他就是在帮敌人干活了。他抓着布里格斯的胳膊，严肃地看了他一眼说：“咖啡。”

布里格斯回头看着他，仿佛离他好几英里。

“咖啡”，阿利斯泰尔又说，“咖。啡。”

“好，谢谢。”

“不，布里格斯。你来冲咖啡，给军官喝。”

布里格斯笨拙地敬了个礼，踉踉跄跄地去拿茶壶。阿利斯泰尔沿着高射炮走动，最后找到了西蒙森。他把西蒙森摇醒了。

“怎么了，你这个卑鄙小人？”

“我来看看你是否还活着。”

“很明显，我已经死了。”

阿利斯泰尔说：“战争结束了。我觉得你应该想知道。”

西蒙森在尘土中坐了起来，眨了眨眼睛。“神啊，耶稣啊。真的吗？”

“真的，”阿利斯泰尔说，“电报刚从伦敦发来。立即停止敌对行动。兵船本周内到达。”

西蒙森闭上了眼睛，欣喜若狂地叹息一声。“哦，谢谢基督。”

阿利斯泰尔给了他 20 秒，然后说：“不，不是真的。”

西蒙森睁开一只布满了血丝的眼睛。“你这卑鄙的混蛋。”

“你上周在我演说时帮了不少忙，我这是投桃报李。喝咖啡吗？”

“喝喝喝，毒死你。”

“布里格斯正在冲咖啡。来我房间吧。我们得把大家叫醒，让他们重新振作起来。”

西蒙森看着云层。“德国人今天不会来。”

“要是我们让这烂摊子继续下去，德国人就不用来了。所有人都还在打呼噜。”

西蒙森把外套拉到头上。“对法国人来说挺有用的。”

阿利斯泰尔笑了。“我还以为你想当少校呢。”

“是的，就为了让你这样的乡巴佬去做苦差事。”

“我说过吗，”阿利斯泰尔说，“对我来说，我们的友谊就意味着整个世界？”

西蒙森只是呻吟一声。

“确实如此，你知道的。每次你没有死掉，我都高兴死了。”

西蒙森眯着眼睛，斜视着他。“终于表白了。午夜来澡堂见我，看在上帝的分上，不要对女护士长说一个字。”

这天剩下的时间里，两名上尉都在照顾自己炮组的士兵。伤员要被疏散到内陆的医院里，出现严重战斗疲劳的士兵要替换下来休整，炮组的八门大炮要削减成六门，因为人手不够。所有东西都要维修、清洗和加油。每门 3.7 英寸大炮都需要在架上调平，每一门炮的视野都要重新校准，每条信号线都要重接。还要检查中断和需要重新铺设的地方。

在迷宫般的要塞中，所有东西都从原来所在的地方被震落下来，或在混乱中被拿到错误的地方，或是被偷了，被吃了，甚至升华了。幸好，英国军队的每个单位都留下了完整的记录，可以让几乎没有睡过觉的士兵根据构成部分将这些重组起来。靠着技术手册和军需装备清单，阿利斯泰尔与西蒙森命令炮组重新准备。阿利斯泰尔觉得，如果在清晨得到错误的指令，那是因为他们将电话线接到公交公司或小奶牛场里去了。

夜幕降临后，海面上还残留着许多燃油，阿利斯泰尔以为夕阳会点燃它。他疲惫得无法思考，踉踉跄跄地爬上石梯，回到了自己的房间，坐在床上。白天来了航空邮件——一架惠灵顿战机在敌人的空中阻截中溜了进来——信就放在书桌上等着他。他撕开信封，却认不出信中的字迹是谁的。

阿利斯泰尔：

希望你不介意我给你写信。没有汤姆在身边，你一定像我一样，心如死灰。我在整理他的遗物时，发现了你写给他的信。你为那一晚你我的见面向他请求原谅。我不知道他在生前是否回复了你。

其实汤姆经常谈到你，知道这点也许会让你好受一点。他对你抱有很大期望。当你在战线上赌命时，他从未甘心屈居伦敦。所以，如果汤姆在信末写了什么疏远你的话，你千万不要以为他的意思就是那样。有时候，虽然我们坐在同一张桌子旁，但他给我的感觉却像远在千里之外。

经过连月来的轰炸，大家都累了。现在人与人之间存在着距离。我不想说伤感的话，只想告诉你伦敦现在的样子。当然，战争结束后，伦敦就会像春天伊始，永远是那么突然，那么美妙。绿叶会忽然出现在树上，弥合树枝之间的空隙，而我们将会大吃一惊——你说是吧？正如每年冬季结束时我们都会被吓一跳一样。我们会想：哦，我已经完全忘记还有三个宜人的季节。

汤姆不想让我们难过。今天早上我带着番红花来到他的墓前。我尽力排出漂亮的样式，然后我就回家了。回家的火车上十分拥挤。我饿了，车厢里还有一个男人，他的笑声让我厌烦。沾沾自喜不应该是一种常态。最后，我觉得，我们在坟墓上献花是因为我们不能自己躺进坟墓之中。

我和希尔达已经申请加入救护车队。驾驶救护车的工作也许会很刺激——虽然我爸爸说，让我来驾车只会造成进一步的伤亡。总之，他们不让我教书了。太可惜了，但也许他们是对的。如果空袭开始之后，我没有坚持让演出继续下去的话，那么也许我班上的人现在还活着，此事一直是我的一个遗憾。我们还活着，你看，就连我这样固执的人也必须学会改变。我从小就相信勇者天恕，但是在战时，勇气是廉价的，仁慈是不合时宜的。

如果你没有意见的话，我会继续支付阁楼的租金。我想你应该会喜欢回来之后还能待在那里。在你的衣柜里有三条可以戴的领带、四件衬衫，其中两件是可以穿的，还有一套西服，我只能说这件衣服很传统。原谅我，如果你觉得“沉闷”这个词更能描述它的话。我已经放了樟脑丸，但我更想放一些易燃物品。你一定要告诉我你想作何安排。

你真诚的，玛丽·诺斯

阿利斯泰尔放下信，站了起来。有那么几分钟，他看向窗外，目光掠过满目疮痍的港口和飘着黑油的恶心海水。然后，他坐回金属餐桌旁，拿起一根铅笔头和一张航空邮件表单。

亲爱的玛丽：

谢谢你的来信。请务必给阁楼断租，然后告诉我你支付了多少租金，我来给你报销。至于我那些可怜的旧衣服，你父亲的选区里一定有几个乡下人，可以把衣服交给他们，让他们把衣服穿在稻草人身上。此外

他犹豫了。“你一定要告诉我你想作何安排”是什么意思？他又把信读了一遍，发现这句话令人费解。如果只是让他给出指示，那这句话里也许有太多番红花了。如果话里还有别的意思，那么话中的玫瑰还是不够。他将信纸揉成一团，又开始写了一封。

玛丽：

若你真的不介意，我希望你继续租用阁楼，至少，我能有机会来和那些旧东西告别，也有个地方来怀念汤姆。当然，现在这个地方是你的，是你和他的，所以你一定要做你感觉

他将这封信也揉成一团。玛丽是想和他谈论汤姆呢，还是允许他不这么做？玛丽错过了汤姆，他也错过了汤姆——但生者必须与生者继续活下去，在信中玛丽已将这点写得很明白。因此，喋喋不休地谈论汤姆的事真的很粗鲁。

他揉揉眼睛。这是不可能的。在世界历史上，没有一个男人能

给他在乎的女人写出一封令人满意的信。他又怎能在八天八夜的轰炸之后完美地办妥这件事呢？然而，他必须趁着进攻的间隔将信写好，一有飞机就把它寄出去。战争在迫使他去做尚未准备好的事情。这就叫作向死而生。

玛丽：

让阁楼和旧衣服见鬼去吧，我希望我能和你在一起。

他停了下来。也许他完全误读了这封信。他又读了一遍，觉得很羞愧。玛丽爱汤姆，汤姆却死了。玛丽写这封信，是因为她受了伤，希望自己振作起来。她就像一个想变得更勇敢的孩子，她需要的是来自兄弟的鼓励，仅此而已。玛丽需要阿利斯泰尔来对她说，一切都很好，汤姆不在了，他也觉得很空虚——对待死者应该是这样的态度，但这并不意味着他们不够爱他。但与此同时，稍微破解一下她的话，就会发现她似乎在说："我爱你——我能做点什么？"

他把脸埋在双手里呻吟了一声。当然了，汤姆也曾受过这种煎熬——玛丽曾把他这个可怜的朋友耍得团团转，让汤姆猜她是不是真的喜欢自己。如果阿利斯泰尔能够相信汤姆正在坟墓里笑话他，那一切也许会简单得多。然而，事实就像玛丽所写的那样，我们无法从死者身上感受到任何东西。他们死了，离开了，感觉突然消失，我们的心会隐隐作痛，这种痛苦比过度进食之痛更甚。

他拿起玛丽的信，闻着信纸的味道：那是肥皂与香烟烟雾的混合气味。在他手里的是玛丽此时在伦敦的生活，却并非一目了然。

他又拿起铅笔，开始写信。

玛丽：

我不介意你对阁楼做什么。我介意的是你是否快乐，不要因为我而继续租用阁楼。

如果你在那里感觉很好，那就继续租下去。请你不要接受救护车司机一职。你知道，在空袭中，这份工作很危险，而你已经失去得够多了。我发现我的士兵在失去挚友之后，会主动寻求伤害。原因之一也许是报仇的欲望，但远不止于此。我对他们说，这场战争并非他们的错，如果他们死了，我同意他们感到内疚，但在此之前决不可以。

他们说你不能继续教下去，不要听他们的。如果你擅长教书，那就去教。想想办法——我认为你不是一个轻易服从命令的人。我们都是这场战争之中的孤儿——生出我们的那个世界消失了，我们现在必须到能用得上我们的地方去。

此致

敬礼！

阿利斯泰尔

他将信折好，写上地址，把它交给布里格斯，然后瘫倒在床上。

他的信放在送来玛丽来信的惠灵顿战机上飞走了。这架飞机还载着一名烧伤的英国皇家空军士兵，他要穿过直布罗陀海峡回家。机尾末端是后炮手的旋转枪架，前面是一条狭窄的通道。在这里，邮件袋散落一地，伤者就躺在这块“地毯”上。飞行员将惠灵顿战机保持在离地六十英尺的高度上，直至离开来自西西里岛操控的轴心国战机的攻击范围。然后，他让飞机爬升，开始在高空沿着撒丁岛和巴巴利海岸的连线飞行。

突尼斯以北六十英里，烧伤的飞行员伤重死亡。此事在发动机的轰鸣中悄悄发生了。在生命的最后几分钟里，高海拔上令人麻木的寒冷对他来说是一种安慰。帆布袋的味道弥漫在周围，他明白自己快要死了，他很高兴自己陪着那么多轻柔的字句一同回家。他的目光穿过战机的有机玻璃侧板，看着蔚蓝的、一望无际的地中海将海岸上的血冲走。

惠灵顿战机的机组人员没有遇到机械故障，也没有遇到敌人的飞机。离开阿尔及尔港口，飞行员改变方向前往开放水域，向着直布罗陀飞去。地中海西部上空有云，临近西班牙海岸时，云层更低了。飞行员与直布罗陀的信号塔取得联系之时，飞机已被迫飞至一千英尺以下，南风把战机吹得左右摇摆。信号塔示意飞行员从大西洋一面自西向东登陆。

战机飞到巨岩后面，起落架即将着地之时，侧风突然扬起，令飞机偏离航线。惠灵顿战机抬起一只机翼，另一只机翼的翼尖却插进地面；飞机向侧面打了个转，滑出跑道末端，掉进海里。在直布罗陀海峡冰冷的海水中，阿利斯泰尔的信连同其他一千一百封航空邮件、烧伤的飞行员和六名机组人员一同沉没到三百英尺的深海之中，机上的一切都没能活着回家。

1941 年 2 月^^^^^^^^^^^^^^^^^^^^^^^^^^^^^

一个月过去了，阿利斯泰尔还没有回信。只有一封来信说，她要当救护车司机的申请已被批准。玛丽在自家闺房里将信平摊在书桌上，对着信件皱起了眉头。她像往常一样拿着香烟，不在乎烟渍是否沾上手指。无论在什么情况下，烟雾都会飘向敌人那边。这玩意儿原本和神灯里面的东西是同一种，如今却只让人想起战场上的硝烟。

她应该怎么办？也许她该让步，让母亲把她嫁出去。或者她也可以加入救护车队，看看在那里能得到什么好处。战争的惩罚对这两种选择的概率都是一样的。

她一边听着女仆打扫楼梯平台的声音，一边思考。考虑的时间越长，就越难以作出抉择。人生的第一次开始是轻而易举的。羽翼渐丰的她只需要从树枝上跳下来，然后讶异于空气的冲击即可。然而到了现在，她已经二十岁了，重新开始是很艰难的。她只能从地面起飞，每拍动一次翅膀都不得不对抗无情的重力。

在庭院照进来的暗淡光线中，在被白色针织床罩包裹的寂静里，她觉得自己在溶化。父亲到选区去了。母亲忙于喝咖啡和讨好委员会，也不见踪影。有好几天，玛丽会在床上躺好几个小时。

起初，参加汤姆的葬礼、收拾汤姆的遗物、写信给阿利斯泰尔，这些事情一件件纷至沓来，她又在绝望中一一完成。她一直确信阿利斯泰尔会回复。玛丽似乎觉得，哪怕信中只有几句话告诉她该朝着某个方向重新开始，自己都会振作起来。她竟觉得阿利斯泰尔会在乎她，一想到之前的自己是那么愚蠢，她就感到生气。而且还不只是因为阿利斯泰尔。自从收到经理的信之后，她直接给身在兰心大戏院的扎克瑞写信，也没有得到任何答复。也许长大就是这样：人们逐渐开始认识到，世界上到处都是人，而某个人被他人需要的程度并不是那么高。

她躺在床上，盯着天花板。石膏线上的图案是一条首尾相连的绳索。在房间的每个角落，绳索都会变得向内卷曲，卷曲处与接下来的檐口线相连。目光可以沿着这条绳子一直运动下去。

楼下的电话响了，不一会儿，帕默就走上来叫她听电话。没什么事情能改变他的语气。帕默还是像以前那样待她，仿佛她的地位没有降低，仿佛她不需要特别的同情，这种极大的善意让她很是感动。玛丽穿着睡衣，光着脚丫踏在长条地毯上，跟在帕默身后沿中央楼梯下楼，就像小女孩跟随着大人一样。电话听筒放在门廊的桌案上。水晶灰花瓶里插着白水仙花，花朵悬在花瓶上方。

电话的另一头是希尔达。“你收到信了吗？你的信？”

“收到了。”玛丽说。

“你也被录取了吗？”

“是。”

电话里传来一阵尖叫，就像小猫吸入了一支卡祖笛[①]。“哦，我们的冒险要开始了！”

玛丽头靠在木质镶板上。“我不确定。”

“你没有考虑过，是不是？真的没有必要考虑了。你看，我们会有一顶鸭舌帽与一个徽章。”

“你知道我不是爱穿制服的姑娘。”

“可这又不是为了你自己。对男人这种猫科动物来说，制服就像猫薄荷一样有吸引力。”

“我又不是待字闺中。”

“胡说，亲爱的。我打电话给报时服务了。哀悼的时间已经过去。”

“你真的太可恶了！”

“你听我说，”希尔达说，“如果你在哀悼，那么我就不打扰你了。可你现在只是闷闷不乐。就是因为你，希特勒才在继续轰炸我们。你知道，纳粹最看不惯胆小鬼了。”

“我只是——”

“别说了。你快去参加救护车队。长这么大，我一天都没有工作过，没有你我是不会开始工作的。”

玛丽盯着水仙花。它们的小喇叭与花粉在发出怪叫。灰色的光出其不意地变成了花瓶旁边的颜色。“我只是不肯定……”

“喂，一定要一起去啊，”希尔达用哀怨的声音说道，“不管你是谁，你能不能放下听筒，叫我闺蜜玛丽来听电话？”

“我觉得自己什么都干不动了，这就是麻烦所在。换作以前，我立马就知道该怎么去做。”

“是的，不要介怀，因为这件事的确令人气愤。”

“对不起。我不值得你这样对我。”

“你唯一不值得的是发生在你身上的事情。你现在当然会很沮

① 一种木制或者金属制的笛子。——编者注

丧。但你待在房间里的时间越长，情况就会越糟糕。”

“我只是不知道驾驶救护车是否会有所帮助。可能只会让我想起那件事。”

“可你现在不就在想那件事吗？”

“时时刻刻都在想。”

“那不是一样嘛，只不过你有制服和徽章。为什么明明可以驾着救护车，鸣着警笛不顾一切地冲过思绪，你偏要慢悠悠地走路过去？最坏的情况不过是我们能够帮到别人。”

玛丽不禁笑了。“就我们这样还能帮人，想象一下。”

“就是嘛！不要告诉我你想象不出来。我们一边尖叫一边前往救援地——‘哦，我把绷带放哪了？它们肯定在这个盒子里，但它似乎充满了魔力……’”

玛丽犹豫了。“也许我们可以试试看。”

“要的就是这种精神。至少，找回你的精神之后可以将它投入进去。”

玛丽闭上眼睛。“谢谢你。”希尔达没有回答，“希尔达，怎么了？”

“只是你之前从来没有为任何事情感谢过我。”

“懂了吗？”玛丽说，“你应该多尝试对人好一些。”

1941 年 3 月

日落时分，玛丽来到主教门附近的圣海伦教堂，向防空措施局的集合站点报到。教堂完好无损，只是窗户用木板封了起来。这个地方周围都被炸成了废墟，可是玛丽没有刻意去看。如果让破碎的黄色砖块一直留在眼角，那么脑袋自然会将它们当作自然景物，从而忘掉那些让人不快的把戏。

一名裹着灰色毛毯的男子坐在教堂外的搁板桌旁。

“我是为教会的事来的，”玛丽说，“我是新来的牧师。”

男子抬起眼角，玛丽觉得他的疲劳实在令人印象深刻。

“玛丽·诺斯，”她说，“我要成为联合作战组织担架队的新司机。”

那名男子打量着玛丽。他五十上下，面容憔悴，眼睛通红，似乎两天没刮胡子了。他的脚上穿着及膝高筒靴，外套上的水渍开着花儿。在落日时分的薄暮中，他的呼吸化成了蒸汽：“你会开车吗？”

“职位描述里面有吗？”

那名男子终于笑了。“我叫阿休。我负责抬担架一端，克里夫负责另一端。一旦他的酒钱耗尽，他就会来这里。”

“很高兴认识你。”玛丽说。

“你不会高兴的。你以前做过这项工作吗？”

“第一次。”

他竖起拇指往肩后一指。“好吧，车就在后面，你要看就去看。没有铃铛，也没有口哨。只会像周日正常开车那样，只不过周围有轰炸。新来的护士已经在那里了——她是个厉害的小家伙，她说，自两点起她就一直在这里。”

“那是我的朋友希尔达。她连一个聚会都不愿错过。我们是一起报名的。”

“等了好几年没人来，一来就来两个。”

救护车是一辆黑色的希尔曼敞篷货车，车门上画着红十字，车顶的架子上有四个担架。希尔达穿着一件比她大两号的制服外套。她正在整理医疗包，抬起头时鸭舌帽掉下来，遮住了眼睛。

“我们应该拥抱还是敬礼？”她说。

“都做，行了吧？”

希尔达的胳膊往回摆动，红十字臂章滑落了。

“白痴，”玛丽说，“我来给你弄好。”

“谢谢。你以为我会戴好的，不是吗？

我会螺旋形包扎法、8 字形包扎法和螺旋回返包扎法，我有一个全新的证书证明这一点呢。”

“在人身上会难一些。”玛丽说着重新固定好臂章。

“我希望刚刚开始时他们能配一个称职的护士给我们。”

“你就是称职的护士啊。看看你的帽子和袖标。就差一个怀表了。”

“我只训练了两周！我学习使用煤气炉的时间都比这多得多。”

“好吧，要是接到伤者，我只需快速驾车去医院即可。”

“你知道我们真的要戴上锡纸帽吗？可是我的帽子让我看起来像个蘑菇。对你这种身材高挑的姑娘来说还挺好看的，你可以一直戴着。”

“人们在空袭中变得时髦了些。”

希尔达咬咬下唇。“我觉得……天哪，这身制服很难穿出个模样来。我尝试过搭裙子、丝袜，试过搭裤子，都丑死了。五岁之后我就长大了，你知道的。”

玛丽说：“你看起来还不错啊。”

她就此穿上了别人发给她的裙子，收紧围着外套的腰带，把一包黑猫香烟塞进口袋，又点燃了其中一根。

“噢，”希尔达说，“你冷吗？我们坐进车里，好吗？”

玛丽的手在颤抖。这是灾难过后她们做的一件有意义的事——其实挺无聊的——希尔达把刚才的反应归因于寒冷,实在太体贴了。无论如何，能驾驶希尔曼货车也是很令人高兴的。玛丽坐在驾驶座上，把窗口打开一英寸，让烟雾飘出窗外。车内有一股好闻的洗衣房的味道，这辆车被征用之前一定是用来装干净衣服的。

希尔达在旅客席上照着镜子检查了一下妆容。她又涂了口红，把镜子合好，然后说：“阿利斯泰尔还没有回复我。”

“对不起。”玛丽说。

“这是一场风险很大的赌注，可我觉得他至少会回信吧。”

玛丽发现，她无法直视希尔达的眼睛。

希尔达瞪大了眼睛。“你是不是也写信给他了？”

“没有。”玛丽选择把希尔达所用的时态理解为一般现在时。

“那我觉得他只不过是个登徒浪子而已。”希尔达说。

“我还以为你喜欢他？”

“如果他喜欢我多一点就好了。那是规则。”

玛丽点点头。“有时候，你就像耶稣·基督一样。”

“你可以说你是我的第一个信徒。”

“我会说你的发型是我弄的。”

希尔达看了看表。“我吓到了，你呢？如果这个工作真的很危险，那我们就不会干了吧？”

“你知道真正该担心的是什么吗？就是如果那么多女孩子志愿参加救护车队，你便一点也不特别了。”

“你以为男人们不会在意？”

“天啊，当然不会在意。救护车女孩很容易勾搭。”

“你别说了，倒胃口。”

“这份工作要么是危险而潇洒，要么是无聊平庸至极。不能两种情况兼具吧？”

“这份工作要是能让我吓呆，我就更喜欢了。”

“那就别说话，让我来开车。你这只训练了两周的矫揉造作小姐。他们给我的只有车费。”

玛丽脚踩离合器，在变速箱里挂上三挡，然后倒挡。发动货车的过程与发动她父亲的奥斯汀温莎相比实在太不顺畅了。她也许该相当粗鲁地大骂一声，可她觉得，这辆车还是能开的。如今，战争已让她穿上制服，给她分发了方向盘和离合器，这一刻终于到来了，她却大有逆来顺受而非兴奋激动之感。外面一片混乱，还充斥着火灾和噪音，可她却觉得她要冒的险甚至比不上在班里上课。那时，她的神经不时在脑海中翻腾。也许她会像块面包那样被切成一片片死去。

“你觉得他们会给我们茶喝吗？”希尔达问。

“他们什么都没告诉我。你才是消息灵通的那个。”

“哦，那只是流言，”希尔达说，“没有人把事实告诉我。”

“也许他们担心你会让历史重演。”

“好吧，知道一点我是不会介意的，即使让我在这里分发阿司匹林和创可贴也没关系。护士长不会把任何事情交给我，你知道的。训练的时候，我有一半时间在给病人端屎倒尿，所以我从没看见过一个健康的人。”

“嗯，这就是护理的重点，不是吗？”

“可我想和年轻的医生去查房。护士打扮的那般模样，可怜的医生帅哥根本抵挡不住。他们在脉搏跌回一百之前，就已经结婚，生了两个孩子，还养了一条拉布拉多了。不知道我们是把要用的设备写成清单呢，还是在轮班结束时检查呢？不知道——”

玛丽把手放在希尔达的胳膊上。“你会没事的，你知道的。”

希尔达僵住了。“我看起来是不是很糟糕？”

“如果你没有准备好的话，他们是不会将责任压在你肩上的。”

“我不禁在想：如果我犯错了，怎么办？如果某某人受伤了，而我没办法救活他，那又怎么办？”

“我还以为你只关心穿制服的帅哥。”

“对，可我也是有人性的啊，不会对人命不管不顾。哦，我有提到医院明天早上开派对吗？圣巴特医院的所有女孩都穿上了晚装，很多医生也会来，就连护士也得给他们打镇静剂，捆紧他们。有一个妇产科的男孩能用乙醇做出和真货差不多的马提尼。他做了好几桶，有人从太平间带来冰桶，还有人带来了留声机。你一定会来的，是不是？你不会因为有能耐就把最帅的男孩抢走吧？”

“除非你先看到他。”

她们像如今的伦敦人一样压着嗓子谨慎地笑了，因为她们知道战神会被笑声吸引过来。

这次空袭在五点半之前开始，他们走进教堂的地窖，这就是岗位所在的地方。抬担架的阿休已经在这儿了。防空措施局局长和他的通信兵在写伤亡报告。两架不断响起的电话和三个装满烟灰的烟灰缸放在有雕塑的祭坛上。墙上挂着方圆四平方英里的插拔式地图。炸弹离他们越来越近了。

“今晚正好是杰里。”阿休说。

局长轻蔑地说：“我们都知道杰里六岁还没断奶吧？”

“男人剃腋毛，”希尔达说，“女人用腋毛织辫子。”

一颗炸弹在附近爆炸，爆炸声在地窖里回荡，所有人都畏缩了。

“就是这样了，”防空措施局的人说，“他们此刻就在两万英尺高空，穿着飞行服撒下渔网。”

玛丽插不上嘴。她实在难以想象，一个缺点多多的种族正在一步步将她的城市彻底毁灭。晚上六点半，局长派他们出任务时，她竟松了一口气。玛丽在地底下一刻也待不下去，只想逃跑。

外面的噪音很可怕。教堂外面就有一架博福斯高射炮，火炮每分钟都在发射几十发弹药。红色的炮弹射进烟云密布的天空中，蓝白色的探照灯光束刺穿了云层。另一个担架手克莱夫在救护车后座打鼾。阿休把他骂醒，在他身旁挤出位置坐下，希尔达坐在旅客席上，打开了地图。

目的地在 0.25 英里以外，但直达的路线被堵住了。玛丽加大希尔曼的油门，在黑暗的街道和突然出现的烟雾中，她不敢开太快。希尔达撑着手套箱坐起来，借着打火机的光阅读地图。

在碎石巷里，排屋中央的一座房子倒塌了。屋子的前半部已被炸飞，楼上的地板挂在后墙上。另一个担架队已经离开，从废墟中带走了两个伤者。阿休和克莱夫用 A 字架抬起倒塌的楼层后，便与救援队一起清除瓦片和屋顶托梁的残骸。他们摆摆手，示意玛丽和希尔达不要帮忙。两人只好等着。

玛丽戴上锡纸帽，点燃一根香烟，坐在希尔曼的侧门踏板上，手肘撑着膝盖，一只手摸着后颈，试图舒缓紧张的情绪。一连串炸弹在几条街以外的地方爆炸，火光比巨响先传到她们所在的地方。空气中已经弥漫着焦木与炸药的气味。希尔达从行李箱中取出医疗包。

“隐蔽起来，”玛丽说，“如果他们带人出来，我会喊你。”

“你呢？”

“我会没事儿的。”

“那我也会没事的，对吧？”

她们背靠货车，让货车尽量遮挡着身体。两人不禁蜷缩起来。

希尔达说：“空袭时待在外面感觉真不对头。”

玛丽瞥了她一眼，目光中带着嘲弄。

“我的意思是，感觉有点调皮，”希尔达说，“好像是故意不守规矩一样。”

她们等待着。

“看看那些探照灯，”希尔达说，“希望战争结束后人们能把它们保留下来。试想一下，普通人可不是天天能看见探照灯的。我在想……”

玛丽抬头看着天空。也许探照灯真的很漂亮。夜晚的寒意和高射炮无休止的突突声让她觉得很单调。希尔达喋喋不休，她观察到的事物既不恼人，也没有启发性。在那场可怕的袭击中，汤姆就是这么聊天的。玛丽真希望那时懂得怎么安慰他。当爱情接近消失之时，汤姆是那么可怜。玛丽全心全意地尝试爱上他，她的笑容也曾经灿烂过。可是，汤姆早就知道，爱已走到尽头。他小心翼翼，避免挑起争吵，而且擅于此道。一颗善良的心就是这样破碎的：从内瓦解，不射出一块弹片。亲爱的汤姆。如果没有战争，他们可能会分手做回好友。

这一刻，救援队已经组装好 A 字架，准备撑起倒塌的上层。

撑开足够的空隙之后，一个人爬了下去。一分钟后，他大喊一声。阿休和克莱夫向着货车跑去，从车顶取下担架。

“里面有个男人。他们打算把他救出来。”

玛丽和希尔达跑到马路这边，希尔达背着医疗包。

希尔达喊道：“不要动他的头！”

“才不要把他的头留在那儿呢！”克莱夫说。

他们等待着。轰炸机的嗡嗡声和爆炸声依然不断传来，但似乎暂时远离了他们：250 公斤重的炸弹不断炸裂，偶尔一颗 1000 公斤重的落下，连土地都在摇晃。

几分钟后，这个男人躺在一道松木门上，被四个救援队员带了出去。他们把他放在路上。一名救援队员举起一只差不多没电的电筒，从中投射出一小束光芒。伤者的眼睛是睁着的。

希尔达蹲下来。“里面有人和你在一起吗？”

他摇了摇头。希尔达沿着他的胳膊和腿摸下去，那个男人呻吟着。她把裤脚剪掉。

“你的脚踝严重受伤。还有别的地方疼吗？”

他又摇了摇头。

“我会用夹板固定你的脚踝，然后带你去看医生。没事的，放心。”

希尔达给那人注射了一小管吗啡，一分钟之后，他的脸便放松下来。希尔达动作很快，不一会儿就准备好让他移动了。她在行李标签上写了字母 T 和 M，将标签绑在那人的手腕上。阿休和克莱夫把男子抬上担架，将担架固定在希尔曼车顶上，然后跳进后座。希尔达坐在旅客席喊方向，而玛丽负责把车开到圣巴特医院。交付病人后，玛丽把他们四个载回圣海伦教堂。

在地穴昏暗的橙色灯光中，阿休给所有人都沏了茶。希尔达颤抖得厉害，几乎拿不稳杯子。

“看我这个样子！”她说。

“你干得很好。”

“是吗？我几乎什么都不记得了。”

“我不知道夹板可以绑成这样。再过一分钟绷带就绑到眼睛上了，像图坦卡蒙法老[①]一样。”

希尔达笑了笑。“到处是炸弹，我们还是不要乱逛的好。”

“T 和 M 是什么意思？”

“哦，标签是给分诊护士看的。‘T’是‘创伤’，‘X’是‘内伤’，‘M’是‘已注射吗啡’。在训练中，我们用护工来练习。他们假装受伤，然后我们来标记他们。

“我们也发明了一些代码。‘D’表示‘正点’，‘P’代表‘还不错’和‘N’代表‘不行，如果我是个胖子并且这是地球上最后一个男人，我才会选’。”

玛丽对大家说，她要检查货车上的东西是否齐备。她坐在寒冷中，抱着双膝，背靠教堂的墙。空袭的声音继续嗡嗡地响着，爆炸声时近时远，但她再也不怕了。她想到人们在汤姆额头上画的“X”。玛丽一想到汤姆的脸，他额头上的“X”就挥之不去。甚至在玛丽试图让两人迷失于汉普斯特德原野的记忆之中，那个“X”也一直在汤姆额头上，仿佛他一直带着这个标记，仿佛他一早就知道了结局。

回到地下室，有人打开了朗姆酒。一个防空措施局的女孩不知从哪里拿出了一些糖。现在十一点多了，云层从河口滚滚而下，遮蔽着轰炸机的目标。地下室里的人越来越多，他们都因空袭停止、担架队队员回归而更加欢乐了。

“敬纳粹一杯！”克莱夫说，“愿纳粹德国真的获得第三名。”[②]

---

① 图坦卡蒙（Tutankhamun，前 1341—前 1323），是古埃及新王国时期第十八王朝的法老。

② 纳粹德国指在 1933 年至 1945 年期间由阿道夫·希特勒和其所领导的纳粹党所统治的德国。纳粹德国有两个官方国名，分别为 1933 年至 1939 年使用的德意志第三帝国（Drittes Reich），以及 1939 年到 1945 年的大德意志帝国（Großdeutsches Reich）。这里正是借德意志第三帝国的名称进行讽刺，一种英式幽默的体现。

“愿德国男人的尼龙永不抽丝。”

“纳粹！”他们都喊道，但玛丽没有加入敬酒当中。

杯子里的酒喝光之后，克莱夫又将它们填满了。出于礼节，除朗姆酒之外还备了茶，以免国王突然出现。

凌晨三点左右，空袭完全结束了。再也没有高射炮，没有爆炸，只是头顶偶尔传来飞机的轰鸣。最后，迷途的轰炸机只好自行寻找回家的路。在地下室，谈话已经变成了耳语。人们卷着各自的大衣睡着了。

四点半，解除警报响起，希尔达颤抖着松了一口气。

“感谢上帝。还好，不像我想象中那么糟糕。”

“我们还去派对吗？”玛丽说。

希尔达点点头，检查了一下妆容。“妈的希特勒。让女孩一夜不睡还算可以谅解，但是让她整晚都傻乎乎待着就真的太过分啦。”

“乐观一点。你没把一个人弄死，我也没有刮花货车。”

克莱夫在一个角落里打鼾。两人走开了，与阿休一同上楼。他们相互道别时，一道闪光照亮了整个天空。火光徘徊在他们眼中，沉重的爆炸声响起，随后，碎片从空中掉落，持续了半分钟。

“太好了。”阿休在寂静中说。

“那是什么？”玛丽说。

“表示行动推迟的大炸弹。”

希尔达戴上头盔。“玛丽，把货车往前开一段路。我下楼去等地址。阿休，你能把克莱夫叫醒吗？”

玛丽驾驶着汽车。探照灯已全部熄灭，只有云层下方现出暗橙色的光芒，那是东部火灾的光影。车前大灯的灯光太狭窄了。有那么两回，玛丽的车离墙壁只差几英尺，她才刹车，车几乎撞到了建筑物上。她倒车转过弯来。现实让她感到分崩离析。战争、火灾、驾驶，她只能透过缝隙看到这一切。

到了比利特街，他们马上就知道这一回与第一次任务不一样。一群人在推推搡搡，穿着从睡衣到大衣五花八门，一名警察奋力把他们挡在街道一侧。空袭结束了，人们从公共避难所出来返回家中。现在又碰上了这个。玛丽按下喇叭，开着救护车从人群中挤过去。

他们到了炸弹掉落的地方，一片排屋倒塌了——十几座房屋都倒塌在一片阶地上。被炸弹击中的那间房子已完全消失，爆炸范围边缘的房屋被炸得张大了嘴巴。这一幕已经出现十分钟了，没有人知道哪幢房子里有人。人们在黑暗中四处乱撞，大声呼喊着家人的名字。又有几个警察赶到现场，试图把人们推回去。一个防空措施局的巡逻员打着电筒，在粉碎的房子附近搜查。

一名女子与警方相持不下，要求去找她的儿子。她一副歇斯底里的样子，还动手打人。

玛丽抓住她的手臂。“我们可以去找他。告诉我他在哪里。”

这个女人指着一座房子。房子的前半部分不见了，玛丽能看到一名防空措施局的搜救员打着电筒照向内墙。墙上的壁纸绝不是她会选的那一类。

失踪男孩的母亲说，他们刚刚从街角的避难所跑回来。她找邻居借蜡烛，把孩子留在了家中。

“在这里等我们。”玛丽说。

她与希尔达走进房子，爬过已变成砖块堆的前墙。搜救员正在前厅和厨房里翻翻捡捡。

“有人吗？”玛丽问。

搜救员摇摇头。

“上楼吧。”她对希尔达说。

两人一同上楼。栏杆不见了，掉进了下面的走廊中，楼梯挂在界墙上，她们就是从这里进来的。楼梯摇摇晃晃，但尚能使用。楼梯踏板中间有一条地毯，地毯中央有一条宽阔的条纹图案。楼梯的一头是一间浴室，借着玛丽打火机的火光，她们能看到里面没有人。

天花板掉在地上，阁楼里的东西散落在托梁上，相册和行李箱散落一地。

在形状扭曲、与楼梯平行的过渡平台上，空气中弥漫着粪便的味道——一定是粪管爆裂了。楼梯通向两间卧室。希尔达进了第一间，玛丽进了第二间。她们尽量保持脚步轻柔，因为地板靠近街道那头没有任何支撑，正在剧烈地摇晃着。她点亮打火机，看了一会儿，随即熄灭火苗，蹲在黑暗中，大口大口地喘着气。光线闪烁的一瞬间，她看到一个男孩静静地躺在地上，脸色发灰，尸体包裹在蓝色法兰绒睡衣碎片里。他的身上还有一团乱糟糟的东西，一定是从破裂的粪管中喷出来的。

“希尔达，”她说，“你能马上过来吗？”

孩子的母亲还在外面大喊大叫，随着人群逐渐安静下来，她的哀号更可怕了。玛丽确认从街道上无法看到她所蹲的地方之后，便点亮打火机，将其放在一个翻倒的玩具箱上。

“哦！”希尔达走进来。

她们蹲在孩子的尸体旁。希尔达俯下身子听他是否还有气息。

“有气吗？”玛丽说。

希尔达摇了摇头。那一团乱糟糟的东西并非来自破裂的管道。男孩的内脏被炸出来了。

“不试试心肺复苏吗？”玛丽说。

“我怎么知道？”希尔达小声说，“可能只会令情况更糟。”

“能糟到哪里去？”

希尔达挺直背部，身体僵直。

“希尔达，我们该怎么办？”

“也许他已经没救了。”希尔达说。

“也许我们还能做点什么。急救训练里面应该还有其他方法吧？”

“对不起……”希尔达双手捂住脸说。

男孩长着棕色的头发，身体纤瘦，年龄八九岁。他的眼睛睁着，面色灰暗，一种痛苦的表情凝固在脸上，令人不忍直视。他的卧室墙上贴着明信片，明信片上的图案是各种型号的飞机轮廓。一个五斗橱里装着男生们最爱收集的玩意儿：高空掉落的碎铁片、博福斯高射炮的黄铜弹壳和一团形状扭曲的铝，这块金属似乎是从飞机上掉下来的。铝块隆起的地方已经被男孩的手指磨得发亮。外面的母亲撕扯着嗓子："老鼠！老鼠！"

玛丽站起来，拿上打火机，走出房间。她在门外已变形的楼梯平台上差点吐了出来。原来，地毯中间的条纹并非地毯的图案，而是仍在蔓延的血迹，地毯上的剑麻吮吸着。玛丽点燃了一根香烟。炸弹击中楼房时，男孩正在下楼，他拖着身子爬到房间，然后死了。

"希尔达？"她说。

希尔达来了，玛丽将点燃的香烟递给她。希尔达拿捏不稳，玛丽就把香烟递到她的嘴唇旁。希尔达抽了一口，吐出烟来。

"我们在做什么？"玛丽说，"我们俩到底在干吗？"

希尔达紧紧搂着她的腰。"别。"

"还记得第一次空袭之后吗？我们雇了一辆出租车去看被轰炸过后的废墟。"

"每个人都这样做，不只是——"

玛丽打断了她："你觉得我们已经看够了吗？"

"现在不同了。我们在帮忙。"

"是吗？"玛丽说，"你的公寓里有多少个房间？"

"哦，我知道你想做什么，但是——"

"实在太可怕啦。老实说，我从来没有数过。我家里也许有24个房间，你的公寓里有6个，轰炸还没有殃及皮姆利科。如果我们真的想帮忙，我们可以把整条街的人转移到你我家里，而不是在废墟里挖啊挖。"

"可以做的事情我们都会去做。"

“我们夜间到访，黎明西行，好像变成了食尸鬼，变成了妖怪。”

希尔达闭上双眼，头又靠在墙上。“那你想怎么办？”

“我不知道。我们从来没干过什么大事。除了聊天我们没有别的天赋。”

“那就和孩子母亲身旁的警察谈谈。找个地方收留她。然后叫上阿休和克莱夫。快点，趁我还冷静。”

玛丽盯着她一会儿，直至两人相互理解。

“噢！”她说。

玛丽与阿休、克莱夫一同回来时，希尔达已经用那块染血的地毯裹住了死去的男孩。他们搬起楼梯和平台上的长形地毯，又裁出了一卷。他们将两卷地毯抬放在担架上，每个担架都用标准的灰色毛毯覆盖，然后固定在希尔曼货车的车顶。

天亮了，阳光透过烟雾升起，他们将男孩送到沼泽门。希尔达用卷花字体在太平间日志中写道，孩子当场死亡，没有痛苦，死在一个整洁的家里。母亲来找儿子的尸体时会看到这些记录。

她们去参加派对，不一会儿就在房间的两边喝得烂醉。希尔达与一名空军中尉离开了。玛丽却喝得头晕目眩，只想确保不会碰到她的母亲。她向着出租车走去，把阁楼的地址交给司机。

玛丽坐在车内，脸颊抵着窗口。她看着伦敦那崩缺的牙齿和失明的眼睛。自那次灾难以来，这座城市第一次直击她的心底。世界上的一切虚空将她拖了进去，她的额头在玻璃上移动。什么意义都没有——这是无法忍受的。战争就是一千万条断裂而紧张的神经，百无聊赖，无可奈何。

之前，生活是一种传统，一种饶恕的倾向，一种平均值的回归。她爱的城市就是一棵历经三个世纪的梧桐，是一座自马车让位给蒸汽机车以来就不断在加固的桥梁，是一系列伟大、可靠、协调的努力，是一首交响乐。可如今，任何一道光都有可能在毫无预兆的情况下被掐灭。当她看到死去的男孩，她想到了扎克瑞。

一个孩子就像一先令一样容易丢失。明白了这一点之后，虽然她的心脏还在继续搏动，但她同时也在与逝者手挽着手。现在她终于知道，为什么父亲一直没有提过上一次战争，而阿利斯泰尔也没有提及这一次。对于生者来说其实一点也不公平。

到达目的地时，玛丽脸色苍白。出租车司机问她："你没事吧，亲爱的？"她明朗地一笑，说道："没事，谢谢你。"

走进阁楼，房间里依稀还留着汤姆的味道。玛丽打开电暖器，脱下鞋子，躺在汤姆的床上。玛丽再次睁开双眼时，汤姆已经给她泡好了茶，茶用果酱瓶装着，但她仍然没有任何好转。她坐起来亲吻汤姆，尽力向汤姆表明一切正常。这时，她醒了过来，已是中午时分。

她在角落的脸盆上用凉水和已经变成灰色化石的肥皂洗脸。阁楼里的所有东西都是阿利斯泰尔的。几个星期前，她打包了汤姆的遗物，寄给了汤姆的母亲。恺撒是最后一个装箱的，它的尾巴尖儿露在盒子外面。汤姆的物品经过打包与标记，总共装满了6个长宽各18英寸、深9英寸的纸箱。一个人留下的东西只有10立方英尺。

玛丽走进阿利斯泰尔的房间，打开衣柜门，站在那儿看着他的衣服。她把脸贴在衬衫上。她注意到，袖口已经有些磨损了。她找到了针和线，坐下来开始缝补。她对针线活不太在行。家里的规则是，只要一件事比洗牌更需要巧手，就会交给女仆去做；只要一件东西比留声机唱臂重，就会交给帕默去拿。

她逼自己耐心补下去，缝出的线又密又齐。这是在找事干。如果她能为战争带来些许东西，而不像母亲一样完全避免接触战争的话，那么至少她可以修补好衣服上这些磨损的边缘。

衬衫补好之后，玛丽把它们挂回阿利斯泰尔的衣橱里。然后，因为她至少需要打发接下来的一个小时，恰巧钢笔和纸就在手边，所以她就坐在阿利斯泰尔那张摇摇晃晃的桌子旁，再次给这个男人写起了信。

1941年3月

整整一个月，西北风都在冷冷地吹着。围岛之势更加严峻了。敌人的大型军舰心肠歹毒，如狼似虎，就在地平线以外海岸火炮无法打到的地方打转。他们的战机在天空的蓝色圆顶上喷着绳子一般的白色蒸汽，在岛屿上方编织了一道饥饿之网。

阿利斯泰尔独自一人，很快乐。

阿利斯泰尔：

虽然你的衬衫很丑，应该拿去撕成一条一条，然后织成绳索吊死你的裁缝，但我还是把它补好了。我之前从没缝补过衣服，所以，算你走运了吧。

不知道你是否希望我继续缝补衣柜里其余的衬衫（也许你最好让我知道），无论如何，你那件可怕的蓝色衬衫已经补好了。

你的挚友，玛丽

既然玛丽的信已突破封锁，阿利斯泰尔就不想管数百万吨物资有没有通过了。岛上没有燃油、电灯泡、阿司匹林和人造黄油。他的团也没有新的火炮弹药。按照目前的用量，弹药库里只剩下五天的弹药了。岛民和士兵开始吃狗，从没有颈圈的开始吃起。

阿利斯泰尔一点也不担心。西蒙森读出几个两面派女朋友的多封来信时，他哄堂大笑起来。两名上尉一起模仿骑士桥剧场歌星们的声音唱着歌。炖菜越来越少，肉变成了骨头，骨头也炖了无数回，直到骨髓也不见了，过滤出来的渣滓也被吃掉了。

阿利斯泰尔并不介意。面包的八分之一变成了一块锯末，然后是十六分之三，然后是五分之一。他拿了过来，耸了耸肩。他觉得自己和蛀木虫差不多，还模仿虫子来逗士兵们笑。不久之后，所有人都开始吃虫子了。阿利斯泰尔组织了几场猎虫行动，还给每天搜集最多虫子的士兵颁发“丰盛杯”——一个刻着字的奖杯。岛上几乎找不到一颗水果。士兵们的牙齿开始松动。当地的孩子穿着上教堂时的黑裤子，膝盖沾着黄色的尘土，眼睛开始出现老千或诗人那种焦躁不安的眼神。阿利斯泰尔偷了他们的饼干，放在口袋里。

玛丽：

我不知道你对我的衬衫有什么意见。只需要站在远处看，衬衫就会时髦起来。

我不能赶回伦敦亲自感谢你，真不好意思，可是最奇怪的事情发生了。反对多愁善感的轴心国居然用史上最多的战机和军舰包围马耳他，就为了不让我来见你。他们应该在你那边也干着同样的事吧？我们真的受宠若惊啊。

请尽量不要在我的衣橱上花心思，作为回报，我会好好对待你给我的宝物。作为一个博物馆管理员，我已练就无损修复各种破烂的本领。战争结束当天的五点我会出现，等我。我向你保证，到时我的衬衫会穿在我的身体上。

暖心的阿利斯泰尔

虽然轰炸机邪恶而贪婪，阿利斯泰尔却止不住脸上的微笑。有时候，每天只有一小时让民众涌入收容所、倒夜香、排队取煤油甚至去领回街道上新出现的瓦砾。然后，轰炸机就回来了，每个人都逃回地下。地表变得陌生，地底变得熟悉。

有时候，阿利斯泰尔遇到空袭，不得不与岛民一同进入地下。新石器时代挖掘的墓室里，旧骨头已经被推到一边；罗马式墓穴中供奉着处女玛丽的小型壁画；黄岩里新开凿的隧道很深，还滴着水；洞壁晃动着，好几个家庭挤在一起，几个孩子的父亲与他四目相视。

孩子们呜咽着，母亲抚慰着他们，阿利斯泰尔加入他们的祈祷中：耶稣之心啊，玛利亚之心啊，让炸弹落在海里或田间吧。

阿利斯泰尔，

我无法想象你在抱怨什么——敌人的封锁其实算不了什么。想想我在皮姆利科的经历，完全被破败的切尔西区和贝尔格莱维亚区包围。简直就是地狱。

如果你有意愿的话，你可以在这里发挥你的修复天赋。一有机会，你就尽快来见我。穿着军装吧，明显没有办法把打扮自己的任务交给你。

富有远见的玛丽

每当航空邮件顺利通过封锁，阿利斯泰尔就忘记了饥饿。其余时间，他满脑子都是饥肠辘辘的感觉。一天清晨，房间里的箭环透进一束明亮的光来，他把汤姆的黑莓果酱瓶放在光束之中。从箭环射出的子弹能打到远处的海港入口。这个小孔上下颠倒地吸收了旭日的光芒，将光芒射进果酱瓶之中。随着太阳升起，光的颜色从静脉血逐渐变成了动脉血。悬浮在基质中的每颗小果核都投射出黑色的阴影。

辛辣的味道涌进他的嘴里。他带着这个瓶子已经多久了？他和这个瓶子一起到过多少个不同的帐篷、营房和炮台？曾经，他希望在战争结束之后与汤姆共享这瓶果酱；如今他却希望把它带到汤姆的坟前。当然，他不会在此时此刻崩溃的。然而，他的头脑却突然不断冒出不请自来的念头，告诉他此时打开罐子是明智的。

刚醒过来的时候是最艰难的，人们把井水泼到脸上，喝掉一杯又苦又黄的水来充饥。井水的味道就是马耳他本身，古老、萧条，浸泡在无烟火药与血液之中。这里的石头有许多孔洞，这里的饥饿无法满足。阿利斯泰尔把手伸向果酱瓶，开始拧盖子。拧到一半，他停了下来，拿起一支铅笔。

玛丽：

你像往常一样是在妄想。军装远比便服难看——即使是我的也不例外。如果你没有被这场战争的魔力蒙蔽，你就能看到这一点。想象一下我系着武装带（我相信系在你身上会比系在我身上好看），戴着军帽的样子，帽檐上还有抛光的皮革。如果不是因为配枪和敌人的存在使其拥有合法出现的意义，那这套衣服只不过恰当展现了穿戴者的心灵，展现了军衔之下的心理扭曲。顺便说一句，你的字迹也向我传递了同样的信息。

精明的阿利斯泰尔

今天，炮组被轮换到宾格马要塞，这座要塞坐落在岛屿西北部维多利亚海岸线的悬崖上。是时候了。阿利斯泰尔的士兵崩溃了，他们还出现了梦游症状。三十五人之中有三个已经牺牲，西蒙森的队伍里也死了七个。八十六个日夜以来，敌人的轰炸丝毫没有放松。军团可以在山上重组，重新装备弹药。也许在郊外还有更多能吃的东西。

阿利斯泰尔最后一次眺望大海。西北风吹过，大海港里船只的信号旗旗杆被吹得呼呼作响。海浪一如既往，一波接着一波袭来。地平线上徘徊着包围圈中战船烟囱冒出的烟雾，黑烟及时地聚拢到岛上来。

致：皇家炮兵部队阿利斯泰尔·希思上尉

来自：玛莉与诺思律师事务所

回复：诽谤

先生：

应当事人伦敦 SW1 区玛丽·安妮·伊丽莎白·诺斯之要求，

我们向阁下转达如下信息：若阁下未能立即收回在信中所写的诽谤之言，即当事人“在妄想”这一说法，我们的当事人将对阁下提出诉讼。我们的当事人无法容忍阁下对其字迹所作的评价，并委托我们转达，阁下的各封来信已构成充分的证据证明，当事人的书面陈述不但在字迹上比阁下的信件优秀，还在行文上比阁下略胜一筹。

玛莉与诺思律师事务所

阿利斯泰尔抬头一看，惊讶地发现战争还在。她又来了，又在玩那种让一切情意都消失的把戏。他系紧了粗呢背包，将包扛上肩，戴上军帽，踏进要塞中央的矩形白光之中。

“希思！你在这里，你这迟到的混蛋！”

“西蒙森！”阿利斯泰尔说着正儿八经地敬了个礼。

“上车，所有人都会认为你不想去度假的。”

阿利斯泰尔爬上贝德福德的旅客席。西蒙森发动巨大的汽油引擎，直接挂挡，以免浪费一丝燃料。士兵们率先乘坐被征用的游览车，与货车车队一同离开了。队中的大多数货车都是马车，每隔一段不定的时间，车就会出发，以免招来现在几乎没有敌意的敌军战斗机。阿利斯泰尔和西蒙森开车驶上大吊桥。军需官给他们发了一车炮弹载到要塞去，还用金属吸管吸取最接近实际使用量的液盎司数，给车加了汽油，刚好足够他们从山上滑到目的地。

西蒙森驾驶车辆穿过瓦莱塔的废墟。阿利斯泰尔摇下侧窗，享受着清晨的温暖。这是一天中最适合出城的时间。日头还不是太大；此时是向毫无防备的岛屿轰炸的休息时间，德国空军的王牌战将正在西西里的地面上，签着自己的照片或做着别的事情。

两名上尉驾车穿过蜿蜒的峡谷，路上大片的瓦砾之前已经被清除出去。每一座建筑似乎都被炸成不断重复的黄色石块，二英尺长，一英尺宽，一英尺深。这是文明的原子，两个男人能抬起的最大的东西，就只有这些零部件了。

西蒙森皱着眉头，透过铺满尘土的挡风玻璃看向外面。

“兰迪看到我做的城堡，就会把它推倒。这些砖头就像城堡倒塌之后散落一地的字母方块。”

“有收到你亲哥哥的来信吗？”

“噢，他不会写信的。这家伙，他要是认字的话我会很惊讶。”

“他不也被征召入伍了吗？”

西蒙森高傲地盯着阿利斯泰尔，似乎觉得很好笑。“亲爱的孩子，一些精英必须留守家乡，否则，我们这群人回家时就可能会夺取王国的钥匙。”

“这样很可怕吗？”

“你学得真慢，也许你有一点智障。”

“你以前一定很有趣。”

“最近太多伤亡了，阿利斯泰尔，仅此而已。”

阿利斯泰尔看着他，西蒙森看着前面的路。这是西蒙森第一次喊他的名字。

阿利斯泰尔说：“我从来没有想过你对士兵们那么关心。”

西蒙森关掉引擎，让车辆滑行至完全停止。他拉起手刹，在外衣口袋里摸索着香烟。

“起初我并不关心。德莱顿死时，我想，好吧，这是他点儿背。然后，诺里斯也死了——他的枪法实在太差——死掉的不是像卡特那样有用的人，我很高兴。”

阿利斯泰尔点点头。“诺里斯死了之后枪法一定更棒了。”

“嗯，没错。不管怎样，我从来没有像你一样那么喜欢他们。我难以理解他们的行为，而且我一直觉得，我对他们的感觉和对小猫差不多。可是，接下来那一周，连卡特也死了。我记得，我低头看着他的尸体，只认得手表是他的。他的脸已经不见了，我气得要命。我不知道为什么会是这样。他活着的时候还是挺帅的，但眼前的现实告诉我并非如此。但我记得，我当时在想：我会亲手埋葬他。

你知道在这个岛上挖坟墓有多难。土壤只有三英寸厚，下面就是坚硬的岩石。不过，如果大家让我这么做的话，我也会去做的。然后，维克斯也死了，卡伦、凯西和厄克特——所有人都在那可怕的一周里死去，你还记得吗？从此我就无比愤怒。其实，我讨厌自己是军官。”

他喷出烟雾，用拇指按着自己的眼睛。

阿利斯泰尔拍拍他的肩膀。“还有更惨的。你也许能当上少校。”

西蒙森抓着阿利斯泰尔的手臂。“所有这一切都会陪伴着我们，你会明白的。”

“你的意思是战争结束之后？”

“士兵会讨厌我们。如果任何一个可怜的家伙还活着的话。”

“士兵才不恨军官。”

“恨我们是他们的天性。你不明白这个事实，只能说明你缺乏教养。”

阿利斯泰尔笑了。西蒙森转动钥匙。“我哥不会参军，英国也不会改变。它与这个该死的岛屿一样，都是由方块组成的。当他们再次利用废墟时，你会看到只有一种方法能把它们嵌回到一起。”

“我和你赌五英镑，战争结束后，英格兰会完全不同。”

“噢，饶了我们吧。”

“你不觉得我们应该对彼此亲切一些吗？我希望人们的阶级变得没那么重要，应该变得更重要的是个人信念。我希望我们在犯错时，能更容易原谅彼此。”

“我和你赌五英镑，我们看不到战争的结束。”

“这种赌局我根本没法赢钱。”

“明白运作机制了吧？”西蒙森说。

他松开离合器，让卡车掉了个头，顺着铺满石子的道路下行。货车摇摇晃晃地行驶着，穿过了层层相连、标志着城市界限的塔楼和城墙。它们是了不起的防御工事，能在下一次奥斯曼入侵中证明自身的价值。与此同时，他们在德国的空袭中却没有丝毫用处。

也许西蒙森说得对，军团无法在围攻中存活下来。因为饥饿，他们快要变成石头了。他们在石墙后面隐蔽起来，将卡车、头盔和枪支涂上了类似石块的油彩，仿佛用这种可怜的巫术能让它们坚硬起来。晚上闭上眼睛，他们能看到碎石组成的墙壁。饥肠辘辘之时，无处不在的黄色石灰岩便拥有了干酪的色调；而敌人的伞兵终于到来时，这道墙也有可能提供保护。

阿利斯泰尔趴在仪表板的记事本上，掏出了一小截铅笔。

致：玛丽·诺斯，转交玛莉与诺思律师事务所

来自：阿里斯特雷息思事务所

回复：导游带队参观马耳他

女士：

我们的当事人阿利斯泰尔·希思（皇家炮兵队上尉）要求我们向阁下转达

“哎哟，我的老天，”西蒙森说，“你们就像刚谈恋爱的小学生在传纸条。”

阿利斯泰尔轻轻回头看他。“所以呢？”

“所以老师说现在在打仗。”

“我只是在找乐子。”

“呃，在你身边真让人觉得恶心。所以，你坠入爱河了，好样的。你不一定要把爱液抹到所有人的脸上。”

“哦，拜托，西蒙森，你知道我的眼里只有你。”

他看过去，但西蒙森只望着前方的路。阿利斯泰尔把记事本塞回口袋。

在城市边缘，防御工事逐渐变成了郊外花园大小的无树平地，清水花石墙包围着这些平地，一直延伸到地平线。那是贫瘠的土地，

干枯的黄草四处丛生。长势萎靡的橘子与洋蓟在薄薄的黄土中苦苦挣扎。沾满灰尘的仙人掌沿墙而长，沟渠里，起绒草与芦苇状的竹子立在看不见的水洼之中。还有一些小断崖，在色调上与石墙没有什么差别，究竟是人造的还是自然的，用肉眼无法分辨。人们很少会在意这里，这是可怕的郊野，如果有别的路可走，人们是绝对不会到这里来的。

“该死的，”西蒙森说，“对不起。”

“不，你说得很对。”

“你爱写就写吧，不要介意我吃不到葡萄说葡萄酸。”

“我不介意任何一种葡萄。这些天以来谁大惊小怪了？”

西蒙森的笑并未完全释放紧张气氛。四架 109S 排成不对称的 V 字形在头顶上高速飞行，在蓝天中欢欣雀跃，如入无人之境。西蒙森握着方向盘打了个转，把卡车开到路边；两人从驾驶室跳下，跳进沟里。他们平躺着，双手放在头上。飞机的噪音却在逐渐消失。德国人要么没有注意到他们，要么认为他们不值得浪费弹药，只是继续往西飞行。

西蒙森和阿利斯泰尔爬出水沟，坐在黄色石墙的阴影中，掸去身上的尘土。黑蜂在路旁的百里香中嗡嗡地飞着。狗从这个农场吠叫着跑到那个农场。鸟儿发出单音节的呼喊，声音尖细，一点也不可爱，仿佛在描述眼前的景观。风在路上卷起片片尘土。尾巴肥大的蜥蜴在淤泥中挖掘着，远处传来海岸上炮组的轰隆声。

西蒙森眺望着陷入废墟的荒野。“你知道如果飞机把我们打死了，谁会想念我吗？没有人会想念我。”

阿利斯泰尔耸耸肩。“我会想念你的。”

西蒙森似乎没有听见。“一切都会如常运作，没有人会在乎的。”

“你那三个漂亮的女朋友呢？”

“如果我死了，她们会像佩戴胸针一样，戴几天伤心。”

“我还以为你喜欢那些女孩。”

"'那些'就很说明问题了，是不是？"

"那也许你应该选一个。"

"可是她们之间没什么好选的，你还不懂吗？她们上午躺在床上，下午去克拉里奇，与其他人根本没什么区别，她们是萤火虫。"

"可你却想要真的火焰。"

"你一定要嘲笑我吗？你不要以为自己很了解我。"

"我没有嘲笑你。好吧，有一点点。"

"这对你来说太简单了。"

阿利斯泰尔举起双手。"对不起。"

他们又沉默了。继续开车。阿利斯泰尔在脑中起草了一封给玛丽的信。

……要求我们向阁下转达他对诽谤言论的虚伪歉意，这种歉意的出现仅是因为我们的当事人所在的地方存在许多乌托邦式的快乐，而他在此玩得不亦乐乎。

到达山顶，他们看到前方一英里处有一道烟雾径直上升，当他们走近时，烟雾更加浓重了。阿利斯泰尔饥肠辘辘，行动迟缓，几乎没有注意到它。

这个岛上的食品与饮料足以让一个人高兴得发晕。鹅肝只有一点不好，就是太多了。鱼子酱一直都那么好吃，吃得有点腻了。

现在，烟雾就在正前方的半英里处。

当地有许多迷人的仪式，许多仪式都与火有关。

"我觉得最好还是在这里停车吧。"西蒙森说。

“嗯？”

“我们带着三千磅的炮弹呢，直接穿过火焰似乎不是很谨慎。”

西蒙森在火的上风处停下了车，离火焰还有一段安全的距离。他们下了车，看看出了什么状况。这是一个两三百户的村庄，村里的教堂起火了。

轰炸机的残骸与飞行员的尸块散落四周。烈焰吹到马路对面，空气中充斥着燃油燃烧的臭味。人们在教堂进进出出，正在抢救里面的文物。

接下来还有艺术珍品，当地人乐于展示给我们看。

大火似乎燃尽了，因为这些建筑都是石头做的，木制的部分很少，燃油烧完之后，只有冲天的烟尘留在闪烁着火星的过热空气中。在教堂前的小石头广场上，一群人聚集在一起。阿利斯泰尔和西蒙森挤进人群。

这是一个露天广场，人们在这里永远不会感到无聊，因为城镇的广场总是有事发生。

一名德国飞行员躺在地上，村民们包围了他，拳打脚踢，往他身上吐痰。一块骨头从裤管里露了出来。他的一侧嘴巴被撕开了，脸颊裂开，露出一排血迹斑斑的臼齿。他用流利的英语恳求着折磨他的人，只是因为身上有伤而略带口音。

“该死的。”西蒙森说。

当地人对英国人很热情，却不太理会其他外国游客。

阿利斯泰尔猛地摇摇头，强迫自己集中精力看着当下的情景。连续饥饿几个月之后，他的精神已经很难集中起来。敌国飞行员抬头看着他，恳求着。阿利斯泰尔觉得喉咙一紧。他在法国大撤退期间也遇到过这种场景。如果飞行员不得不跳伞着陆，那他最好在落地之前将自己射杀，而不是落到他正在轰炸的人手中。

“离那个男人远点！”阿利斯泰尔的声音在喧嚣中迷失了，“别动他！”

人们看着他。有些人笑了。人群中没有妇女或婴儿，这是一个不好的征兆。

一个十一二岁，穿着干净白衬衫、黑长裤，戴着黑色布帽的男孩笑了，一脚踢在德国人的裤裆上。飞行员像胎儿一样缩成一团，破裂的腿骨陷入泥中。他尖叫着，另一个人又踢了他一脚。

“求你了！我不想打你的！上帝保佑国王！”

一名男子抓了一把土，抬起飞行员的头，将泥土塞进冒着血液、正在抗议的嘴巴。男子呛得叫了一声。一团紫色的泥血块从脸颊的裂痕中渗出。人群中出现了笑声，因为现在笑话的是敌人。由数百万的战斗人员及相关军用物资组成的军队与国家能发挥强大的调动作用，将笑话的笑点调动到任意一个方格坐标内。这是一件多么愉快的事啊。

坠落的飞机已经烧尽燃料。尘雾哽在喉咙里。又有几个村民向崩溃的飞行员逼近。

“我是一名英国军官！”阿利斯泰尔喊道，“离那个男人远点！”

他架在德国人和人们之间，但大家的手段更了得。他脖子上挨了一肘子，太阳穴上吃了一记拳头，被挤到人群后面。他再也看不见德国人了。

西蒙森挽着他的胳膊。“走吧，我们无能为力了。”

“你不是认真的。”

“德国人轰炸了好几个月。你想让我怎么办？”

“我想让你帮我。”阿利斯泰尔说着，从皮套中拔出 0.38 口径的手枪，转动汽缸检查还有多少油。

“发发慈悲吧！我们有一吨的重型装备在卡车里，敌人已经升空了。你知道吗？有多少士兵牺牲性命也要运送弹药，你却要我们把它放在空地上，去搞什么白人的正义？这个男人是死定了，你看见了。”

“是的，可是我会在这些人折磨他之前把他们射死。”

“那我就只能不管了，阿利斯泰尔，因为我不会因为你纯洁的良心而丢掉一卡车的弹药。”

两名军官相互对视了一会儿。

“好吧。”阿利斯泰尔说。

他绕过西蒙森，扳下左轮手枪的击锤，向空中连开了五枪。众人的讥笑停止了。当地人转过身来，先是一惊，随后脸色变得阴沉。

“很好很好，”阿利斯泰尔说，“处在你们的位置，我可能也会做同样的事。但现在你们可以回家了。我没有见过你们，也叫不出你们的名字来。”

他站在那里，恩菲尔德手枪指着地面。他看着自己的鞋子。风刮着尘土，尘土堆在脚趾上，向下风方向的空洞吹去。他低着头，意识到周围的人在缓慢移动，大家都在放轻脚步往后退。当他抬起头时，广场上除了还在扭动身体的飞行员外空无一人。

他将左轮手枪放回皮套，扣上扣子，蹲在男子身边。那个可怜的家伙趴在地上，当他试着用流血的烂鼻子呼吸时，他的胸脯上下起伏。阿利斯泰尔转过头，刚要把嘴里的土挖出来，就看到那名男子的眼睛已经失去了光芒。双眼没有流血——眼眶像嘴巴一样，塞满了黄色的灰尘。他艰难地呼吸着空气，混杂着血液的泡沫在他的鼻孔里进进出出，嘶嘶作响。阿利斯泰尔挖出沙土，那名男子因为突如其来的畅通呼吸，一边咳嗽一边喷血。

“我很遗憾。”阿利斯泰尔说。

他抱着男子的头。黑色的头发黏糊糊的，鲜血和黄土在上面结了块。他比阿利斯泰尔年长，也许快四十岁了。一个小时前，他还在天空中飞行，他的领带打着整齐的结。

“看看他们对你做了什么。我真的很遗憾。”

男子的下颚在阿利斯泰尔的右手小指边上一口咬下去，破碎的牙齿锋利得可怕，直接咬进阿利斯泰尔的骨头。阿利斯泰尔叫了一声。他用另一只手推开男人的下颚，可他咬得更加用力了。阿利斯泰尔扭转手腕改变角度，那男子很痛苦，却咬得更加起劲了。他将阿利斯泰尔拖倒在地。

“住手！”阿利斯泰尔大叫，“别这样！我在帮你呢！”

可那男人已经疯了，不知道自己在做什么。他捏着阿利斯泰尔的喉咙，两只拇指捏着气管。阿利斯泰尔试着用另一只手将他推开。火花在湛蓝的天空中掠过，逐渐褪成靛蓝色，然后是黑色。

一声枪响传来，大拇指松开了他的喉咙。阿利斯泰尔牙齿打着战，深吸了一口气。那人的牙齿也松开了。阿利斯泰尔从烟尘中滚出来。他回过气来，好不容易才维持着下蹲的姿势。在德国人脑袋上打了一枪的西蒙森依然举着左轮手枪。他一脸厌恶，嘴唇动了一会儿，却没有发出声音。

“起来。”西蒙森终于说道。

很长一段时间之后，阿利斯泰尔才明白西蒙森说的是他。他摇摇晃晃地站了起来，手掌上小半圈的肉已经掉了。血流进灰尘之中。德国人仰卧在他与西蒙森之间的地上，双臂瘫在身体两侧。

“你们……”德国人说。

西蒙森和阿利斯泰尔瞪大了眼睛。血液和黄色的液体从太阳穴和另一边脸颊的孔里流出。

“你们……”那人又说了一遍。

西蒙森对准他的胸膛开了第二枪。阿利斯泰尔觉得，一种习惯性的礼貌促使他停了一会儿，让他听清楚那人在说什么。德国人的身体收缩伸展了两次。他深吸一口气，发出嘶嘶的呼吸声，说道：

“对不起，我想你们说的是英语？”

西蒙森放下手枪，怒气冲冲地看着阿利斯泰尔。

“我疯了，”飞行员说，“我也许遇到了意外。原谅我，我的英语很差……”

“你的英语很好。”阿利斯泰尔说。

“你……太好了。”

阿利斯泰尔蹲在垂死之人旁边。“对不起。”

“杀了我吧。不要把我抓起来。我怕……我的儿子。他……不是一个强势的男孩，我很担心……他可能……原谅我……”

男人费力地维持着那口气。血色的泡沫从嘴里冒出。

“没关系，”阿利斯泰尔说，“没关系。”

“如果我……被抓了……他……在学校里……可能会……被欺负……”

西蒙森推开阿利斯泰尔，又对着德国人开了一枪，子弹正中胸口。那男子试着再吸一口气，烂掉的嘴巴张开了一点。西蒙森连续对他开了三枪，子弹摧毁了他的腹部。血液和体液从飞行夹克里井喷出来。

“还有……”那人说，“还有……”

“我没有子弹了。”西蒙森说。

“还有……孩子很……很……”

阿利斯泰尔掏出左轮手枪，迅速瞄准，闭上双眼开了一枪。子弹有点打偏了，打到了额头的一侧，剜掉一部分头皮，颅骨暴露出来，却没有被子弹穿透。子弹的力量把头撞至偏向一侧。这也是阿利斯泰尔的最后一发子弹了。男人吸了一口气，又吸了一口。

阿利斯泰尔蹲了下来，只能这么做了。他抓起两把黄沙，把它们塞进了男人的嘴里。他依然摸到男人鼻孔中喷出的热气，于是，阿利斯泰尔捏着那人的鼻子，按着他的身体，直至他停止挣扎。

当一切结束之后，阿利斯泰尔站了起来。他和西蒙森默默地看着那个男人，不能完全肯定他已经死了。战争证明了一件事，那就是生命往往会对士兵手里的武器产生始料不及的抵抗。

西蒙森点燃了一支烟。“我不会原谅你的。”

“不，”阿利斯泰尔说，“我也不会原谅自己。”

“我们要走了。到达宾格马之后我们再寄一封葬礼详情说明。”

“我宁愿留下来，现在就把他埋了。”

西蒙森摇摇头。“这既不会让你也不会让他感到更好受些。”

在门口观看了整件事的马耳他人跑到街上，向两名军官献上缓慢而讽刺的掌声。掌声在广场上回荡，此时西蒙森和阿利斯泰尔正向着卡车走去。

在黄色的石头建筑之间，在撒满煤灰的教堂前，寒冷的西北风开始了用沙尘覆盖死者遗体的工作。

1941 年 3 月

三点五十分，暮色提早降临，玛丽在烟雾中来到圣海伦教堂。整座城市散发着砖灰和木炭的味道。周围一片寂静，人们已经躲到避难所里去了。

“睡得好吗？”阿休说。

“梦见你了。”

“去吧你。小家伙已经在后面了。”

玛丽爬进希尔曼的驾驶室，看到了希尔达。教堂后院的墙已经倒塌，露出曾经是主教门的一片空地。在蒙蒙细雨之中，穿着短裤的男孩在废墟中寻觅着弹片和黄铜。

“看看这一切，”希尔达说，“他们说我们会赢的，可该怎么赢？”

“父亲说，如果继续这样下去，城市将转移到地下。”

“那该多讨厌啊，不是吗？”

“我想应该会有通风井和天窗吧。”

“那还是有盼头的。地底会有林地和海景的壁画吗？”

“看光明的一面，”玛丽说，“有可能是——”

“地底下没有光明的一面。只有一片黑暗。”

“那就拿着我们的蒂利灯，唱着《到这来》，然后全力以赴，做到最好吧。”

“很好，”希尔达说，“但我有可能会在地面上碰碰运气。”

“他们不会让你去的。即使我们赢了，父亲也会表示我们该做好准备。社会会被重新组织起来。叫人们住哪里，人们就住哪里，叫他们做什么工作，他们就做什么工作，然后一直准备战斗。父亲说，上一次战争之后，都是我们的错。我们让人们生活在犹豫不决之中。”

“是的，很好。”

“父亲说，这种情况持续了大约二十年。那之后，但凡经过组织的人都会对我们做这样的事情。”

玛丽转动曲柄，让雨刷拨走挡风玻璃上的细雨，以便更清楚地看到瓦砾。

希尔达说：“如果未来真是那样，那么活着还有什么意义？”

“我们可以有自己的爱好。”

“我的爱好之一就是喝茶。我们去地下室喝点？”

“你不关心社会文明的未来吗？”

“不关心，”希尔达说，“我关心的是阿利斯泰尔还没有回信。”

“哦。”玛丽说。

“我一直在想着他。你对我有哪怕一点同情吗？”

玛丽的心剧烈地跳动着。“对不起。”

“哦，这不是你的错。来吧，我们去喝茶吧。”

不久之后，警笛声升高到C升调，然后突然降调，又再次升调。第一波炸弹落在地上，夜幕降临，他们被派去接载第一批伤亡者。

开始工作之前，克莱夫已经喝醉了。阿休累得脸色煞白。他们抬起两名死者，正要跑第一趟，将他们运送到太平间时，玛丽驾车转过街角，车顶上的尸体被甩到了街上。原来克莱夫和阿休忘记了用皮带扣好担架。两个男人一边数着“一、二、三，起”，一边齐心协力，将第一具尸体抬回来，可是，他们在救护车碎裂的车灯灯光里试了两回，还是没能抬起来，经历短暂的迷茫之后，却发现克莱夫抬的是一具尸体的手臂和另一具尸体的腿。玛丽看着他们骂骂咧咧，然后又试了一遍。

她尽可能压低声音说：“我一直在与阿利斯泰尔通信。”

希尔达看着前方，什么话也没说。

“对不起，”玛丽说，“如果说对不起有用的话。”

“你对不起什么……”

“我等了好一段时间。如果我觉得你和他打得火热的话，我是不会写的。”

希尔达依旧看着前方。“谁先写的？是你还是他？”

玛丽把额头靠在方向盘上。“你生气了，我不怪你。”

“不是生气的问题。自打我们小时候你就这么做。”

“我知道。对不起，希尔达。”

在没什么作用的车前灯灯光中，两个男人准备把一具尸体抬回担架上。他们抬得不够平稳，尸体再次滚了下去。

“每次参加一个派对，你都和最好的男人离开。而第二好的男孩与我接吻时闭上眼睛都在想着你。”

“我保证不会再发生这种事了。”

“哦，原来阿利斯泰尔是你从我这里抢走的最后一个吗？”

“我不想的。”

“你什么时候知道自己喜欢他的？”

“我将背包拿到车站那会儿。”

“所以你的确亲他了。”

“没有。”

“你们有没有牵手？”

“没有。我那时和汤姆在一起呢，还记得吗？你不知道当时的情况。”

“为什么？你以为我没谈过恋爱吗？玛丽，这些东西我也感觉得到。虽然我没有一点希望，但我是有感觉的。你一直都在那里，把我从爱情之中拯救出来，不是吗？”

玛丽闭上眼睛。“对不起。”

希尔达什么也没说。摇摆乐在玛丽的意识之外奏响，白噪音的某处出现了一段幽灵旋律。

无人入睡。

尸体再次装载好之后，玛丽便驾车到太平间。现在把人从车顶上取下来要花好几个世纪，因为他们把绑带绑得太紧了。他们冰冷的手在与绳结作斗争。玛丽好不容易才一头栽在方向盘上。

“越来越难了。”希尔达说。

“什么？”

“相信我们能忍得住。”

玛丽觉得，她说的要么是两人的友谊，要么是连日以来的轰炸。现在，成千上万的人已经死了，连活着的人也觉得恶心。关于战争，有一件事没有人提醒过：死亡是生者的一种疾病，是一种逐渐积累的毒素。

待克莱夫和阿休终于把空担架放回车顶之后，玛丽便开车返回教堂。他们很累，无法走到隐蔽处。汤姆的发条留声机被玛丽放在救护车上，他们此刻正在听歌。克莱夫将一瓶啤酒传来传去。他们要喝得烂醉才能完成这份工作，没有醉到这种程度是做不了的。在挡风玻璃之外，火焰的橘色光芒之中，废墟一直延伸至视线的尽头。

“对你来说还好，”希尔达说，“可我谁都钓不到。”

“你会钓到的。你知道的。”

“听听你说的话。”希尔达说。

悲伤硬化成钙。

防空措施局的控制人员拍了拍救护车的窗口，递上一个新的地址。玛丽把留声机的针头放好，然后发动了汽车。希尔达头靠车窗休息，看着高射炮炮管向上移动。

这次任务在法灵顿，在他们惯常负责的辖区之外。他们到达现场时，到处都是救护车和消防人员。一座办公楼倒塌了，压在隐蔽处之上，残骸中冒出火焰。救援队员挖出通往隐蔽处的通道，克莱夫和阿休也加入到救援当中，带出伤员。消防员用水枪对准冒着蒸汽的废墟喷射，担架队出来时全身湿透。

希尔达拿着医疗包走下去，一言不发。一分钟后，玛丽忍不住也走了下去。隧道入口是一道弯曲的钢门门楣，然后是一个陡峭向下的楼梯，楼梯里到处是建筑物倒塌时掉下的瓦砾碎石。一个人弯着腰还是可以通行的。冰冷的水从隧道顶部滴落。

外头昏暗的火光被黑暗淹没了，隧道中每隔几码就会出现蓄电池灯的灯光。玛丽的膝盖刮到了尖锐的碎石，锡帽撞在梁上，她被撞晕了一会儿。黑暗中传来喊声。她强迫自己走下去。

隧道逐渐开阔，玛丽以为这是一个大水池，因为某些原因，救援队队员在眼花缭乱的电筒光中在大腿深的水池中涉水而行。

“隐蔽处在哪里？”她问救援人员。

“就是这里。”

她一定是一脸茫然的样子，因为那人说：“这是消防水管的水。漏了。”

幸存者似乎都被带出去了，在这里的人都是救援队员。玛丽看着他们走进黑乎乎的水中，潜了许久，才冒出水面喘气。

希尔达向她走来。“他们只是在寻找尸体，我害怕。我们回去吧。”

玛丽向前走了一步，有什么重物拖着她的后腿。她跪倒下来，水淹至胸部。希尔达抬着她的胳膊，扶她起来。玛丽想站起来，却发现自己做不到。她在冰冷的水中喘着气。

希尔达钻到她的手臂下抬起她。“哦，快起来，快！我们都累垮了，你知道的。”

玛丽伸手向大腿摸去。一道沉重的横梁——像是金属做的——压在她的腘窝上。她的膝盖被压在凹凸不平的瓦砾上，动弹不得。她对金属横梁使劲，横梁一动不动，膝盖反而在瓦砾上摩擦着，疼了起来。她俯身去摸那道横梁，左摸摸右摸摸，发现横梁比她双臂张开还要长。

一名救援人员从水里冒出来，用电筒照着玛丽。“你还好吗？”

“抱歉，”她说，“我好像被卡住了。”她笑了，尴尬的时候就只能这样。

救援人员让希尔达举着电筒，在玛丽身旁蹲下来，沿着横梁拉了两下。“你卡住了，是不是？你疼吗？”

“活动的时候才会疼。我蠢死了，是不是？”

“噢，你保持冷静，亲爱的，我们来处理。”

“非常感谢。”玛丽说。直到那人告诉她要保持冷静之前，她从未想过有什么原因会让她难以冷静。

希尔达握着她的手。又有几个救援人员来了，他们潜进水里，一回拿上来一块砖，一回又搬上来一道栅栏，可卡住她的东西太重了，移动不了。玛丽想到，那道横梁的两端应该是连接着混凝土的，而混凝土横在障碍物之下。她能听见男人们紧张的声音，知道他们都在避免惊动她。

他们更加按部就班，用指尖摸索着水下障碍物，试图找出搬开横梁的方法。在突如其来的平静之中，水流倾泻而下的声音十分响亮。希尔达解开发夹，扎起玛丽的头发，不让头发飘到嘴里。

“乖一点，再帮我涂个口红吧。”玛丽说，她的牙齿在打战。

希尔达说：“你做得很好。”

玛丽现在明白，地下室的水位正在上升，大约一分钟升高一英寸。她一直跪在水里，水深原来只到胸骨，后来已经上升到了喉咙。水从天花板流下来，上面的瓦砾泡在水中之后，水流的速度更快了。一些救援人员离开了，玛丽惊奇地看着他们，直到有人告诉她，他们去拿水泵了。

“我们能做什么？”玛丽问。

希尔达奇怪地看着她。“这个。”

此刻，玛丽开始挣扎。她用尽力气想抬起横梁，不介意金属割伤小腿的痛楚。她猛烈地抖动身体，救援人员抓住她的胳膊，让她冷静下来，她却出手打了他们。水从天花板上喷涌而下。

当水位上升至嘴里的时候，玛丽仰起头来，不让脸部碰到水。水已上涨到她的耳垂处。

希尔达捏着她的手，直到她恢复平静。在摇摆不定的电筒光中，玛丽看到了希尔达的眼神。现在她明白了，最可怕的事情将要发生在她的身上。悲伤的情绪袭来，悲伤的程度不断上升。水现在已经漫到耳膜附近，救援人员做了最后一次疯狂的尝试，但就连泼水的声音也已经听不见了。

肯尼斯·考克斯走了，玛丽感到难以忍受的痛苦。他的声音还活着——这才是最可怕的。这个男孩，即使再怎么喊，他都不会安静下来，而此刻他就在大喊大叫，藏在那淹没她的、不可能存在的音乐之中。悲伤从消防水管里喷出。

“这一切都是一场梦，”希尔达说，“嘘，只是一场梦。”

“嘘嘘嘘嘘！”肯尼斯喊道，“只！是！一！场！梦！”

肯尼斯死了，这是一种痛苦；贝蕊·沃尔多夫不声不响、死不瞑目，这是一种痛苦；玛丽闭上眼睛，贝蒂·奥茨还在微笑着，这也是一种痛苦。她的身体来回摆动，想从压着自己的横梁下挣脱出来。太过分了，她再也无法承受；到了现在她才知道，她从未相信过死亡的存在——不相信死神降临的速度会那么快，不相信死亡带来的忧伤是如此深不可测。直到这一刻死神突然出现时，她才明白这一切。

她在黑暗中呻吟着，然后，感到一阵锐痛。原来，希尔达把一管吗啡扎在她的手臂上，刺穿了她的夹克和衬衣。

希尔达平静地低头看着她。“嘘……只是……一场……梦……而已……”

一分钟后，玛丽的呼吸逐渐平稳下来，黑水的寒意已经消失了。一道光芒从腹部一直蔓延到她的背脊。这种感觉很陌生，却很舒服。她感觉到希尔达的手放在她的脸上，正在扶她起来。“好了。”

玛丽依然知道她将会遭遇什么，可是这与知道一个字谜的答案差不多。无论能否慢慢站起来，她都觉得很难过。吗啡正在她身上发挥着舒缓作用，她明白了，这种药物是一种简单而宽和的东西，就像受伤了绑上绷带一样合适。

“好一点了？”希尔达说。

玛丽觉得应该回答她一句。水差不多上涨到嘴唇处。在变幻无常的手电筒光之中，希尔达是那么美丽，那么明亮，那么永恒。玛丽看着她的闺蜜，看着这个习惯在空袭时外出风流的社交新手，她身上的防护措施就只有一顶锡纸帽和一个袖章，而她却要负责把陌生人的尸体带回家。

在玛丽看来，希尔达只是问了一个非常简单的问题。她做出回应是理所应当的。第一滴水流进她的嘴里，味道很古怪。天气多么寒冷，煤灰和砖灰是多么刺鼻。伦敦居然想慢慢流进她的体内，这是多么奇怪啊。她笑了，水一下子涌了进来，她觉得还是闭上嘴巴，透过鼻子呼吸比较好。

每一次呼吸都是那么可爱，那么奇特，她竟从未注意过这一点。

她确定希尔达问了她一个问题。

因为吗啡的存在，她才发现每一次呼吸都是完美的，而这个事实现在似乎是显而易见的。这个知识点一直就在那里，直截了当却被人忽略。真奇怪，为什么人们从来就看不到这一点呢？是因为心灵的无能，因为这是一个具体的盲点吗？还是说，这是一种不自然的忽视？一边四处走动，一边注意到每一次呼吸都很可爱，这大概称不上是礼貌的行为吧。她咯咯笑着，水流进她的嘴巴里，她又闭上了嘴。

孩子死去的痛苦仍然像未曾减弱的杂音一样回荡着——是的，她完全意识到这一点——但痛苦不再只属于她了。目前的情况只是这样：她从容地聆听着，听得很清楚，能够辨别出每个人的音色和音调，区分主题和次要的乐句。每次贝蕊·沃尔多夫静静叹息，她就感到悲伤；托马斯·埃索姆每因胆怯而变一次调，她的心脏就碎一次；当她在自己的名字后面写上汤姆的姓氏时，她能听见粉笔在黑板上刮擦的每一个和声。从未有人真正逝去，这是当然，生命一直在徘徊。每一次呼吸都会永远持续下去，刻在城市的泥土之中。鉴于这一点十分明显，有一件事似乎突然变得难以理解，那就是，敌人为什么要浪费精力把威力巨大的爆炸物塞进金属盒中，然后穿过层层防御火力，将其从两万英尺高空扔到一座不死人的城市之中呢？

希尔达扬起眉毛看着她，似乎在发问。玛丽意识到，她这么做已经好一阵子了，也许一直都是这样。“好一点了？”希尔达又说了一遍，或许她是第一次问这个问题：这句说了一半的话已经融进了城市的地下水中。

玛丽紧张地活动着嘴巴。“没事，谢谢。好多了。”

希尔达似乎要哭了。

玛丽说：“对不起，我不该对你那么凶。”

“哦，不要难过，这是……”希尔达抬头看着黑暗。

“那……”

玛丽看见这句话在夜色中浮动，停留在半空中，变成天空远处的光点，闪闪发亮。原来，星星就是这样做出来的，每一颗星星都是一个人们一直以来都知道的答案。当然，她意识到，这并非天空与星辰，只是救援人员的手电筒光和地下室的黑色屋顶罢了；可她也明白，两者其实是同一回事。

黑色的水涨到她的鼻子和眼睛上方，有如繁星的光芒在水中变得模糊不清；这时，她意识到，她的体内只剩下最后一口气了。她微笑着呼出那口气，沉了下去。

希尔达捏了捏她的手。她们两个一直都认识对方，这是当然。她们是同一个人——她、希尔达、阿利斯泰尔和汤姆，都是同一个人。他们在难以忍受的黑暗中走得太远，此刻，他们在夜空中闪闪发光，相距甚远，再难成为彼此的安慰，却又并非远隔两地，只需一只上帝的眼睛，就能把他们连成一个星座。

这一夜持续了片刻，然后变成了永恒。

在黑暗中，救援人员的手电筒光化作星影，映衬出希尔达那潜入水中向她扑来的脸。希尔达的黑发在星光中散成一束一束，漂浮在水中。*她的发型要重新弄了*，玛丽想，*为什么她和我一起沉了下来？*

随后，希尔达的嘴唇贴在她的嘴唇上，希尔达的手指按住她的鼻孔。玛丽感觉到，希尔达的气息涌入她体内，虽然带着浓烈的烟草味，却是那样莫名的完美。呼吸在她体内悬浮着，闪着可爱的光芒。玛丽吸入这口气，直到气中的生命力消失，又把它吹向水面。手电筒的光芒映衬着上升的银色气泡。片刻之后，希尔达的嘴巴又潜进水中，向她的嘴里吹气。

希尔达一次又一次地给她吹气，玛丽也学会了只在希尔达的嘴唇贴向自己嘴唇时才张嘴呼吸。这一切是那么漫长，那么静默。终于，水位下降了，话语又回到了她的世界中，她只听到希尔达说，她可以自行呼吸了。然而，玛丽是那样依赖希尔达的嘴唇，起初并不敢在它缺席的情况下呼吸。她紧抱着希尔达，脸颊贴着脸颊，过了许久，希尔达才轻轻把她推开，之后她才明白，她的嘴巴已经高于水位了。

水位下降了。救援人员把消防车的抽水管拉到地下室，水很快就被抽干了。他们还带来了液压千斤顶，抬起了压在她腿上的横梁。他们把她抬到担架上，用被子裹着她的身体，把她带回地面。希尔达拿了一支油性笔，在她的额头上写了一个 M。

人们在讨论她的失血状况。在吗啡的强力作用下，别人的话更难理解了，玛丽试着听出个所以然来。压在她左边小腿上的横梁似乎把她割伤了，伤口流着血。此刻，所有人的行动都更快了，她看着他们东奔西走。他们多可笑啊。这是因为他们不明白，人类只需要空气就能活下来。这一口完美的气息，还有这一口，这一口。希尔达在她的大腿上绑上止血带。这女孩真傻。大家又用毯子裹着她，然后克莱夫和阿休把她抬到希尔曼车顶的担架上。有人在驾车，车速出奇地快。希尔曼像喝醉了一样尖叫着。玛丽想，*希望他们记得把这个世界绑在我身上*。

眼前是靛蓝的天空，星星点点，很是热闹。玛丽抬头看着这不知满足的数十亿颗星星。繁星不慌不忙，正在加快速度失去光芒。星光就这样挣扎着，逐渐淡出。明星静默黯淡，逐渐与夜幕融为一体。最后这一刻比她想象中更温柔。迷失在空中的敌军轰炸机嗡嗡地飞回出发地，飞过一直存在的空气，最后，就连它的声音也消失了。飞机飞走之后，平静的空气还停留在原地，永恒的空气几乎没有被尾流扰动。

1941 年 4 月

一阵热风从非洲吹来沙尘。虽然现在是正午，太阳却在岛上投射出红色的光芒。风吹了六天，天气十分干燥，暴露在空气中的皮肤就像烧过的土地一样皲裂开来。脚上的裂纹是那样严重，瘦骨嶙峋的孩子无法拖着这样的脚走动，只好从废墟中的小巷中快速跑到阴凉处。风吹起的沙砾不断鞭打着他们的腿，打得流出了血。

海水被沙尘撕裂染色。在黑暗的天空下，波浪破碎在西南海岸，浪尖的泡沫开着猩红的花，浪槽处却绽放出紫色的花卉。岛民拉着渔船，沿着海滩往上拖，从水雷和带刺铁丝团之间剩余的几条航道上通过。在红光之中，他们卷起风帆，折好破旧的渔网，然后绑上石头把渔网沉进海里。

在宾格马要塞，狂风拖曳着天空，掠过阿利斯泰尔房间里没有镶玻璃的箭环。他没有去管咆哮的狂风，而是拿掉飞行员咬过的右手上的敷料。去掉绷带时一点也不痛，还扯出了一条条淡黄色的糯软物质。那东西的气味不太好闻——可是，阿利斯泰尔对自己说，没有什么是好闻的。经过一年的围岛战役后，岛上的一切都是臭的，包括用来洗手的水。

手掌的一边已经没了，要塞的外科医生每次都切除一点，但感染的部位不想被切掉。他的小指再也无法移动，无名指按照缓慢的节奏在抽动着，却不是阿利斯泰尔在指挥。在伤口最深处，一根韧带发出暗淡的光。幸好，现在的光线并不是太明亮。

阿利斯泰尔用左手敲打一罐磺胺粉，捏碎硬块，撒了一点到伤口上。他的头上长了脓疮。头痛令人作呕，疼痛沿着他的脊椎延伸到肝脏。他发着烧，身体微微颤动，无法还击。即便如此，他吃的面包只是四分之一块锯末，喝的水已渗进井底的泥地里。

当他站起来把铁罐放回架子上时，他看到了星星。他瘦了，所有人都瘦了。官兵穿着比他们身材大两倍的军服，皮带上扎了几个新的孔，每个衣领都松松垮垮的。这是一支由瘦皮柴组成的驻军，在演一出与军队有关的戏剧。如果人们发现，他们的胡楂儿和伤疤都是用油彩画上去的，也并非什么令人惊讶的事情。

指甲在流血。咳嗽声不断。几个星期以来，士兵们都排在城墙上，俯瞰着崖上的梯田。在严格的监督下，那里的作物被收割，作为岛上的集体配给粮。快要饿死的人看着杏树上的杏子在下方六十英尺处成熟却不能吃，真叫人发疯。驻军为每个农户、每道梯田、每棵树都取了个宠物的名字。炮组里有几个训练有素的观察员，他们将炮兵的双筒侦察望远镜配合稳定三脚架上的测角器使用，以观察每一颗果实成熟的过程；然后，他们会在军事系统中给它们安上一个号码，在本子上记下要去采摘的日期。

近来，士兵们开始给每颗果实授予军衔：这个屁股很大的梨子是少校，这颗自鸣得意的李子是准将。收集食物时，他们会立正，向着离开仓库的卡车敬礼。如果一个农民偷吃了墙后的一个西红柿，士兵是知道的。他们在城墙上站成一排，拍打着锅盖表达愤慨。然而，汤姆的黑莓果酱罐依旧放在阿利斯泰尔房间里的箭环处，尚未开封。如果他将罐子打开，灰尘就会进入他所爱惜的东西里。

“我是不是可以认为你会失去那只手？”

西蒙森出现在门口。他看着阿利斯泰尔的伤口。阿利斯泰尔拿起干净的绷带，开始把伤口包扎起来。

“如果我的手没了，你可以过来盯着断开的那截手。”

“你应该叫我少校了。”

阿利斯泰尔扬起一条疲惫的眉毛。“真的？他们升你了？”

“是啊，在他们智慧的脑袋里，只要两个铜徽章能越过敌人的车队，你就会看到它们挂在这双肩膀上。”

“那安德顿怎么办？”

“我从来不觉得他是当少校的料，不是吗？另外，昨晚他牺牲了。汽车在瓦莱塔附近开进了海中——狂风把汽车从道路上吹了出去。”

“我以前挺喜欢你的幽默感的。”

“我不是杜撰出来的。真的被狂风杀死了。想象一下把这句话写给那可怜人的妻子。”

“我还以为他们会说‘阵亡’，不是吗？”

“还有他立了功之类的。”

“好吧，”阿利斯泰尔用缠着绷带的手敬礼，“少校。”

西蒙森回敬了一礼。“希思。”

“所以，现在谁来给炮组下命令？”

“我，都是我。老兵洛根将接手我的队伍。如果你愿意，你可以继续命令你的队伍。或者快点丢掉那只手，一有空位，我就让你坐船回家。运气好的话，你会被鱼雷击中。”

阿利斯泰尔努力不在脸上表现出任何表情。

“真希望那‘匈奴’人刷了牙。”西蒙森说。

阿利斯泰尔想让他出去。西蒙森在房间里四处走动，拿起书本盯着它们的标题看。他推了推一个架子，这是阿利斯泰尔放松节油和稀释剂的地方。“这些是什么？”

“我用它们来清洗我的伤口。”

西蒙森打开一瓶丙酮的塞子，闻了闻，立刻后退。

“我的天！把这个倒在你的伤口上必定会着火。你用这个来干吗？”

“用来给一个中队的小型敌军轰炸机加油，我的士兵会用小型防空武器去打它们，之后我们会给玩偶沏茶。”

“哦，拜托。真是的。”

“我在恢复一幅画，长官。战前我就是做这个的。”

“这是另一种生活。你猜泰特美术馆还在那儿吗？”

“我说不准。”

“谁说得准？伦敦可能已经化成灰了，我们谁也说不准。也许他们还建立了‘回信部’，伪造我们所有女朋友的信件。”

阿利斯泰尔尽量不这么想。他已经一个月没有收到玛丽的来信了。有一段时间，她每天都会写信，然后，突然之间，一封信都没有了。其他人都能收到。邮政飞机时不时被击落，但玛丽的来信一封都没有通过封锁似乎说不过去。

西蒙森凝视着稀释剂。“那么，你在修复什么？”

“不是什么重要的东西，”阿利斯泰尔说，“本地艺术家的作品。”

“拿出来吧，我想看看。”

“很抱歉，那是私事。”

西蒙森闭上了眼睛。“阿利斯泰尔，已经好几个星期了。我们是吵了一架，可是那又如何。”

“我把你放在无法忍受的位置上。”

“不，你的行为很高尚。抱歉我没有及时赶来帮忙。”

两人握了握手——阿利斯泰尔不得不用左手——红沙通过步枪口吹进室内。西蒙森握着阿利斯泰尔的手握了半分钟才放开。“我以前没那么混蛋的，你知道。”

“战争改变了我们所有人。我以前是像金格尔·罗杰斯[①]一样的人物。”

“怪不得士兵们对你那么好。”

“画放在床底下，如果你真想看的话。”

“拿出来。”

“自己去拿，你这懒鬼。”

西蒙森蹲在床前把油画拖出。他打开包装，把油画放在床垫上。这是卡拉瓦乔风格的《圣母与圣婴》[②]。女人穿着胭脂红礼服，孩子的皮肤呈琥珀色，层层煤灰削弱了严格的明暗对照画法。这幅画长四英尺，宽三英尺，镀金画框的左边烧焦裂开了，光从这边射入画中。给人的印象就是，平和的瞬间虽然被灾难的余热点燃，却及时留存了下来。

“你在哪里找到它的？”西蒙森说。

“那架飞机撞进了教堂，我是从里面抢救出来的。”

---

① 好莱坞 20 世纪最伟大的电影女明星之一。1940 年因出演《女人万岁》荣获奥斯卡最佳女主角奖。代表作有《风流舰队》、《锦绣天堂》等。

② 《圣母与圣婴》分版画和油画两个版本。版画版本是杜西欧的作品，他是文艺复兴时期意大利著名艺术家。油画版本是委罗基奥的作品，委罗基奥为 15 世纪下半叶意大利著名雕塑家，其成名作为《大卫》。

“你回去了？”

“是牧师交给我修复的。”

“作为忏悔？”

“差不多。”

西蒙森走到步枪口前方往外眺望，双手插袋。“你知道吗？我们是可以杀死敌人的，而且他们还鼓励我们这样做。”

阿利斯泰尔没说什么。他的头阵阵作痛，热病蠕动着进入他的背部。他只知道，修复这幅画能令自己感到安慰。他喜欢圣母那略带苦恼的笑容，似乎有什么无关紧要的东西刚被碰倒，她正要把它们扫起来；似乎她刚刚压低声音骂了一句。他喜欢孩子皮肤的颜色，那是一种蜂蜜的色调，画上的油彩没有被风侵蚀，也没有因震动而开裂。稀释剂遇上散发着绝望的煤灰，会产生一种干净的气味，他很喜欢。

“这幅画画得很好。”西蒙森说。

“是啊。”

两人站在一起欣赏着。

“人们会忘记。”西蒙森说。

“忘记什么？”

他恼怒地挥挥手。“我不知道。女人、光。噢，算了。”

他转过身来准备离开。狂风在怒吼，吹得高塔摇摇晃晃。

阿利斯泰尔说：“我还没有收到玛丽的来信。”

西蒙森退回房间。“会有一个合理的解释的。也许她意识到了你有多丑。”

“你收到女朋友们的来信了吗？”

“哦，阿利斯泰尔，她们不停地写，没有理由地写。小黑家的菜单、麦克因第的时尚服饰……我无所不知。我充分了解当前的时髦用语就是‘不错哟’，还知道哪些词已经失去了社会地位——包括‘战争’这个词。显然，现在我们会将其称为‘这个麻烦’。你看，我什么都知道，就是不知道该如何回信。我总不能写我们只剩下飞机的蒙皮和铆钉吧，总不能写敌人脸上写着‘是时候了’四个字，要把我们都推进海里吧。”

“也许你该告诉她们战争是怎么回事。这可能会帮助你筛选出几个来。”

“我有三个女人就够了。只有皇家的傻瓜才会只选一个。我想不通你为何擅于此道。”

之后，在狂风肆虐的天空下，阿利斯泰尔带着他的部队开辟护城河。维多利亚时代的英国人一找到这条沟渠，便占领了它，但只是加高了围墙以建造要塞。要塞捍卫了维多利亚西海岸线，从而守卫了维多利亚时代皇家海军在地中海的基地大海港，成功对抗了来自北方的陆路入侵。总之，阿利斯泰尔的士兵欣喜地指出，如果要保护一些不再存在的东西，不让它受到不再出现的事物之伤害，护城河是最好的选择。“那么，你们这些聪明的混蛋，”阿利斯泰尔告诉他们，“最好也在沟里种土豆。”

他把队伍分成四个七人小队，持续两周，每天派一个小队挖掘，并在河对岸种上土豆。吃着配给粮的他们每天的劳动极限是两个小时。他估计，在下午四点到六点的时间里，一个轮班的七人小队应该能种上三十码的土豆。尽管如此，阿利斯泰尔有时会在士兵们劳作的时候，看着他们憔悴的脸庞和没穿衬衣、露出肋骨的身体，想着他的表一定是慢了。通常来说，一到五点四十五分，他就会说时间到了。

今天是最糟糕的一天。在血色的阳光中，士兵们汗流浃背，沙尘暴在护城河上方尖叫。

焦干的土壤用铲子挖不动，需要先用镐松动，才能把松下来的土壤放入麻袋，砸在要塞的石墙上。经过这一步之后，袋里的东西才像土壤。而当宝贵的土豆种子被种在浅沟里，用厨房打来的臭水和士兵的尿液灌溉之后，水分瞬间就被烤成了蒸汽。作物能从这种赤土中发芽，真是令人难以置信。

阿利斯泰尔的手烂了，无法提供任何帮助。他想方设法参与其中，在士兵之间传递水桶，或是帮体弱的士兵跑跑腿，让他们休息一下。快到五点时，士兵们挖出了一些东西。当阿利斯泰尔看见那道深沟时，他马上让士兵们停手，命令他们后退 60 英尺。

铁镐已经敲出了一个洞，也许那是一颗未爆炸的炸弹。那条沟大概 3 平方英尺大，阿利斯泰尔蹑手蹑脚地走到沟渠边缘。他趴下来，看了看洞口，等待眼睛适应光线。即使有风，他还是能闻到手上的气味。

他能看见洞的底部，这个洞并不深。他钻了进去。当他的脚碰到洞底时，头和肩膀还在地面以上。他示意士兵原地等候，然后钻进狂风吹不到的地方。他等待着胆汁吞回喉咙。他的头很痛。在士兵的视线之外，他闭着眼睛，歇息了一会儿。

他点燃一根火柴。火光照出骨头来。坑很小，长五英尺宽四英尺。那些骨头是人骨，三具骷髅从东到西排列，双脚朝着夕阳。他们既没有头骨，也没有手骨。阿利斯泰尔不小心踩在一根肋骨上，骨头咔嗒一声开裂了。

这是他们在护城河中发现的第四个坑。目前还没有发现文物，没有发现可以让门外汉断定这些骨头属于哪个年代的东西。不管如何，事实也没有改变。这个岛曾多次成为兵家必争之地，地面上布满无法穿透的岩石。在任何一片可以挖掘的土地上，不需要挖太久，就能知道之前的守卫军发生了什么事。

他闭上眼睛。躺在这些骨头之间静静死去，是一件多么惬意的事情啊。

他又点燃一根火柴。这些人死得太容易了。如果运气好的话，他们在失去双手之前就已失去了他们的头颅。一个星期前，在另一个坑里，他们发现了一具骷髅，每根长骨都碎了，锈迹斑斑的钉子碎片插进脊柱之中。所有人都能这么做，马耳他岛本身就是一颗有着八千年历史的钉子。不过等待敌人的伞兵到达时，士兵们最好心无旁骛。

阿利斯泰尔的头和肩重新感受到大风的“抚慰”，他用尽最后的力气，撑着没有受伤的手臂爬出洞口。他走到士兵面前，让他们解散。他看着他们在尘埃中分散开来，弯着腰逆着风。他们脊柱上的每一个隆起都能看得清清楚楚。

他让布里格斯回来。两人对着遗体说了几句，用刺刀扎开护城河上的固定沙袋，然后将沙填埋到坑里。他们干完活，发现已经过了六点，阿利斯泰尔筋疲力尽。他的眼睛无法聚焦。他带着头痛回到房间，松开了手上的绷带。伤口渗出黄色的毒液。他在普里默斯燃气炉上烧水，往水里加盐，待水冷却，然后用盐水清理伤口。

步枪口之外，太阳正在下山。风的尖叫声小了一点。他剪短了油灯的灯芯，以尽量减少油耗，然后点燃油灯。他把油画挂在墙上。画的镀金边框在油灯的近光中闪烁。在这种暗淡的灯光里，画中的人物十分好看。他实在太累，坐着睡着了。当他醒来时，他发现受伤的那只手正向油画伸去，油灯的灯光愈加微弱，煤油快燃尽了。他凝视着面前那只垂死的手，有一刻，他想知道这是属于哪个可怜的家伙的。

1941 年 4 月

帕默带来一个褐色的玻璃瓶，瓶中装着吗啡，玻璃瓶瓶塞上面有个吸管。玛丽觉得这个东西很棒。有关酊剂的一切都能让她高兴——它的气味具有清醒的医学特质，滴几滴在舌头上，就能调节情绪，而帕默似乎轻易就能获得这种药品。玛丽从医院返回后，他捧着白镴托盘，每隔三小时出现一次。托盘不是银色的，因为她的父亲还远在选区。帕默在铺着绿色毛毡的白镴杯垫上放下褐色瓶子和一杯冰水，杯垫旁边还有一碗水果。

然后帕默就消失了，让玛丽按照自己的喜好来配用吗啡。这么做是应该的，因为吗啡属于药品，应该私下服用，不应该像奎宁水、鸡尾酒或提神酒一样按顺序混合起来，然后让管家端着，以免她需要食盐或苦味配料。那一小碗水果也很恰当，因为水果就像吗啡一样，可以吃，也可以不吃。

玛丽觉得帕默太贴心了，所以，凌晨三点，当玛丽从不断的噩梦中惊醒、流着冷汗的时候，她不忍心摇动铃铛吵醒帕默。她只是坐在床上，紧紧裹着被子，瞪大眼睛看着死去的孩子在衣柜门内消失。在火炉栏后面，在落地镜后面，在她的脑袋后面，肯尼斯・考克斯正在低声耳语，她则一直四处张望，寻找着声音的来源。其实，一切都是幻觉。

过了很长一段时间，帕默拿着托盘进来了，这时已是早上七点。他拉开窗帘，打开最新一天的报纸，这段时间实在太难熬了。帕默消失之后，玛丽才拿起吗啡瓶，挤压红色橡皮球，按照医生规定的用量，挤出七滴摇摇欲坠的吗啡，然后又挤出了十滴。她觉得医生低估了目前的状况。

玛丽躺回床上，融入完美的早晨之中。

九点，她发现自己的手指还是没有力气，无法做些精细的活。她需要妈妈的帮助才能穿上衣服。

“你还是趁早把那东西戒了吧，”她母亲说，扣好玛丽衬衫上的纽扣，“我不知道你今天打算做什么，可我觉得你无法和其他人接触，也拿不起东西来。”

“你知道吗，直到伤口愈合之前，我都要服用吗啡。”

诺斯夫人拿起梳子，开始梳理玛丽的头发。“已经整整一个月了，亲爱的。如果你真的放开了，我就不会吝惜你的镇痛剂。但你是北边诺斯家族的人，玛丽。肉体的创伤并非撞南墙的理由。”

“医生说，我可能会变成瘸子。”

“那就坐着度过下半生，但请你清醒一点。”

玛丽盯着窗外，脑袋靠着梳齿。她看着洗熨过的云层消散分开。眼睛真是一种非凡的工具，能将远处那只小小的鸽子藏在眼底，然后马上重新聚焦，变成只有记忆中才存在的一项事物。她看着五岁的自己在望着同一个窗口，吮吸着橘子糖水，眼睛时不时查看碗里还剩下多少，又时不时透过半透明的玻璃糖罐看着溶解了的城市。

“玛丽！”诺斯夫人“砰”的一声放下梳子，“我不会让你就这样崩溃的。告诉我你今天的计划，吃晚饭时，我希望看到计划更新。你为什么不写信给那个男人？”

“写给阿利斯泰尔？不。自从我受伤之后，我就没有写过信给他。”

“为什么不写？那可怜的家伙一定疯掉了。”

“我不再享受我从希尔达身上夺取的任何快乐。我希望阿利斯泰尔能明白。”

“可你对他是真心的！”

玛丽试图让母亲的脸成为焦点。“你一直认为，我是一个不认真的人。”

“那你可不可以去散散步？带把雨伞以防下雨，然后叫上希尔达。”

“希尔达在睡觉。我们夜里上班，你也知道。”

“这个‘我们’说够了。你不会再回救护车队的，如果你听我的话……”

“那我现在就是亨利·亨特-霍尔的夫人了，我会在格洛斯特郡，因为管家把偷猎者的头颅挂在栏杆上而把他臭骂一顿。”

诺斯夫人又开始摆弄梳子。“难道成为比斯坎伯与赛普地区最漂亮的人儿就那么可怕吗？”

“我宁可去死。”

“你差点就死了。”

“是的，但我更想责怪德国人。”

“嗯，都是因为你妨碍了他们。作为一个年轻女子，以你的能力，有十几种更安全、更利于伟大事业的方式为国效力。比如说你父亲,你会因为他在众议院议事而非在大街上战斗而看不起他吗？”

“当然不会。可是，我让战争部决定我效力的方式，他们却让我留在学校教书。此后的一切都接踵而来。”

诺斯夫人移开目光。“除我之外，其他所有当母亲的都会写信给政府。但是，你父亲身居高位，一定得小心谨慎，注意影响。现在我很后怕。我万万没想到，战争部傻得如此厉害，居然把你分配到普通的岗位上。”

玛丽吻了她的脸颊。“我真的不介意。”

“因为你中邪了，亲爱的。我介意，非常介意。如果只能对陌生人产生影响，那又有什么用？”

“不过，我很高兴。这不就是最重要的吗？”

“你暂时还没有做好自己选择的准备。看看这件事把你带到哪里去了。”

“带到哪儿去了？我就坐在这儿，与你在同一个房间里。”

“可是你的心远在天边。看见你这么放纵，真的让我想死。”

“你才让我想死，妈妈。你恨我的选择，但你却没有做出自己的选择。我们在地毯上踮起脚尖，盼望着想象中的快乐有一天会到来，盼望着父亲为人民做出贡献的那一刻。可是与此同时，我们却没有活在民众之间，而是畅游在肉冻之中。”

四月里快速飘动的云彩向房间投射出白色和灰色的阴影。

“你的父亲就是我的选择。你就是我的快乐。你可以鄙视我生活的渺小——对于你来说这些可能没什么大不了——但请不要认为我也这么觉得。我的生活变得越渺小，我就越觉得害怕，因为剩下的一切是那么珍贵。”

诺斯夫人眼含泪水，但玛丽什么感觉也没有。

玛丽一瘸一拐地走到兰心大戏院。斯特兰德大街上的弹坑惹人生厌，但某些爱开玩笑的家伙在最深的弹坑旁竖起了一个标志：**“大峡谷与地心历险记 2/6”**。伦敦毫不费力地溜走了，向临近正午、环绕在它周围的人群道别。它闻起来是各种烟雾混杂的气味：有香烟烟斗的烟雾、汽车尾气以及家用煤和屋顶的炊烟。戏院巨大的门廊上布满了弹坑，但除此之外并未受损。经理告诉她，扎克瑞出去了，可是玛丽偏要到地下室里去，反正她觉得经理也挡不住她，总不能对她动手动脚吧。

地下室的舞池空空荡荡，地板上沾了汗水与啤酒，黏糊糊的。一列列破旧的电灯泡发出光来，与吗啡产生的光影相互交织。她突然觉得心里一沉，但这种感觉并未持续。她在互不相配的桌椅之间取道而行。地下室里空无一人，但远处的吧台里传来了孩子的声音。她走了过去。

吧台用粗糙的木头制成，整座吧台都加固了，因为人们难免偶尔会在上面跳舞。挂在酒架上的玻璃杯都是摔不碎的那种。她想念事物的轻盈——在这个世界中，人们制造的物品总是尽可能精细，犹如连珠妙语，只能承受中规中矩、恰如其分的力度。她放下包，掏出一瓶吗啡，喝下十几滴之后又点了一根烟，聆听着孩子们的声音。她的视线越过吧台顶部往里看。

“这里没有人管了吗？”

扎克瑞的头出现在柜台上。

他谨慎地看了玛丽一眼。“你生气吗？”

“一点也没有。你收到我的信了吗？”

他摇摇头。“我还以为你恨我。”

“我应该恨你吗？也许是你救了我一命。”

一个黑人女孩的头出现在了吧台上。让玛丽猜的话，小女孩大概只有七岁，门牙掉了一颗，眼睛轻微斜视。“我叫茉莉。”

“我知道。”玛丽说。

“怎么知道的？”

“你刚刚告诉我的。”

茉莉笑了。“你要过来摇摇看我的牙齿吗？”

“谢谢你，我挺想的。”

这是下颌的一颗前磨牙，确实能摇上一会儿。将牙摇来摇去让人有种巨大的满足感。*空袭警报快点响起吧*，玛丽想，*我们快要失去这座牛奶之城了*。茉莉又开始喃喃自语了。玛丽估计，她已经失去了父母，和扎克瑞一样，都靠说唱团养活。两个孩子似乎觉得这是很自然的事情。

“你们俩一共有多少张配给粮票？”玛丽问道，“真的？一张也没有？”

“我们吃饭都靠这里。”扎克瑞说。

“吃什么？你们瘦得可怕。”

“饼干、面包。他们卖什么，我们就吃什么。”

“真的？人们到这里卖吃的给需要的孩子？”

“还有牛奶和糖果。”

“你上一次吃鸡蛋、肉或水果是什么时候了？”

茉莉的嘴唇开始颤抖。“我们惹麻烦了吗？”

“麻烦只有坏血病。”她牵起两人的胳膊，把他们带到楼上的小巷。孩子们眨了眨眼，眯着眼睛抵御阳光。扎克瑞穿着一件沾了污渍的白衬衫，打着黑色领结。他需要七种漂亮的发型。

“你别告诉茉莉我不会读书写字。”他低声说。

玛丽俯视着小女孩。她穿着一件紫色的连衣裙，脖子上打着白色的蝴蝶结。她盯着天空，仿佛天空会被勒令离开一样。

“她会介意吗？”玛丽说。

“我告诉过她我很聪明。你懂的——为了让她留下来。”

玛丽笑了。“不是这样的。”

“那是什么样的？”

“人们如果能留下来，就会留下来。”

扎克瑞眯着眼睛看着她。“你没事儿吧？”

“很好，谢谢你。”

面对苍白的答案，男孩子都像这样脸色阴沉。一年又一年过去了。感觉几乎出现了。战争结束了，树苗在废墟中破土而出。

玛丽眨眨眼睛。是吗啡把时间丢进这几条蜿蜒的河流，毫无预兆地将它变成一个孤立的循环，只留下一点 U 形的回忆，至于怎样来到这里，却是一点也想不起来了。她看到扎克瑞带着和疏散那天一模一样的表情，拒绝与她继续攀谈。那时，他抖了抖手中的无形香烟，那一抹无法抚慰的悲伤如今又出现在他的脸上，仿佛苦难长上了翅膀，远渡重洋，离开了苍白无力的海岸，离开了来自不能飞翔的同伴的安慰。

她让两个孩子在小巷里等一会儿，自己跑到斯特兰德大街上叫了一辆出租车。司机停下车，她拉开车门，与孩子们一同上了车，在后视镜中，驾驶员的脸成了一幅画。

他说：“要把小黑鬼带到哪里去？”

“皮卡迪利大街，里兹大饭店。不然还能去哪儿？”

“只要你愿意。”司机说。

茉莉靠在扎克瑞的肩膀上睡着了。扎克瑞看向车窗外的城市。司机带着完美的厌恶表情在后视镜中看着他们。旅途变得单调乏味，玛丽向司机露出灿烂的笑容，说：“他们来自廷巴克图①。我用了六串彩色珠子和一张国王的银版相片为他们赎身。你说我是不是很棒？”

---

① 又译为“丁布各都”，现名通布图（Tombouctou），位于沙漠中心一个叫作“尼日尔河之岸”（Boucle du Niger）的地方，距尼日尔河 7 公里，坐落在尼日尔河河道和萨赫勒地区陆地通道的交汇处，为 1087 年（另一资料：1100 年）图阿雷格人所建。

司机脸红了。“我‘岛’宁愿把珠子留着。”

“是‘我倒宁愿把珠子留着’。”玛丽说。司机把他们赶下车，让他们自己走完剩下的半英里路。

“我还以为我才是蠢蛋。”扎克瑞说。

玛丽带着受伤的表情看着他。“是的，可是你脸色黑如沥青，这绝对是你的错，你还不明白吗？”

他笑了，这是那天他第一次露出笑脸。“你为什么来找我们？”

她向着茉莉的方向点点头，茉莉正在前面跳着走呢。“我嫉妒你得到别人重视。”

“真的吗？”

“我想你可能会感到孤单。”

“我有茉莉要照顾。”

好吧，她想，但如果我也和你在一起，你会介意吗？

在里兹大饭店，父亲的名号足以换来一张桌子。尽管上至领班、下至侍应，所有人的脸上都带着毫不掩饰的恼怒。玛丽和两个孩子在大厅一角坐下进餐，尽量远离其他客人。即便如此，一对夫妇还是提出了抗议，要求他们换到更远的一张桌子上。玛丽向他们挥挥手。

“他们是我的孩子，”她大声解释说，“我猜他们的爸爸不是同一个人吧，我已经不记得啦。”

“夫人，”服务员说，“我必须请你考虑一下其他客人的感受。”

“服务员，”玛丽说，“我必须请你上菜，我要塔姆沃思火腿、口味不重的奶酪、面包卷、牛油果丁——记得加柠檬，不然果肉会变成棕色——坎伯兰香肠、烤饼——有没有葡萄干都可以，水果果酱——不要桃子，可可——不要太热，两个大橘子，还有几个切成薄片的水煮鸡蛋。”

“要鸡蛋还是鸭蛋？”服务员回过神来问道。

“什么蛋都可以。哦，还有咖啡。哦，还有一个烟灰缸。”

“好的。还需要点别的吗？”

“看情况，”玛丽说，“得看有没有人生病。”

“好的，女士。”

两个孩子睁大眼睛目送侍应退去。

“我们是不是不该在这里出现？”扎克瑞说。

“是这家餐厅不该出现在这里。你们唯一的罪行就是饥饿。”

玛丽喝了两杯咖啡，还在第三杯咖啡中滴了十几滴吗啡提神。她只吃了半个烤饼。因为没有睡觉，她的肚子紧巴巴的，吃药吃得她没了胃口。大厅对面，一个钢琴家正在演奏《蓝色多瑙河》。玛丽看着孩子们吃光了桌子上所有的菜，先从离他们最近的开始，到最后已经没有配黄油的面包了，他们只好舔掉了盘子上的最后一坨黄油。两人传递着餐盘，虽然没有像举行仪式那样庄重，但玛丽也没发现有任何礼仪上的瑕疵。扎克瑞给娇小脆弱的茉莉多留了一点黄油。女孩的头倒在白色的桌布上又睡着了，嘴巴张开，手臂悬垂。

其他客人假装在阅读烫平过的报纸，目光却越过报纸，朝他们偷偷瞥来。玛丽意识到，几分钟——而不是几小时之后，现场的情形就会传遍整条皮姆利科大街。在吗啡的作用下，她也许想到了这对她的母亲来说很不公平，但她并不介意。

扎克瑞用桌布擦了擦脸。“我能要一根香烟吗？”

“十三岁之前不许抽烟。告诉我，你喜欢照顾茉莉吗？”

“还好。”

“你照顾她照顾得很好嘛。”

“我什么都干不好。”

“胡说，你是个优秀的音乐家，还是吃糨糊比赛的冠军。”

“每个人都应该学会阅读和写字。这是你说的。”

“我错了，”她说，“我埋葬过一个可以阅读的男人，你知道的，他是被一个可以写字的人杀死的。”

她试着点燃一根烟，可是她的手颤抖着，烟头无法对准火焰。

扎克瑞只好抓着她的手腕移动。

“谢谢你。”他说。

“为什么谢我？”

“谢谢你来找我。”

她觉得自己一定是来找扎克瑞了。此刻，她明显就在这里，在里兹大饭店与黑人孤儿在一起。其他顾客盯着她，目光中带着谴责。她就在这里——哦，她还在这里，是的——只是现在，就这会儿她有点迷糊，不知道一个人怎么会跑到这里来了。

1941年5月

海风吹过，层层白云被推到岛屿上空，轰炸已经暂停六天了。阿利斯泰尔随着炮组轮换岗位，刚从高地回来，正要前往圣堡埃尔莫要塞。海边要稍微凉快一点，在这里待过的军官发现自己又有了生气。海风将几个西西里渔民吹向大海港——渔船引擎的活塞掉进水里了——阿利斯泰尔酝酿了一个计划，西蒙森一定会喜欢到把它呈报到中校那里去的。

西西里人被拽上码头，被命令向着墨索里尼的照片吐口水，以换取他们的性命。完成这件事后，他们得到盛情款待。几个西西里人吃了烤肉和漂亮的面包，听了留声机，喝了白兰地。皇家海军船坞的军官穿着阅兵时最漂亮的制服，嘴里吹着吉尔伯特与沙利文[①]的曲调，修好了渔船的引擎。他们没有忘记用星形铜螺丝把国王的画像钉在客舱的中央舱壁上，没有皇家海军分发的特殊螺丝刀，螺丝是拆不下来的。

这项工作完成之后，海上已经风平浪静了，大海港各军团的联合铜管乐队身穿热带礼服，集合在码头边。他们把叠好的床单偷偷

---

① 指维多利亚时代幽默剧作家威廉·S. 吉尔伯特与英国作曲家阿瑟·沙利文的合作。从1871年到1896年长达二十五年的合作中，两人共同创作了14部喜剧，其中最著名的为《皮纳福号军舰》、《彭赞斯的海盗》和《日本天皇》。

塞进上衣里面，代替原来在这儿的大肚子。他们扛着大号，演奏着沃恩·威廉姆斯[①]和埃尔加[②]作品的混合加长版，而那几个渔民则由国王陛下地中海舰队海军上将、海德霍普子爵安德鲁·布朗·坎宁安乘着闪亮的红褐色摩托艇亲自护送，穿过港口警戒线返回远海。渔民的船上飘着白旗。就这样，敌人的渔民将以下情报带回家：岛上的状况远比敌人想象的要好，暂时还没到进攻的时候。

圣埃尔莫要塞城墙上的信号员放下双筒望远镜，报告说渔船已驶出可视范围。此时，军官命令铜管乐队中止任务。官兵将阅兵制服折叠起来，换上了衣角磨损还带着恶臭的战衣，这套衣服他们已经穿了好几个月了。海军上将的小艇回到停泊处，人们将污渍斑斑的防水帆布盖在船上，令它从空中看起来与港口的任意一艘小船没有差别。小艇油箱中的柴油已经全部倒了出来，用在要塞中的电动发电机上。当海军上将的下级军官前来报告本次行动成功时，与士兵一样吃着配给粮的上将发现，他几乎无法举起手来回敬军礼。

渔民吃剩的食物被收集到一个篮子里，用布盖着拿到中央仓库，接下来厨师就要用这些食物来熬汤，分给饥肠辘辘的驻军。

“好吧，”西蒙森说，他的脚踩在阿利斯泰尔的金属桌上，“你不是个帅哥，但我承认，你的计划进展不错。”

“士兵们都很帅，是吧？”

“我敢说他们很需要这个。这一回有那么多吃的，真爽啊。”

阿利斯泰尔突然一屁股坐在婴儿床上，闭上眼睛。

“没事吧？”西蒙森说。

“给我一点时间。我会没事儿的。”

西蒙森点燃一根香烟，瘫坐在椅子上，呼出烟雾来。“你不会没事的，阿利斯泰尔。”

“我也这么认为。”

---

① 拉尔夫·沃恩·威廉斯 (1872—1958)，英国作曲家。
② 爱德华·埃尔加 (1857—1934)，英国作曲家。

“你觉得现在可以把那条胳膊砍下来了吗？”

“医生还是认为我可以留着。”

“如果我们可以选择的话，我们连医生也不想留。他就是个锯骨头的外科佬，我敢打赌他的医术是在陆军兽医学院学来的。”

“他没有让我失望，算不错了。”

“可他在谋杀你，在用他的方式谋杀你。不是吗？居然让你的手臂溃烂成这样？看看你——烂肉都跑到肩膀上去了。”

阿利斯泰尔试图在恶心的感觉中思考。“可是，上了他手术台的士兵都没有多少运气啊，我们也没有多少吧？”

“我们要给你找一个海军的外科医生。他们会把你扛上船，砍断你的手臂，然后给你朗姆酒送你出去。我们只需注意他们没有给你安上铁钩手，再给你配一只鹦鹉——海军就爱这么干。”

阿利斯泰尔抱着那条手臂。“我不确定。”

“想想你那个女孩。她会直接劝你这么干。”

“她还是没有写信给我。”

“可是，如果你感染致死，我还得给她写信。你知道我有多么讨厌写信。”

“好了好了，你闷起来真叫我紧张。”

“因为你快死了我才这么闷。乖一点好吗，把手臂砍了。然后我会有办法让你撤离。残废和畸形都排着队等待回家呢。只要号码表上轮到你，他们就会用邮政飞机送你回家。”

“我宁愿留下来帮忙。”

“你死了就帮不上忙了。”

警报响起。西蒙森疲倦地站在原地。

“快去享受每一刻吧。”阿利斯泰尔说。

“你考虑一下我的话，再给我答复好吗？”

阿利斯泰尔转过身去，然后点点头。

“好家伙。”西蒙森戴上军帽离开了。驻军又爬进龟壳准备再次挨打。

阿利斯泰尔眺望着外面的海港。听到飞机的声音之前，他便看到了它们。战机一如既往地从北方飞来，他拿稳了双筒望远镜，向远处眺望。那是亨克尔公司制造的飞机，沿着地平线一字排开，战斗机在上空护航。皇家空军没有什么抵抗，因此德国的战斗机无事可做。阿利斯泰尔料想他们在练习特技飞行表演，并根据航空姿态和技术难度打分，战斗机下方远处，肮脏的亨克尔飞机开始排便，投下高爆炸药。

利用望远镜，他偶尔能透过飞机的前玻璃瞥见轰炸机上的飞行员。虽然他们在打仗，可他们依旧穿着夹克，戴着领带。阿利斯泰尔试着看清飞行员的脸，可他们太遥远了。他走近马耳他海岸，想看看敌人长什么样。

阿利斯泰尔的视线一直跟随着轰炸机，直到飞机飞到头顶，石墙挡住了他的视线。堡垒的博福斯火炮和 3.7 英寸高射炮开火了。这并非一年之前的无尽齐射。炮手如今只剩下一点弹药，只能尽力而为了。炸弹开始掉下来。阿利斯泰尔很虚弱，没法走进隐蔽处，于是坐在一个空的弹药箱上，左手拿起画笔，开始了修复工作。爆炸造成了粉尘。沙砾掉进稀释剂中。

此刻，他已经清洁了油画的每一部分，平均每天修复二十平方英寸。那幅圣母像从煤灰中解脱出来之后实在太漂亮了。她让阿利斯泰尔忘记了饥饿和感染的恶心感。他早就将玛丽与被恢复的圣母当成同一个人，手上的画笔一寸又一寸地工作着。炸弹像锤子一般在堡垒四处砸下，炸烂了巨大的庭院。阿利斯泰尔没管它们。他几乎停下手来，只是看着玛利亚。胳膊上的毒药让他意识混沌了。

他从衣服下摆开始，沿着最隐蔽的褶皱往上修复，不断完善稀释剂的比例，调整力度，以达到扫除污垢与煤灰所需要的最小压力。接着，他又继续扫动裙子的凸角，显露出渎神的红色渐变。之后是她的头发，不太完美，这里那里都缠成一团，从脸上往后飘动，可除此之外还是颇为柔顺。他相信两个月之后，他的技术足以让圣母的手和脸露出来。

他的目光从玛利亚转移到基督身上，阿利斯泰尔已对他产生了兄弟般的感情。画家显然不喜欢这个男孩——阿利斯泰尔估计，如果孩子的存在只是多接触画中模特的借口，那这个艺术家应该不会关心这个孩子。因此，这是尴尬的基督，碍事的基督，是啤酒杯大小的美女的陪衬。他是满身煤灰、哈巴狗脸的耶稣，等着别人喂奶。修复工作进行了几天之后，阿利斯泰尔才注意到，玛利亚头上有一道光环，而孩子身后的背景只有一个放在餐桌上的罐子，罐子的边缘映出了这道本不被注意的光芒。餐桌隐没在深深的阴影中，罐子与背景融合在一起。只有画家本人，或油画的修复者才能看穿。阿利斯泰尔的心放在男孩身上。也许这才是关键所在。

轰炸逐渐远去，阿利斯泰尔拖着身躯，看着敌人的轰炸机飞走。看到它们终于走了，他很高兴。他架起望远镜，看它们在波浪之上逃逸，机尾完全偏离了航线，拖着长长的煤烟。好吧，这是一场漫长的战争，大家的身后都拖着黑烟。这么容易就原谅了敌人，他为此感到很惊讶。他们从来没有承诺提供友谊，只是投下了炸弹。阿利斯泰尔对汤姆做的事更过分。玛丽内心某处也一定会这么觉得。也许这就是她不再写信的原因吧。

袭击结束后，士兵在庭院中集合。阿利斯泰尔看着他们割下石缝中长出的草，放在嘴里慢慢咀嚼。几个星期前，士兵们就放弃持枪操练，体能训练也被禁止。如果军官没有特意下令让大家做事，那他们接到的命令就是什么也不做。

阿利斯泰尔通过望远镜观看，看到当地的孩子出现在要塞城墙之外。他们用毁坏的家具点燃了小型篝火，在火上用木棍烤蜗牛。巷子里，人们手拖行李和推车。他们的马匹早就拿去炖肉了。狗已经灭绝了。空袭之后的寂静，这才是最可怕的事情。曾经这里到处都是沙哑而激愤的狗叫，但是现在小岛永远停止了吠叫。

他的头抽痛着。他干呕了一次，吐不出东西来。

后来，西蒙森给阿利斯泰尔带来口粮。口粮包括两盎司被他们称为面包的东西和半盒面团。他冷漠地看着西蒙森推开稀释剂的瓶子，腾出地方来放下食物。西蒙森咚的一声坐下来，摘下帽子扔掉，擦了擦衣领内侧的灰尘。

“你不打算吃吗？”

“你吃吧。”阿利斯泰尔说。

“不要诱惑我。”

“那我待会再吃。”

“你自便。这里能清楚地看到空袭吗？”

“还不错。”

阿利斯泰尔把黑莓酱罐子从地板上捡起，放回箭环处。西蒙森吞了一口唾液。阿利斯泰尔很喜欢看到他的朋友努力把视线从罐子上移开的样子。

“你为什么不吃掉那东西？”

“我更喜欢草莓。空袭之后有什么情况？”

“我们失去了两名当地炮手。扎米特和萨里托。炮膛又炸了。扎米特的孩子来到大门前痛哭哀号。两个男孩和一个小女孩，他们瘦得很，风能把他们像蓟一样吹起来。”

“火炮用起来不太安全。”

“但可怜的士兵就犯了这样的低级错误。显然扎米特才把炮膛关上一半时，萨里托就说出了可以射击。”

“打开扳机护环，从后膛门铰链远端拉动铁链。铁链的长度要恰到好处，炮膛未完全关上不能扣动扳机。”

西蒙森皱起了眉头。“你觉得是因为这个？”

“我们在法国的时候用过，那时我们不得不使用法国炮手。”

西蒙森看着油画。“你不打算修复画框吗？”

“我喜欢画框上火烧过的痕迹。它带着自己的故事。”

“随便你吧。反正无论如何它最终都会挂在柏林城里。”

“你不是说真的吧。”

西蒙森叹了口气。“在你手下干活的时候，士兵们从来没有犯过这种错误。”

“那时他们还不是太饿。”

“你过奖了。”

“这是真的。你绝对不是陆军最糟糕的少校。”

西蒙森哼了一声。“现在我只知道你快死了。”

阿利斯泰尔拧上稀释剂的瓶盖。用一只手很难拧好。西蒙森本可以帮忙的，却在袖手旁观。

“不要让我求你。你愿意砍掉手臂了吗？”

“为什么你一定要我这样做？”

“因为我想赶在敌人派伞兵到这里之前让你撤离。我们都会被杀死，这一点你很清楚。如果你够朋友，能让我孤独地死去，那我就觉得不太可怕了。”

“你真自私。”

“不是这样的吗？不过，我会认为你这是在帮我忙。”

“我们第一次见面时，你觉得我太普通了，就不该活着。”

“也许我在下级军阶中只看到低价值。”

“这场有益的战争。它使我们成为更好的人，然后试图杀死我们。”

西蒙森笑了。

“怎么了？”阿利斯泰尔说。

“你这话听起来就像在哈罗镇里说的一样。”

“你想念那个地方吗？”

“很想。可是不想念那里的食物。天啊，也想念那里的食物。”

“那我回到家之后会给你找个好位置。”

西蒙森一下子抬起头来。“所以，你同意让我们砍掉那条手臂了？”

“只要不砍掉没问题的那条臂膀就好，你能做到吗？”

“哦，至少会有百分之五十的机会。我会立即通知海军，让他们把最好的外科医生叫醒。”

1941年5月

诺斯夫人不允许帕默再给玛丽吗啡，于是，玛丽便带着最后两个棕色玻璃瓶，搬进了阁楼。她想给母亲一点空间，让她变得通情达理一些。

皮姆利科大街以东，破败的伦敦已经修复无望，眼前的景象再明显不过，而玛丽却丝毫不觉得困扰。鸦片制剂营造的缥缈现实赶走了不可能存在于现实之中的战争。两者就像油和水一样，即使某件事将油和水充分摇匀，但白日与药物只是被分解成一百万颗繁忙的液滴，它们不断绕着彼此流动，准备与自己的同类重聚在一起。然后，油滴就真的聚在一起了，漂浮在事物与时间之上。

兰心大戏院。邦斯在小钢琴上排练《希特勒只有一颗蛋蛋》，他把钢琴曲弹成了粗糙的单塞泵抽水声，还用鼻音呜咽地唱出声乐部分。

第一节歌曲结束后，台上的灯光突然亮起，一个大乐队和二十四位歌者现身，他们直接演奏歌曲的大重奏部分，歌声中混杂着密集和声与激动人心的摇摆乐。音效十分宏大，玛丽一路向下，走进地下室，高兴地笑了起来。

一听见她的脚步声，三个脑袋就出现在吧台上。那是扎克瑞、茉莉和一个新来的、大概九岁的男孩。他眼睛浮肿，戴着一顶绿色软呢帽。

“是你到底谁？”新来的男孩说。

“你介意我纠纠错吗？”玛丽说，“应该是‘你到底是谁’，或者更优雅一点，‘你到底是何人’。我叫玛丽，很高兴见到你。”

他向上翻了个白眼，似乎在责怪玛丽太多话。他喷出一个烟圈。玛丽才意识到他刚刚伸出手来要香烟，好像这是世界上最自然不过的事情一样。而玛丽只忙着为他的行为感到不安，竟不自觉地把香烟递给了他。孩子一副心不在焉的样子，让玛丽很是不安。

“马上还给我，你这混蛋！”

他一脸惊讶，鼻子里喷出烟雾来。“我叫查尔斯。”

她把香烟夺了回来。

“你嗑药了是不是？”

玛丽笑了。“别傻了。”

他瞪大了双眼。“你以为我没见过别人嗑嗨的样子吗？我们这里有大乐队呢。还有演员。”

她正要表示抗议，想想还是算了，只是靠在吧台上。“我受伤了，要吃药，吃到伤口愈合为止。”

“吃什么，鸦片吗？”

“吗啡。”

“那是什么？更爽还是更不爽？”

“天哪，查理，我怎会知道？我的家人喜欢雪利酒。”

“你的眼睛没法往前看。”

“你也觉得我应该停药吧。”

查尔斯摇了摇头。“我觉得你应该把药拿出来分享。”

“当然不行。”

“来吧，就让我试一点点。”

“别傻了。”

“那你就别这么滑稽。”

“你别这么荒谬。”

孩子两只手的指尖像尖塔一样对在一起。“那你就别……蛮不讲理。”

“词汇量 B+，”玛丽说，“但是，你的帽子 D-。”

男孩露出了胜券在握时的完美笑容。

“我替查尔斯道歉。”扎克瑞说。

“他不懂事，”茉莉说，“他从来没有见过他父母。”

查尔斯推了她一下。“你也没有爸妈。”

玛丽正要张嘴，又闭上了。他们一边相互推搡，一边开怀大笑。虽然他们被赶到地下，可在玛丽看来，他们依旧很快乐。

玛丽教他们阅读写作，直到他们累了，她便对扎克瑞说：“你多久没瞧见过阳光了？”

他不太确定。于是，两人抛下两个年幼的孩子，走到楼上，迈进越发明亮的晨光之中。夜晚的火灾过后，烟雾正在升上天空，空气中依然飘着阴霾。太阳是一个扁平的白色圆盘。扎克瑞和玛丽手挽着手走在路上，路上的行人用刀一般的目光看着他们。玛丽却一直报以微笑。英国人就是这副德性，他们可以忍受连续 250 个夜晚的轰炸，却无法忍受她与一个黑人孩子一起走路。

“你好一点了。”扎克瑞抬起头看着她说。

“很高兴看到你过得这么好。有查尔斯和茉莉在你身边，你应该忙得不可开交吧。”

“查尔斯没那么坏啦。他只是多嘴。茉莉才麻烦呢。”

“茉莉怎么了？”

“她偷东西。”

“不是吧，我还准备检查她肩膀上有没有翅膀呢。”

“她偷了我的小费去买面包。”

“那她给你吃吗？”

“给才怪呢。”

“那你为什么这么高兴？如果伦敦被摧毁了，你是不是会获奖？”

“我不知道。我只是觉得高兴。”

玛丽搂住他的肩膀。“白痴。”

他把头靠在玛丽身上。“傻子。”

“继续努力增加词汇量吧。你总不想查尔斯超过你吧。”

“我不要，你这大傻瓜。”

“你再说一次！”玛丽说着捏了他的胳膊一把。

两人都大笑起来。一名向着相反方向行进的女人举起戴着蓝色手套的手，一巴掌打在玛丽脸上。这一下把她打倒在地，头晕目眩。

扎克瑞蹲在她身旁，一只手扶着她的头，不让头碰到地上的石板，另一只手拨开她脸上的头发。

“我没事，”她说，“我很好。”

扎克瑞很是震惊。玛丽回过神来，坐在地上。扎克瑞几乎要哭出来了。

“别哭，”她说，“这不是你的错。”

她环顾四周，寻找着打她的女人，看起来那人没有停下脚步。她的面前只剩下这座支离破碎的城市。

“扶我起来，”她说，“没事，你懂的。”她微笑着，证明自己没有受伤。“我们去河边吧？”

泰晤士河的河水一如既往流动着，微风中带着大海的气息。皮肤被晒得黝黑的码头工人搬运着货物，褐色的潮汐在脚下发臭。

玛丽觉得也许一切都会好起来。但当他们坐在墙上——玛丽背对着整座城市——时，玛丽却不由自主地抽泣起来。

“没关系，”扎克瑞说，“没关系。”

“当然有关系。”

她被自己的声音吓了一跳，嗓音既刺耳又尖锐。这次袭击把她体内最后一点吗啡也逼了出来。挨了这一巴掌，她的脸上很热，可是她的身体却如坠冰窟。她的骨头冻僵了，开始碎裂。她的双手颤抖得厉害，只好让扎克瑞从包里拿出吗啡瓶子。扎克瑞抱着她的头，将十几滴吗啡滴进她的嘴巴里。玛丽已经抛弃羞耻之心，也不在乎扎克瑞看到自己变成这个样子了。

几分钟后，骨头里的疼痛被温暖和饶恕的善意赶走了。

扎克瑞的目光集中在她的身上。

“你说得对，”她用沙哑的声音说，“我会戒掉。”

“对不起。”扎克瑞说着把棕色瓶子扔进泰晤士河。

“哦。”玛丽说。暂时还不紧要。吗啡令绝望的感觉变得迟钝。她能想到最坏的结果。吗啡失效之后，她不过是变回以前那样罢了。

这是一个多么完美的陷阱，而且一切都出自她的手笔。即使是希尔达也不可能做得更完美。这一刻，空袭警报响起。他们向下奔跑，她惊讶地发现，胸中竟出现了一阵快感。

1941 年 5 月

回到戏院，玛丽整个下午都在给孩子们上课。她给扎克瑞创造出一个游戏：纸上的字母是他抓到的敌人，他要挨个审问它们。如果他不让字母相互串通口供，那它们就无法密谋到处移动，从而让他搞混整句话的意思。玛丽让他把拇指按在每一个字母上大声念出。采用这种方法之后，他在阅读普通词汇上很快就取得了进步。发现阅读并没有那么神秘之后，玛丽又看见他稍微有点失望的眼神。他们学得很开心，在这个没有窗户的地下室中，玛丽已经失去了时间的概念，空袭再度开始时，她和孩子们一同待在地下室里。

这是至今为止空袭最猛烈的一晚。地面突然倾斜起来，寸寸溶解，伦敦仿佛在流血。玛丽惊讶地看着红色液体从兰心大戏院地下室的墙上渗出，在舞池里形成了一个小水洼。仿佛所有人都在劫难逃。警报解除声竟听起来最不可信。这就像一个江湖术士把硬币抛进一千英尺的高空之中，最后令硬币直立落地一样。

她离开了，不想打扰孩子们睡觉。她到阁楼去查看房屋毁坏的程度，阁楼还在，但窗户被炸碎了。她并不介意。重要的是，当她翻查垃圾桶，想找到最后一瓶被丢弃的吗啡时，发现瓶中还有几滴。她拿起瓶子，往里面冲了些水，摇晃几下，然后喝了下去。觉得自在一些之后，她便开始打扫起来。碎玻璃扫进簸箕时的当当声很好听。从今以后，最好的作曲家写出的音乐就是这样：是用碎玻璃和扫帚写就的管弦乐谱。她把吗啡瓶丢进碎片中，然后笑了，因为这么做实在是太聪明了。这样随意地把它丢进其他破碎的玻璃之中，就意味着她能完全从一段故事中走出来，能完全不依靠吗啡了。

玻璃心也许会为眼前的困难大惊小怪，但是天气冷了就要穿上毛衣，不应该在那儿唠叨抱怨。她认为这个问题也是一样。停服吗啡更像是一种悲伤而非痛苦，就像在德文郡度假之后乘火车回家一样。

五月的晨风不受阻挡，吹进屋来。虽然风中夹杂着烟雾，但与兰心大戏院地下室陈腐的空气相比，还是让人精神爽利。

玛丽找不到茶叶。她眺望着窗外的伦敦，但这座城市似乎并不能给她提供茶叶。伦敦静静地矗立着，晕乎乎的，披着白色灰尘织就的寿衣。废墟中，火焰四处噼啪作响。清晨的阳光透过烟雾，投射出一个没有方向的阴影。

她希望能找到一家开业的咖啡店。她穿上阿利斯泰尔的外套，卷起衣袖。斯特兰德大街里，圣克莱门特古老的日晷上没有留下影子。没有店铺是开业的。她一路闲逛到河边。苍白的水流很是湍急。茶，她想，却不太记得自己为什么会来到这里。

这个词在她脑中响起，没有任何意义——茶——没有任何回应，仿佛羊群在浓雾中咩咩叫一样。

玛丽坐在堤岸上，背对着令人沮丧的河流。清晨寂静的街道上没有任何车辆。脸如死灰、目如焦炭的女人把碎玻璃、灰泥、碎片和火石扫成整齐的一堆又一堆，这是为逝去之物搭建的坟墓。玛丽开始感到不安。音乐似乎不再欢快。扫帚的沙沙声似乎在低语：生命在破碎，在消失。留下的生命都不美好，它们只是固执地赖在废墟之中。

一片静默，只有扫帚沙沙作响。伦敦是一个播放完碟片的留声机，没有人腾出手来让它倒带。它身上弥漫着下水道、煤气及焦木的气味，消防水龙头的水浸湿了整座城市。

她为什么没有留意到这一点呢？城市永恒的更新机制已经失效。现在的妇女只能等待着，打扫着。

绒绳屏障环绕在尚未爆炸的炸弹周围。在救援人员还未打开的门上，有人用粉笔画了一个巨大的叉。

玛丽想到，许多无人认领的尸体躺在太平间内，他们的名字组成了毫无意义的段落。每具尸体身上都标记着字母“X”，一行又一行的 X 写成了长长的账簿。战争初期人们急忙前去的集合点已经不见，所有定点也已经失效了。现在，字母“X”只用来标记未被炸成碎片的、未被检查过的、未被抚慰过的尸体。人们随着扫帚舞动的节奏等待着，等待着某种含混不清的复活。

这一切把她压垮了。吗啡创造出的勇气在逐渐消退，所有感官都越来越清晰。泰晤士河是世界上数十亿颗受伤心灵的体现。淡棕色的河水不断流动。*哦*——她好像记起来了——*我出来是为了喝茶的*。泰晤士河横亘在她面前，无穷无尽，令人费解。它是棕色的。*哦*，她想，*我来喝茶*。泰晤士河……*哦*……

希尔达穿着睡衣应门。她的左脸上扎着绷带，遮住了眼睛，渗出血迹。

“发生什么事了？”玛丽说。

一阵沉默后，希尔达说：“也许我的脸受伤了。”

“天哪，希尔达……”

“哦，玛丽，你这个表情！我看起来可怕吗？”

玛丽挤出笑容。“它总是比看起来差。”

“好吧，快进来。”

希尔达小心翼翼地挪动着，她的脖子僵硬得直叫人觉得发疼。

玛丽跟着她穿过小厨房。她往水壶里倒了点水，把它放在炉子上。煤气的气压很低，只燃起了一道微型的火焰。

玛丽说：“我希望你能慢慢品茶。”

希尔达瘫倒在厨房桌旁。玛丽抱住了她。“怎么了？”

“新来的驾驶员。一个小笨蛋。我们整个夜里都在躲炸弹，她却把车直接开进‘未爆炸弹’的警戒线里。冲击力让那可怕的东西爆炸了。”

玛丽的腹中一阵翻滚。“哦，希尔达，真遗憾。”

“我的脸真的很难看吗？他们不让我看。”

“疼吗？”

“疼死了，就像被切了一刀一样。”

“你有吗啡吗？”

希尔达瞪了她一眼。“你问这个问题是为了我还是为了你自己？”

玛丽闭上了眼睛。“都是。”

“除非到最后关头，不然我是不会用吗啡的。”

“你在发抖，整座房子都快被你抖塌了。”

“士兵们更加需要。以前的我们真的没有替别人想太多。”

玛丽拉着她的手。“可是没有吗啡，你是怎么熬过来的呢？”

“像普通人一样熬过来呗。我们必须学会在没有帮助的情况下自己生活下去。”

玛丽一言不发。过了一会儿，希尔达说：“对不起。”

玛丽摇摇头。“你应该有新的绷带吧？你的脸在渗血呢。我来帮你换吧。”

希尔达咽了一口唾液。“在水槽上的碗橱里。”

玛丽取出绷带和消毒剂。她让希尔达靠在椅子上，为她解开了绷带的别针。

“这样疼吗？”

“疼得可怕。”

“我会尽量温柔的。”

绷带拖着血块和橘黄色的血清掉了下来。希尔达叫了起来。“对不起，”玛丽说，“我很抱歉。”

希尔达抖得那么厉害，玛丽无法稳住她。“你的手尽量不要碰你的脸。一定不要碰。”

玛丽把希尔达的双手合在一起稳住。她在干净的绷带上涂上消毒剂，开始清洗伤口。这是一件很难的事情——她也在发抖，抖得几乎比希尔达还要厉害。

涂完之后，她仔细地看着希尔达的脸。

“你必须告诉我哪里有吗啡。”

希尔达呜咽了。“真的那么严重吗？”

“告诉我它在哪里，亲爱的，然后我才会去拿镜子。”

希尔达犹豫了。她的左脸是血块，右脸是恐惧。

“勇敢点。”玛丽说。

希尔达闭上双眼，说：“在手袋里。”

“好姑娘。”玛丽拿了两小瓶吗啡，每人用了一瓶。

希尔达打着战，深吸了一口气。“你说得对。”

“要香烟吗？”玛丽递出一根香烟。

“很需要。”

玛丽给收音机调频。肯塔基说唱台正在播放《爱的古老甜蜜情歌》。正午耀眼的阳光逐渐转为下午的柔光。

“要弄个发型吗？”过了一会儿，玛丽说。

希尔达没有回答。她的香烟丢在一旁，抖落一阵悲伤的烟灰。

玛丽拿起希尔达的梳子，开始干活。希尔达很困，她的头总是会往梳子那边倾斜，玛丽只好轻轻把她的头推起来。她们听着收音机，坐在温暖的静默之中，玛丽手上一刻不停，直到希尔达的庞毕度发型弄好。她不需要用糖浆来固定，大家的头发都不干净。

“看起来怎么样？”希尔达说。

“挺好。我去拿镜子，好吗？”

“哦，去吧。”

玛丽带来镜子，把它立在桌子的福米卡塑料贴面之上，两人手牵着手，一起看着镜中的倒影。

脸上有三个切口，都从左侧颧骨开始。最深的伤口往后朝耳朵方向延伸；最长的伤口弯曲朝下，几乎到了下巴；最可怕的伤口划在眼睛附近，没有直接划伤眼睛，但在眼眶的另一侧再度出现，经过眉毛，在额头上以一个讨厌的分叉结束。伤口缝合了，但缝得不是很好。玛丽想到医院里的情景：那是轰炸最严重的夜晚，地面上布满血痕。

“你比上次更厉害了。”希尔达说。

“哦，谢谢。”

“诀窍就是一开始就把鬈发束紧，是不是？余下的就顺其自然了。顺便说一句，我告诉过你，可怜的阿休牺牲了吗？”

“哦，亲爱的。”玛丽说。吗啡令这件事变得如一个包子滚下山那般轻巧。

“还有克莱夫，他俩是同时去的。”

“太可惜了。”玛丽说。她想知道，希尔达是不是也死了，然后她意识到，希尔达当然没死了，因为她在这里啊。谁还在，谁不在，她已经混乱了。

希尔达看着镜中的自己。水壶发出轻微的声音，渐渐地变成刺耳的尖叫，最后，水终于烧开了。

“哎哟。”玛丽已经忘了水壶的存在。

厨房窗外，城市步入夜色之中。玛丽向窗外望去，忽然想起这里有一场战争。她用泡过的茶叶，在褐色釉壶里沏茶。*对了，玛丽想，我出来是要喝茶的。*

希尔达的肩膀出现了变化，她的脖子又僵硬起来。她声音尖利，而玛丽也明白她的心情。

玛丽发现自己无法解释目前的情况。吗啡是分层的，仰视可以看见，俯视却不能。

希尔达的目光没有从镜中移开。“等伤口慢慢痊愈之后，我也许会恨你。”她的想法似乎让自己大吃一惊，紧跟着她说了句：“哎哟。”

玛丽给两人分别倒了一杯茶，但她们都对喝茶没有丝毫的兴趣。玛丽开始帮希尔达绑绷带。

希尔达说：“如果你一直都在驾驶员的位置上，这件事就不会发生。”

“你知道的，救护车队的工作实在太累了。我只好不干了。”

“我之所以会继续干下去，是因为我以为你会回来。可现在你把我的一切都夺走了。夺走了我喜欢的每一个男人，如今还夺去了我的美貌。”

玛丽用别针固定绷带，它稍微破坏了发型。“在阿利斯泰尔一事上，我尝试过补偿你。你知道的，我已经不再写信给他了。”

“你继续写吧。他不会要我了。没人会要我了。”

“你别这么说。”

“可是你看到了。”

“求你了——”玛丽说。她也不知道自己在恳求什么。

希尔达一言不发。收音机沙沙作响。

玛丽绑好绷带，用别针别好。“伤口会愈合的，一定会。”

“如果有什么伤口能愈合的话。”

在镜中两人目光对视，然后，玛丽在希尔达的脸上捕捉到了难以承受的绝望。整个世界都被打碎了，碎片散落在地。吗啡开始冷却，逐渐变硬了。不久之后，连它也会变得破碎。

窗外看起来已是黄昏时分。“我要走了。”玛丽说。

“空袭……”

希尔达清空了桌子上的手提包。口红和钥匙哐哐当当地掉出来，还有配给粮粮簿、帽针、十几瓶吗啡。

“你干什么？”

“如果你真的在乎我，”希尔达说，“就把这些吗啡都拿走。”

“为什么？”

“因为你还得忍受你自己。”

玛丽想握住希尔达的手，但希尔达拒绝了。

“求你了……”

“走吧。在伤口完全愈合之前，我会告诉你我对你的看法。”

玛丽低下了头。“我知道你宁可如此。”

“快走吧，”希尔达说，“我再也受不了你了。”

玛丽看着桌子上的小瓶。她知道，自己必须把吗啡留在这里，但她也明白，这是不可能的。她拿起其中六瓶，转过身去，一言不发地离开了公寓。她看向希尔达的最后一眼中，有她纤细的背部和头发上装甲一般的黑色曲线。

PART III　修复

阿利斯泰尔命令布里格斯把油画包在布里，带到要塞的中央庭院。他也跟着布里格斯走了下来。已经过了一个月，阿利斯泰尔还是感觉，没有了手臂，走路难以维持平衡。他之前从未意识到，一条胳膊与平衡二字竟能悄悄搭上关系——这里要抵消力量，那里要加一点点重力。他也从未觉得，生活是马戏团的戏法，需要精湛的平衡与优雅。

“你还好吧，长官？”

“还好，谢谢你，布里格斯。”

“你不好，是不是，长官？”

“不是的，”阿利斯泰尔说，“你去找军需官，让他给我配一条新的右臂，记住要给他敬礼。”

“很疼，是吗？”

“想想这能省掉我的多少疼痛吧。使锤子时再也不会敲到拇指了。我为你们这帮人感到遗憾。”

“谢谢你，长官。我能帮你做其他事吗？”

“夹克的左口袋。药丸盒。拿出两颗药丸，然后给我找一杯水喝，可以吗？”

布里格斯掏出药片，给阿利斯泰尔送来一罐水。其实，疼痛比截肢之前更厉害了，这是一件烦心事。非那西汀[①]只是稍微减轻了一点痛楚。与此同时，他似乎永远也等不到撤离的那天了。他还排在撤离名单的第 80 位，而且如果敌人没有发动进攻的话，每天只有一架邮政飞机离岛。通常来说，士兵们的撤离号码往上移动一段时间后又会往下掉，因为一些混蛋会为与他们关系好的人搞暗箱操作。邮政飞机每次只能携带两个伤员，有时是一个。这取决于岛上的驻军是否有很多信要写。

---

① 药品，有解热镇痛的功效。——编者注

“还有别的需要吗？”布里格斯说。

布里格斯已经瘦得皮包骨了，看着就让人心疼。阿利斯泰尔觉得自己也不可能漂亮到哪儿去。他向着油画点点头。

“我们要把它带回宾格马峡谷附近的教堂。我想让你用尽口才，说服军需官，让他给我们配一辆卡车和一车汽油。请注意，我花了三个月修复这幅画。这是我做得最好的一次，把它送回去对我来说意味着一切。你应该不会让军需官觉得这是件烦心事吧？”

布里格斯想了一会儿。“我会告诉他，这是敌人的进攻路线图，长官。如果没有用，那我就会告诉他，我知道他对陛下的凡士林做过什么。”

“谢谢你，布里格斯，你很坏，也很厉害。把军需官的便条带给我，我会签字，不要走漏风声。作为回报，我会下令，从今天起直至胜利之日，所有的炸弹和弹片都会离你至少两百英尺。”

“谢谢你，长官，这个命令很有用。”

布里格斯开来一辆贝德福德，把油画装进卡车后厢。阿利斯泰尔打开驾驶室门，费力地挪动到乘客席上。布里格斯开着车穿过吊桥，要塞的门在身后关上，两人趁着蓝色的清晨来到外面。

阿利斯泰尔闭上眼睛，累得没法聊天。感染时恶心的感觉已经消失了，可是，他却在感染的部位发现了一种悲伤的情绪。他应该还挺喜欢那条胳膊的。他不知道它变成什么样了——是烧掉了？还是埋起来了？胳膊死去了，却没有听见任何的悼词。人的身体在分崩离析之时，大家从不会举行任何仪式，社会比较喜欢等到人完全消逝之后才举行葬礼。

外科医生给了阿利斯泰尔一份充满医学细节的简报。*肘关节离断术，在关节处截肢，旋前肌折叠皮瓣，缝合以实现闭合，整个手术过程在静脉注射巴比妥酸盐的麻醉下进行。*听起来还可以吧，老人家？有问题吗？

“没有，”阿利斯泰尔说，“可是有一个很明显的问题——我怎么可能承受得住？”——但这个问题似乎不受欢迎。如果外科医生能够承认，哪怕是事不关己地承认，这种事情发生在一个人身上是很糟糕的，那么这项手术也不会如此令人胆怯。也许总有一些操作——例如使用手术刀或者发射一枚直径为 3.7 英寸的防空弹——对接受者的影响要大于对实施者的影响。

卡车在毁坏的道路上摇摇晃晃，颠簸不定。布里格斯吹着口哨。车辆在深洞之间的平地上前进，那感觉真是太爽了。

“你看，漂亮吧，长官？”

阿利斯泰尔睁开眼睛。布里格斯指着瓦莱塔城墙之外广阔的田野。

“哦，你喜欢吗？”阿利斯泰尔说，“我也是。”

“这里的人很热情，生怕对你不够好。这里的民风就像利物浦一样，只是这里有海滩。”

“你觉得你会回来度假吗？”

“战后我会带我妻子来这里开一家酒吧。”

“很好。是德式酒吧还是传统的英式酒吧？”

“我认为英式风格可能会更受当地人欢迎，长官——至少在接下来的一千多年都是这样。”

“你已经想好了啊。”

“你没有想过吗，长官？”

“哎哟，我不知道战后我会做什么。可是你不应该当军官吗？肩章上的每颗星星都代表我们将会错过的一件事。”

“我很高兴你这么说，长官。但我应该不行吧。”

车又开了一段路。一颗直径 20 毫米的子弹从敌人的 BF109 战斗机射出，打碎了挡风玻璃，穿过布里格斯的胸骨，射进司机的座位里。接下来是四发子弹，两发穿透驾驶室，两发穿过帆布车篷。一碰到卡车后厢，子弹便漏出热磷，磷粉渗进木料之中。弹片击穿油桶，点燃了汽油。阿利斯泰尔立即从驾驶室里爬出来，战斗本能驱使着他爬到路边的战壕里。他看着卡车缓缓滚到路边燃烧起来。身体燃烧时，布里格斯没有发出声音。卡车发出轰鸣，扬起橙色的烟尘和一团团煤灰。

阿利斯泰尔扫视天空，却没有看到战斗机的踪影。他从战壕里爬起来，尽可能靠近战壕前行。他用左手捂着脸抵御热量。卡车后厢的遮盖帆布被烧毁了，一个个金属环在余烬上方拱起。他爬到驾驶室前，看了一眼布里格斯，但立马就后悔了。他在停车之处前后三十码的战壕里寻找着油画的踪影，希望它在颠簸中刚好被抛出车外。

道路的两侧蜿蜒而下，黄色碎石与路边的黄色草地和黄色石墙融为一体。他无法点燃烟斗。

一小时后，一名当地男子乘着驴车来了。两人对着布里格斯的遗体祈祷，之后，阿利斯泰尔就坐在驴车上返回。回到要塞，他报告了这件事，一瘸一拐地走到石阶前，还没找到物品借力爬回房间，便跪倒在地。他只想闭上眼睛几分钟回回神，但要塞的钟声几乎立即响起。

新一轮袭击到来，轰炸机拖着阴影在蔚蓝的海上飞过。阿利斯泰尔从箭环里拿起汤姆的果酱瓶，把它稳稳地放在地板上。他坐在床上，拿出非那西丁，差点便要喊布里格斯冲咖啡。

袭击过后，西蒙森带着一封航空邮件上来了。他在阿利斯泰尔的书桌上打开信件，摘下帽子，把信扔给阿利斯泰尔。

“真不知道为什么有人会写信给你。顺便说一句，我收到了两封信，如果你想知道我们之中谁更受欢迎的话。”

阿利斯泰尔伸手接过信。西蒙森瘫倒在阿利斯泰尔的椅子上。

“你知道我担心敌人什么吗？暴力。他们认为他们可以用这种方式解决所有问题。我有时候觉得，我们会有麻烦。”

“不要开玩笑了，”阿利斯泰尔说，“布里格斯今早死了。”

西蒙森一句话也没说。

“这是我的错，”阿利斯泰尔说，“是我让他开的车，车起火了。我正要把油画给教会送回去。”

“车上没有其他货物吗？”

“没有。”

“这趟旅程没有其他目的？”

“恐怕没有。我伪造了征用令，说我们要把进攻路线图带到外层要塞去。”

西蒙森闭上眼睛。

“还失去了一辆贝德福德。烧毁了。他们会把我的报告给你看。”

“你呢？”西蒙森说，“你没事儿吧？”

阿利斯泰尔站了起来，努力稳住身体。“布里格斯有个妻子。”

“孩子呢？”

“没有。”

“好吧，那是个问题。”

“我必须写信给她。”阿利斯泰尔说。

“那就写吧，然后就把这件事放下，不要想。你要善良一点。就写他在联络行动中被敌人杀害了。”

“是啊，但我在告诉你真相，道格拉斯。把你当成我的上级看待。”

“你想让我做什么？把你送上军事法庭？”

“你也许不得不这么做，不是吗？陆军中校看到我的报告后，你就没有太多转圜的余地了。”

西蒙森站起来踱步。“你是一名一流的军官，如果情况不是那么恶劣，你早就因伤退役回到伦敦。你疲惫不堪，你的判断力很差，就是这样。”

“这可不是偷了一罐人造黄油之类的事情。我杀了布里格斯。”

“是敌人杀了他，你必须带着这个事实活下去。如果我是你，我也许会用他抵消掉我救的人。”

“哦？是谁在算账？”

“全能的上帝一直都在算账，你这蠢蛋，他算不过来时就会找我核对，因为我是你的指挥官。”

阿利斯泰尔一直心不在焉地翻动着航空邮件，现在才注意到信件是希尔达寄来的。另一只手的幽灵本能地移动到信封开口处，把拇指伸进里面——阿利斯泰尔这才惊讶地发现,这只手是不存在的。他因左臂补偿了幽灵右臂的动作失去平衡。他侧身倒在床上，航空邮件飘到地板上。当阿利斯泰尔用尽力气坐起来，西蒙森捡起了信封。“在这里，”他说，“让我来吧。”

“不要，”阿利斯泰尔说，“我没有心情看。”

西蒙森没有理会他，打开了信。

“能不看吗？”阿利斯泰尔说。

“不要那么矫情！消遣消遣不好吗？”

亲爱的阿利斯泰尔：在目前的艰难时势下写信给你，真的很抱歉。

天哪，阿利斯泰尔想，玛丽死了。他的血液停止了流动。

我认为我有义务告诉你，玛丽最近的行为很反常。

阿利斯泰尔松了口气。

“玛丽是你女朋友，是吗？”

“我不清楚。”

“没有人清楚。这个希尔达是谁？”

“她的闺蜜。快拿回来！”

西蒙森就是不让他够到信。“你的玛丽似乎让这个希尔达很不爽。”

我之所以这么写，是因为你有权了解这件事。我知道，玛丽一直在写信给你。

“可是她没有写，是吗？”

“没写好几个月了。”

“或者只是你的说辞。”西蒙森说。

“念下去，可以吗？不然就把信给我。”

西蒙森把信抢走了。

我很遗憾地告诉你，她已经放弃了救护车队的职责，成了吗啡的奴隶。出于忠诚，我本会说这是她的事，但现在我们的友谊结束了，我觉得我有责任告诉你，我已经不欠玛丽什么了。请你知道，我从我们握手的那一刻起就喜欢上了你。

“你这老狗！”

“事实不是那样的。”阿利斯泰尔说。

“你是这么说的。我们得让希尔达告诉我们事情是什么样的。”

最糟糕的是，玛丽在与黑人交朋友。

她在兰心大戏院待了好几天，而且还要继续待下去，就好像这件事很自然。我估计吗啡是她在这件事中唯一的参谋。当然了，对她的父母来说真是要命。他们的名声受到了影响——我不需要告诉你人们是怎么说的。

西蒙森吹了个口哨。“真的是够了。”

“我觉得没什么。”

“当然没什么。你这混蛋——看看你，就像魔鬼抓住了你的蛋蛋一样。”

我想让你知道，我不希望我们之间再有任何那方面的关系。我的情况已经改变，无论如何我都不会再对你产生吸引力。你曾经对我很好，但我选择通过履行诚实的义务来结束我们之间的关系。

“她的落款是什么？”阿利斯泰尔说。

“你真诚的。”

“我懂了。”

“你心里面肯定是‘苦哈哈的’，但是恐怕你最终会明白，她说得对。如果她说的话有一半是真的，那么你最好不要和这个玛丽在一起。这个希尔达这样提醒你，她做得很好。”

“我想知道玛丽对此是怎么说的。”

“我不关心。黑人之中没有可以交朋友的。她还服用吗啡——天哪，这东西很恶心，只有医生和妓女才会使用。”

阿利斯泰尔脸红了。“玛丽教过的几个孩子死了。我有一个朋友，之前与她订过婚，也死了。凡事总有可原谅的一面。”

“凡事的确有可原谅的一面，疲劳、痛苦和错误判断都成理由。可是，居然去碰吗啡和黑人？这个女人完全堕落了。”

“女人都会堕落，只是堕落的方式不同。男人的死亡是因为心脏停跳，女人的死亡是因为心在坚持。”

“噢，放弃吧，阿利斯泰尔。她已经迷失了。”

“我不信。一切都可以恢复原来的样子。如果人们不相信这一点，那他们如何忍受这一切？”

“因为别无选择啊，所以才更容易做出决策。”

阿利斯泰尔叹了口气。“不管怎样，我都喜欢她。一个军医曾经让我找一个漂亮的女孩，从而忘记战争——只要一想到玛丽，我就能忘记。”

“也就是说，你不会放弃她？”

“我想放弃也放弃不了。你明白，这是医生的命令。”

“好吧，可怜的希尔达，她的信似乎弄巧成拙了，你说呢？”

“噢，你要知道希尔达不是坏蛋。她很有趣，挺漂亮的……如果我再活一次，这样的女孩……”

“是啊，但是这封信写得很绝望。”

“这就是一场令人绝望的战争。”

西蒙森搂着阿利斯泰尔的肩膀，两人眺望着大海。

“我们该拿你怎么办？”西蒙森说。

“没什么办法。中校对我做出的惩罚我都接受。与此同时，我会仔细为布里格斯安排葬礼事宜。”

“就算你不做安排，布里格斯也不会介意的。死者令人敬佩之处就在于此——他们从来都是己所不欲，勿施于人的。”

“话是这么说，但不做我会心有不安。”

“你要不要想想怎么飞到直布罗陀，然后乘船回英国？”

“要几个星期之后才轮到我。”

“有撤离顺序，同时也有社会秩序。我和半数卫生部的人都是同学。我可以让他们安排你搭乘下一个航班。”

“我不是很想去抢别人的名额。”

“那你就会一直待在这里，因为其他人都乐于抢夺你的名额。来吧，我们可以在中校拿到报告之前把你送走。你这是帮了我们一个大忙——他和我一样，都不想惩罚你。”

“那就在伦敦抓住我。”

“可能不会。如果说战争教会了我什么，那就是程序和手续都能掉进小小的狭缝里面。”

“听听我们在说什么。你能想象一年前的我们会讨论这样的事吗？”

“那时候生存这个词还未被发明出来。人们总不能因为我们没有使用还未存在的东西而责怪我们吧。”

阿利斯泰尔笑了。“这场仗原来已经打了那么久啦。”

“不知道。我已经不记得以前是怎样活的了。那时活得轻松自在，不用担心太多。”

“你觉得我们还能这样活吗？”

“天知道？要有足够的香槟和乙醚才能搞清楚。”

“也许，如果到死的那一天都是醉醺醺的，那我们就不会想起这场仗了。”

“那就需要系统性地喝酒了。我们得在城市、小镇和村庄里喝醉，还有，在山上，在田野里——会……”

“……在海滩，在着陆场上。”

“对，就是这样。我们要在一些不让外人进入的地方喝醉。”

“自信越来越强大，风吹得越来越猛，不要忘记这个。”

他们勾肩搭背，眺望着大海。阿利斯泰尔想，也许这是真的，九月将再度来临。人们会爱上早晨凉爽的风，而且微风不会让他们想起宣战的那个星期。也许会有这样一代人。黑莓成熟之后，他们会用无忧无虑的手去采摘，将果酱倒入锅中冷却。而且，果酱尝起来只有果酱的味道。人们不会把果酱瓶像圣物一样保存起来。他们会把果酱涂抹在吐司上，不多想，也不用看标签。

阿利斯泰尔继续让这个想法蔓延：战争的热量耗尽之后，最后几个飞行员会把最后一颗炸弹丢进大海，让飞机降落在布满弹坑的机场，而机场也会慢慢变成荆棘林。飞行员会脱下外套，摘下领带，开始摘水果。

他知道，自己已不想再和这场战争扯上任何关系。他不断看到敌人的飞行员在黄色的灰尘中咳嗽，不断闻到布里格斯燃烧的气味。一切都太难承受。别人让他做的事，他已经做完：该出战时就出战，该撤退时就撤退，到最后别无他法，他就死守阵地。他没有爱惜自己，没有计较付出，也没有拿走不属于自己的东西。他尽了最大努力帮助士兵，而现在他只想回家，看看他能不能帮上玛丽的忙。面对战争的巨大腐败，自我的小小堕落就算说不上情有可原，至少也是稀松平常的。

“你知道吗？我是自愿参军的。”阿利斯泰尔说。

“很厉害哦。所以呢？”

“所以，如果我自愿离开，那你会看扁我吗？”

“你不离开的话，我会很生气的。”

阿利斯泰尔犹豫了。“那我还是接受你的好意吧。”

“非常明智。这个岛上的食物真不像广告里说的那样好。”

阿利斯泰尔要和西蒙森握手。他再次惊讶地发现，他的右臂已经不在了，差点就摔了一跤。西蒙森扶住他。

“我会在午夜时分前来接你，”他说，“这段时间里尽量不要从床上掉下来。”

～～～～～～～～～～～～～～～～～～～～～～

他们在明亮的星空之下步行离开要塞。两人走后，一场空袭再度来临。他们往西北方走，两人的影子在跟前的路上闪烁着。要塞离卢卡的简易机场有五公里远，两人一路无话。虽然并肩而行，却各怀心事。阿利斯泰尔觉得，这是战争的唯一结局：一大堆男人和女人聚在一起参战，却一个个独自回家。

在飞机跑道上，惠灵顿飞机已经发动引擎。一名传令下士赶来迎接他们。阿利斯泰尔感到一阵恶心。

“好吧，”西蒙森说，“再见。”

两人用左手握手。

“再见，”阿利斯泰尔说，“我还来不及……”

“那就不要。不要来不及。”

“我会想念你的，道格拉斯。”

西蒙森擦了擦眼睛。“嗯，让我们祈祷敌人也这样。”

两人拥抱在一起。传令下士扶着阿利斯泰尔踏上台阶，爬进飞机里面。他们让他待在扶梯下面，后炮手前方，躺在一堆邮件袋之上。他们借给他一件羊皮外套，告诫他不要去任何飞机不到的地方。发动机发出轰隆隆的声音，机身在不平坦的跑道上摇晃着，马耳他在夜幕中下沉。

阿利斯泰尔躺在邮件袋上。飞机门关上的那一刻，战争就结束了。马耳他麝香草味的热空气被挡在外面。机舱里很冷，弥漫着邮件袋和汽油的味道，伦敦离他越来越近。他们会在直布罗陀登陆，把他交给返回英国的护航队。船上会有儿童、妇女和食物，还会有不是全套棕色的衣服。阿利斯泰尔一直在睡觉。离直布罗陀 50 英里处，飞行员将飞机迫降在海上，他这才醒了过来。

阿利斯泰尔在纷乱的呼喊和水雾中醒来。剧烈的降落将他和所有邮件袋都抛到导航员的座位下方。海水通过机身的帆布缝隙漏进机舱。他们都从观测舱钻了出去。

迫降事故中生还的五人紧紧抓着两艘小橡胶筏。在清澈而温暖的海面上，他们看着促使飞机坠落的引擎火灾熄灭，坠落点传来一阵长长的嘶嘶声。一阵蒸汽在月光下升起，飞机的机头开始沉没。之后，一切归于平静。

那是寒冷而漫长的黎明前夕，黎明漂浮在单调的银色海面之上与单调的银色天空之下。海天之间焊接得天衣无缝，滴水不漏。几个小时过去了，什么事情都没有发生，他们也做不了什么。之后，血色的大太阳从海上升起，微风从西方吹来。阳光照在水面上，形成宽阔的红丝带，微风却让这条丝带变成了黑色。

黄色的橡皮筏空间不足，无法容纳他们所有人，所以有两个人要待在水里，每过十五分钟就轮流一次。阿利斯泰尔在水里连续待了半个小时，没了手臂的他踩起水来更累。

他脱掉了鞋，扔进海里。他想到，在英国军官失去标配皮鞋的地点当中，这里算是离陆地最远的了。他们可以在指控单上加上这条罪名。

九点之后，太阳开始贡献一点温暖，可是风刮得越来越猛了。橡皮筏上的士兵晃来晃去，恶心得想吐，水中的士兵就更难坚持下去。对于只有一条手臂的阿利斯泰尔来说，这是一种艰难的挣扎。他时不时会呛到海水，因为嘴巴抬得不够高。其他人能帮忙时就出手帮忙，但他们也累了。

他坐上另一艘橡皮筏时，一阵风吹来，把他吹进了海里。这一次，他下沉了几英尺，与其说他设法踢着海水回到海面，倒不如说导航员潜进水里帮忙。在海面上，他喘着气，差点就没有力气抓住橡皮筏。

他尽量不去想命运之类的事情。体力慢慢流失，就连一件小事都能让他发笑。他想到了将他带到此处的连锁反应，到最后，他竟然和四个陌生人在空旷的大海里漂浮着。经历了这一切之后，小小的引擎起火事故就把飞机放倒了，根本无须敌人的帮助。也许在战争中，没有战死沙场也算是微小的胜利。他笑了，他不明白为什么别人那么清醒地看着他。

中午，风停了，海面的波浪闪闪发光。他们都脱掉衣服，扔进海里。阿利斯泰尔时而睡着，时而苏醒。他一次又一次地醒过来，手臂穿在环绕筏子的绳索上。每次醒来，他都想知道自己身在何方。太阳落山了，他没有注意到。他一如既往地醒来，瑟瑟发抖，可这一回，天色已然黯淡。闪电在天空中闪耀。在他周围，有人用柔和的声音说话。

“到达布莱顿码头之后，我们就把船停好，买炸鱼薯条吃，好吗？”

“我要喝一品脱啤酒。”

“汤姆？”阿利斯泰尔说，“是你吗？”

没有人回答。闪电赋予了他们旁观的冷眼，他想。

在雷声之间，他听到有人在大喊大叫。他绷紧耳朵倾听。有几个男人在呼唤他的名字，但他不知道他们到底想怎样。他喊了一声以作回应，可是他们没有听到。人们的声音变成了某个相识之人的叫喊声。他觉得这是他的士兵在请求他下命令。

“抓稳！”他大喊，“抓稳！”

他们叫得更大声了，在他们的叫喊声中，阿利斯泰尔感到更加恐惧了。他大声呼喊着，命令士兵用力抓稳橡皮筏，从海里爬出来。他看不见这些人，却听到了他们的声音；他安慰着他们，恳求他们爬上橡皮筏。

天上没有月亮，也没有星星。他大声喊道，他很抱歉，喊了许久之后，他注意到，达根在他身旁抓着橡皮筏。阿利斯泰尔很高兴，因为达根现在能帮助他。达根也会帮助他的士兵。阿利斯泰尔闭上眼睛，渐渐进入梦乡。

梦中，一阵更深沉的吼声从汹涌的波浪下响起。吼声越来越大，闯进了他的梦中，他醒过来，达根正抓着他的肩膀用力摇动。

“快点……希思，快……快……快醒过来！”

阿利斯泰尔透过被海盐模糊的双眼看着海面。大海上，探照灯的光芒射了过来。它们与吼声来自同一个地方。灯光把黑暗的海面变成了银色。每当橡皮筏爬上浪头，水雾就闪烁起来，然后在波谷中消失。吼声越来越大了。

他的士兵又开始呼唤他，他看着他们的灰色脊背在周围的海水中跃动。阿利斯泰尔朝他们大喊，士兵变成了海豚，又在探照灯的移动光束中变回了士兵。一切都在变化。海浪在起伏，喊声在他周围回荡。要迷失在这样一个孤寂之地，远离人们善良的视线，阿利斯泰尔为他的士兵感到一阵深沉的忧伤。他嘟囔着此前在那么多场葬礼中念过的悼词：求你照着你使我们受苦的日子，和我们遭难的年岁，叫我们喜乐。[①] 海水灌进他的嘴里，他呛了几口。他放开了橡皮筏，独自漂浮在大海上，赤身裸体，快要沉进海里。

波浪之下还有灯光、寒冷和圣诗，把海面切割开来。西蒙森与

---

① 出自《圣经·诗篇》。

他一起下沉。他们一起凝望着灯光。玛丽也在那里，汤姆、敌军的飞行员、布里格斯以及阿利斯泰尔失去的所有人都在那里。每个人都回来了。随着灯光消失，吼声停歇，他们所有人都一起下沉，沉进温暖而永恒的大海之中。

达根抓住了他的手。“来吧……希思……让我带你……回家。”

1941年9月

六个星期过去了，玛丽这才又开始写信给阿利斯泰尔。一个月以前，她收到阿利斯泰尔的指挥官西蒙森上校的来信。阿利斯泰尔在海外行动中失踪，已被推定阵亡。上校表达了他的遗憾，并希望她知道，希思上尉曾是一名勇敢的军官，谈起她时总是用最幸福的言语。

吗啡起了作用。它把悲伤扔出墙外，扔进伦敦城中，每个人的悲剧都在这里成倍叠加。人们可以把悲伤暂时留在这座大钟停摆的城市，时间的指针就悬在那里一动不动。

玛丽开始散步。她的腿脚已经利索多了，但走得太远还是会一瘸一拐的。她喜欢坐在国家美术馆的台阶上休息，俯视着特拉法尔加广场。上一次重大空袭已经是几个月之前的事情了。广场上到处是谈情说爱的情侣。他们笑得多么开心啊！仿佛黑暗的世界已经焕然一新。每个景象都令他们惬意，每种消遣都令他们愉悦。玛丽以前真不觉得看着鸽子在喷泉中咕咕叫是一件那么快乐的事情。

她还是觉得阿利斯泰尔有可能幸存下来。也许当局能推定一个人死亡，但那是当局为你而推定的。推定总是庸俗的，而生活有时是雅致的。与此同时，她看着在特拉法尔加广场的恋人，以免忘记怎么与人相爱。情人在明媚的广场上相互依偎着，不断调整着紧握的双手。现在，他们的手指缠绕在一起，他们的手臂环在对方腰间——仿佛生活不完全站在他们一边，仿佛它会把杠杆的尖端伸进两人之间的任何距离，把两人撬开。玛丽看着他们，觉得运气也不在自己这边。情人才是最不相信运气的人。她看见年轻女孩悠然自得地走在路上，心里很是讶异。

她看着她们微笑，脸红。她们就是所有的希望，是轻盈的氦气，看起来很可爱。两年前，她就是那样的。

看够之后，她走下堤岸，坐在花岗岩墙上。她的手指掠过游动在灯柱周围的铁海豚。在她身下，褐色的河水搅动着失去的一切，而今天她的吗啡也刚好用完。要得到这种药品已经越来越难。最后的药效消失后，她才意识到，她不知道该如何获得吗啡。

退潮时，人们常常会看到尸体，他们躺在泥里，躺在未完成的滑铁卢大桥浮舟旁边。这些人是早就死了，现在才从泥里冒出来，还是最近这几天才万念俱灰，投河自尽，玛丽无法分辨。尸体不像电影里那样，干净地趴在地上。现实生活中，他们似乎不是被散播而是被套种的。死者很肮脏，半截身子埋在土里，有时几乎无法将他们从身下的泥土或碎石中辨认出来。看过许多尸体之后，人们才下意识了解到，他们应该时刻保持双手、脸部和衣服的整洁。世界的表面是那样肮脏，活人只会用指尖和鞋底去碰它。死去是多么污秽啊，连保持干净的努力也放弃了。

泥坑上方的恋人从未看过死者一眼。玛丽看着他们紧紧拥抱，两人的目光凝视着地平线。情人向东眺望大海，这是一个惯例。她也强迫自己往那个方向眺望。

小船在堤岸的台阶上卸货。码头工人说，这是议会的货物。一个箱子破了，箱子里滚出橙子，这是几个月来她第一次看见橙子。它们滚过灰色的花岗岩，沿着泥褐色的台阶一骨碌掉进棕色的河水里，溅起水花；它们渐渐沉没于视线之下，又突然浮上来。这个场景是那么生动，玛丽倒吸一口冷气。泪水涌上她的眼睛，因为她终于看清，世界已变得那么单调，变成了一片灰褐，接近完全消失。她捂着嘴巴，看着橙子随潮漂到上游。它们是如此的……如此的……

橙黄啊。

混乱悄悄逼近。波浪起伏不定。橙子从视线中消失。阿利斯泰尔死了，生活还在继续吗？太令人惊讶了。她不记得她是真的收到了西蒙森上校的来信，还是说这只是一场梦罢了。她梦到过那么多东西。吗啡总让人把梦境误认作现实，这就是麻烦所在——而生活却在无忧无虑地继续着，似乎在令人信服一事上分毫不争。结果就是，现实反而没那么真切了。而且，这里又有一对对情人。他们为了获得刺激，竟敢攀越滑铁卢桥的支架。有没有可能她并不是眼前这现实中的一部分？混乱愈加猖狂，变成了恐惧。玛丽捂住眼睛。

一只金毛寻回犬把爪子放在她靠着的墙上，凑去舔她的脸。玛丽抬起头，发现它的鼻子凑到了自己跟前。

这只狗对生命有着不可救药的亲切感，好像服用了推荐剂量45倍的吗啡似的。它歪着脑袋，向她眨眨眼睛，高兴得发抖。

“你好啊。”玛丽说。

一个男人出现了。他身材高大，穿着英国皇家空军的制服。“很抱歉。”

“为什么要道歉啊，你做了什么？”玛丽说，下意识地笑了。

男人也笑了。“这条狗傻了。哦？你没事吧？”

“没什么。不用担心。我很快就好了。”

“你好像有些心烦意乱。我能为你做点什么？请你喝茶可以吗？”

玛丽抬头盯着那个男人。他的身上自然是闪耀着安慰的光芒。可是，正当玛丽想和平常那样，启动血脉中的本能开口应答时，她发现自己根本没办法做到。这个人的长相让玛丽感觉隐隐作痛，这个人的友善让玛丽感觉自己很悲惨。她能感知到男人的消极形象，那是另一个男人的离开留下的。

“对不起。”她说，“请你走开。”

“但是你心情不太好。”他像小狗一样歪着脑袋，又说了一遍，似乎扔一根棍子就能把一切烦心事治愈一样。

要是能和他手挽手到咖啡厅去，那该有多好啊。*如果我没有死掉那就好了*，她想。

“对不起，”她又说，然后就逃走了。

她的腿脚很不利索，痛苦射穿了她的身体。有好几次她都变得迷迷糊糊的，于是，她只好停下脚步。她没有察觉到下雨了，此时灯火管制的黑夜也在悄悄逼近。音乐从充当舞池的酒窖里响起。摇摆乐的节拍隆隆作响，人们呼出的烟雾和身体散发的蒸汽往上飘去，穿过风口和格栅，仿佛整座城市就是由节奏的岩浆形成的，只是被清醒的英伦之雨暂时冷却成固态。

烦乱与狂喜相互交替。有时，她步履蹒跚，有时却能轻易移动，左右逢源，穿行在雨伞之间。一、二、三，一、二、三，她在人行道上跳着华尔兹舞步，酒窖在她的身下律动。伦敦一直有办法同时活在紧急与常态两种时间特征之中，两种特征彼此都能听见对方的声音。

她意识到，出了一身冷汗之后，她也许不该单独回到阁楼，更何况，她还没有服用吗啡。先前在河边，她也有相同的感觉：不是觉得她自己想不开，而是觉得如果真的死了，也不知道会有何不同。

事物悄悄迫近的样子很是诡异：先是黑夜，然后是这些感受。她自小就蔑视容易绝望的人。然而，阴郁的情绪似乎知道这一点，并找到了影响她的方法。它很有耐心，潜移默化，不断测量着心灵之光的输出。她的困惑增长了，因为心中是明亮的，理智却是畏光的。乐音在碰撞着，不断、不断、不断加速前进。

她来到夜总会，蒸汽在她的周围升起，她惊讶地发现，手中的香烟只抽了一半。玛丽感到一阵接近惊慌的恐惧，又急急忙忙离开了。来到兰心大戏院，她才停下了脚步。说唱团正在演出，她穿过小巷，从后台入口走了进去。

地下室里一片寂静，只听见来自头上的笑声和掌声。孩子们坐在低矮的舞台上，在轰炸最激烈的几个月里，乐队就是在这里演奏的。夜总会现在已经搬回地面。扎克瑞坐在一架直立式钢琴旁，茉莉和查尔斯在吵架。新来的露丝在一个角落里闷闷不乐地走来走去。

扎克瑞一看见她，就停止了演奏。“怎么了？”

“我没事，”她一边说着，一边向孩子们露出灿烂的笑容，“我只是想下来坐一会儿。”

几个小时后，她醒来了，身上裹着被子，大汗淋漓，浑身疼得厉害。茉莉握着她的手。扎克瑞蹲在她身边，在她的额头上垫了一块布。

“你晕倒了。”茉莉说。

她坐下来环顾四周，身上的关节就像塞满了发热的玻璃一般。

“哦……”她说，“哦……”

扎克瑞转向茉莉。“去弹钢琴吧，别管我。”

玛丽回过神来。“扎克瑞，”她用老师的口吻说，“你能找找这里管事的，让他给我弄来一瓶吗啡吗？”她又狡猾地加了一句：“就说不是我要用的。”

看看他的脸！就好像玛丽让他去杀一个人似的。玛丽教他几何学，却没有教他分寸感，实在太可怕了。

“去吧，快去。一定要拿到一些。”

“我办不到。”

“可是这很简单啊。穿上鞋子马上去！”

他不愿与玛丽对视。“抽根烟来代替吧。”

他从玛丽的包里拿出一包香烟，给所有人都点燃了一根。玛丽没有阻止他，他就这样不慌不忙地夺走了她的权力。玛丽几乎笑了起来。他凝视着闪烁火光的烟头，仿佛其中承载着过去的几个夏天；然后，他把抽了一半的香烟掐灭了——没有压扁，而是向下按着烟头不断转动香烟，直到火光熄灭。这根烟以后还可以继续抽。玛丽的烟一直抽到它快烧到嘴唇边上。

“你去吧。”她说。

他把玛丽眼前的一缕头发拨到耳后。这番拒绝来得无声无息，却是震耳欲聋。她的情绪本来已冷却成一种苍白的绝望，如今又沸腾起来，化成狂暴的怒火。

“我为你做了那么多，你却这样对我！你装成一副大男人的样子，可你就是一个忘恩负义的孩子。我早就知道，你们这类人就是不对头。”

他耸耸肩。

“你已经没救了！”她说，已无法阻止嘴角卷出的卑鄙笑容，“你是个又懒又忘恩负义的黑鬼，连举手之劳都不肯帮我。”

他一言不发。

她举起手来表示警告。“别这样看我。我家世显赫，如果不是因为你，现在我就和他们在一起了。我宁愿自己没有来找过你。我宁愿自己从没有来过这个恶心的黑鬼俱乐部。”

扎克瑞脸上的表情丝毫未变。光线似乎暗淡下来，玛丽不知道还有没有蜡烛可以点。她更不知道现在还有没有蜡烛这玩意儿。她甚至不知道光线是否还在出产。

她的愤怒消失了。她不记得自己曾经生过气。只有一种可怕的感觉：黑暗正逐渐迫近。孩子就在这里。她裹着毯子，浑身颤抖，扎克瑞的眼睛变成了阿利斯泰尔的。她呻吟着，转过身去。

战争的全部目光终于集中到玛丽的身上。她的心已经变成了碎片，每一片都呼喊出响亮的声音。她努力让她的一个倒影活在中央。玛丽带着决心在城市里飞奔，来到一个标记着“X”的地方，身上穿着高山毛衣。是的，就是这样。但是，战争已经开始了，起初激情四射，而后极其可怕。生活中最沉重的事，就是初时的心灵总是那样轻盈。

“你不能再服用吗啡了。”扎克瑞说。

玛丽猛然睁开眼，盯着扎克瑞，不知道为什么他还在这里，而她自己却紧紧抓着被子，紧闭双眼，穿过永恒的恐惧。

“你说什么？”她低声问。

“不可以。”

“只是一点点而已，不懂吗？只是缓冲一下。”

“不可以。”

“求你了。”

“不行。”

“你这么残忍是因为你还不明白……”她闭上眼睛说道。

她睡着了，醒来之后头脑十分清醒。阿利斯泰尔已经来了。玛丽坐起来，心脏怦怦地跳着。他还是上次在滑铁卢火车站站台上见面的模样。他捧着玛丽的脸，玛丽让他吻了自己。橙色的火花在夜色中飘荡。地下室的冷空气吹得玛丽瑟瑟发抖，玛丽抱紧了他的身体取暖。噢，留声机还有针头的时候，他们常常播放这几首节奏缓慢的舞曲。他的眼睛是电灯泡，当玛丽凝视着它们时，发现自己已经醒了，独自一人坐着。

“哦……”她低声说，又瘫倒在床上。

醒来之后，她还是裹着毯子，在昏暗的灯光中单调地发着抖。扎克瑞在她身边。

“谢谢你回来。很抱歉我说了那些话。”

扎克瑞从衣袋里掏出什么。“我没有钱。经理说，你可以赊账。”

光是看见吗啡的瓶子，她就感到一阵宽慰。她已经忘记了该怎么活着，而现在仿佛想起了活着的窍门。她伸出手说：“谢谢。”

扎克瑞伸出手来，拳头里攥着瓶子。玛丽入迷地看着他的手，看着光滑的棕色皮肤和粉红色的指甲。“求你了……”

“还记得吗？每次我想抽烟，你都不许我抽。”

“不要这样嘛。你确实不应该那么做啊。”

“你也不该这么做。”

她强迫自己露出微笑。“不，亲爱的。这只是药而已。就像阿司匹林一样。”

“阿司匹林可没有叫我黑鬼。”

玛丽的目光从他的手中转移到他的脸上。“求你了……”

“你想要，那就拿去。但是，如果你拿走了，那就别再回这里了。就像没有了你，我们就活不下去似的。”

“要用‘好像’。”

“好像没有了你告诉我们该用‘好像’，我们就活不下去似的。”

他伸出手来，拳头似乎松开了。玛丽倒吸一口气。此刻她对吗啡瓶的需求超越了以往的一切。

“你要吗？”扎克瑞说。

“不了，谢谢。”玛丽说。她尝试微笑，却突然哭了起来。

接下来整整一天一夜，扎克瑞看着她在清醒和睡眠之间徘徊。有一次，她坐起来，叫波比·布朗不要吃粉笔。她冲着肯尼斯·考克斯大喊大叫，骂他从来不会安静坐好。中午时分，她说了一段法语，然后就睡着了。之后是长长的一段喃喃自语。她一遍又一遍地低声说，她很抱歉。扎克瑞离开床边，去看其他孩子怎么样。露丝哭成了泪人儿，而查尔斯和茉莉又没有帮忙安慰。扎克瑞让她过来陪玛丽坐一会儿。扎克瑞在普里默斯燃气炉上烧了些热水，让露丝给半梦半醒躺在一旁的玛丽洗脸洗手。露丝还在哭泣。

“怎么了？”扎克瑞说，“是不是其他人找你麻烦？”

她摇摇头，辫子甩来甩去。

“你是饿了吗？”

她又摇了摇头。扎克瑞想拉她的手，但被她推开了。一阵大笑从上面的剧场传来，一定是日场已经开演。他揉了揉太阳穴，想赶走疲惫。他点燃一支香烟，真想知道他该说些什么。他想叫一个大孩子来戏院，这样他就不必管事了。他真希望来一个不需要照顾的人。

“你喜欢吃糖吗？”他说，“我可以给你一些。”

露丝耸耸肩，一言不发。

“你的娃娃呢？你要我去拿你的洋娃娃吗？”

露丝又崩溃了。扎克瑞大概知道他应该说些什么，却发现对露丝说这种话于自己一点安慰作用都没有。正如演员们所说：这是一场战争，而他们是黑人，甚至连他们身边的人都不站在他们一边。他们这 19 个说唱演员，9 个乐师和 4 个流浪儿童被困在城市内，只能靠他们自己。如果父亲还在的话，他可能会觉得这样做很强大——甚至很自豪。演员们对他很好，但无论他们和他走得有多近，他都没有归属感。

父亲对他的期望不仅是成为一名说唱演员这么简单，如今父亲已经走了，他觉得自己已经没有了羁绊。生活将他绑在这个地方，仅此而已，就像困在罐子中的尖叫声。他甚至连一个用来悼念的墓地都没有，连一个开展自己生活的固定地方都没有。父亲走的那一刻，他也跟着一起走了。他只能抱抱露丝，告诉她一切都会好起来的。政府的海报也在声称同样的事情。

他回到玛丽身旁，发现玛丽已经醒了。

“扎克瑞……你可以给我拿点东西吗？”

他的胸口又是一紧。他知道她想要的是吗啡。

“对不起，”她低声说，“我太饿了。”

扎克瑞给她拿来了咖啡、面包和人造黄油，又弹钢琴给她听。晚上，玛丽又发烧了，有好几个小时她都在对着一个名为阿利斯泰尔的人说话。她和母亲吵架，时而怒气冲冲，时而含泪恳求。高烧退却之后，她睡着了。扎克瑞让其他孩子过来，整夜轮流照看她。

清晨，玛丽睡得正香，扎克瑞理顺玛丽散在枕头上的头发。他站起来，伸了个懒腰，以赶走夜里的痉挛症状。然后，他吃掉了他能找到的所有饼干，弹了一会儿钢琴，又出于好奇，把吗啡注射到自己的肩膀里。他从地下室走进斯特兰德大街。重建中的城市在融融的日光中闪耀，古老的伦敦石块碎成瓦砾堆，它们节奏缓慢地呼吸着，毫无疑问，这种节奏就是摇摆乐。他大笑起来。

1941年12月～～～～～～～～～～～～～～～～～～～～～～～～～～～

黎明时分，雨点落在阁楼屋顶上，四处滴漏。玛丽伸出手来接了一些尝了尝。现在，吗啡从她的身体系统中消失了，她的感官极其清晰，事物不再改变，不再扭曲。到了这一刻，她才真正理解，一个人可以多么热爱静止的物体那庄严的沉静。

五月以来没有发生大规模空袭。当然了，空袭也可能会再次降临——玛丽发现，战争持续的时间越长，她就越不能理解。无疑战争的规模仍在扩大，不断有国家在加入，当规模足够大之后，也许它会回到伦敦。报纸不再印制战况图，表明目前的情况令人担忧。玛丽把忧虑留给了可以为之努力的人。扎克瑞还在学习六以上的乘法表。查尔斯一定要别人劝导，才不把圆规当作武器。战争在扩大，世界却在萎缩。

记忆退回旧的边界，不再强行进入她的视线。自孩提时代，她就学会了控制情绪。对于愉快的感觉，她允许它们酝酿；对于阴郁的思想，她选择将之隔离。雨滴落在天窗上，沿着玻璃流到床单里。这是一场沉着自信的雨，来自广阔而阴沉的天空，而这样的天色似乎就是为了这段时间而设置的。

清晨时分，有人来敲门了：是屋主，她手上拿着邮件。玛丽说了声谢谢，回到床上把信封打开。一封是来自学校的恳求信，邀请她去帮助一群新来的女孩——估计是要帮忙善后吧。另一封是来自西蒙森上校的航空邮件。

亲爱的诺斯小姐：

抱歉又来信了。估计军方的人已经告诉你，阿利斯泰尔还活着，但我认为军方对透露细节持谨慎态度。

玛丽把信纸放在床单上，目不转睛地看着。现在还是清晨，要哭还太早，这天产生的毒液还达不到溢出的容量。她靠在床头板上，闭上眼睛。她的手指在床单上挠了一下，就好像她的尸体想要挖洞一样。

情绪过去之后，她茫然地坐了一会儿。

我不知道你们之间的事情如何，也无意刺探，但我得知，阿利斯泰尔被禁止发送或接收信件。我不知道你是否清楚这一点，所以我写信来告诉你。

失去一条手臂后，阿利斯泰尔被遣送回家，但遣返名单也许出了些异常。阿利斯泰尔的飞机在海上迫降，他被海军救了上来，到达直布罗陀。之后，大家才知道事情的缘由。

结果是，阿利斯泰尔因擅离职守被判处十二个月监禁。这段时间内他在直布罗陀服役。我尝试帮阿利斯泰尔说情，强调了阿利斯泰尔一向以来的大公无私和他的伤势。我的努力没有成功，我祈祷你们都会原谅我。虽然阿利斯泰尔是我的下属，但我是以朋友的身份写信来的。

玛丽又把信读了一遍，她的手握紧又放开。

世界开阔了。上一次觉得自己是个幸运的人已经是很久之前的事情，她已经失去了对这种震惊的免疫力。起初是喜悦，然后是陌生与不安。

一个小时后，她才开始思考她能做些什么。

不可能以平民的身份旅行到直布罗陀。写信给阿利斯泰尔显然也不行。她思来想去，却找不到任何办法。最后，她认为她应该和母亲谈谈。虽然毫不情愿，但玛丽一点也不介意，反而很高兴。

她套上雨衣，穿过雨夹雪来到毫发未损的皮姆利科。沃里克广场父母家有着白色的灰泥外墙、古色古香的门廊和二楼配着灌木丛的阳台，一切都透露着这样的信息：她所经历的一切在这里享有豁免权。她爬上六级台阶，来到镶有狮子门把的黑色大门前。她刚要举起手来，门就开了。她不知道女仆是通过什么样的门禁系统获知有人来访的。

“早上好，玛丽小姐。”

她淡然自若地走进门里。“你好，帕默。最近好吗？”

帕默的眉毛稍稍动了动，表明他的近况并不属于重要的话题。玛丽发现，她的雨衣已经挂在帕默的手臂上了。

“夫人应该会在十一点回来。您要在晨间起居室等她吗？壁炉开着。”

“好啊。谢谢你。”

他轻微点点头。帕默还是老样子，玛丽突然不确定，她是离开了七个月还是七个小时。她来到晨间起居室，坐在绿色的长椅上。帕默用锡镴托盘端上了金黄色的意大利苦杏酒和一杯可可，他的脸上有一丝愧疚。

“还是说小姐喜欢雪利酒？”

“即使对我这样的怪物，喝雪利酒也有点太早了。”

他的脸色没有变化。“我去写个字条。”

诺斯夫人回家了，手里捧着一大束花卉和插花指南。灰白的头发扎成一个发髻。玛丽出现在走廊上，一根绳子在冬风的帮助下逃之夭夭。

“你好。”玛丽说。

“亲爱的。”她母亲说，根据牛顿第三定律，说出这个词是十分必要的。

“希望我来得正是时候。”玛丽说。

诺斯夫人让人把外套拿走。“你要明白，你不能大吵大闹。这个时候，你的父亲估计应召到内阁去了，他随时会回来，也许还会带回一位拜访者。我们最好不要让别人难堪，更别说……好吧，没有必要说那么详细。哎哟，你一直在哭吗？”

“不，但是……”她小声地说着，泪水竟已漫上了眼眶，母亲把她拥入怀内，“我累了，妈妈。”

“亲爱的，你当然累了……我们好想念你。”

母亲身后，门闩锁上了，咔嗒的声音很清脆。战争已经被调至静音。宽慰，当心脏随着女仆洗碗的节奏跳动时，她感到一切都会好起来的。她会得到阿利斯泰尔——这仍像做梦一般。所以，就算他失去了一条胳膊又如何？在这个时势下很容易就会这样。扫帚扫过安静的房间，发出沙沙的声音。鸡毛掸子在栏杆之间碰撞，砰砰砰砰。大厅里，一棵挂满威尼斯玻璃球的圣诞树立在巨大的黄铜底座上。

玛丽跟着母亲走进客厅，帕默用青花瓷茶壶盛了茶。他根据玛丽最近的喜好给她调好了茶的味道：没有放牛奶，但是放了三颗糖，因为她服用吗啡之后爱吃甜食。

“谢谢你，帕默，如果不麻烦的话，我还是想要以前的味道。”说这句话是故意的，她要确保她的母亲明白。

“当然。”帕默说，他的语调很平淡，就像有人问他是否需要安排出租车或让人复活一样。他给玛丽冲了一杯没有糖的茶，然后回到他的小世界里去。

“妈妈，”玛丽说，“我要为我所做的一切道歉。”

“别说啦。失去那么多之后，谁也不能要求你完美无瑕。你的房间没动过，还是你离开时那样。”

“谢谢——可是我是不会搬回来的。”

“不搬吗？”母亲只是稍稍有点怀疑，就像玛丽只是拒绝吃掉蛋白杏仁饼干一样，“可要是你能回家过圣诞节，那该多好啊。”

“事情是这样的，我要请你帮我做一件事。”

“我懂了。至少你已经变回了以前的样子。”

“我好几个月没有碰吗啡了。”

“我很高兴。那个人完全不是你。我们能不能把这件事忘掉？如果从现在开始，你和我一起到处拜访他人，那你就没有对父亲造成不可弥补的伤害。当他们再次看到你这副模样的时候，谣言听起来就会显得不着边际。你会发现，我将大谈特谈你因坚守岗位而受伤的事情——我希望你不要介意，因为这会给你裸奔一样的轻率行为穿上衣服。”

“对于里兹大饭店的一幕，我表示很遗憾。”

“我也是。你居然和一群黑鬼在里兹大饭店一起吃饭？如果你一定要给我个信儿，那么把它绑在一根棍子上，用棍子打我，我受的伤害也许会没那么严重。”

“你一定要叫他们‘黑鬼’吗？他们可没做什么对不起你的事。”

“是啊，引诱我的女儿服用吗啡算吗？”

“恰恰相反，妈妈。其中一个黑人帮我戒掉了吗啡。”

她的母亲眨眨眼。“可是为什么？你这样一个女孩，和谁交朋友不好？非要结交这种人？”

“我不是在交朋友。我是在教他们。”

“你用我的钱来做这些，你是真想杀了我是吗？至少他们的父母应该给你付工资。或者他们有父母吗？有人听说，尤其那些当爹的黑人，他们的家庭观念跟水里的鱼差不了多少。”

“我不觉得我给孩子们的能超过他们给我的，但如果你高兴的话，我不会再用你的钱。”

“不要钱，也不要理智的意见，你也不答应我的简单请求，让你那可怜的父亲快活起来。那你到底想让我怎么帮你？”

玛丽牵起母亲的手。“那个我深爱的人，我对你说过的。阿利斯泰尔，我爱他。”

诺斯夫人盯了她好一会儿。“你是想告诉我，他那帮人是法西斯主义者？或是诸如此类的事情？你就不能好好说话吗。”

“噢，他来自一个良好的家庭。战前他是泰特艺术馆的管理员。”

玛丽感到母亲的手松开了。“你说‘良好的家庭’是什么意思？”

“我们不认识他们，如果你是想说这个的话。但是，你总能想象出来，有一些家庭不在我们的圈子里，可是他们也围绕着同一个太阳在转，而且没有造成日食，也没有任何轻率的行为。”

“那么，我猜他们是社会主义者。”

“你真的这么想？找一天你一定要告诉我你是怎么看出来的。”

母亲又牵起她的手。“那为什么我该有所警觉？”

“阿利斯泰尔在马耳他失去了一条手臂，之后……”

“哎哟，天哪，那又怎样？他总可以长出一条新手臂来。”

玛丽笑了。“我爱你，妈妈。这就是我的想法。”

“你是一个可爱的女孩。如果你不是那么难缠，我也决不会那么爱你。要是以前的我也有勇气让我的母亲别多管闲事，也许我就是你现在这个样子。”

“如果我能把家人放在自己之上，我也愿意成为你这个样子。我知道，我一直以来都很自私。我不会再做出里兹大饭店那样的事情，但我也不会成为亨特-霍尔太太，不管这么做能给大家带来多少好处。”

她的母亲叹了口气。“我相信你能找到中间地带。我也知道，我在说这话的时候，你会向我露出任性的微笑。但是你会发现，在任何情况下，一旦结了婚，事情就不一样了。我们的激情会变得沉默——好吧，也许这个词不太准确——我们的激情会变得轻柔，对于我们来说也会变得没那么急切。你觉得，我像你这么大时难道不是个理想主义者吗？我支持女性拥有投票权，这你是知道的。我是被环境束缚住了。”

“那你为什么变了？”

“你也许会说，我把自己锁在你父亲身上了。”

“可是，你很快乐，不是吗？”

“快乐？天哪，战争时期这个词还存在吗？”

“可是战争几乎没有触动你。”

“你应该会认为没有什么能触动我吧。”

诺斯夫人从玛丽的烟盒里抽出一根香烟点燃，她的手在轻微地颤抖着。

“妈妈……”

“我不需要别人的怜悯。我仍然相信，让世界变得更好，是我们的责任。你认为你会和你的这个阿利斯泰尔结婚吗？”

“我不知道。他在遥远的地方，我们还没有谈到这件事。可是，我希望是这样。”

“挑选丈夫的时候你必须谨慎。这是因为，他的理想必须取代你的理想。理想会变成野心，野心需要盟友，而盟友需要晚会、庆典和座位安排。”

“你认为这场战争之后，男女之间不会发生变化吗？你不觉得我们处在某种分歧点上吗？”

“我们应该把我们的分歧点做成一张挂毯。”

玛丽笑了。“我很高兴你没有上当。”

“你想分散我的注意力，我懂。你回来是为了什么？”

“妈妈，是为了阿利斯泰尔。他被关在直布罗陀了。”

“可是现在在打仗。”

“我的意思是被当局关起来了。在……好吧，你懂的。关在一座房子里。”

“为什么？”

玛丽保持着声音的稳定。“那些人说他擅离职守。他被判处12个月监禁。”

诺斯夫人啪嗒一声放下茶杯。“帕默？可以给我们来点白兰地吗？”

白镴托盘回来了，上面放着酒杯和玻璃瓶。帕默把托盘放在临时用的桌子上，舀起一勺糖浆分别放入两个杯子里。他剥了一个橘子，在每个杯子上放了一瓣。又用研杵充分挤压橘子，压出橘子汁，却没有把橘瓣泡在酒里。他给每个杯子添了一点苦啤酒和白兰地，最后放进冰块。

玛丽喝了一小口。诺斯夫人将杯中之物一饮而尽，然后放下玻璃杯。“你就是打定主意不让我们好过。”

“对不起。的确是这样。但是，无论这件事看起来什么样儿，我都希望你知道，我不是故意跑到外面四处找麻烦，然后带回家给你。”

“他可是个逃兵，相比之下，我更喜欢黑鬼。”

玛丽鼓起勇气。“擅离职守与当逃兵是两码事。父亲从月初到月底都不在这里，但我们也会一直擦掉他书上的灰尘啊。”

“别说了。”

“对不起。”玛丽说。

诺斯夫人沉默了一会儿。“那么现在是什么情况？”

“也许他在法国的经历让他动摇了。这段经历就发生在我们见面之前。天知道他救了多少士兵的命，但是在此之后他慌得不得了。我知道他在马耳他已经尽力了。而且，我难以想象失去一条手臂会是什么样子，你可以吗？”

诺斯夫人一言不发。

玛丽脸红了。“但是他们怎么能因为一时冲动而判断一个人呢？”

“你想要我说什么？当亚伯的血呼唤上帝时，人们认为这是在抗议自己被杀，而不是为了回忆多年的兄弟之情[①]。”

“但是阿利斯泰尔没有杀害任何人。也许他所做的一切只是为

① 亚伯为亚当和夏娃所生二子之一。他的兄长该隐因为憎恶弟弟的行为，将他杀害，后受上帝惩罚。

了尽快离开。”

“这是一场战争，不是搅拌器。搅成一团之后不能说退就退。”

“我知道，妈妈。可是……”

“你的父亲没有在伊普尔战役[①]或波济耶尔战役[②]时尽快离开。如果有，我也不会嫁给他。”

“但是，他应该比任何人都更能理解阿利斯泰尔吧？”

“你父亲对擅离职守的理解可能就是这样的人应该被执行枪决。”

“可是那些日子已经过去了。我们还是没有建立宽恕他人的机制吗？”

“你想让我说什么？”

“你不能要求父亲利用他的影响力吗？一封致战争部的信件分量很重。他只需说明阿利斯泰尔的性格。”

“你来看我就是为了这个？要让你的男人脱身？”

玛丽缩成一团，一言不发。

“你知道我要付出什么代价吗？知道这会削弱我对你父亲的影响力吗？我有我自己的事业，如果你懂得注意别人的话，也许你已经注意到了。每当我不得不为你说话时，我的力量就被削弱一分。你能想到，当我站在你的角度恳求他时，我的表现是多么忠诚吗？现在你却要求我再欠他一份债，还要令我自己的希望屈从于你的希望。”

“对不起。如非必要我是不会这样请求你的。”

“如果我为你做了这件事，你就决不能再任意妄为了。不许再服一滴吗啡，永远不可以。”

---

① 第一次世界大战期间，协约国军队同德军于 1914 年、1915 年和 1917 年在比利时西部伊普尔地区进行的三次战役。

② 1916 年 7 月 26 日，澳大利亚军队攻占波济耶尔，不料德军在几天之后卷土重来，对此地进行狂轰滥炸，澳军伤亡惨重。小说中玛丽的父亲应该是参加过第一次世界大战的英国军官。当时的澳大利亚叫英属澳大利亚（澳大利亚联邦），是英联邦成员之一，与英国同属协约国阵营。

“当然。我答应你。”

“你要到战争部去，让他们再给你安排一个岗位。如果他们把你送到救护车队，你就乖乖地去。如果他们把你送到工厂，你就给我穿上工作服，一句也不能抱怨。我要让家族的名号再次与责任联系在一起。”

“好的。”

“你要回来和我们住在一起，直至结婚。你要和我参加讲座和晨间咖啡会，举止要端庄得体。我不会对你的时间安排提出不合理的要求，但我要你与整个社会讲和。将来你举行婚礼，我希望这个消息是发布在‘社会’而不是‘八卦’版面上。”

玛丽低着头。“好吧。”

“你决不能继续与黑人交往下去。我会按你喜欢的方式叫他们黑人，而你要通过与他们切断关系来回报我。你不能频繁光顾他们的娱乐场所，也不能到他们聚集的学校里任教。”

“妈……”

“你假装能帮他们的忙，这么做连善举都称不上。他们有他们的世界，我们有我们的世界。就像天与地，两者之间并无任何交集。”

“所以就应该把我们的孩子送到乡村，让他们的孩子吃炸弹？你怎么能让我和制造出这种战争的社会讲和呢？”

诺斯夫人坐在玛丽身边。“拜托。我像你这么大时也和你一样。”

“你是说一样诚实吗？”

“我不想上纲上线。年轻人看到的是他们希望的世界。老年人看到的是现实中的世界。你来告诉我哪个更诚实。”

“好吧，”玛丽说，“你所要求的其他事情，我都会去做，因为只须我去独立承担。但是，我是不会放弃教育这些孩子的。”

“为什么，亲爱的？”

“因为所有人都要求我放弃。”

“你有没有想过，也许所有人是对的？”

“他们不知道错在哪里。我看到，在这场战争中，富人毫发无损，穷人被狂轰滥炸；但是，无论是富人还是穷人，他们都一声不吭。我看到，黑人儿童在地下室里缩成一团，白人儿童在乡下滞留，但两个阵营的人都恳求我不要破坏现状。好好看看我们，所有人都是光荣的懦夫，我们随时准备与外部的邪恶作斗争，却不敢正视我们自身的邪恶。”

诺斯夫人牵起她的手。“够了。如果我们一定要谈判的话，请你记住，我玩这个游戏的时间要比你长得多。你让我帮助阿利斯泰尔脱身，而我已经列出了我的条件。你可以附上你的条件，但请不要装作你会把原则放在丈夫之上的样子。请问阿利斯泰尔的幸福该怎么办？他的幸福正在监狱里化脓呢！你在坚持理想时是否考虑到了这一点？”

“妈妈，你也许会判他独处一年，但我不能判他与一个伪君子共度五十年。”

“请不要这样惩罚我们。我们究竟对你怎么了，你就大胆说出来吧。可是，请不要装作你会把黑人放在家人之上的样子。”

“妈妈，他们只是孩子。他们帮我时可没有附加条件。”

两人对视了一会儿。

“我们的争吵一定要再来一遍吗？”诺斯夫人说，“也许我们可以给彼此一些时间，以作最后决定。不过，亲爱的，圣诞节一定要回家里过，让我们享受一下天伦之乐吧。”

没有别的事可做了，玛丽只好使用母亲的套路——微笑。

诺斯夫人站了起来。“嗯，你需要考虑一下。我想出去一下，让自己镇定下来。我六点时回来吃晚饭，你要告诉帕默你是否在家里吃饭。我回来的时候，如果你在这里，那我就自动假定你已经接受了我的条件。如果你走了，那么我们最好还是一段时间内不要再见面了吧。”

“妈妈……”

“六点钟，不要迟到——我不觉得我忍受得了。”

“我很抱歉，妈妈。”

玛丽看着诺斯夫人挤出笑容。于是，现在两人都在微笑，她们坚定地互相亲吻着脸颊，吻左边，吻右边——毕竟，心里怎么想是一回事，而礼节又是另一回事；心理崩溃了，礼节还是不能破坏的。

诺斯夫人离开后，玛丽坐在餐桌旁，手肘抵在桌上。

她点了一根香烟，从鼻子里吹出烟雾来，这座老房子与她一起呼着气。现在母亲走了，女仆铺床时就可以唱歌了。厨房里传来平底锅的叮当声，厨师似乎觉得发生了什么很好笑的事。

过了一会儿，玛丽感到房间里的一个存在，感觉到光影的变化。“帕默？”

“玛丽小姐？”

“你能再端一小杯白兰地过来吗？不要放任何调料。”

“好的。”

“可以叫一辆出租车来接我吗？告诉我妈妈，恐怕我已经赶不及回来吃晚饭了。”

一阵令人不太习惯的沉默。

“抱歉，玛丽小姐，但我想确认一下我传的话是正确的。我要告诉夫人，你不会跟她一起吃晚饭了，对吗？”

“谢谢你，帕默，谢谢你总是能明白我要传达的信息。”

沉默。呼吸。然后，没有表情。“好的。”

帕默回来时拿着沉重的银盘，银盘上放着白兰地。玛丽抬头看了一眼。“哦？爸爸从议会回来了吗？”

“今晚才回来，小姐。”

“那……”

他那中立的眼神。“原谅我，诺斯小姐。”

“噢，帕默……”

“还需要别的吗？”

“不了，谢谢。这就够了。”

“好的。”

半小时后，门咔嗒一声关上了。玛丽发现，等在路边的出租车后座里坐着希尔达。

“你在这里做什么？”

希尔达的伤疤打着褶皱，擦破了皮。她那迷糊的样子让伤疤更扭曲了。“你不是要见我吗？”

“我什么也没做。”

“噢……可是在电话里，帕默说你迫切需要我过来。”

玛丽的态度缓和了。“你是为了我而来吗？”

“我很想念你。”

玛丽只犹豫了一会儿。“那你最好下车吧，你坐在那里，我们怎么去散步啊。”

玛丽给出租车司机付了钱，与希尔达手挽手在雨中漫步。两人先从小事谈起。梳理棉线时，先解开最简单的结是最好的办法。

后来，玛丽说：“阿利斯泰尔还活着。”

希尔达把手放进嘴巴里。

“我爱他，”玛丽说，“你恨我吗？”

“不。我为你高兴。”

“我也想念你，你知道的。”

希尔达牵起她的手。“过来公寓共度周末，好吗？那里有沙发床，有收音机，还有自来水，你爱喝多少就喝多少。还是说，你要待在兰心大戏院？”

“周末放个假也许对每个人都是好事。我遇到一些人，起火时他们的反应比被迫学习阅读的孩子们还要淡定。”

“你是一个糟糕的老师。”

“谢谢。你是一个没用的护士。”

“那么，你会过来留宿吗？”

“谢谢，我会去的。”

两人往东北方向希尔达的公寓走去，原本未受任何损害的街道现在已经严重毁坏了。雨夹雪下得更大了。她们走到摄政运河附近，瓦砾堆之间只清理出一条很窄的道路。

“不要介意这里乱七八糟，”玛丽说，“我会在这里给你建造小屋——就像我们在洛斯托夫特看到的那种小茅屋——我会在每一间小屋里安排一个英俊的单身男子。”

“高吗？”

“你得爬上梯子才能与他们接吻。就像在图书馆里取书一样。”

“皮肤黑吗？”

“我会把他们按街道排列。黑皮肤、金发、有趣、有钱。如果你想要集多种优点于一身的男孩，你就敲敲十字路口附近的房门吧。”

“穿制服吗？”

“穿什么制服都可以，只要你喜欢。士兵、水手、火车司机。每座小屋里都会有个化妆间。”

“我会非常喜欢你的新伦敦的。”

“那么你就来当市长吧。”玛丽的手臂大幅度地画了一个弧。

“是应该由我来当。你和阿利斯泰尔会很忙的。”

玛丽看到了闺蜜脸上的微笑在抽搐。“对不起，希尔达。”

“不要对不起。你们应该会结婚吧？”

“他在直布罗陀的监狱里。”

希尔达停下脚步。“为什么？”

“还没到他该走的时候，他就离开了马耳他。”

希尔达一脸悲惨。“我给他写了一封信。我告诉他你见了鬼了。”

玛丽略一沉思。“我不能说你错了。”

“是啊，可这是不对的。难怪我还是一个人。”

“别傻啦。你很快就会遇到一个人。”

“这又怎么样？没有派对可以参加了。还是说，哪里都有派对，只是没有人告诉我。”

“是的，我觉得是这样。你给我的印象一直是个没有魅力、不受欢迎的女孩。”

“那是因为这些伤疤，”希尔达说，“它们是我所知道的唯一的解药。”

“那我们就给你找一个有伤疤的男人和你配对。”

希尔达笑了。

“看吧？”玛丽说，“你笑起来很漂亮。”

“自从我们吵架之后，我就不怎么笑了。”

“我也是。从现在开始，我们尽量记住不吵架的技巧，可以吗？你觉得为什么我们曾经忘记过？”

希尔达吸了吸鼻子，抬头面向灰色的天空，用舌头舔了舔落下的雨夹雪。

“很难说，”她说，“也许是因为放在炸弹里的什么东西。”

1941 年 12 月

玛丽穿上雨衣，戴上雨帽，掐掉香烟，走进清晨的街道中。寒冷的天气让她走起路来一瘸一拐。她拖着脚步穿过摄政公园，绕着荒无人烟的动物园走了一圈。湖面闪动着雨滴，划艇上盖了帆布。公园管理员躲在室外音乐演奏台下面，等待雨天过去。断了手臂的他们抽着烟斗，袖子在风中翻滚着，停滞着。光秃秃的橡树顶着古老的树干，撑起了愁眉苦脸的天空。

她继续向马里波恩和菲茨罗维亚走去，这两个地方从未经历过强烈的轰炸。乔治王时代的露台上只留下了几条缝隙，瓦砾已经被拖走了。雨水填满了大坑，以至房子之间的空地上都倒映着天空。如果说，人们遭受的损失并未化成美景，那至少也变成了一名安静的邻居。

玛丽走下河堤，俯视着从议会到黑衣修士桥这段河流的滚滚河水。她不再逗留于此，却改不了情人们向着下游的大海眺望的习惯。她把脖子附近的雨衣裹紧，匆匆向兰心大戏院走去。

此刻，她正期待着给她的班级授课，这是一天中最美好的一段时间。现在，地下室里住了九个黑人孩子。这场战争揭示了伦敦的心脏，对白人孩子来说，它是离心的，但是对黑人孩子来说却是重心所在。她预想，当一切结束之后，瓦因小姐会把学校带回来，她的同事能继续上课，仿佛一切都没有发生过一样。他们甚至可以把在临时教室里上课的经历当成一种精神，自认“苦行师生”。他们根本不知道，没有他们，生活依旧不畏困难，坚持走了下去。

在礼堂里，说唱团刚刚彩排完，正在休息。他们拉上了幕布，惬意地躺在舞台的小高台上，抽着烟。

“早上好，诺斯小姐。”邦斯喊道。

玛丽停在舞台下。“早上好，邦斯先生。生意如何？”

“还是老样子——谢谢关心——其实与你们的惠顾息息相关。你最近教书还顺利吗？”

“还是老样子，谢谢你，前进两步，后退一点五步。或者以净额表示，向前迈了半步。”

他来到舞台前面。“能占用你一分钟时间吗，诺斯小姐？如果用分数表示，应该是六十分之一小时吧？”

他们来到观众席后排，坐在折叠式座位上，两人之间空出一个位子。

“你为我们的孩子做了那么多，”他说，“实在太善良了。虽然有人说过，如果你不是每天都来，那可能会更好。”

她笑了。“这话是孩子们说的，是吗？但事实是，字母和算术最好能每天都练练。我尝试过让教学变得有趣，但是没有什么能替代平日的练习。”

邦斯看着自己的手。"'可以不常来'这番话不是孩子们说的。"

"哦，我懂了。"

"不是说我们不感激你。你为他们做的事很了不起。我看到之前无法阅读的孩子们现在开始写字了。我看到之前不会说话的孩子突然不断缠着我要钱。"

"好吧……"

"只是，这类事情的结局总是不太好。你明白我在说什么吗？"

"不太明白。他们学点东西会有害吗？恰恰相反，当他们的同龄人从乡下回来时，他们就能立于不败之地。"

"我们不是说孩子们不该学习。我们只是想尊敬地问一句，由你教他们是否最为合适。"

舞台上，小演员正在使用长木板以及与之相关的一切物理学知识排练打闹剧。玛丽从来没有意识到，在这种事情变得有趣之前，有多少人脸上要挨板子。

"其实，"邦斯说，"我们这里自有一套法则，人们一般不太理会我们。我们有我们的行当，有这个剧院作为工作场所和安置失去亲人的孩子们的处所。如果只有我们，是不会有人来管的。但是，如果大家认为我们和你在一起混，那他们会更加关注我们。对我们来说，这就像吸血鬼见到日光一样，你明白我在说什么吗？生活与黑人表演者之间有一个约定。你们把黑夜的一个角落让给我们，我们就不会让你们的日子变得灰暗。"

"可我没有敲锣打鼓地进来啊。我通过后台入口进来，在地下室教书。"

"诺斯小姐，你能悄悄来到我们这里，但我不知道你离开家时能有多谨慎。"

"我不会吹嘘我在做的事情，如果你想说这个的话。"

"你的朋友知道吗？你的母亲和父亲呢？"

"知道，但是……"

“他们全心全意赞同你的做法吗？”

“不，但这一点也不……”

“所以，他们会和别人谈起，别人也会和其他人谈起。我们的这几个演出是否获得了政府的许可？我们允许售卖酒精饮料吗？这些孤儿当中有没有人来这之前就拥有合法收养文件和配给粮簿？我们之所以能在这个小社区里舒适地活着，是因为要让我们分开的话，需要经过一大堆累人的文书工作。你看，只要官方人士没有注意到我们，我们就会因为肤色而被宽恕。”

玛丽低下了头。“你想我以后都别再过来了。”

“不是我不想让你来，诺斯小姐。我们都喜欢你。但你不能抱着孩子们没了你无法接受教育的想法。我可能没有你那么厉害，但我可以教他们说话。而经理，他不懂教他们数学定理，但大家都知道他算账很厉害。”

“如果我不常来呢，可以吗？”

他咬紧嘴唇，低头看着舞台。“好吧。从今天开始，怎么样？”

于是，玛丽还来不及脱下雨衣就要离开。她不知道，是否几个月以来服用的吗啡削弱了她的抵抗能力。也许是因为孤独吧，她的自我是硬化了，但同时也变得脆弱。

从兰心大戏院走进满是白色面孔的斯特兰德大街总是令她难以适应。总要过一段时间，她才会认为白色皮肤其实并不奇怪。在此之前，她会觉得有点不自然甚至是可怕，好像每个人的脸都用药品或工业漂白剂漂白了一样。

一瞬间过后，她才明白自己是他们中的一员——这是时间之外的一瞬间，犹如一个人起身起得太猛。

1942 年 1 月~~~~~~~~~~~~~~~~~~~~~~~~~

四名本地男子将布拉克斯顿上尉的尸体带回圣埃尔莫要塞的悬

崖上。为了让死者维持最后的体面，四人已竭尽所能。他们把上尉的四肢伸直，用一件衬衣包裹着毁坏的头部。西蒙森写了一张煤油欠条表示感谢，随后就让外科医生把尸体搬到棺材里钉起来。钉棺用的钉子是从要塞的门柱中拔出的，还要在铁砧上打直。

西蒙森戳灭了他们依然称之为“香烟”的东西。他用手去挠粘在舌头上的苦味烟草碎。他晕乎乎的。

他指挥的炮组减去牺牲的布拉克斯顿之后还有七十七个人，而军粮只够三十个人食用。作战形势的一个特点就是，他失去的士兵越多，活着的士兵就能吃得越饱。空袭发生时，他不知道该让士兵们戴上锡纸帽躲进地下室，还是让他们穿着短裤到城墙上去。有时候，一些军官会在黎明时散步，走到海边悬崖却不止步，以便一劳永逸地处理掉这类烦心事和其他不确定的事项。

西蒙森觉得应该同情自杀这种行为，但他却讨厌因此而死的人。没有了阿利斯泰尔的幽默感，这个岛屿对他的精神产生致命的伤害，就好像一种看不见的胆汁从弹坑中渗出一样。他厌恶每一块黄色的岩石。

食物已经吃完了，他就不停地抽烟，直到烟雾渗进身体内每个细胞之间的间隙，直到只剩习惯的力量驱使着他抽烟分散注意力。

整个早晨，他的下属都让他心烦。阿帕比上尉和菲斯克上尉大吵了一架，原因是他们的火炮都打坏了，应该更换新的炮膛却没有换。西蒙森在走廊里扔出一个三便士硬币，让抢到的人获得更换权。斯宾塞中尉向他报告，布拉克斯顿阵亡后，上尉一职空缺应由他来担任。五分钟后，库珀中尉前来确认——就像哈罗公学的学生那样暗示说，提升军阶的应该是他，而不是自负的斯宾塞。

整个下午，伴随着敌人的进攻，事件仍在继续上演。血硫之雨倾泻而下，争位者却不断溜进要塞的地下室里。亨特利–张伯伦少校说他很乐意担任。艾夫斯说要接任空缺的上尉一职。霍尔少校跑来为威廉姆斯说好话。

黄昏时分，汉密尔顿中校终于把他叫到办公室。几个星期以来，西蒙森第一次觉得有点感激。汉密尔顿注意到他不堪重负，只好亲自出马冷却事态。西蒙森穿上最干净的衬衫，拨走帽子上的灰尘，匆匆赶到操作室。

西蒙森敲门时，汉密尔顿正在看文件，他抬起头来看了一眼。

“布拉克斯顿的事情太遗憾了。”

“是可怕，长官。”

“结婚了吗？”

“没有。只有父母。”

“好吧，此事比较重要。应该写‘在行动中阵亡’吧？”

“今晚我会写信。”

“很好。坐下。”

西蒙森坐下来。他跷着二郎腿，把帽子放在膝盖上。

他估计自己会被借调到总部来完成某种魔法。把这次出差当作度假好像没多大益处，因为他会感受到责任的增加，可目前他只觉得，能从日常的指挥事务中释放出来是一种解脱。

汉密尔顿又开始阅读文件。他一页页翻开军需官的每周供应报告，似乎要把整份报告读完。西蒙森感到一阵不安。

等待的时间越长，要喜欢上等待的东西就越难。他的目光停留在墙上的全岛地图上，似乎再研究一会儿就能解除敌军的围攻。

汉密尔顿看完了报告，拿起一支红铅笔，在页面的边缘上写下详尽的意见。这批饼干要分发到士兵手里，那一盎司阿司匹林要分配到病人手中。最后，他摘下眼镜，点燃了一支香烟，在桌子上推过来一张打印纸。

“你怎么解释？”

他在椅子上摇摇头，看着西蒙森阅读文件。这是卢卡一名初级官员签署的声明，表示按照皇家炮兵的指示提前了希思的撤离顺序。

西蒙森抬起头来。“那可怜的家伙完全误解了。我没有给他施加压力，也没有下这样的命令。”

“那他一定蠢得不可救药。”

西蒙森微微一笑。

“好笑吗，西蒙森？”

“我还以为你叫我来是要宣布好消息。”

汉密尔顿站起来，走到被封起来的窄窗前。他背对西蒙森，注视着逐渐昏暗的庭院。四百个士兵正遵从着长官的命令，躺在地上节省体力。

“我知道你和希思很要好。你们一起晒太阳，一起坐船。”

“我试图与所有军官搞好关系。”

“不要讨好我。你们两个简直狼狈为奸。”

“不是的，长官。在我看来希思与其他人没什么区别。”

说出这句话后，他羞愧难当，加上饥饿，差点就要晕倒。那时的他晒着太阳，喝着本地啤酒，暂时放下职务的烦忧，与阿利斯泰尔谈天说地，多么惬意啊。他们像小狗一样躺在一起，笑到身体的一侧都开始疼了。他们的情谊就连敌人也能感受到。战斗机飞行员的手停在扳机上。水雷与他们擦肩而过，主凶的星象就在他们之间的缝隙中穿行。

“这句话很重要，”汉密尔顿说，“你确定你们两个不是朋友吗？”

“如果你一定要知道的话，其实我不怎么看得起希思。我之所以时常和他待在一起，是因为我觉得他很可怜。”

“说清楚点，你觉得他的社会地位低下吗？”

“这不是一个人的错，但是的确如此。也许归结起来就是这样。不管怎样，他从岛上离开也没什么，反正他不是第一个把事情搞砸的人。”

“不是，但我们是尽忠职守的军团，他是第一个逃兵。我希望你能理解这个差别。”

“我理解，长官。”

“所以，你是说希思耍了手段，而你和这件事没有关系，对吗？”

“天哪，是的。”

“如果我问希思同样的问题，那他肯定会说，是你在幕后耍手段，他与这件事无关？”

“如果他还有一丁点儿理智，我猜他会这样说。”

他们互相看着对方，古旧的战争又随着分针转了一圈。

“我明白了。”汉密尔顿最后说道。

“我十分遗憾。”

“你知道现在我的日子是怎么过的吗？总部下的命令几乎是超自然的。食物的热量要超过多少多少，致死的伤口要治愈多少多少，自然法则要违背多少多少。好像我们不是士兵，而是圣徒。”

“我记得我们还是人类的时候日子是怎么过的。”

“是啊。我觉得那时候的你不会让希思搬起石头砸自己的脚。”

西蒙森闭上眼睛。一个星期前，一个相信他过得很惬意的女朋友凯瑟琳给他写信了。他记得凯瑟琳在牛津时的模样。女友的头发闻起来有草莓的香气。两人的平底船漂浮在切韦尔河上，他不懂得怎么划船，却觉得自己很高兴。夏天的阳光将这段记忆固定起来，让凯瑟琳的笑声永世不灭。

窗外，又一场空袭开始了。大家都赶紧来到炮座前，庭院中空无一人。

西蒙森站了起来。“我要去指挥士兵了……”

“不许走。像你这样的人能对他们做出什么好事来？”

西蒙森又坐下来。炸弹扔下来了，撼动着地面，令头痛越发厉害，他觉得自己的头骨快要爆炸。头发蓬乱、满身血污的军官前来报告——与总部的联系已被切断；九号火炮已经完全损坏；格兰菲尔德和巴洛牺牲了。

汉密尔顿坐在办公桌后，接受一份又一份的报告。

“你还不明白吗？”他低沉地说，“你能站在我的角度看看吗？我可以和你耗一整晚，你懂的。只要你喜欢，我们就能继续耗下去。”

报告依旧一份接着一份地来。

“看吧，”汉密尔顿把一张伤亡报告推过来，“九号火炮的炮手，就是葛迪，他的前脚掌被炸烂了。你觉得，我们是应该给他一个撤离号码，还是应该耍耍手段操纵操纵？”

西蒙森抬起隐隐作痛的头，炸弹几乎把它炸开了。

“真有意思，”汉密尔顿放下战地电话的听筒，“九号火炮又有一个伤员。他……”

“好吧，”西蒙森说，“你说得很明白了。”

战争会把他们磨碎，只剩下苦痛与愤怒在他的头骨中央撞击。战争会揭开他们所有人的真面目，而现在轮到了西蒙森：真正的他是恼羞成怒、难以抚慰的。

空袭消失了，枪声沉默了。在解除警报前的几分钟时间里，损坏的飞机开始撤退，发出呼呼的声音。

“我希望你也能从我的角度看问题，”西蒙森说，“一个男人必须为他所关心的人做一些力所能及的事情。”

“全然不顾社会秩序吗？”

“全然不顾疏散顺序。”

“我懂了。所以，你为希思开了条门路。这是自然而然的事情，只是不太诚实。你是一个军官，你明白吗？”

“我没有承认任何事情。”西蒙森说。

“那我们就按照规定办事。你们当中有一个人耍了手段，如果不是你，那就一定是他。所以我会给直布罗陀的指挥官发电报，让他把罪名安到希思身上。正如你所说，如果希思明白事理，那他就会否认任何指控，你们俩就都能全身而退。我希望他会这么说，你呢？”

西蒙森一遍又一遍地转动着他的军帽。

汉密尔顿说："你只是需要确认一下，是吗？确认希思也像你一样见利忘义。否则，他可能会自作高尚，把罪名揽到自己身上，然后在帝国最孤独的监狱里待上整整十二个月。以他目前的状况，他有可能撑不过去。"

"好了。我真的明白。"

"那我给你点时间好好想清楚，黎明之前请把你的答案告诉我。解散。"

西蒙森在门口处转身。"长官，你为什么一定要这样做？"

"要是我们还有面包的话，我是不会这么做的。我既然留了下来，就要确保士兵们受到公平对待。"

西蒙森回到房间，坐在床上。残缺的月亮从海里缓缓升起，他不想看到这个情景。如果太阳和月亮不是像医院里探病的人一样随时出现，那么人们至少能从各种关心中解脱出来。他希望德国人能击沉日月。

传令下士带来了一沓新文件，放在桌子上。阿利斯泰尔把他的黑莓果酱罐送给了西蒙森，此刻他就把果酱瓶放在文件上当镇纸用。他揉了揉疲惫的眼睛，坐下来写第二天的人员安排。一号火炮人员齐备，二号火炮只有平时的一半人，三号火炮……噢，没关系了。军火库已经空了。

他盯着果酱瓶，月光透过罐子。红宝石的颜色直接与他的饥饿联系起来。

他无法移开目光。唾液淹没了他的嘴吧。他啐了一口，点燃了另一根苦烟。

如果阿利斯泰尔蠢到认罪，那后果自然由他自己承担。汉密尔顿突然找他面谈，并羞辱了他一番之后，西蒙森有些动摇。阿利斯泰尔怎么能让他落入这种处境中呢？这种失望就像对小学生的失望一样：他们不断敲着门，一旦进来了，却不知道该如何好好表现。

他再次发现，自己的眼睛在紧盯着瓶子。无论阿利斯泰尔有多么让人恼火，吃掉果酱都意味着背叛——他应该把果酱保存好，等到战争结束时再与阿利斯泰尔分享。可是，打开盖子闻一闻似乎也没什么。这样做不会令果酱的分量有丝毫减少。除了烟味之外，他有多久没有闻过其他东西的气味了？ 火炮的硝烟、香烟和烟斗的烟雾、陆上海上火灾的黑烟、为了隐蔽而设下的烟幕。他很想知道他是否还能闻出其他东西的气味。他拧开瓶子，吸了一口气，又吸了一口。

没有味道。

只有两种可能。第一，果酱是没有气味的；第二，他已经无法闻出比烟味更淡的气味。他盖上盖子，又拿起了钢笔，可是他太饿了，没法继续写下去。

也许阿利斯泰尔会否认知情，这样两人就都没事了。西蒙森带着一丝希望思考这件事，随即就遇到了瓶颈。阿利斯泰尔肯定不会做出这种事情。

他又一次注视着果酱。如果说，他失去了嗅觉，那他还失去了什么？大家都知道，战斗的压力会让感官一个接着一个麻木。他最怕的是自己的意志已经消失了。据说，自我投降都是从点滴开始，到最后会发展成完全崩溃。恐慌在胸中紧绷。如果他连味觉都失去了，那该怎么办？

他再次拧开盖子，把钢笔头塞进去舀了一点，尝了尝。

干旱岛屿上的弹坑装满了雨水。水漫了出来，排出毒素，直到坑里的水都是甜的。很快，第一批绿色的藻类开始在水坑里绽放。奇异的小生命阵阵浮动，在自然的馈赠中迅速繁殖。它们小小的身体颤抖着，发出听不见的笑声。它们活了又死了，遗体沉到深水处。随着沉积物变得越来越丰富，植物开始在里面根植，向着阳光生长，那是牛扁和百合。它们张开叶子，雄蕊含着盈盈笑意，摇摆不停。鸟儿来了，在茎上休憩——叶子颤抖，鸟儿就像体操运动员一样摇摇晃晃，笑声令空气也颤动起来。一场场雨下了起来，季节交替，春去秋来，还有傍晚的光影，它是那样微妙，不断闪烁着，笑声在光线中泛起涟漪，最后把光也变成了笑声，化成了爱人起伏的身体。

凯瑟琳抬头看着他，小河环绕着草地。

西蒙森抱着自己的头。这是他尝过的最美妙的东西。此前的他是多么疲累，多么失落。

他把盖子拧好，将果酱瓶放在堆叠的文件上面。他发现了装备的新用途。他会把真相告诉汉密尔顿，以中士的身份待到战争结束。他要为士兵们纽扣没扣好和鞋子没穿好大喊大叫。

黎明时分，他刮了胡子，梳了头，走进操作室。

“长官，”他对汉密尔顿说，“希思对此事一无所知。最近他丢了一条手臂，失去了朋友布里格斯。他根本不在状态，无法做出判断。是我命令希思把油画带回教堂，布里格斯之死和丢失卡车都是我的责任。是我命令希思搭上撤离的航班。他与此事没有任何关系，医务司令部也没有干预。我告诉他们这是上面的命令。”

汉密尔顿从桌子后面走出，握着西蒙森的手。

“道格拉斯，你明白吗？我真的需要写这份报告，需要你承担一切责任。”

“我明白，弗雷泽。抱歉要你这样做。”

“至少你现在可以休息一下了。”

西蒙森挤出笑容。“好吧，这很重要。”

汉密尔顿叹了口气，坐下来，向着马耳他的地图点点头。“现在我们能敞开心扉地谈话了，如果你是总负责人，你会做什么？我们的力量很小，补给不足，敌人随时都可以用降落伞着陆到任何地点。”

西蒙森仔细研究了地图。“也许我能问问士兵们，长官。”

汉密尔顿眨了眨眼。“我从来没有把你当作一个民主党人看待。”

“我的意思是，也许我会让大家根据意愿行事。有一些人一有机会就会投降，如果他们能够忍受生命在囚禁中度过，那么要求他们战斗似乎也没多大用处。还有一些人，即使结果清楚明了，他们也倾向抵抗。我认为我们在这里的时间已经够长了，能清楚知道自己的心意。”

“那你会把兵力分散吗？”

“分成两个阵营，是的。一个主张投降，另一个主张抵抗。”

“你在哪个阵营？”

西蒙森微笑着。“战死还是赖活着，天知道哪个需要更大的勇气。这个问题把我们所有人都砍成了两半。”

汉密尔顿对着地图皱皱眉头。“可是你看，我们有一个岛屿。”

1942年3月

在今年的第一阵西南风中，美国人抵达了伦敦。他们背上扛着暴风雨，从南安普敦乘卡车进城。这群肌肉男护送队一路前来，需要时就开着从缅因州运来的大型推土机，铲开轰炸过后的房屋残骸，拓宽道路。到达首都后，虽然军官太善良，没有明说，但士兵们都觉得惊讶，因为这座首都太小了。在他们的照片上可没有这么小。但是，英国人本来就身材矮小。

“用你的口音再说一次。”一名中尉向玛丽问路。玛丽又说了一遍，两人都笑了。发现别人说话有口音真是一件奇妙而意外的事情。

在前往兰心大戏院的路上，玛丽看着一列纵队沿着斯特兰德大街前进。孩子们已经在外面围观了，看来今天的课是上不成了。于是，玛丽加入他们观看的队伍。他们在人行道上按年龄大小排成整齐的一列，挥舞着自己做的美国国旗。

“小姐，为什么除你之外，其他人都是黑人？”中尉问她。

“哦，”玛丽回答，“你会发现几乎每个英国人都是黑人。你的人没有在简报中告诉你吗？”

中尉一脸困惑地看着她。“没有。”

“好吧，我很惊讶。在苏格兰边境附近，人们的肤色就像沥青一样黑。只有北部的人民才没那么黑。”

“那你呢，小姐？”

“我患了白化病。哦，别担心。没事的，习惯了就好。”

她让班里的小孩向他敬礼。中尉爬上卡车驾驶室，笑着摇摇头。

玛丽转身看着扎克瑞。“你有想过他们会是这样的吗？”

“我以为他们会长得像我的父亲。”

他的表情很温柔，他的冷淡态度暂时被征服了。

玛丽忍着微笑。毕竟，男人是空帽子，要从里面抓出兔子来需要学习变戏法。

“你有想过他们是戴着白色手套，弹着小型钢琴而来吗？”

“我以为会有一些黑人。”

“那希特勒只会分兵作战。他是个势利眼。”

“看啊。这里的士兵好多啊。”

“他们所有人都是来救我们的。我可以告诉你我现在有多担心。”

“现在我们会赢了，是吧？”扎克瑞说。

“我只知道，我们不再孤单了。如果只靠我们自己，估计很快就撑不住了。”

“你呢？你孤单吗？”

“我才不孤单呢。我有朋友家人。”她看着扎克瑞，“我还有……”

扎克瑞抚摸着她的手臂。“如果你需要我，我可以过来帮忙。无论我在哪里，你都可以到戏院去说一声，他们会找到我。”

玛丽笑了，他才那么小，就这么贴心。“谢谢，”她说，“但我撑得住。我总是那么……”

她没有说完这句话，只看见扎克瑞凝视着她的眼睛。车队继续前进，这队人走过后，孩子们会回到街道对面剧院所在的地方，而她则留在原地。她意识到，他们已达成共识。车队将继续前进，而她不会。真正的生活总是更忧伤，因为它必须与铁路时间表一类普通的东西保持同步，行进的车辆之间有一定的间隔。

“好吧，”她说，“谢谢。”

几分钟之后，队伍就走完了。人们能在发动机的噪音中听见别人说话的声音。有人抬起头，发现了过马路的机会。没有时间大惊小怪——孩子们会抓住任何过马路的时机。此刻，士兵又来了，他们坐在重达两吨的卡车上不断经过，阻挡了她的视线。美国人无休止地到来，要终结邪恶在地球上的租约。每个人都很好奇，很想知道这会给英国的心脏带来什么负担。但也有人说，他们携带的燃油和物资足够他们用两年。他们的推土机轰轰作响，红色的火花在烟囱里咆哮。车队不断到来。沥青在尖叫，孩子在欢呼。伦敦长久以来的围城战结束了。

士兵们站在卡车车厢里，双脚叉开，潇洒地向孩子们敬礼。他们扬起眉毛看着街道上堆积起来的碎石，本地人因为太累，并没有将这些碎石重砌成房。美国人个个高大威猛，军粮充足。显然，他们并不认为，“疲惫”是英美共同语言中的最后一个词。

为什么会这样呢？玛丽听到他们在引擎的噪声中互相吼叫。他们为什么就此扬长而去，留下一地破碎？

1942年4月

扎克瑞在公共档案馆里找了四天才发现了父亲的名字。他没有请别人帮忙，因为他不想这么做。

此刻，春雨夹杂着寒风飘来。在一条种满栗树的大道上，他发现了一处最为宽敞的容身之所。阵雨停歇的间隙阳光明媚，光线透过叶子，变成绿色。寒鸦在人行道边上啄食。它们在墓碑之间跳来跳去，寻找着雨后冒出地面的虫子，帮助它们重见光明。

在父亲的名字旁边，他认出了那几个熟悉的字：车伦教幕圆。

他对着登记册中的词皱着眉头：有时候要给它们点颜色看看它们才听话。他试着用眼角去看，吓它们一跳。陈轮郭幕元。

雨很快就会吹过来。坟墓之上，寒鸦啄食着碎石缝中生长的苔藓。扎克瑞点燃了一支香烟。他独自一人在这里等待下雨天的到来。

冻仑教慕图。他按玛丽的方法将一个个字母分离出来：他把两个拇指做成字母的监狱，滑过第一个词：E……A……S……T（东）。他对着自己重复了一遍这个词，然后是整个词组。东伦敦墓园。这个地方旁边曾经写着乱葬岗中坟冢的号码。

雨停了。雨水从板栗树的叶子上滴下来，每一滴都嵌进了城市之中。扎克瑞走出树荫，在墓地边的编号坟冢之间徘徊。这里有这么多刚挖的土坑。杂草会在青草成长之前蔓延。

父亲的坟墓上有一块木板，木板之上是一个长两英寸的金属牌。坟墓长二十英尺，宽十英尺，边上打着木桩，拉着绿色麻线。不知道有多少人埋在那里边。扎克瑞站了片刻。蒲公英长在坟墓上。空气中弥漫着湿土的气味。

“对不起，过了这么久我才来。”他说。

脚灯中，他的父亲在每场演出结束时都会向观众致词：献给今晚不能与我们在一起的人。

扎克瑞抖了抖手中的香烟。现在他可以重新开始了。他会试着向南走，渡过泰晤士河。传言说，他们这类人都在那边找机会。瓦砾在河的远岸等着他们。他们可以用这堆瓦砾造出没有人注意到的房子。没有灯光，没有承诺，只有他们带来的东西。

他尝试让自己不要害怕。伦敦是天空中的一记闪电；是乳牙掉落前的最后一个小时；是一座死而复生的城市。

1942年5月

希尔达冲了一杯茶，一只手肘撑在厨房台面上，再次阅读西蒙森的字条。

在你的上一封信中，你放了一张你的照片，这么做很勇敢。真是太可怕了——你一定伤心欲绝。那个“庞毕度女士”不能再梳了，至于伤疤，我不懂你在担心什么——人们几乎注意不到它们的存在。无论如何，这只是你的脸蛋而已——这就是为什么我们生来都有两副面孔。

她把航空邮件贴近脸颊。信纸闻起来有烟雾和邮件袋的味道。窗户打开，外面的鸽子咕咕叫着，它们的声音很柔和，很治愈，仿佛是治疗大城市心痛的一剂泻药。

西蒙森手里没有照片，只好用蓝色墨水给他画了一幅自画像。他把自己画得很瘦，长着胡子，更像一个漂泊者而不是士兵。在他的画里，他的肩上缝着中士的肩章，向着检阅式里的士兵大喊。他这么在意被降职一事，希尔达觉得他很可爱。她决定给他发明一套军阶，并为他缝制各种徽章，放在之后的通信中。

你在信中写道，阿利斯泰尔引诱我们通信的做法很聪明，但我不这么认为。在他看来，这只不过是简单的视觉关联，因为你这么漂亮，而我又帅到不行。我也想纠正他可能对你说出的任何谎言。也许他声称我在与几个女孩通信，而事实上，我的墨水只为你一个人而流。

希尔达笑了。即便这个男人回信又怎样？她觉得西蒙森的来信既胆大妄为，又甜蜜如丝，一如五月的伦敦，未曾损坏一分。

车水马龙的声音透过窗口传来。街道上，在防空气球之下，一对对情人结束了对对方的思念。这个季节流行绑带鞋，鞋跟增高了一英寸半。首都又回到了记忆中的模样。希尔达闭上眼睛，吸进信的气味。坠入爱河是多么美好啊——多么完美，多么历久常新。

1942年6月~~~~~~~~~~~~~~~~~~~~~~~~~~~

“是啊，但我就像钢琴，”希尔达说，“我需要男人把我搬走。”

“西蒙森怎么样？”玛丽说。

“我喜欢邮购，很方便。”

她们在里兹大饭店，从门外就能看到她们坐的桌子。玛丽把双手摊开，放在整洁的桌布上。“但是配送总是会出问题，不是吗？哦，为什么我那么焦虑？”

“因为你喝得还不够。”希尔达说，一边作出诊断，一边打了个响指。两瓶杜松子酒冒着气泡出现了。

“谢谢你肯出来，”玛丽说，“我知道我很傻，但我无法一个人在这里等他。”

她擦掉烟灰缸外的烟灰，移动插满鲜花的花瓶，好让房间中央吊灯的灯光射在花上。

“他说过什么时候来吗？”希尔达说。

“直接从滑铁卢坐火车来，九点钟下车。”

“那他随时会到。不要大惊小怪，不然我就让服务员用乙醚麻醉你。”

“我只想让他到来时看到一切都是完美的。历经这一切之后，如果他因为小事而分心，我会受不了的。”

“我对他说你的时候，他一点也不介意。我觉得他应该不会介意桌上的灰。”

“你说得对。”玛丽说，心里却觉得希尔达的想法错了。心是一种具有两种性质的东西，既能恬淡寡欲，又能轻佻善变。也许它可以忍受多年的分离和命运的突然逆转，但一个没有放好的花瓶、一颗沾了口红的牙齿和落在桌上的百分之一盎司的烟灰也许就能让它改变主意。这谁能说得准?

“我一直想问，”希尔达说，“你那顶帽子是在哪里买的?”

“在伯灵顿室内商场的怀特衣帽店。你喜欢吗?”

“其实我想吃了它。”

“谢谢，”玛丽说，“你要知道，这羽毛是真正的凤凰羽毛。”

“你穿得刚刚好。领子低一点，就会显得你很猴急；高一点，就会显得你很保守。”

希尔达状态好的时候真是不得了。无论如何，又能在里兹大饭店吃饭总是很好的，这里似乎比她家里人更早原谅了她。里兹的人总以一种慷慨的方式铭记一个人的名字，那就是只记住他清醒时的样子。钢琴师坐在钢琴前，演奏了一些舒曼的曲子。

玛丽开始相信，也许一切都会变好。自从阿利斯泰尔被免罪以来，他一直在等护航队送他回家，这段时间里，他们几乎每周都会通信。玛丽的信中都是道歉的言辞，而阿利斯泰尔的信中则充满着理解。她认罪说，她让父亲写了一封可能会减少他刑罚的信。阿利斯泰尔写道：*如果你失去了你的理想，那你就和其他在布莱克酒吧里小口喝着香槟的人没有区别*。而在阿利斯泰尔看来，他难以相信，玛丽竟然没有因为他提前撤离而鄙视他。第二次问到这些事的时候，他们才知道，也许这就是爱吧：双方都不会介意当时必须做的事情。

在吊灯的光芒中，几个穿着西服的男人聚集在她们所坐的桌子附近，他们受到欲望的拉力和礼仪的推力，移动的轨迹发生了扭曲。他们注意到希尔达的脸时已经离她太近，只好改变了前进的方向。有些人准备了搭讪的开场白，却又把话吞了回去。其他人则试图用不同方式，来证明他们只是想去上厕所。

希尔达看着她的第三杯杜松子酒。“我的一生都会是这样，你明白的。”

“你不应该这样想。”

“可我还是没法一直开心下去。他们是不是觉得我全身都带着伤疤？”

玛丽喝醉了，碰了碰希尔达的伤疤。“伤疤上面是什么？修复霜吗？”

“这是粉底，去你的。”

玛丽缩回手去。“对不起。”

“没什么用。我可以戴一个狂欢会的面具，但伤疤依然会露出来。”

“所以？让这些游手好闲的花花公子去死吧。一百万个更好的男人要从战场回来了，他们才不想要一个对战争没有贡献的女孩。西蒙森看着你的伤疤时，会看到某个人。”

“我怕他不想看。他不想提醒自己。”

玛丽向后靠去，呼了一口气，看着香烟的烟雾上升。

“你想找什么样的人？”

“高大的。有趣的。从没考过第一名，也从未把蜜蜂的翅膀掰下来的。”

“是啊，可我是说真的。所有这一切都结束之后，假设我们赢了……”

“噢,我想我们会赢,你不这么想吗？现在美国人全面参战了。”

“是啊，可是目前的情况太混乱了。不只是重建的问题。我们必须重新组成一个更好的社会。”

希尔达“哼”了一声。

“怎么了？”玛丽说。

“嗯，我们想要的东西与男人完全不同。你真的希望有人能帮你改革社会？”

玛丽笑了。“那你……”

“……只想要一个高大的男人和一杯厉害的饮料。你甚至可以将两个形容词互换。”

玛丽眺望着饭店里的桌子，每个白色的亚麻星球都围绕着中央枝形吊灯转动，每个星球都被女人和男人组成的卫星环绕着。他们欢笑着，喝着红酒，上演着日食月食的光影游戏。他们是那么盲目，被难以掌握的力量主宰着。

希尔达碰了碰她的手。“我没有让你不开心吧？”

“完全没有。”玛丽说。

现在，她的心有点摇摆不定。几个月以来，她对爱的想法是那么坚持，从未考虑一个令人生畏的可能性：那就是她一点也不爱阿利斯泰尔——男方最大的动人之处在于他在女方崩溃之前就认识了她，而女方的懦弱之处就在于没有向男方承认她已经没有以前那样强大。玛丽再也不是那个把炸弹当作毛毛雨，在枪林弹雨中散步的女孩，她是个再平庸不过的女子了。一旦阿利斯泰尔发现了这一点，也许就不会爱她了。

她的双手在大腿之间蹭来蹭去。毕竟，他们相互了解吗？她和阿利斯泰尔从未像普通人那样，迈着细小反复的步子，随着晚餐和跳舞次数的逐渐增加，渐渐步入爱河；他们也从未享受过那种不知不觉间就变得庄严神圣的喜悦。他们拥有的只是一次空袭、滑铁卢车站见面的片刻和重约两磅的航空邮件。而且，这些信件还是某个阁楼要改装成公寓时，人们在箱子里发现的，随手就把它们和旧书、杯子等物一起扔进垃圾车里。

“可你一副闷闷不乐的样子。”希尔达说。

“别傻了。”

“你害怕了，是不是？”

“我只是……我的意思是，如果……哎哟，希尔达，我几乎都想不起他长什么样子了。”

“你很慌，傻孩子。”

“你真那么觉得？”

“他迟到了一点，就是这样，别那么紧张。我敢打赌阿利斯泰尔也是一样的——他会在街角的酒吧里喝一些荷兰啤酒壮壮胆。深呼吸——就这样！深吸一口气。”

玛丽感觉好了一点。饮料来了，放大了这个效果。

“给我听着，”希尔达说着，拿起酒杯里的吸管，舔了舔尾端的杜松子酒，又用吸管戳了玛丽一下，“你要做的是拿出他的照片。”

玛丽笑了。“我不会坐在这里痴痴念着他。”

“你知道麻烦在哪儿吗？”希尔达说，在玛丽的包里翻找着，“你的母亲把你养得没有任何感受了。看，”她说着把阿利斯泰尔的褐色照片“啪”的一声拍在烟灰缸和杯托之间，“看着这个，告诉我你不爱他。”

玛丽不知道盯着阿利斯泰尔的照片看了多少次。有一回甚至看着看着就高兴起来了。

“哦，我不知道，”玛丽说，“你想让我说什么？”

“说他很帅。说你爱他。就这样。”

“可已经这么久了，我也弄成了这个样子。我不太记得了……”

“那就想想那种火花是什么。想想你盯着那双眼睛的时候，问问自己：我不想要其他人吗？天知道呢，我记得。”

玛丽盯着阿利斯泰尔的照片。照片上的根本不是他的眼睛，而是他的背，但告诉希尔达似乎不太人道。她清楚地知道，只有当他在滑铁卢站台上转身离开时，自己才需要他。玛丽的心一直在坠落，深渊仿佛无穷无尽。当战争带走他的那一刻终于到来，玛丽才第一次也是最后一次确切知道自己在爱着他。

只有事情结束时，人们才知道自己的感觉。然而，这里是白色餐桌的世界，坚持着开始的模样。阿利斯泰尔出现了，一个男仆打开了休息室的门。阿利斯泰尔出现了，身材高大，形容枯槁，吊灯在他的身上洒下光芒。阿利斯泰尔出现了，穿着制服，微笑着，走路摇摇晃晃，右边袖子空了，钉在衣服上。阿利斯泰尔出现了，与她四目相对。

玛丽站起来，打翻了桌上的饮料。杜松子酒洒在桌布上，地毯的红色毛绒颜色变深了。

“阿利斯泰尔……”玛丽惊呆了，忘了拥抱他，只是伸出手来准备握手。这个动作很可笑——更糟糕的是，她伸出了右手，阿利斯泰尔不得不用左手与她相握。

“你好，玛丽。”

他们放开了握着的手。他无助地抬起完好的那条胳膊，然后放了下来。“抱歉我迟到了。有德国人。”

玛丽勉强笑了出来，阿利斯泰尔也笑了。

“你好，阿利斯泰尔，”希尔达说，“酒洒到你身上了，你还好吗？”

“是杜松子酒？挺好的。你好吗？希尔达。”

“我待会就回来。”希尔达说，把桌子让给他们。

“她的脸……真可怜。”希尔达转身向洗手间走去时，阿利斯泰尔说。

“是流弹——”玛丽说。

杜松子酒端上来了，阿利斯泰尔喝了一口。他做了个鬼脸，睁大眼睛。

“好喝吗？”玛丽说。

“我几乎忘记了为了什么而战。你看起来更漂亮了。”

“你太客气了。但恐怕是因为这场战争，我老了许多。”

阿利斯泰尔的表情很温柔，玛丽觉得自己快要融化了。她意识到，也许他们会好起来的。她必须更加努力，慢慢争取，就是这样。

让生活重新装嵌的时间远远多于令其分崩离析的时间，但这并不意味着活着是不可爱的，只要人们记得去乡村散步，记得把收音机调到音乐频道，就可以了。

“你没有错过这里的天气，”她说，“你离开之后基本都在下雨。”

阿利斯泰尔欣赏着饭店的大厅，欣赏着让人们显得更加漂亮的水晶灯光。“我以为我没法活着回到这里。海军士兵把我们从水里拉起来时，我正在下沉。有一阵巨大的声音，是救援船的引擎声，可我当时却觉得那是地狱的声音。他们只好给我做心肺复苏，把我救醒。”

这些话语费劲地连接起来，玛丽发现自己在说：“当然，一月下了许多场雪。”

希尔达又出现在餐桌旁，脸上涂脂抹粉。

“好吧，”她说，“我要让你们这对小爱鸟单独相处了。”

玛丽抓住她的手臂。“你不能走。”

希尔达以为她是在害怕，便亲吻了她两边的脸颊。“别傻了，我会没事的。我明天会打电话到阁楼去获取最新消息。”她向玛丽投去轻浮却又稳重的一瞥，“但我不会在中午之前到达。”

“噢，希尔达，你真的不需要……”

“别傻了。你们两个要好好的，不能好好的也要注意影响。”

她小手一挥，随即便离开了，在餐桌之间穿梭着。侍应调暗了枝形吊灯。钢琴师休息了一会儿。

“在马耳他大部分时间都是阳光明媚的，”阿利斯泰尔说，“但有时会出现可怕的狂风。”

“我听说你失踪时快要疯掉了。”玛丽同时说道。

他们的手在桌布上相距一英尺，似乎难以触碰在一起。

钢琴师坐下来，演奏了曲目《钟声》。又有几杯饮料被端了上来。阿利斯泰尔把烟斗装满——*他只有一只手，做得还不错*，玛丽想。一名侍应走过来，用雕花玻璃油灯的火焰点燃了烟斗。里兹大酒店的工作人员素质很高，每完成一次完美的服务，反而会小声道歉。

他们身上没有任何气味，面部表情也没有对眼睛或心灵提出要求。他们融进阴影之中，不让自己暴露在吊灯的灯光之下。他们在逃避认知，就像巫师或神父一样。他们周围的餐桌旁，客人们喋喋不休，就好像生活没有用计程表计程一样。侍应扫走烟灰。

“我觉得我应该提醒你……”玛丽说。

“我应该让你知道……”阿利斯泰尔说。

“你先说。”玛丽说。

“你先说吧。”

有人又调暗吊灯，灯光似乎比没有吊灯时还要昏暗。高音从钢琴上四处飘散，在尖细的高音区里闪动着，人们能听到钢琴的音槌和琴弦在发声。

“你要说什么？”阿利斯泰尔说。

“噢，没事。你呢？”

“只是……噢，等会儿再说吧。”

饮料来了。钢琴师演奏了肖邦的几段夜曲。

穿着黑色外套的侍应从黑暗的背景中冒出来，点燃了玛丽的香烟。她只需要想到火，火就来了，仿佛燃烧的思想烧焦了空气。她只要想到酒,需求自身的拉力就能把酒倒入白棉花擦拭过的玻璃杯，放到重重的托盘上端过来。玛丽觉得，这种事情整晚都在持续发生着：每一项可以解决的需求都与相应的解决方式匹配，而且匹配的结果是那么精确，几乎达到了可能性的极限。正因如此，她心里反而隐隐作痛，陷入怀疑之中不可自拔，无论侍应的服务多么出色，也无法抚慰她。这种牵挂的折磨，正是战争的完美对立。奇怪的是，无论这种挣扎是否存在，都让人们感到同样害怕。

“玛丽，你还好吗？”阿利斯泰尔把手放在她的手臂上。

“谢谢，亲爱的，我很好。”

她当然很好：时机到来时，她会与对方交谈，适当的时候，她就会笑。酒不断端来，这是极好的，它们赋予的光芒实在太耀眼。

他拿开手。“现在你想让我们做点什么？”

“嗯……这里的晚餐很美味，虽然时间比较晚了——或者我们可以去干草市场街的咖啡馆，如果你不饿的话，我们还可以去看电影。”

“好啊，”他说，“但我的意思是，对我们俩来说，现在你想怎么办？”

玛丽抓住桌子。房间围绕着吊灯在旋转。他们的白色星球在豪华的黑色烟雾空间中旋转。

“对不起，”阿利斯泰尔说，“言之过早。忽略我——法国一役之后我就变成这样了。早些时候我也试图提醒你这一点。”

“没关系。我一直都期待再次见到你。我以为我会知道，你回来之后我会做些什么。对不起。”

他点点头，移开视线去看其他桌子的客人，他们的星球在更加固定的轨道上微微亮着光。

“马耳他被封锁期间，人们无法想象家里的这种生活。更难以想象的是岛上的每个人都在挨饿。”

“我能想象得到——”话一说出口，她就觉得这句话实在傻得要命。

他友好地笑了。玛丽开始审视自己，因为阿利斯泰尔肯定也在审视她。阿利斯泰尔回来之前，在吊灯的明亮光线中，伦敦的小圈子似乎与地球的赤道都是一样的。现在她看到，伦敦是多么渺小。她只是在自己的鸟巢里无谓地折腾着，照着镜子摆弄着羽毛。她是一个没有人需要的老师，一个让父母绝望的女儿。可是，在她对面却坐着阿利斯泰尔，这个男人曾经抗击敌人，而她只是违逆了自己的母亲，就感到骄傲自满。此刻，她真的要坐在这张桌子上，戴着插有羽毛的女帽，思考是否爱他吗？

“对不起。”她说。

他的脸色苍白，一脸担忧。“为什么道歉？”

“原谅我，”她突然站了起来，椅子翻倒在地，“亲爱的，请你原谅我……”

她逃进灯火管制的夜色之中，遁入变成废墟的城市之内。吊灯的安慰之光难以照及。

有一会儿，阿利斯泰尔想过追出去，但他害怕自己无法理解目前的状况。他身上一定有些可怕的特质把她吓跑了。也许他残缺的程度比自己想象中更严重。

他穿着制服，坐在空桌旁，侍应不愠不怒，不声不响地扶好椅子。钢琴师的演奏没有中断。玛丽坐的地方被清理干净：玻璃杯和杯托被放在电镀盘上拿走，桌布上的烟灰被抹去。最后，她曾经坐在这里的一切痕迹都消失了。

人们被夺走得那么突然。他的身体在悲伤，而他的心却在努力回想为何到了这般境地。他曾带着玛丽的尸体一路返回军营，在警卫室里瘫倒在地。不，不是这样的。他没有打开玛丽给他的果酱瓶，而是一直把它带在身旁，直到战争结束。

不，根本不是这回事。他爱过玛丽。

他依然坐在原地，玛丽看到他时，会抄近路向他走来，不理会食客们的愤慨，但是，玛丽会这么做的概率实在太低了。所以，当玛丽气喘吁吁地出现在阿利斯泰尔身旁时，他似乎吓了一跳。那时，他正喝着酒，已经不是第一杯了。阿利斯泰尔抬起头。

“玛丽？”

“这个地方，”她说，“不是我。想想你喜欢我什么。但是，我想告诉你这一点。”

他撑着桌子站起来。“什么地方更像你多一点？”

“我没有地方可去了。”

“那么，去哪里至少可以让你感觉好一点？”

“我喜欢泰晤士河。”她说，“你失踪的时候，我有时会去那里。”

“我们现在就去那里吗？”

“我不知道。现在已经很晚了。”

他看了看手表。“泰晤士河什么时候关门？”

“你很生我的气吗？”

“没有。我以为你很失望。”

侍应一直在旁徘徊，不知道该拿法国白兰地还是大衣过来。

“你想做什么？”玛丽问阿利斯泰尔。

“如果你愿意的话，我想去散散步。我们不一定要去哪个地方。”

“我要提醒你一句，我走路很慢的。”

“如果你倒立的话，那我就会冲刺。”

门外，一轮陌生的月亮正在上升。它的光芒照射在皮卡迪利大街的中轴线上，向西方投射出大街的影子。两人走到堤岸时，玛丽的心情本来已经好了一点，却又忽然忧郁起来。阿利斯泰尔只能用左手挽着她的手臂，但因为玛丽的左边需要支撑，两人倾斜的角度相反。尴尬渗进两人的沉默之中。他们来到泰晤士河河边，发现无甚益处。银色的波峰在柔和的夜空中本应看起来十分亲切，但她看到了油腻的黑色波谷，感觉到皮肤的温度正在剧烈下降。

他们沿着河流向南走。议会大厦在光线中似乎是靛蓝色的，米尔班克的悬铃木被空袭炸得四分五裂。两人讨论着这些小东西，很感激它们出现在此处。

他们来到泰特艺术馆门前，发现空袭已经把屋顶炸开了。阿利斯泰尔摇了摇头，想进去看看。

艺术馆中的马赛克地板已经毁坏，大雨冲走了石砖。一万多块彩色的大理石碎片在月光下变成了蓝色，堆在楼梯底。

阿利斯泰尔走进画廊，玛丽踌躇不前，用脚趾戳了戳那堆废墟。在阿利斯泰尔发现玛丽的真面目之后，她跟着他似乎很多余。玛丽一直是伦敦黏土上的印记，只是继承了财富和外表。

她对自己在别人心中留下的印象曾是那么满意，以为那就是她自己。可是，她这样的人有好几千个，而且会有更多这样的人出现，每个人都以为自己与众不同。她们会有数之不尽的小叛逆，无数次抵抗母亲的旨意。战争之后，这些石砖将被拾起，粘在原来所在的地方。

她站在艺术馆破碎的中央圆顶下。头上，在裸露的铁圈之间出现一轮明月，月亮周围形成了一个光环。她点燃了一根香烟。打火机的声音回荡着，吓得群鸽啪啪啪地飞到圆顶之上。

她能给阿利斯泰尔带来什么好处？然而，明天还是会到来，她也要面对现实。也许她应该回家。一旦时机合适，她的母亲就会邀请亨特-霍尔一家到家里来。

玛丽会按照母亲的吩咐坐下来，然后其他的一切就会被安排好。毕竟，这个社会并不复杂。人们只需要跟着自己的姓氏走，从座位安排到婚礼预告，再到坟前墓碑，这就可以了。

她掐灭香烟，穿过阴影，向阿利斯泰尔所在的方向走去。艺术馆的地板上升起一条潮湿的线，一团长满黑点的真菌点缀着令人毛骨悚然的边缘。灰白色的墙壁上，一千多个颜色暗淡的矩形显示每幅画曾经悬挂以及即将重新悬挂的地方。她是有多愚蠢，才奢望阿利斯泰尔能爱上她。然而，玛丽却跟着阿利斯泰尔走到黑暗中，尽管她知道，每一步都不会让她变成别的样子。战争结束后，疏散的人会返回。动物园的动物会被装进卡车，回到贴着旧标签的笼子里。世界无法从原有的模式中醒来。

生锈的黄铜牌匾依然镶在画廊的墙壁上。在月光下，它们发出暗淡的光。康斯坦[①]、透纳的画曾经挂在这里。这里是《奥菲莉娅》，她会再次回到这里，唱着古老的歌谣。

脚步声传来，她转过身。

“你怎么跑出去了？”阿利斯泰尔说。

“我无法忍受自己，你经历了那么多，我却只有自己的小痛苦和里兹大饭店。”她把脸埋在手中，“大饭店。”

他看了看周围。“这个地方也不像我。我觉得我不急于修复它。”

“如果你还可以接受的话……也许我们可以找一个像我们俩的

---

① 康斯坦·特罗容（1810—1865），是巴比松画派中最年轻的画家，他初作瓷器画，师从古典主义画家贝尔坦。——编者注

地方？”

他的脸僵硬起来，一言不发。

“阿利斯泰尔？”她说，心如鹿撞。

“我不知道。你觉得你会快乐吗？”

“我的母亲认为在战争中‘快乐’根本算不上一个词。”

“我不介意你妈妈想什么。”

“我会尽力快乐起来。我可以变得很有趣，你知道的。我希望我们可以再次用这种方式相处。”

“我可能会让你失望，”他说，“我睡不着觉。我的理智不太正常。”

“可是，我们的确让对方失望了，不是吗？而且还没有结束。”

“我不知道。你从餐厅冲出去时也许是对的。”

她垂下双手。“可是你也可以追上来！我只需要一句友善的话，你知道的。现在我们终于可以开始了，我却不知道怎么开始。”

“对不起。我真希望我没有让你走。”

“我真希望我没有离开。可是，你不觉得一开始我们就该在一起吗？我们每次都这么亲近。亲爱的，我们是那么亲近。”

“我们装作不相爱的样子，”阿利斯泰尔说，“难道从一开始就错了？”

“我错了。我不敢告诉汤姆，我是一个懦夫。你鄙视我吗？”

他摇摇头。“我应该对你说我爱你的。那时说这句话有用吗？”

“现在就有用。你可以告诉我，你现在还爱着我吗？无论你爱还是不爱，我都可以接受，你知道的。我敢肯定，现在的你更能勇敢地说出心声。”

阿利斯泰尔点燃烟斗，靠在艺术馆的墙上。玛丽靠在他身旁一臂距离处，两人看着画框留下的痕迹。

“我不知道怎么回答你，”阿利斯泰尔说，“我没有以前的感觉。画作以前会让我感动。”

“我以前会让你感动。”

阿利斯泰尔牵起玛丽的手。“我沉了很久他们才把我拉上来，对不起。”

她的另一只手也握了上来。“至少你还在乎。”

“我在乎你的腿还疼不疼。我在乎我是否让你伤心。我在乎一千件想要为你做得更好的事情。”

“那么，你可以试试吗，阿利斯泰尔？随着时间流逝，你能再次爱上我吗？”

“我很害怕我不会。”

“我很害怕我会永远爱你。”

玛丽吻了他，两人站了一会儿，没有说话。

玛丽感受到沉默的重量，但其中没有悲伤，因为沉默还没有时间从心里悄悄溜走，落入平凡之中。也许，如果他们俩都小心翼翼，那么它永远也不会这样。也许，爱人真正该做的事情，就是远离剧院和火车站，远离果酱瓶和画框，远离所有好勇斗狠、试图用时间打败一个人的日常事务。玛丽想，如果一个人说出“爱”字之时只意味着停战，那就连对爱情的希望也是一个陷阱。也许去想象更确切的事情是愚蠢的，毕竟心是不会宣告胜利的。心只会宣告宽恕，没有伟大的先例，也没有投降的文书。

玛丽的腿累得发软，一股脑儿坐在地板上。阿利斯泰尔也坐了下来。在空荡荡的艺术馆中，两人所坐之处隔着一段距离，没有很远，也没有很近，生活就算用尽气力，也无法轻易挡在他们之间。两人凝视着墙上本该挂着油画的浅灰色痕迹。这座城市透过屋顶上的大洞和墙上的裂缝，在他们周围变得更轻了——古城及其有序的潮汐正向海里撤退。

～～～～～～～～～～～～～～～～～～～～～～

此刻，在东边的河面上，猩红色的太阳缓缓升起，令玛丽吃了一惊。她没想过要睡着的。白昼穿过破碎的穹顶，漫进画廊的墙壁之中。阳光照得她目眩不已，她眨眨眼睛，直到世界恢复成原来的样子。在她身旁的废墟里，阿利斯泰尔闭着眼睛，躺在地上，他的身上没有标记。在云层与东方的地平线之间快速闪过一道明亮的光芒。玛丽觉得，这是一种难以想象的东西，一种生活。这是松动的黄铜牌匾，是失去了花纹的瓷砖。这是一种空气，如果所有被宽恕的人都是勇敢的话，那他们也许还会呼吸到这种空气。

后记

马耳他围岛之战的某一天，皇家炮兵的希尔上尉，也就是我的外公，接到一个任务，那就是去照顾英国首相才华横溢、闲游浪荡的儿子兰道夫·丘吉尔。“大卫，照顾好他，”把这项非凡的任务交托给他的少将说，“如果有可能的话，尽可能让他远离麻烦。”

刚开始写这部小说的时候，我不断思索这个命令到底是什么意思。轴心国对马耳他岛的死亡之扼持续了两年，驻守军和岛民都饿到极点。就在这样的背景下，肥胖虚弱的兰道夫跳伞来到这里，着实可怜。天气很热，他想去游泳，于是我外公就把他带到军官们使用的海滩上，一条薄薄的泳裤就此留在了水雷和铁丝网之间。

兰道夫造访马耳他的原因是为特种航空队招募新兵。对于饥肠辘辘的军官来说，这个邀请难以拒绝：成为突击队员就意味着满满的配给粮和一张离开马耳他岛的机票。外公帮助兰道夫打点了这一切，自己不去报名似乎很没有礼貌，于是，一段时间后，他就降落到深入敌后的北非。

兰道夫出了名地勇敢，喜欢在枪林弹雨中一边散步一边下命令。在马耳他，他很可能早就死了——或者更糟糕，被俘虏。在第二次世界大战的关键时刻，如果能把首相之子抓起来当俘虏，那就不得了了。外公受过良好教育，配备了一把韦伯李 Mk IV 左轮手枪，肩负着模棱两可的命令。

当时，这部小说本来是一部舞台剧，着重探索两人之间的权力动态。可是到了最后，兰道夫成了错误的主角。我发现我对外公更感兴趣——虽然他没有发现生活充满了讲好玩故事的机会，虽然他会用冰雕刻出游艇，虽然他会把《查理与巧克力工厂》念给外孙听，但他是个极其勇敢的人。在小说中，兰道夫在某种形式上化身成西蒙森这个角色，可是我把他本人——在他看来是很伟大的一个人——留给了出色的传记作家。

相反，我到了马耳他，花了一点时间来了解我外公的经历。上了年纪的岛民很友善，耐心详尽地回答了我的问题。我属于可以与二战生还者对话的最后一代作家。我关掉手机，睡在外公曾在的临时兵营之中。

我的外公和祖父都曾在皇家炮兵里服役。他们驻扎过的地方还保留着大炮安置的水泥底座和曾经帮助他们抵挡外敌的城墙。所以，当外公告诉我他在马耳他驻扎的地点时，我能到那里找到精确的位置。

我也在军事墓地度过一段时间。外公用圆珠笔写了一份回忆录，里面记载着他认识的死者，我用打字机重打了一遍。在我面前的正是那些刻进石头里的熟悉的名字：我用手指把他们的名字描了一遍。

战争的悲伤征服了我，虽然我听过其他人谈论这些地方，但我还是觉得很惊讶，很受震撼。

我注意到，马耳他的坟墓与其他地方的同盟军坟墓不太一样。每一块墓碑之下都躺着四五个人，有时甚至是六个人。我问及此事，有人笑着说，你可以在岛上任何一个地方挖个坑试试看。我发现，马耳他的黄岩之上少有厚于六英寸的表层土。挨饿的士兵已经尽了最大努力，用钝了的鹤嘴锄敲碎花岗岩。这段经历让我想到要写这本书。无可避免的是，这本书肯定无法公平对待书中所述的主题。但也许小说作者的工作，就是挖一个可以容纳好几个人的小坑。

在岛上的最后一天，我去了宾格马。我的外公曾在古老的维多利亚时代要塞上驻扎过一段时间。要塞高耸在峭壁之上，俯瞰着广阔的平原。我带着 iPad，心里想着要在城墙上开始写这本小说。可是，我发现要塞如今已经变成了私人财产，残破不堪，围着铁丝网，被那种先咬人后问问题的犬类守护着。

狂风刮来沙尘漩涡，逐渐破败的城墙避风处吹来厚厚的纸袋。吊桥上随意倾倒的碎石和厨房用具挡住了去路。外公曾在那条壕沟里种了一些作物，收成惨淡，如今已经覆盖上植物，不仅有灌木丛，还有成熟的大树。地上有注射器。这是一个被荒废、被亵渎的地方。我没有在那里开始写作——我意识到还不知道从何写起。

我捡了一颗墙上掉下来的石头，想带回家给外公看，但最后我还是没有这么做。我担心他看了照片之后知道要塞残破的模样，会感到很伤心。也许我不该担心，他一有机会就心痒痒，想知道他能不能活得比这个地方长。

我写这本小说时，外公去世了，然而，他也许会说，这并不是我的错。我后悔没有让他看到这本书。那时，我已经完成了第三稿（最终版本是第五稿），但我决定等到小说完美之后才交给他看。

我真是太蠢了。请你原谅一个作家给出的一条建议：不要害怕，要把未完成的手稿交给你爱的人看。

出于好玩，大卫·希尔的确曾在马耳他冒着气泡的海域中，驾驶一条长十四英尺的小船穿梭在水雷之间，他的确用军队分发的地图确认了《使徒行传》第二十七行中圣保罗湾沉船的存在。宣战那天，他就报名参军了。因为某个神秘的原因，他的确擅离职守了五个星期。回到军营后（他离开的原因的确难以猜测），他的上校一见到他，就看着他的手表问："你为什么迟到了？"

除了以上的相关事实，小说中阿利斯泰尔一角与我的外公并无多少相似之处，而且小说中的情节当然是虚构的。这部小说的灵感来源于我外公，如果没有他，也不会有这本小说的存在，但毕竟小说不是根据他的真实故事改编的。

故事当然是从伦敦开始。玛丽·诺斯成为主人公的原因正是兰道夫·丘吉尔变成配角的原因：当面对生活中的一大堆困难时，勇气会变得更加微妙。而且，到现在我已经学到一件事：我应该利用家里人的经历而不是装作了解世界历史。

如果只能挖一个小坑，那么在划定边界时我至少要十分谨慎。玛丽这个角色的灵感来源于我的祖母，玛格丽特·斯莱特，在闪电战期间，她在伯明翰地区驾驶救护车；灵感也来源于我的外婆玛丽·韦斯特，她开办了自己的小学和幼儿园。

我劝了许久，都无法劝服两位老人家谈论战争的事情。每每论及此事，她们只是挥挥手，微笑着化解掉我的问题。孩提时代与她们交谈，我的印象就是战争很短暂、很不适，不值得浪费气力去描述，就像被一场大雨糟蹋的露营一样。人们根本无法想象，艺术家玛格丽特曾驾驶救护车在炸弹之中穿梭。人们从未怀疑，玛丽的第一任未婚夫死于东伦敦的一次空袭，事故发生时，两人坐在电影院里，玛丽就在他身旁。炸弹几乎炸死了她，在她身上留下了伤疤。

1941 年，现实中的玛丽与我外公大卫在灯火管制中订婚，她的订婚戒指上有九颗钻石，每一颗代表着两人的一次见面。几天之后，大卫搭上前往马耳他的运兵舰，直到三年之后，两人才再次见面。他们那代人的选择做得很迅速，都是出于勇气和本能，希望往往悬于一线。他们要对生活和对方有着强大的信仰。他们用墨水写信，信件会在几个星期甚至几个月之后才到达对方手里，如果能通过防线的话。

因为一封信对于他们来说是那么重要，他们每写一封信，都会倾尽全力，仿佛纸、墨水和手的运动都会就此停止。

大卫寄给玛丽的每封信都还保留着，但玛丽的回信一封都没有——那捆珍贵的信从马耳他出发，没有与大卫搭乘同一班船，而装信的船走到一半，就被德国的潜艇击沉了。

开始这项工程时，我也许会说，通过写一个关于二战的个人故事，我希望点出目前我们的这场战争的伪善——我们大部分人对这场战争的承诺都不是与个人有关的，战争的结果不是胜利或失败，而是日历里不断翻动的日子，以及一个假设：我们永远不能和敌人和解。我想让读者读完此书时开始思考，宽恕仅仅可以在勇敢的个人之间实现，还是在国家层面同样可行。

但在写这本书的时候我意识到，自己挖的洞比这个更小。现在我希望读者会把这本书看成是巨人变成小人物时抬头去看自己坠落的高度时，发出的一声真诚感叹。

第一幅照片是我外公大卫·希尔（右一）与空军特种部队在1944年的阿尔及利亚。第二幅也是1944年的照片，是外公和外婆玛丽的合照。这幅照片是一名波兰皇家空军军官照的，外公和外婆度蜜月时和他住在同一家酒店。